LOS PARAÍSOS ARTIFICIALES

COLECCIÓN CANIQUÍ

EDICIONES UNIVERSAL, Miami, Florida, 1997

Benigno S. Nieto

LOS PARAÍSOS ARTIFICIALES

Copyright © 1997 by Benigno S. Nieto

Primera edición, 1997

EDICIONES UNIVERSAL
P.O. Box 450353 (Shenandoah Station)
Miami, FL 33245-0353. USA
Tel: (305) 642-3234   Fax: (305) 642-7978
e-mail: ediciones@kampung.net

Library of Congress Catalog Card No.: 97-80164
I.S.B.N.: 0-89729-854-3

Composición de textos: María C. Zarraluqui
Diseño de la cubierta: Francisco León
En la cubierta se reproduce la pintura "Adán y Eva" de Tiziano
(Museo del Prado, Madrid)
Revisión de pruebas: José Abreu:

Esta es una obra de ficción. Nombres, lugares e incidentes son producto de la imaginación del autor o se emplean como ficción, cualquier parecido con sucesos o personas reales, vivas o muertas es una desafortunada coincidencia.

Todos los derechos
son reservados. Ninguna parte de
este libro puede ser reproducida o transmitida
en ninguna forma o por ningún medio electrónico o mecánico,
incluyendo fotocopiadoras, grabadoras o sistemas computarizados,
sin el permiso por escrito del autor, excepto en el caso de
breves citas incorporadas en artículos críticos o en
revistas. Para obtener información diríjase a
Ediciones Universal.

Índice

Parte uno: *Los viajeros venidos de Estocolmo*   9

Parte dos: *Los ingenuos y angustiados veinte*   79

Parte tres: *Virgen en tacones altos*   149

Parte cuatro: *La novia de las cantinas*   213

Parte cinco: *Una moral de cheque sin fondo*   277

Parte seis: *Los paraísos artificiales*   321

Parte siete: *El bolero de la despedida*   385

Epílogo: *En el Café de La Paix*   473

Parte uno

Los viajeros venidos de Estocolmo

1

Zoila y Carlos los visitarían esa noche. Venían del mundo externo, en este caso de una remota capital de los países escandinavos. Luego de una ausencia de años en sus privilegiados cargos de diplomáticos, el ministro los había mandado a llamar. Según Luis, que ya había hablado con ellos, hacía dos semanas que estaban en La Habana. ¡Ojalá que nunca hubieran vuelto!
—Por favor, no te pongas negativa.
—Bien que podías haberme preguntado— se quejó ella.
—¡Ya! ¡Se acabó! Mira que están a punto de llegar.

Poder salir de Cuba, poder viajar al otro mundo, a los países prohibidos en donde aún imperaba el capitalismo, era una especie de premio y un voto de confianza de la revolución y, además, el sueño secreto de muchos. Quienes salían en misiones de la isla, como en el caso de Zoila y Carlos que eran diplomáticos, despertaban la envidia y el asombro de los que jamás podrían salir.

Anita no envidiaba a nadie; en todo caso envidiaba a ésos que habían tenido el valor de huir hacia los países en donde todavía reinaba, según Luis, el dios del dinero y el egoísmo del individuo. En cuanto a Zoila y Carlos, ella se hubiera conformado con no verlos nunca más. ¡Qué gozaran de sus privilegios en aquel país inverosímil de hadas y de nieves, pero por favor, que no volvieran jamás!

Suficiente era ya su angustia en aquel ruidoso septiembre de 1968, demasiado duro el pan nuestro de cada día y sus problemas con Luis, quien para colmo formaba ahora parte de una brigada de la Imprenta Nacional que salía a cortar caña los fines de semana, para encima tener que soportar la humillante presencia de aquella pareja de resentidos encumbrados en el poder. ¿Por qué tenían que venir ahora a su casa, a perturbar aún más su vida y la de Luis? Por eso andaba furiosa con él aquella noche, por haber invitado a Zoila y a Carlos sin consultarla antes. ¿Por qué no la consideraba aunque fuera un poquito? Ni ella ni el apartamento estaban en condiciones para visitas.

—¿No te das cuenta que no tenemos ni café para brindarles? ¿Que estoy muerta de cansancio?— se lamentaba, mientras daba vueltas, no sin temor a provocar la ira de su marido.

Luis la escuchaba con una mirada entre irritada y burlona. Después de casi diez años de matrimonio algunas cosas sabían uno del otro. Por ejemplo, que los argumentos de ella no eran sinceros.

Luis sabía que ella repudiaba a la mayoría de sus amigos, en especial a los ideológicamente más radicales, como Carlos y Zoila. Secretamente la relación de los dos la gobernaba un profundo desacuerdo que sólo desaparecía en los momentos mágicos de la cópula. Ella era una mujer muy bella, y desnuda lo era aún más, y él se lanzaba a hacer el amor sobre su cuerpo con más ferocidad que ternura. A veces le hacía daño a propósito cuando le hacía el amor, y ella se preguntaba con tristeza si lo hacía porque la odiaba. Otras él la miraba inescrutable, triste, tal vez arrepentido de tratarla mal.

—Si sufre, aún tengo esperanzas— se decía ella.

Pero esta noche los remordimientos y la compasión, que a veces él sentía por ella, se habían desvanecido de sus ojos burlones y duros. Si no le gustaban mis amigos, peor para ella, pensó él. Si a ella la mortificaban los juicios lapidarios y crueles en contra de la sociedad burguesa ya borrada de Cuba por la escoba de la Historia, que se los tragara. ¡Qué mujer más bruta, totalmente incapaz de entender los cambios históricos, ya irreversibles!

—Quizá todo ha sido un error— dijo él en voz alta.

—¿Qué cosa?— ella se puso pálida.

Pero él cambió de idea, y habló en aquel tono dominante que no admitía ninguna réplica.

—Son mis amigos. Quiero que los recibas con buena cara y, si no puedes soportarlos, te encierras en la habitación, ¡y ya está!

Ella lo oyó aterrada. El amor que sentía por aquel hombre endurecido, no excluía el miedo. Con nerviosismo continuó recogiendo el apartamento. Por suerte, Rosana y Raysa ya estaban en sus camas. Dos minutos, o cinco, después, la asustó su propia cara en el espejo del baño: esas facciones tensas y esa mirada de animal acorralado, no podían ser las suyas. Intentó la famosa sonrisa de otros tiempos.

Dios mío, con esa facha y esos pelos, y Zoila venía esa noche. No podía darle el gusto de que su enemiga la encontrara afeada y derrotada. Debía borrar esa expresión congelada de mártir. Empezó por cepillarse apresuradamente el cabello y se maquilló un poco. Ensayó una sonrisa, y, aún inconforme de su brillo, ensayó otra sonrisa más amplia y feliz: desde niña ella se sentía orgullosa del encanto de su sonrisa y su dentadura perfecta, por tantos elogios recibidos.

"Jamás le daré el gusto a esa cabrona", pensó con altanería.

Al fin, quedó casi satisfecha de su aspecto, a pesar de cierto espanto en el fondo de las pupilas. Luego, se dio ánimos: "¿Para qué preocuparse tanto, si Zoila nunca fue más bonita que yo?". Y eso no lo podría cambiar nada ni nadie.

—Anita, tocan a la puerta— gritó Luis desde el cuarto.

—No estoy sorda.

¿Por qué gritaba si podía ir él mismo a abrir? Después de todo, Zoila y Carlos eran sus amigos. Caminó nerviosa hacia la puerta mientras hacía un último esfuerzo por lucir relajada y contenta. Recordó un consejo brutal que papá le diera, muchos años atrás, a un amigo en la farmacia: "si tienes que besarle el culo a un perro, en la primera vuelta levántale el rabo". A ella se le grabó en la mente por dos motivos: el primero porque papá no solía decir groserías, y el segundo por la crudeza repugnante de la metáfora.

De modo que decidió ser positiva, (positivo y negativo formaban parte entonces de la jerga de moda), y si tenía que besarles el culo a aquellos comunista, se los besaría. Tal vez Zoila le traía una blusita o un pantaloncito de regalo a las niñas. ¿No venían acaso de esos países en donde había de todo? Abrió, pues, la puerta con una sonrisa ensayada. Eran ellos, efectivamente. Pero la Zoila no traía nada parecido a un regalo. A menos que lo tuviera escondido dentro de esa hermosa cartera de piel que despertó su envidia.

2

—¡Muchacha, qué bien estás!— la saludó.

Zoila lucía en verdad estupenda con la falda de blue jean que dejaba al aire sus hermosas piernotas y una blusa de tela arrugada que destacaba los pezones oscuros y agresivos de sus senos (en La Habana blusas como esas sólo la usaban las extranjeras). Zoila siempre había sido una buena hembra, y al verla ahora transpirando belleza y seguridad en sí misma, no pudo evitar una punzada de malestar, pero trató de disimular y

le dio un beso en la mejilla.
    Zoila le devolvió el beso con la misma forzada hipocresía, o, para ser más exactos, la rozó con sus labios gruesos de un violáceo obsceno. Después, examinó brevemente a Anita con ojo crítico y, satisfecha de verla venida a menos, con el pelo estropeado y la ropa vieja, le dijo:
    —Tú también luces muy bien.
    Ella se llevó la mano instintivamente a los cabellos, percatada de que Zoila los examinaba, y se apartó para hacerlos pasar. No te burles de mí. Tengo la cabeza hecho un desastre. Aquí no consigues con que lavarte el pelo. En cambio, el tuyo luce estupendo. Ya se nota que Europa te sentó bien. Claro, allá deben conseguirse todos los champús y cremas habidas y por haber, añadió en un tono casi recriminatorio. Pero Zoila la atajó con frialdad.
    —Sí, y también nieve y frío que te despellejas.
    Dando por concluidos los saludos, Zoila se desentendió con impaciencia de Anita, y entró en la sala buscando intrigada a Luis.
    —¿En dónde está el cabroncito de tu marido?—, preguntó, plantada en el centro la sala, pero Anita no pudo contestarle, pues en ese instante saludaba a Carlos que había entrado detrás.
    —Tú tan bella como siempre— le contestó Carlos, con el tímido abrazo de quien teme el contacto. —Me alegro mucho de verte.
    Seguía siendo el hombrecito esmirriado y velludo, de gestos suaves y serviles, que la había tratado siempre con la deferencia y el cariño de un tímido admirador. Aunque nunca había confiado en él porque adivinaba algo falso y traicionero en sus ojos; pero esta noche su presencia tímida y tranquila, en un tiempo en que habían desaparecido tantos amigos, le produjo una fugaz alegría. Luego de los cumplidos de rigor

con el tímido besito de coquetería en la mejilla, esa nueva moda a la que ella no se acostumbraba, Carlos también se mostró impaciente y extrañado de que Luis no hubiera salido a recibirlos.

—¿Y en dónde está el sinvergüenza de tu marido?
—Luis no te escondas— gritó Zoila. —Sal o te denunciamos al Comité por diversionismo.
—Ya voy, ya voy— gritó Luis desde adentro.

A ella, a Anita, no la molestaba tanto que, en su impaciencia por ver a Luis, la trataran con aquella indiferencia que hería su orgullo. Al cabo, venían a visitar a Luis, y eran *sus amigos*, no los de ella. Los invitó a sentarse y se interesó cortésmente sobre sus increíbles años de ausencia en la lejana Europa y en Estocolmo.

En eso, Luis apareció con una amplia sonrisa, entrando en la sala tan campante. A continuación, entre los tres, formaron uno de esos alborotos típicos de los cubanos cuando se empeñan en demostrar con actitudes exageradas, cuánto se alegran, después de una larga separación, de reunirse con unos viejos y queridos amigos. Hubo abrazos hiperbólicos, gritos de júbilo, palmadas y carcajadas, mientras se lanzaban pullas e insultos de cariño.

Ella contempló la escena algo marginada, y con una sonrisa forzada, tal vez un poco celosa y con un ligero asco. Nada nuevo. Años de vivir entre enemigos, años de tragarse las cucarachas vivas, y de sentirse acorralada y perseguida, le permitían contemplar la escena con una sonrisa congelada, y, por supuesto, dispuesta a aplaudir de ser necesario. En el fondo, desconfiaba de esas muestras exageradas de amistad y de compañerismo. Hacía años que conocía a Carlos y en especial a Zoila porque fueron condiscípulas en el bachillerato. Dudaba mucho de la sinceridad y honestidad de aquellos amigos de Luis. Además, por qué no confesarlo: ella les tenía miedo. No porque fueran comunistas y estuvieran en el poder (entre los comunistas había también personas más moderadas y compasivas, como el director de la escuela adonde ella había trabajado), sino porque estaba persuadida de que Carlos y Zoila eran confidentes de la Seguridad del Estado, y unos canallas capaces de denunciar a su madre con tal de mantener sus cargos burocráticos y hacer méritos políticos. No en balde trabajaban para el Minrex.

Ahora bien, a *ellos* los comprendía, porque mala hierba la hay y la habrá en el mundo siempre. Quien la confundía y la decepcionaba cada vez más con sus actitudes era Luis, su esposo. ¿Dónde estaba el hombre idealista y sincero que odiaba la hipocresía y que no podía contemplar una injusticia sin indignarse? Porque allí estaba ahora el desgraciado, bromeando y riendo hipócritamente con Carlos y Zoila. Tal vez ella se equivocó, tal vez fue entonces una romántica y una ingenua que le entregó su vida entera al hombre equivocado. ¿Cómo podía creer ahora en él, viéndolo feliz al lado de personas de quienes se burlaba y hablaba horrores?

Todavía recordaba la última vez que acompañó a Luis a visitar a Carlos y a Zoila, cuando éstos se iban de viaje a Europa. De eso haría tres años. Por entonces Luis aspiraba también a que lo nombraran agregado cultural en Europa y, por supuesto, a ella le había entusiasmado la idea de viajar a Italia: con tal de huir de Cuba, se hubiera ido al fin del mundo.

Aquella fue una reunión alegre, a pesar del ajetreo de Zoila y Carlos haciendo las maletas para su viaje; al menos fue alegre en apariencia. Ella misma se comportó incluso afectuosamente con Zoila: aunque las hipocresías le repugnaban, hizo el esfuerzo pensando que ayudaba a Luis.

—Te deseo suerte. Ojalá podamos vernos pronto— se despidió de Zoila con cariño, tratando de olvidar los viejos rencores.

Pero Zoila no parecía muy interesada en su amistad. Desde que los nombraran en sus cargos de diplomáticos en el Minrex, Zoila se comportaba como ésos que repentinamente han subido un peldaño más alto en la escala social, y la observaba por encima del hombro con un brillo triunfal de vanidad. "Te vencí, ahora yo soy una mujer importante y tu una vil gusanita", decían sus ojos.

Pero ella lo soportó por Luis, quien hizo aquella noche gala de todos sus encantos de seducción con Carlos y Zoila, y parecía incluso muy feliz por sus nombramientos. Sin embargo, en cuanto se despidió de ellos y se montó afuera en el auto, Luis empezó a despellejar a Carlos y Zoila con una ferocidad que la sorprendió.

—Ja, ja, ja— rió sarcásticamente. —¡Los han premiado con Europa! ¿Viste lo felices que estaban? ¡A Carlos no le entraba un alfiler por el culo! ¡Ah, pero ha sido la cabroncita de Zoila la artífice de este nombramiento!

—¿Tú crees?— preguntó ella, aunque pensaba lo mismo.

—¡Seguro! ¿No viste con el aire de superioridad con que lo trataba? Ella es la que manda y tiene a Carlos totalmente dominado. Carlos es el títere y ella la intrigante que mueve los hilos. Se lo ha metido en la vagina, y hace con él lo que le da la gana, la muy cabrona.

—Por favor, Luis. ¡No hables así que me asustas!

Aquel lenguaje brutal la mortificaba. No le gustaba que Luis fuese cruel ni envidioso. Antes él era incapaz de ser tan procaz, aunque aquella noche en lo más íntimo se sintiera complacida. Primero, porque despreciaba a Zoila; segundo, porque siempre se hacía ilusiones de que las críticas destructivas de Luis terminarían por distanciarlo de aquellas amistades, y hasta de la revolución. Mientras conducía con cierta violencia el auto, él continuaba enfurecido por la forma en que

Zoila trataba a Carlos.

—Lo que le pasa a Carlos es que le faltan cojones. Si fuera conmigo, yo le daba de patadas a Zoila en ese culón de diletante. Un culón que se cree intelectual y no sabe diferenciar entre el simbolismo y el modernismo.

Aunque Anita tampoco supiera la diferencia, aprobó satisfecha su rabia y críticas contra Carlos y Zoila. En aquellos meses del 65, después que papá y mamá salieron de Cuba, aún tenía la esperanza de que él rompiera con la revolución. Un mes después, él andaba más resentido que nunca con sus compañeros en el Gobierno. Le habían prometido sacarlo de la Imprenta Nacional y mandarlo a Italia de agregado cultural, pero misteriosamente el nombramiento se cayó sin que nadie diera una razón, sólo vagas evasivas y un vacío que desde arriba hicieron en torno suyo.

—Alguien me ha puesto una zancadilla— decía él, rabiando.

¿Algún cabrón de la Seguridad del Estado? ¿O tal vez el propio Ministro Roa, en venganza porque en "El Atavismo en la cultura", publicado en el periódico Revolución, antes de que Franqui cayera en desgracia y se lo clausuraran, Luis se había referido a los escritos de Roa festivamente?

Luis no lo sabría nunca. En aquel cabrón país, en donde la paranoia y las intrigas más sórdidas se materializaban, uno nunca sabía quién o por qué lo condenaba con un veredicto desde el más alto nivel, y, sin embargo, cada quien tenía su mala conciencia.

Una lástima de oportunidad perdida. La idea de viajar a Italia, aprender el idioma más consanguíneo al latín, ver con sus propios ojos las piedras sagradas de ciudades, calles y palacios donde se produjera el chispazo luminoso del Renacimiento, había entusiasmado a Luis profundamente.

Pero esta noche, tres años después, él reía aún con

Carlos y miraba las tetas y las nalgas de Zoila con codicia. Y ella tenía que soportar a su enemiga riendo triunfalmente y coqueteando con su marido, en su propio apartamento.

3

De golpe, mientras los escuchaba y los miraba, Anita sintió la extraña sensación de conocer las almas de los tres personajes que estaban sentadas en la sala esa noche. El alma inquieta de Luis con esa terca voluntad de invención, desasosiego y lujuria con que clavaba ahora sus ojos en el cuerpo de Zoila. El alma tristona de Carlos con ese querer torpe de ser inteligente, de no permitir que sus pesados pensamientos lucieran lentos y opacos frente a las travesuras de su amigo. Y la de Zoila: su alma envidiosa y depravada brillando en su cara de buena hembra, con esas piernotas que abría y cerraba intencionalmente como una invitación erótica a la perdición. De golpe, a Anita la estremeció el presentimiento de que esa noche pasaría algo sombrío y nefasto que arruinaría definitivamente su vida.

Entonces vio a Luis cambiar de la sonrisa festiva al tono de intriga y suspenso de sus bromas, y dirigirse burlón a Carlos y a Zoila.

—Ustedes, queridos amigos, son intelectuales afortunados.

—¿Por qué lo dices?— preguntó Zoila, intrigada.

—En la última evaluación de la UNEAC, a ti y a Zoila los clasificaron como intelectuales clase A; mientras a mí, en cambio, me clasificaron entre B y C, por mi mala leche.

—¿Qué broma es esa?— preguntó Carlos, sonriendo, mientras Zoila movía la cabeza adivinando alguna travesura de Luis.

—Bueno, para la clase A son todos los viajes: *a* París, *a* Brasil, *a* Estocolmo, y *a* todos los congresos en el extranjero.
—¿Y los B y C?— sonrió con malicia Zoila.
—*Bé* al Escambray, *vé* a la Ciénaga, *vé* al campo a tumbar caña. En cuanto a los Cé, *sé* obediente, *sé* sacrificado, *sé* disciplinado y, sobre todo, métete la lengua en el C.

A pesar de que, en cierta forma, se burlaba de sus privilegios de diplomáticos, Carlos y Zoila lo tomaron a risa. Aun ella, Anita, que los acompañaba por miedo, tuvo que sonreír con desgano.

—Luis, ese es un chiste *objetivamente* contrarrevolucionario. ¡Ten cuidado que te mando a tronar!— le dijo Zoila, bromeando.

—¡Pero yo corto caña y tú no! ¡Cómo me gustaría verte, con tu lindo rabo, doblada en un cañaveral tumbando caña como el alacrán! Porque tú eres como el alacrán que cuando se agacha le crece el rabo peligroso hacia atrás— se rió Luis, y señaló hacia el trasero de Zoila, inclinándose a un lado para mirárselo.

Zoila le pegó una manotazo riendo: —¡Coño, pero tú no respetas!

El jueguito de manos y de palabras había deprimido a Anita. *Objetivo y subjetivo*: odiaba aquella jerga estúpida. En los primeros años, cuando Luis se reunía con éstos y otros amigos, inaugurando la nueva jerga puesta de moda con la revolución, ella, para no aislarse del círculo mágico de la amistad, hizo un esfuerzo por apropiarse de aquel lenguaje en que todos se instalaban con el mismo furor con que las juventudes se instalan en las modas, en especial extranjeras. Pero su esfuerzo fue inútil.

Tuvo la impresión de no ser ella misma, de convertirse en una cotorra amaestrada. ¿Cómo expresar la complejidad de sus angustias femeninas, la inquietud de vivir y la autenticidad de su alma con aquellas fórmulas que lo encasillaban todo en unos clichés, incluyendo la grandeza de Dios y los misterios de la fe? Las palabrejas de moda le provocaron entonces una extraña repulsión.

Entonces tomó una decisión radical: si para ser inteligente y progresista, como anhelaban todos ellos, tenía que hablar como una cotorra sabihonda, prefería pasar por ser absolutamente anticuada, pero sentirse en paz consigo misma. Le explicó a Luis, la persona más importante del mundo para ella, su manera de sentir respecto a la nueva jerga (alienación, dialéctica, la praxis, las condiciones objetivas, la superestructura, etc.), y éste respondió con una sonrisa condescendiente y una palmadita en la nalga.

—No importa, muñeca. Prejuicios y secularidad forman parte inmanente de tus encantos. Además, el hombre piensa y la mujer da que pensar, en especial cuando tiene unos ojos tiernos y un culito lindo como el tuyo.

Eran todavía los tiempos tempestuosos y ardientes de los primeros dos años de casados, tiempos de revolución y de esperanza, cuando las angustiosas diferencias de opiniones él las resolvía echándole un buen polvo, y hasta dos o tres diarios. Entre besos y abrazos vivían, y sus retozos en la cama los mantenían alegres y unidos. Fue por entonces que Anita se retrajo políticamente, y él tomó cada vez menos en serio sus dudas y sus opiniones frente a la tragedia aún sin nombre que mantenía en vilo al país.

—Preocúpate tú por Rosana, que yo me preocupo por las dos— le propuso él, y ella cometió el error de hacerle caso.

No era extraño, pues, su actitud de aislamiento de esta noche frente a aquellos comunistas venidos de Estocolmo, aunque fuera humillante sentirse como un alma muda al que nadie toma en cuenta en su propia casa. ¿Pero qué hacer? Ganas no le faltaban de huir a refugiarse en su cuarto. Pero esto no sería posible. Sospecharían aun más de ella y Luis se pondría bravo. Además, como anfitriona estaba en el deber de dar la cara, a pesar de que no tenía nada que brindarles, ni siquiera las tacitas rituales del café cubano.

De repente, se acordó de la botella de ron. Con los limones, el azúcar y la yerba buena que cultivaba en la maceta podía prepararles unos tragos, y al menos quedar bien. Si los convidaba a unos "mojitos", seguramente Carlos y Zoila los aceptarían, y Luis primero que nadie. Pero cuando los invitó a los mojitos, los tres estaban tan absortos en la conversación que tuvo necesidad de gritarles para que la escucharan. Por fin, Carlos fue el primero en aprobar la idea con el gesto de un ministro que le concede un punto a un subalterno.

—Eso, Anita, me parece *genial*— dijo con su bonita voz de barítono, que él entonaba cuidadosamente, eligiendo las palabras con esmero y pronunciándolas correctamente.

Luis, que jamás rechazaba un trago, también aplaudió la idea. Zoila miró a Anita con una sonrisa condescendiente, como si descubriera su presencia por primera vez esa noche.

—Me encantan los mojitos, gracias— aceptó, y luego se volteó hacia Luis y Carlos: —Yo siempre he dicho que Anita tiene el tipo de la perfecta ama de casa. ¿No es verdad?

—¿Me acompañas a la cocina?— le preguntó ella.

—¡Ay, Anita, por favor que estoy destruida! ¡Desde que llegué de Europa no he parado un minuto!— suspiró Zoila, y, para demostrar su cansancio, se repantigó aún más en el sillón abriendo las rodillas desnudas y mostrando las carnes bruñidas de sus muslos, toda ella sensual y provocadora, a sabiendas que Luis la miraba.

Los enseña deliberadamente, para mostrarle sus encantos y calentar a Luis, pensó Anita que la conocía. ¿Cómo puede haber mujeres tan putas? El cabroncito de Luis escudriñó a Zoila desde las rodillas hasta los ojos con los párpados

entornados.
—Muchacha, luces liberada de tu secular provincianismo.
—En Europa me liberé de todos mis complejos — se jactó ella.

Desde su posición frente a Zoila, Luis debía estarle viendo todo, hasta los blumers, si es que la muy puta usaba algo debajo y no andaba con su asquerosa tota al aire. Zoila abría y cerraba sus tentadores muslos, abanicando la parte más cálida y peligrosa de su cuerpo de mujer, mientras miraba con descaro a Luis a los ojos, como si lo retara con el poder de su eros. Un reto público e impúdico. Tan público que no solamente Anita, sino que hasta Carlos se percató y aceptó con una sonrisa perruna.

"Tiene cara de cornudo", pensó Anita.

Y se fue escandalizada a la cocina. En la angustia terrible de los últimos años, se había olvidado que Zoila otras veces había mostrado un interés carnal por Luis y lo cachonda que se ponía cuando tenía un macho que le gustaba delante, y no había dudas de que Luis la alborotaba. ¡No le daría vergüenza, provocando a Luis delante de su propio marido! En la cabeza de Anita no cabía la idea de que una mujer casada fuera capaz de comportarse así con un amigo de su marido y que éste, para mayor vergüenza, participara en el jueguito de las provocaciones.

"Cabrona, fresca, asquerosa", la insultó mentalmente.

Además, le daba rabia que la hubiera llamado "una perfecta ama de casa": en la jerga de ellos y de Zoila, esto equivalía a ser una retrasada mental. Sacó los vasos y los ingredientes para los mojitos de mal humor, colocando sobre la mesa la botella de ron, cuatro limones, el hielo y unos ramitos de yerbabuena que cortó del macetero. ¡Pero qué rabia! ¿Cómo era posible que el guanajo de Carlos le permitiera esa desfachatez a Zoila? ¡Sabrá Dios cuántas veces ya le habría pegado los tarros! ¡Qué asco de hombre!

Afuera, en la sala, oía los fuegos artificiales de la jerga aprendida con que ellos, los comunistas, demostraban ser más inteligentes que el resto de los mortales. Por supuesto, Zoila era un águila con la lengua, y Luis un zorro con un pico de oro, capaz de enredar a cualquier mujer con su elocuencia. Y pensar que años atrás, cuando Luis publicó su primer artículo importante; "La conspiración anexionista y un Narciso llamado López", a Anita le había deslumbrado aquella prosa apodíctica y lúcida, aumentando la admiración que entonces sentía por él. Y hasta se disgustó, cuando papá expresó una opinión negativa sobre el escrito.

—Creo que tu marido se quitó la careta— dijo papá.
—Ésta es una versión marxistoide de la historia de Cuba.

Papá no podía ser *objetivo*, como decía Luis, por lo herido y amargado que estaba con la revolución. Anita terminó de exprimir el limón para el último mojito y, antes de llevarlos en la bandeja, fue a comprobar si Rosana y Raysa estaban dormidas. Entreabrió y se coló en la habitación de las niñas sin hacer ruido. Una brisa fresca del mar entraba por la ventana, así que tapó a Raysa, que siempre se destapaba, amorosamente. Rosana tenía la nariz destupida, gracias a Dios.

4

Cuando regresó a la sala con los mojitos, la tertulia se mantenía tan animada que ellos aceptaron los vasos de la mano de Anita sin darle ni siquiera las gracias.

—Para mí, que el tipo es maricón— dijo Carlos, moviendo el vaso donde flotaba un ramito verde de yerba buena.
—¿Quién?— preguntó ella, por sumarse a la charla, y

porque la existencia de un maricón despertaba siempre la morbosidad en los cubanos y las cubanas por igual.

Carlos contaba de un viaje a Playa Girón, tres días antes, que hiciera como anfitrión de un escritor español: uno más de los centenares de intelectuales que viajaba a La Habana con el corazón más abierto que los ojos, donde los recibían y agasajaban según su valor instrumental. Se trataba de un escritor muy famoso y Carlos, que creía que la posteridad se ganaba por contagio como la gripe, se había ofrecido presuroso a servirle de guía. De modo que viajó con el famoso escritor a Matanzas, a Varadero y finalmente a Playa Girón. Allí, aparte de visitar los sitios de la histórica derrota del imperialismo, aprovecharon para bañarse en el mar Caribe.

—Imagínate, che— contaba Carlos mirando a Luis, pero asegurándose que las mujeres lo escuchaban—, que cuando salimos del mar, yo me quedé con la duda si nuestro distinguido visitante no estaba más interesado en lo que me cuelga a mí entre las piernas que en la Batalla de Girón.

—¡No puede ser! ¡Fulano de Tal!— dijo Luis, exagerando su asombro.

—El mismo... ¡Y yo que lo admiraba tanto!

—No te pongas triste. Nadie es perfecto. ¡Pero cuéntanos!

Carlos se cercioró nuevamente de que Zoila y Anita estuvieran pendientes de sus palabras. Zoila, que conocía la historia, le sonreía asintiendo, y él, orgulloso de su protagonismo, continuó:

— Yo creo que el hombrín es del otro lado...

—¿Un escritor del *lado de atrás* ?

—Déjame contarte. El hombrín se moría de curiosidad por ver lo que yo tenía bajo la toallita. Cuando salimos del mar, yo me di un duchazo y me amarré una toallita a la cintura, la cual, por cierto era bastante corta. Pero tanta curiosidad tenía el tipo por ver lo que había debajo de la toalla que poco faltó para que se agachara...

Hubo un silencio, mientras Luis, Zoila y Anita asimilaban la penosa escena y el sabroso chisme, impresionados por la novedad de que el prestigioso intelectual español no fuera más que un *pargo* infeliz. Divertido e intrigado aún por la escena, Luis le preguntó a Carlos:

—¿Y tú qué hiciste?

—¡Nada! ¿Qué podía hacer? Vaya, yo estaba de lo más cortado. Tú sabes, admirar tanto a un escritor y, de pronto, encontrarse uno en una situación como esa, no sabes qué hacer.

Carlos se encogió de hombros, pero en nada apenado, sino muy orgulloso por su protagonismo. De repente, picado por la curiosidad, le devolvió la pregunta al propio Luis.

—¿Dime? ¿Qué hubieras hecho tú en mi lugar?

Las miradas se volvieron expectantes hacia Luis. La de Zoila ansiosa ante la posibilidad de oír algo escandaloso y picante; la de Anita, temerosa de lo mismo. Luis los miró a los tres, luego bajó la vista para mirar hacia su entrepierna, como si se imaginara desnudo con sus genitales al aire, y encontró la solución con una ágil sonrisa.

—¿Yo? ¡Pues usar una toalla más larga!

La ocurrencia fue festejada con hilaridad por Carlos y Zoila. Pero Anita se sonrojó más abochornada por el gesto de Luis al mirarse hacia sus genitales que por la ocurrencia. La tertulia prosiguió entonces por otros derroteros menos escabrosos. Sin embargo, Anita percibió que Zoila no paraba de sonreír divertida todavía por la ocurrencia de Luis.

De súbito, la sonrisa de Zoila se transformó en un segundo ataque de carcajadas, como le sucede a veces a quienes descubren tardíamente un sentido oculto más divertido a una ocurrencia. Luis y Carlos se voltearon sorprendidos y divertidos a mirar a Zoila, y sonrieron; pero Anita no sonrió.

El espectáculo que daba su enemiga, convulsionada por aquella risa exagerada y exhibicionista, le pareció de una ofensiva vulgaridad.

—¿Muchacha, qué te pasa?— preguntó Luis.

Zoila levantó la mano, negando que le pasara nada, mientras procuraba recuperar el aliento y dejar de reír.

—¡Nada, nada, nada!— repitió.

Pero antes de que pudiera recuperarse del todo, cruzó una mirada con Luis, le miró a la entrepierna, y como imaginando quien sabe qué malicioso pensamiento, le sobrevino otro ataque incontenible de risa que la estremeció.

—¡Ay, que me meo, me meo!— se quejó, doblándose sobre su vientre.

A Luis, que la miraba retorcerse, le brillaba la cara de lujuria. Por su parte, Carlos, sonriendo de la felicidad, contempló con curiosidad a su carnal esposa. Pero Anita los observó a los dos, y luego a Zoila, con desagrado. Veía a Zoila riendo, abierta de muslos y de labios, sacudida por esa hilaridad orgásmica e impropia de una mujer decente, y se ofendió. ¿Qué estaba pasando entre esa mujerzuela y su marido? ¿A qué tanta risa y complicidad?

Al fin, Zoila se recuperó de sus convulsiones, se secó las lágrimas, miró a Luis, se compuso la falda, respiró profundamente, volvió a mirar a Luis con una sonrisa pícara, y moviendo la cabeza con admiración, le dijo:

—¡Ay, Luis, qué malvado eres!

5

La tertulia prosiguió alegre y feliz: los mojitos pasando de los vasos a las vísceras. Luis bromeaba y mortificaba a Zoila, intercambiando con ella un jueguito de miradas ardientes de apasionada enemistad ante la benévola complacencia de Carlos. En tanto, Anita contemplaba la escena con un sordo malestar, más marginada que un mojón en la luna.

Para empeorar la noche, ahora hablaban del tema que movía sus vidas, monopolizaba sus mentes y obsesionaba a todos: la política, y eso la deprimió todavía más. Le daban ganas de intervenir, pero le daba mucho miedo a que se le transparentara su asco en la voz. Cuánto no habría dado por poder refugiarse en su habitación y acostarse en su cama con los ojos cerrados y las orejas taponadas. Tenía miedo de volverse loca, y sus nervios ya no soportaban más la opresión, pero se aguantaba allí.

Trató de no oír, de observar sus caras como si fuera sorda. Aprovechó que nadie se fijaba en ella para detallar a Zoila como mujer de los pies a la cabeza, estableciendo una comparación entre las dos, y una punzada de despecho la invadió.

A pesar de considerarse a sí misma más bonita, no podía negar el magnetismo erótico de su rival. Zoila poseía unos muslos poderosos, una opulencia sensual en sus curvas, un gancho grosero y carnal capaz de despertar la más brutal avidez sexual en los machos, especialmente el cubano. No había nada tierno, ni dulce en su persona. Un atractivo vulgar y nada más, suficiente para excitar a un hombre como Luis. Ahora mismo, discutiendo con ardor con Luis, enfrentados en su apasionada enemistad, sus labios protuberantes, de un morado vaginal, denunciaban la lascivia de su dueña. "Un bembón para chupar a los hombres como un vampiro", pensó con asco de Zoila, recordando el escabroso incidente de Matanzas, ocurrido en la adolescencia.

En estos pensamientos andaba Anita, cuando Luis la bajó de esa nube con una orden. Exigía otra ronda de mojitos con una urgencia abusiva. Carlos había aceptado ya la invitación y Zoila, entornando los ojos con coquetería, le rictus denunciaba la rabia que sentía por no poder responderle a Zoila como se merecía aquello de "media gusana". De todos modos, no tenía que esforzarse mucho en disimular: ellos ni la miraban ni le prestaban ninguna atención. En eso, Luis se volvió autoritario hacia donde estaba sentada ella.

—Los mojitos, por favor, que nos morimos de sed.

—¿Qué hago? ¿Salgo a pedir hielo y limón en el edificio?

—No protestes más, que mañana Zoila nos traerá café.

Ella obedeció de mala gana, aún con la rabia que Zoila la hubiera llamado "gusana", y de que Luis la mandase como a una criada para hacerse el machote.

Recogió los vasos en la bandeja, y al salir, como temblaba de la rabia, por poco se le caen al piso. Después, desde la cocina, aguzó el oído pendiente por si hablaban mal de ella en la sala. ¿Cuántos años más tendría que vivir con miedo? ¿Cuánto podría soportar sin volverse loca? Sabía que si seguía viviendo en Cuba acabaría mal, pero tenía que ser fuerte por Rosana y por Raysa. Lo peor era que ella se sentía a veces *culpable* o, al menos, no estaba muy segura de ser una egoísta enemiga del socialismo.

¿Por qué disimular más que era una contrarrevolucionaria y una gusana? ¿Por qué no asumirlo de una vez y por todas, y dejar que la paranoia se materializara? ¡Ah, si no fuera por Rosana y por Raysa, hacia tiempo que ella también hubiera huido del país, con Luis o sin San Luis!

6

Una vez, hace ya infinitos años (la vida cambiaba tan brutalmente que anteayer parecía ya la prehistoria), que Luis se apareció en el apartamento acompañado por Carlos y los dos entraron eufóricos. Eran tiempos más felices: ella había parido a Rosana tres meses antes y, cuando abrió, la cargaba en los brazos. Hacía un par de años que no veía a Carlos y su presencia le produjo la alegría de las caras perdidas que se recobran.

—¿Qué pasa? ¿Qué están celebrando?— les preguntó.

A Carlos lo conocía desde niña en Matanzas: un tipo esmirriado y tímido con un bigotazo machista de mejicano, que se paraba en las esquinas y en el parque a mirar pasar a las chicas. Pero ellas se reían de Carlos y no le hacían caso, no por comunista sino por feo e insignificante. Carlos era diez años mayor que ella y además lo haría tarde todo en la vida: se graduó tarde de abogado, se incorporó tarde a la revolución como la mayoría de los comunistas, y finalmente se casaría tarde con Zoila, quien para compensar le pegaría los cuernos temprano. Aquel día todavía estaba soltero, pero entró con la cara iluminada de quien al fin se ha ganado la lotería. Luis sacó dos cervezas de la nevera para brindar y le anunció eufórico la noticia.

—¡A Carlos lo acaban de nombrar interventor de una Empresa Americana nacionalizada! ¿Qué te parece? ¡Carlos interventor!— le explicó entusiasmado.

Ella se dejó contagiar por la alegría, porque además Carlos le celebró mucho a Rosana, que entonces era un bebita de meses, incluso la cargó y le dio besitos en una atmósfera de ternura y cariño. Pero cuando Carlos se marchó, asombrada todavía por la noticia, comentó que cómo era posible que hubieran nombrado a Carlos interventor de una industria de químicos nacionalizada, sin saber nada de administración, y mucho menos de química. Pero Luis se encogió de hombros.

—¿Cuál es el problema? ¡Lo importante es que sea un revolucionario! Además, Carlos es buena gente.

—Yo no discuto eso. Pero es absurdo. Además de no

saber nada de esa industria, siempre ha sido un comunista.

—Eso ya no importa. Al menos tenía ideales y no es un corrupto— dijo él, categórico, dando por terminado el comentario.

Estábamos en Agosto del 60, y Anita vivía entre el estupor de los cambios más sensacionales y en medio de una delirante exaltación patriótica: Cuba se había convertido en el País de las Maravillas y todo era posible: un zapatero remendón podía administrar un Central Azucarero con tal de que fuera revolucionario, y el Che Guevara ser Presidente del Banco Central, sin saber nada de economía, y firmar con insolencia todos los documentos como *Che*, incluso el papel moneda que se imprimía, sólo para demostrar su desprecio por el dinero, en un acto que a Luis le pareció simpático y al papá de Anita injurioso.

Y ella, aunque a menudo la asaltaban las dudas, confiaba aún en todo lo que le decía Luis y por eso no discutió en aquella ocasión sus argumentos en favor del nombramiento de Carlos. Unos meses más tarde, Carlos los visitó en el apartamento con Zoila de la mano y ella se sorprendió mucho de verlos de novios. Con Zoila había conversado en dos o tres ocasiones en La Habana, no por amistad, porque nunca fueron muy amigas, sino apenada por lo que le hicieran a Zoila años atrás en Matanzas: por más culpable que sea una chica, los hombres a veces son unos abusadores que hacen y deshacen con las pobres mujeres sin sufrir las consecuencias.

Lo primero que pensó al verlos juntos fue: "Vaya, al fin Zoila consiguió un hombre que se casara con ella". Pero no hacían buena pareja: Carlos era, por lo bajito, diez años más viejo, y además un intelectual melancólico y algo opaco, aunque Luis decía que tenía sensibilidad e inteligencia. Y, en cambio, Zoila era una pujante criatura sensual y temperamental de 24 años. Pero después de mirarlos un rato, llegó a la conclusión que aquel matrimonio tenía su lógica: era una alianza de dos resentidos para defenderse y prosperar en el río revuelto de la revolución.

A Zoila la conocía bien de Matanzas, adonde habían sido incluso condiscípulas en el Instituto. A pesar de que eran dos de las chicas más lindas y solicitadas, y compañeras de aula, no congeniaban en absoluto. Anita desaprobaba la conducta regalada de Zoila, que cambiaba de novios como quien cambia de zapatos. Una vez las dos tuvieron uno de esos enfrentamientos tontos de la juventud en que se fundan las más largas enemistades. Como ella, Anita, rechazaba sistemáticamente a todos sus pretendientes, Zoila la acusó de ser una boba que le tenía miedo a los hombres.

Herida, ella le contestó a Zoila: —Y tú eres como la falsa moneda, que de mano en mano va, y ninguno se la queda.

Unos meses después, Zoila fue víctima y protagonista de un incidente erótico en el cine. Eran los tiempos en que los novios iban al cine, especialmente los que se sentaban en las últimas filas del balcón, para darse un mate, como decían entonces. Pero la ardiente Zoila se pasaba de lo permisible o lo permitido. Parece que un par de zánganos la vigilaban (tal vez envidiosos de no ser los favorecidos), y en una matinée la sorprendieron en la parte más oscura de la última hilera de butacas con el delito en la boca. Llenos de júbilo, el par de zánganos la vislumbraron doblada sobre la braguetta de su novio de turno, como quien chupa agua de una pila, y excitados eróticamente, se complotaron, entre cuchicheos y risitas, para gritar al unísono en la oscuridad con toda la fuerza de sus pulmones:

—¡Zoila, mamona, suelta el biberón!

Estos gritos dados en el silencio sagrado del cine en un momento aburrido de la película, produjeron un efecto cómico devastador, y el cine se vino abajo en carcajadas. La mayoría del público, formado por jóvenes, comprendió la burla atroz (quien no, se la explicaron), y volteaban la cabeza para identificar a la fulana del biberón. Zoila se agachó aterrada entre las butacas, y luego se esfumó del cine perseguida por el eco de las risas y las burlas.

Nunca más se dejó ver por las calles y los parques de Matanzas, abandonando incluso sus estudios. Anita supo que, para evitar la deshonra, se había mudado para la populosa capital, huyendo de sus lapsus linguae. Según supo después, en La Habana se dedicó un tiempo al estudio del ballet, arte que exigía más habilidad de piernas que de lengua, y que abandonó por falta de talento.

Pero la tarde en que Zoila se presentó ya casada con Carlos, era otra mujer distinta: más agresiva y más segura de sí misma. Anita nunca había simpatizado con ella, y le chocó que fuera de visita a su apartamento vestida de miliciana con unos pantalones ajustados encajados en las nalgas por detrás y por delante en la hendidura del sexo. Luego de los saludos y felicitaciones de rigor, comprendió que Zoila no llevaba aquel uniforme por la astucia femenina de exhibir sus encantos (en verdad muchas milicianas llevaban los pantalones tan apretados de tiro que se les metían en la raja).

—Esta es la revolución del *llito*, todas andan enseñando el *llito*— le había dicho Gloria divertida un día que se encontraron.

—El *llito*, ¿qué es el llito?— le preguntó ella, intrigada.

—El bollito, chica, el bollito. No ves cómo todas esas locas andan por ahí exhibiendo el pantalón metido en el bollito.

En los primeros tiempos de la revolución se vivía de sorpresa en sorpresa, de locura en locura. Por un lado, las deserciones más inesperadas y, por el otro, amigas que jamás habían manifestado la menor preocupación política o social, transformadas, de súbito, en fanáticas de Patria o muerte vestidas de milicianas. Ella ya había visto más de una de esas fulminantes conversiones: a una vecina y madre de familia devenida en energúmena gritando consignas feroces.

Pero Zoila no andaba en pantalones para exhibir solamente el bollo gordo que tenía, había que oírla. De la noche a la mañana, se había trasformado en una peligrosa marxista/leninista, amenazando con mandar al paredón y la cárcel a medio mundo. Para demostrarle, además, que había superado el incidente del cine, habló que venía de Matanzas de entrevistarse con los nuevos jefes de la provincia, y se jactó de su influencia y contactos políticos.

—Tú sabes que en Matanzas hay muchos contrarrevolucionarios, y tenemos que aplastarlos— le dijo a Anita, haciéndole el favor de considerarla una aliada.

Carlos, su flamante marido, la contemplaba con el arrobo de un hombre muy enamorado. Por su parte, y por no perder la costumbre, Luis de reojo le estuvo vacilando a Zoila las nalgas, las curvas y el pantalón metido dentro la raja del sexo, sin duda, un detalle erótico exquisito para el sádico de Luis. Pero ella, Anita, no pudo contenerse y le lanzó una pulla, sino a la forma de vestir de Zoila, al menos a su repentino fanatismo.

—¡Caramba, muchacha, cómo cambian los tiempos! ¡Yo no sabía que fueras una revolucionaria tan importante!

—Importante tal vez no; pero no te equivoques conmigo. Por esta revolución, yo estoy dispuesta a dar la vida— la retó Zoila.

Luis, mirando al cuerpo de Zoila con malicia, y de reojo la raja penetrada por el pantalón, hizo un gesto de reproche.

—¿La vida nada más? ¡Otras están dispuestas a dar *lo*

que sea!

—Tú como que eres medio jodedorcito— le respondió Zoila con un mohín de zalamería.

Aquella tarde surgiría entre Luis y Zoila aquella juguetona enemistad que tuvo siempre más de flirteo que de confrontación. Zoila acababa de leer el segundo artículo publicado por Luis: "El atavismo en la política cubana", y se empeñó en que esas ideas él se las había robado.

Cuando Zoila y Carlos se marcharon aquella tarde, Luis se tranquilizó y se puso a leer. Por la noche, cuando se sentaron a cenar, a ella la picaba aún un gusanillo sobre los visitantes (en particular la atracción que ejercía Zoila sobre Luis) y se creyó en el deber de alertar a su esposo de la opinión que le merecían tanto Carlos como Zoila, a quienes conocía desde la niñez.

—No confíes en ninguno de los dos. Yo conozco bien de Matanzas a ese par. Sé que Carlos es tu amigo, pero no te fíes de él. Siempre fue un resentido, bueno para nada, que sólo ha podido prosperar ahora como funcionario de la revolución.

Luis se encogió de hombros filosóficamente.

—Todos éramos unos resentidos y unos inadaptados.

—Pero ellos son gente distinta, Luis, en el fondo son unos oportunistas capaces de todo— insistió ella, desesperada de que Luis no le hiciera caso. —Además yo creo que Carlos te envidia, porque tú eres más inteligente que él. En cuanto a Zoila, ¡para qué contarte! Nunca fue una muchacha decente. Ésa salió huyendo de Matanzas por un escándalo bochornoso en el cine.

Luis no parecía darle credibilidad a sus advertencias, aunque aceptó, por supuesto, ser más inteligente que Carlos. Lo que sí despertó su curiosidad, e insistió en conocer, fue el misterioso "escándalo bochornoso de Zoila". A Anita la vergüenza la hizo vacilar, pero luego pensó que lo mejor sería contarlo, para que él supiera la clase de mujer con la que había estado flirteando. Sin embargo (tonta ella que ignoraba los tortuosos caminos del deseo), él, en vez de repudiar la penosa historia, pareció más bien deleitarse, y soltó una carcajada de felicidad.

—¡Así que la sorprendieron con el tolete en la boca!

—¡Cállate, no seas grosero!

—¿Pero qué tiene de malo? Pon tu pensamiento en mí, y tu memoria a funcionar. ¿Acaso se te han olvidado las "cositas" que hacíamos tú y yo en el auto antes de casarnos?

La alusión la puso roja de la vergüenza. La comparación con Zoila estaba fuera de toda proporción, y la ofendía. Nunca podía ser lo mismo lo que hace una novia en privado, con el hombre con quien se va a casar, que lo que hace otra en público con un hombre diferente cada mes.

Luis sonreía como un sátiro. A veces sospechaba que él se comportaba y se expresaba así, sólo para mortificarla. ¿Cómo podía compararla con aquella mujerzuela barata? ¡Ella era una mujer de principios! En primer lugar, él había sido el único novio y su único amor, y en segundo, jamás sería capaz de traicionarlo.

7

Cruzó la sala, pidió permiso, explicando que iba por limones y hielo, salió al pasillo, miró a ambos lados con temor, bajó por la escalera, pendiente de que la confidente del CDR que vivía en el sexto piso no la viera, y tocó en la puerta de Sara, la vecina del quinto piso. Después de unos segundos de tensión, Sara entreabrió la puerta con desconfianza y la miró con aquellos ojos negros cuya expresión de dura y serena resignación la impresionaban tanto.

—Necesito un favor, Sara. ¿Cómo te sientes?

Sara observó si había alguien en el pasillo, la dejó pasar, y cerró antes que se le saliera uno de los gatos. Sara vivía con su anciana madre, quien había perdido la cordura y su mente divagaba en un mundo lejano, y tenía dos gatos que mantenía encerrados por el temor a que los mataran y los convirtieran en carne para empanadas o croquetas. A pesar de vivir sola, sitiada y vigilada por sus vecinos del CDR, Sara mantenía una silenciosa y valiente dignidad. Anita la veía actuar con la serenidad de quienes ya están resignados y no les importa que los humillen y los vigilen. Pero ella no: ella sí tenía miedo que la vigilaran y la acusaran de gusana, y le habló detrás de la puerta en voz baja como una conspiradora. Le explicó a Sara que los visitaban unos amigos de Luis recién llegados de Europa (en cuanto lo dijo se arrepintió, porque Sara se daría cuenta de que si viajaban debían ser comunistas), y necesitaba limones y hielo. Pero Sara la miró con sus ojos negros impasibles y le preguntó por las niñas, cuyo destino parecía obsesionarle.

—¿Ya le sacaste los pasaportes?

—Sí, ya se los saqué.

Siempre le preguntaba por los pasaportes de las niñas, y Anita siempre le mentía porque sabía que la pobre no estaba bien de la cabeza. Sara fue y regresó con dos limones y una cubeta de hielo derretido y vuelto a endurecer. Al entregárselos, se asombró que las manos sarmentosas de Sara estuvieran aún firmes. Aunque conocía la respuesta, le preguntó por su marido, un preso político que llevaba siete años cumplidos de una condena de veinticinco (lo tenían castigado y sólo se lo permitían ver una vez al año). Aparte de su marido preso, un hermano de Sara había sido fusilado en La Cabaña. Alguien le había propuesto conseguirle la salida del país, según Sara para quedarse con su apartamento, pero ella se había negado.

—Jamás dejaré a Reinaldo sólo.
Pero a su marido le faltaban diez y ocho para cumplir su condena y Anita admiraba la paciencia inverosímil de Sara. La suya era una lucha desesperada del amor contra la crueldad de los años. Al final, fue Sara quien le advirtió con su voz lenta y profética.
—Este país estará maldito por cien años. No tengo hijos y no me puedo ir. Pero tú tienes que tomar una decisión. Tienes que huir de este infierno, irte lejos con Rosana y Raysa, antes de que sea tarde— los ojos de Sara clavados en ella con la fuerza de los desesperados.
—Lo sé, Sara— le dio la razón con una palmadita fraternal, y se disculpó porque no la visitaba. —Nunca nos vemos, pero recuerda que siempre te tengo presente en mis oraciones.
Salió del apartamento, avergonzada por el miedo que sentía de que la vieran hablando o visitando a Sara, y, preocupada de que alguien pudiera haberla visto, subió las escaleras, empujó la puerta abierta y entró. Los viajeros venidos de Estocolmo y Luis se habían desplazado de la sala al balcón, para disfrutar del fresco y de la hermosa vista nocturna que se apreciaba desde allí.
Zoila estaba de pie junto al pretil, entre Carlos y Luis, gozando del paisaje del mar y de La Habana. Anita se molestó al verla tan pegada a Luis, quien parecía disfrutar eróticamente de aquel roce. Incluso tuvo tiempo de ver a Zoila vibrando de deseo junto a Luis mientras lo tocaba en el pecho con las yemas de sus dedos.
—Todavía no entiendo qué negocio hizo tu mujer para conseguir este apartamento increíble— dijo Zoila, separándose de Luis, cuando la vio entrar a ella. —¡Qué vista tan hermosa!
Ella había olvidado que además del marido, Zoila también le envidiaba el apartamento. Desde la primera vez que la

visitara, Zoila nunca le perdonó a Anita las comodidades, la vista frente al mar y la amplitud de aquel apartamento, situado en una zona privilegiada del Vedado, en el séptimo piso de un edificio construido sobre una elevación, con el balcón orientado hacia el mar. Cinco años atrás, rencorosa por la envidia, ya le había preguntado:
—¿Cómo pudiste conseguir esta maravilla?
—Tuve suerte. Es mi barco del amor— dijo ella, orgullosa, y le contó entonces cómo pudo hacerse de aquel apartamento.

A fines del 59, cuando estaba embarazada de Rosana, gracias a su tenacidad, a un golpe de suerte, y a la ayuda de una condiscípula y amiga suya judía de la Universidad, cuyos padres eran los anteriores inquilinos, Anita había podido hacerse de aquel magnífico apartamento pagando un traspaso.

Ella entonces no podía entender por qué aquella familia de judíos procedentes de Europa Central, se marchaba tan apresuradamente del país. Andaba recorriendo el Vedado de arriba a abajo, sin encontrar nada, excepto un estudio en un cuarto piso, lejos, en 28, casi pegado al río Almendares, que no le gustó, cuando de repente aquella compañera le anunció que se iba de Cuba con sus padres.
—¡No puede ser! ¿Por qué?
—A mi padre lo tienen aterrado los discursos revolucionarios, y se ha empeñado en que debemos irnos para New York antes de que sea demasiado tarde. Y como yo tengo primas allá, por mí encantada.

Allí mismo surgió la oportunidad, y entre su amiga, que la ayudó mucho, y un dinero que ella tenía ahorrado, y algo que le prestó papá sin que Luis se enterara, pudo pagar el traspaso y conseguir aquel fabuloso apartamento. No entendía porqué aquella familia de judíos salía huyendo del país en un momento de júbilo nacional, prefigurando un totalitarismo todavía inexistente y remoto. Anita desconocía la intuición de estos sobrevivientes para leer, a las primeras señales, los futuros horrores y persecuciones. Después de haber sufrido en la carne y el alma la más atroz tiranía del siglo, no estaban dispuestos a arriesgarse. Preferían mil veces abandonar sus negocios y su hogar, antes que ser atrapados en una nueva hoguera de la Historia, encendida por otro mesías delirante y torrencial.

Para ella se trataba sólo de extranjeros, con creencias y costumbres raras, que acudían los domingos vestidos con cierta extravagancia a la misteriosa Sinagoga de Línea, cuya arquitectura parecía más apropiada para un museo de arte moderno que para una iglesia de Dios.

Pero el apartamento era fabuloso, no podía desaprovechar la oportunidad, y se sobrepuso a la repugnancia de mudarse al hogar de los infieles. Regó agua bendita por todas las habitaciones, restregó los muebles y la cocina con alcohol, y plantó estampitas de la virgen de la Caridad en sitios donde Luis no las encontrara con facilidad.

—¡Aquí seremos felices y tendremos hijos!— le dijo.

Y con su barriguita incipiente, puso manos a la obra. Preparó la biblioteca para él que lo aceptaba todo con la reserva culpable de quienes temen estar usurpando lujos ajenos, dispuso de una habitación para los hijos que iban a nacer, y se reservó la más amplia y bañada por la brisa marina, como su alcoba privada. En aquella cama con la ventana hacia mar, Luis y ella se amaron mucho. Cuando en ocasiones venía el Norte o había mar gruesa, se abrazaban arrullados por el ruido de las olas golpeando el Malecón.

—Aquí se escuchan mejor las olas del mar que en la pensión de Dulce, a pesar de que estamos más lejos. . . ¿Por qué será?

—Porque en la pensión estábamos en bajos, y otras

casas se interponían entre nosotros y el mar. Aquí estamos en altos y, cuando nada se le interpone, el sonido viaja lejos con el viento. Cuando era niño salíamos de noche a pescar, y las noches en que el mar estaba sereno y con el viento soplando hacia nosotros, yo oía las voces de los otros pescadores a lo lejos, a centenares de metros.

Ella lo imaginó en un bote en el mar, rodeado de la oscuridad de la noche, pescando. Entonces estaba orgullosa de su fuerza, de todo lo que sabía, y de que para todo tenía una explicación verosímil.

—Te quiero mucho— le dijo, apretada a su torso velludo.

Tenía entonces motivos para sentirse feliz y satisfecha. Se habían salido de la pensión e instalado en aquel amplio apartamento. Ahora no sólo iban a vivir mejor, y a tener una hija, sino que desmentían a los pesimistas de la familia que habían apostado al fracaso de su matrimonio con Luis, incluyendo a mamá.

Al principio de la revolución muchos lograron sus sueños y fueron felices de esa manera: ocupando las casas y los apartamentos, las fincas e industrias, y los puestos en el Gobierno, las universidades, etc., de quienes se iban al exilio, y la gente no sentía escrúpulos. Eso hasta que todo se racionalizó burocráticamente, y los bienes de quienes huían de Cuba los confiscaba la revolución, es decir, se los reservaban para sí los jerarcas de la nueva clase.

Ella nunca sintió remordimientos: aquel fue un negocio limpio, cuando aún éstos podían hacerse, no una dádiva de la revolución. Habían pagado un traspaso y comprado unos muebles con sus ahorros y un dinero prestado por papá. En el caos de los meses siguientes, se liberaron las partes sombrías del cubano: el instinto de saqueo y de rapiña, espoleado por la envidia y el odio contra los que vivían mejor, se apoderó de la inmensa mayoría, incluso entre los propios parientes de quienes salían huyendo del país.

Un año y medio después, a principios del 61, ella visitó a un amigo de Luis y su esposa. Éstos se acababan de mudar a una casa en Alta Habana, una de las últimas urbanizaciones para clase media fabricada por los capitalistas. Los propietarios originales, el cuñado del amigo de Luis se habían marchado al exilio, abandonándolo todo. Pero antes, mudaron al amigo de Luis a la casa (la esposa de éste era la hermana de quienes huían hacia el exilio) con el propósito de que éstos pudieran quedarse con la bonita pero modesta vivienda en Alta Habana.

El beneficiario, uno de esos grafómanos que aman las palabras sin que éstas los amen a ellos, les mostraba todos los rincones de la casa como quien enseña un lujoso botín. El amigo de Luis (es decir, el beneficiario), exultaba de felicidad; pero lo que más le chocó a ella, fue la malignidad sonriente con que juzgaba los hechos.

—¡Ajá! ¡Miren qué cocina! ¡Qué habitaciones!— decía echando chispas por los ojos. —¡El cabrón de mi cuñado se había atrincherado aquí, para ser feliz hasta su muerte, sin importarle el resto del mundo! ¡A mí me consideraba un mierda, un loco, porque nunca ahorré nada! ¿Y qué les parece? Ahora él ha tenido que irse al exilio y yo me he quedado con su casa. Ja, ja, ja ja. ¡Un castigo bíblico al egoísmo! ¿No es verdad?

A ella le costó reconocer en este hombre endemoniado y retorcido, al escritor melancólico y de mirada atormentada que daba la impresión de estar perseguido por el fracaso y la mala suerte, arrastrando consigo a la buena esposa y a la hija bonita a una pobreza permanente.

¿Qué había hecho el cuñado al dejarle su casa si no tratar de favorecerlo y proteger su propiedad de una confiscación, aprovechando un vacío legal que pronto enmendarían los comunistas? Aunque en esto hubiese habido un cálculo mezquino, el regocijo de aquel escritor ante la desgracia del cuñado no se justificaba. Su alegría era la venganza de un alma ruin y envidiosa, pensaba Anita.

Sentados luego en los sillones del agradable portal de la casa, frente al jardín con rosales plantados amorosamente por el cuñado ahora en el exilio lavando platos, el escritor amigo de Luis se reía, destilando su bilioso rencor.

—Trabajó como un burro, se creyó a salvo de los desastres, lo previó todo, menos que una revolución justiciera acabaría con sus pretensiones de mediocre empleado de una transnacional. ¡Pero llegó el Comandante y mandó a parar! ¡Ja, ja, ja!

Oírlo la hacía sentirse mal. El colmo era que la esposa, una mujer decente y laboriosa, se callara y no saliera en defensa de su hermano en el exilio, y que Luis, por divertirse, le siguiera la corriente.

Cuando regresaban esa noche al Vedado por la Calzada de Rancho Boyeros, azotando con la velocidad del auto las adelfas polvorientas de la isla de la Calzada, ella le confesó a Luis que el espectáculo la deprimió, que su amigo tenía el alma enferma de envidia y de odio contra su cuñado.

—Es posible— dijo Luis. —Pero está dentro de la tradición intelectual el desprecio contra quienes intentan acumular bienes materiales para sí y sus familias, en forma egoísta. Hasta el propio Cervantes, en el Coloquio de los perros, hacía ya irrisión de los moriscos en España: "porque su intento se les iba en guardar dinero, y para hacerlo trabajaban y no comían, ganando siempre y gastando menos".

Hubo una pausa mientras Luis conducía en silencio, orgulloso de su buena memoria, mientras ella reflexionaba, todavía inconforme, sobre ese odio contra quienes se sacrifican y ahorran.

—Entonces— dijo al fin—, según Cervantes y tu

amigo, en la fábula de la cigarra y la hormiga, la cigarra era una artista que le cantaba a la luna, y la hormiguita una avara miserable que ahorraba para el invierno.

Luis, que hacía tiempo que no la tomaba en cuenta como interlocutora válida, la miró de reojo sorprendido. Tal vez había detrás de aquella cara bonita más sentido común e independencia de criterio de lo que suponía

8

Pero hoy estamos en septiembre del 68, un año plagado de acontecimientos que estremecieron a la divina izquierda, ella ha alineado los vasos para preparar la tercera ronda de mojitos y Luis charla en la sala con los visitantes venidos de Estocolmo.

Ella mira los cuatro vasos pero su alma está en otra parte. Su vida se ha caído a pedazos, su familia estaba en el exilio y Dios es negado en las escuelas. ¿Qué hacer con Luis y esa tipeja que negocian un posible trato carnal? ¿Cómo seguir viviendo en un país donde se sentía vigilada, oprimida y perseguida?

Ella miraba los cuatro vasos sin verlos. No eran los *otros* sino Luis quien más la decepcionaba, y nada más desolador que esa sensación de sentirnos decepcionados por la persona que más amamos y admirábamos. ¿Quién entiende a los hombres? ¿Por qué no emborracharse y olvidar, y ser la prostituta que se entrega a los machos? ¡Los hombres son tan idiotas que no saben lo fácil que es ser puta, y el poco talento que hace falta! Total, a la mujer decente nadie le ha reservado ni una página en la Historia.

Miró con odio la botella: el ron que quedaba no le alcanzaba para los mojitos, al menos como le gustaban a Luis.

Pero se acordó de la botella de aguardiente que él trajo una noche, que alguien le había regalado, y él dejó en la cocina con la advertencia que no lo usara para los tragos, por ser un mofuco de fabricación casera, hecho seguramente con alcohol de reverbero.

—¿Y qué hago con la botella?

—Úsalo para fricciones o para matar ratas.

Una idea que la entusiasmó de repente: ¿por qué no usar ese alcohol para Zoila y Carlos, a ver si reventaban? Puso manos a la obra con un entusiasmo vengativo. Con lo que restaba del ron bueno preparó los mojitos generosos para Luis y para ella, que de repente sintió unas ganas ubérrimas de embriagarse y olvidar. Y no escatimó, divertida pero algo asustada, el chorro de la botella de aquel mofuco pestilente para preparar los mojitos de Zoila y Carlos. Luego sonrió mirando los cuatro vasos, invadida de una sensación excitante y dulce. Pero ¿y si se morían y la acusaban de asesinato?, pensó preocupada, pero desechó este peligro por remoto. En todo caso sería sólo una intoxicación accidental, aunque seguramente no les pasaría nada. Si Zoila y Carlos se bebían aquel brebaje, bien, y si no se los tomaban, que se fueran por donde habían venido. De modo que hizo su entrada en la sala a lo grande: con la bandeja en la mano y la cara adornada con una sonrisa de anfitriona diligente, y repartió los vasos, cuidando que cada quien recibiera el que le correspondía. Ellos estaban tan animados con su conversación que sólo Carlos se molestó en dar las gracias.

—Gracias, Anita. Igualmente perdona las molestias.

—Si no saben igual es por culpa del limón— advirtió ella, impaciente por ver la cara de Zoila cuando lo probara.

Estos comunistas sí eran amables a veces. Carlos era tan comedido como un monaguillo, pensó divertida y esperó con ansiedad a que Zoila se llevara el vaso a los labios a ver qué pasaba. Pero Zoila andaba tan ensimismada en su flirteo con Luis, que ella se vio obligada a recordarles los vasos con los mojitos.

—¿Es que no van a probarlos? ¡Miren que tienen poco hielo!—dijo, y luego pensó que podían acusarla de incitarlos a intoxicarse.

—¡Cómo no!— dijo Luis y, levantando el vaso hacia Zoila, brindó: —¡Por la viajera que vuelve del capitalismo revuelto y brutal, más revolucionaria que la Pasionaria y cargada de café para los amigos!

—¡Ugrr, este trago está demasiado fuerte!— protestó Zoila, haciendo una mueca al probar el mojito.

—¡Boba, así es como es sabroso!— dijo Luis, saboreando el suyo, hecho con ron auténtico. —¿O es que te amilanas ante los ardientes excesos de este ron que nos devuelve a la pagana alegría?

—¡Si me sigues provocando no te voy a dar el café!

Anita disfrutó la mueca de Zoila al probar el mojito preparado con el mofuco pestilente. Pero le molestó el gesto de asqueroso coqueteo de Zoila con Luis y la amenaza de no darles su cochino café. En lo más íntimo la humillaba aceptarle cualquier favor a Zoila.

—Zoila, no te preocupes por el café. En realidad a mí me da pena. Te lo agradezco pero no podemos aceptarlo— le dijo, de la rabia.

—¿Pena de qué? La pena no mata hambre y es una hipocresía propia de burgueses, no de revolucionarios Uno debe tener pena por los que pasan hambre explotados por el capitalismo.

Este ataque la agarró desprevenida. Se asustó porque la palabra capitalismo la hacía sentirse vagamente culpable, pero tenía ganas de responderle como se lo merecía, pasase lo que pasase, cuando Carlos intervino en un tono apaciguador que la

contuvo.
—¡Por favor, Anita, acéptanos el café! Si no lo aceptas me pongo bravo contigo, y Zoila también. ¿No es verdad, mi amor?

Aunque con suavidad, Carlos presionó a su Zoila con una mirada. Ésta entendió y, con una mueca hipócrita que se transformó en sonrisa, se volvió condescendiente hacia Anita.

—¡Claro, chica! ¡Que nos aceptes el café es un placer, lo que pasa es que tú eres demasiado anticuada y susceptible!

En estas circunstancias, a ella no le quedó más remedio que aceptarlo, aun de mala gana.

—Bueno, está bien. Gracias a los dos.

Luis también dio las gracias pero Carlos le restó importancia.

—Nada de gracias, es un placer compartir con los amigos. Igualmente tú compartiste conmigo en los malos tiempos.

Anita sabía, sin que se lo dijeran, que Luis debía haberlo ayudado en los malos tiempos, cuando Carlos no tenía ni para comer. De golpe su animosidad contra Carlos se desvaneció y, por un momento, lo miró con ojos compasivos: la cabeza de ratón bigotudo, su físico endeble, los ojos tristones detrás de los lentes de intelectual, y una ráfaga de compasión la invadió. Carlos había tenido mala suerte y no era mala persona. Hasta lástima le daba que estuviera tan enamorado de esa mujerzuela, porque seguramente Zoila le pegaba o le pegaría los cuernos, y eso no se le debe hacer a nadie, ni a un comunista siquiera. Como ella misma, Carlos estaba destinado a sufrir desengaños sentimentales.

Pero nuevamente la dinámica de la reunión la aislaba, y ella pensó si tendría el valor de plantearle a Luis el dilema de salir juntos del país o que la dejara salir al menos con Rosana y Raysa. Iba a ser terrible, tal vez la ruptura de su matrimonio. Personas como Zoila y Carlos nunca más le dirigirían la palabra, porque entre los que se iban y los que se quedaban se abría un abismo insalvable.

Despertó de estos pensamientos allí en la sala, al escuchar a Carlos porfiando con Luis (cosa extraña en él), sobre un personaje a quien ella conocía de oído y de vista, y con quien simpatizaba.

—Te aseguro, Luis, que el verdadero culpable de esa novela fue Barral y no Guillermito —dijo Carlos con una vehemencia insólita en él. —Cuando Barral ofreció darle el premio a un cubano ese año, todos salieron corriendo a desempolvar sus manuscritos, incluso Guillermito, que jamás habría reunido ese ajiaco de textos, parodias y borradores de novelas en un libro de no haber sido por la urgencia de enviarlo al concurso.

—Más a mi favor— sonrió Luis. —Si todos corrieron y él fue el único en alcanzar el avión del premio y la fama, por fuerza tiene que ser la mejor novela de su generación, aunque Guillermito sea un contrarrevolucionario.

—¡Es que ese ajiaco no podrá ser nunca un novela!

—Entonces, ¿cómo serían las otras, las perdedoras?— le preguntó Luis en aquel tono malicioso con que se burlaba de la gente.

Carlos titubeó unos segundos, asimilando el golpe (ella sabía por Luis que entre los concursantes que enviaron sus apresurados manuscritos sobados durante años se contaba Carlos); pero éste, sin darse por aludido, siguió a la carga contra su odiado Guillermito.

—¿Sabes cuál fue la opinión de Barral cuando le pregunté en España por la novela antes que la publicara? ¡*Una maraña de lagartos*, me contestó con una mueca despectiva! ¡Y eso la define con exactitud catalana! ¡Una maraña de lagartos: eso es lo que es!

Zoila, con el mojito mortífero en la mano, afirmaba con

rompió la tensión con una ironía condescendiente y burlona.

—Yo estaba equivocado. Siempre pensé que Guillermito, más que un agente de la CIA, era un agente secreto del sexo con exceso de talento.

—Pero su novela, ¿cómo la calificarías?— lo retó Zoila.

Luis se encogió de hombros buscando una frase feliz.

—Un océano de parodias con tres pulgadas de profundidad.

A Zoila la ocurrencia la lleno de placer, la repitió un par de veces con deleite, jugueteando con el pez rosado de su lengua en el acuario de su voz, hasta que al final le propuso a Luis:

—¿Mejor no sería un océano de parodias con una pulgadita, así chiquitica, de profundidad?

Desde hacía un rato Anita los escuchaba aterrada. Bastaba que mencionaran al imperialismo americano y a la CIA en su presencia, para que se sintiera aludida. Algo, cuyas razones escapaban a su comprensión, la hacía sentirse culpable y en peligro de ser descubierta, y un miedo irracional se apoderaba de su ser. Por más esfuerzos que hiciera, desde tiempo atrás vivía con el terror de ser estigmatizada y denunciada como una enemiga del pueblo en la Plaza de la Revolución, enfrente a una masa de un millón de fanáticos enloquecidos gritando:

—¡Gusana, gusana! ¡Qué muera la gusana!

9

Quince minutos después, algo repuesta de su miedo, miró el reloj. Las once y media, y Zoila no parecía dispuesta a despegar las nalgas del sofá en donde estaba sentada ahora al lado de su maridito. Discutía, viva aún, embriagada por el mofuco y las provocaciones de Luis. Poco antes éste había sacado a relucir el tema del matrimonio, evidentemente para mortificarla.

—Hombre casado, animal domesticado— le dijo.

—Tú no eres más que un misógino de mierda— lo acusó Zoila.

—Yo no entiendo como una mujer como tú puede defender una institución condenada al basurero de la historia.

Estas palabras ofendieron a Anita que sufría la escena en silencio, y todavía con el corazón oprimido por el miedo. Si él pensaba de esa manera. ¿por qué se casó con ella? En los tres últimos años, a él le había dado por despotricar contra el matrimonio y cada vez que lo oía se sentía enferma, como acusada y culpable de que hubiera perdido la libertad de soltero por su culpa. Pero prefirió aguantarse, para no discutir con él delante de Zoila, a quien en ese momento Luis estaba mortificando por el puro placer de provocarla.

—A ver, muchacha. En una sociedad socialista, ¿para qué sirve ese contrato secular para pactos de intereses, el auxilio mutuo, la procreación de los hijos y la perpetuación de la propiedad?

—Para el amor y compañerismo— dijo Zoila.

—Para nada, porque, en mi opinión, el matrimonio no ha servido ni para evitar la concupiscencia, como pretendía la religión.

Zoila movió el trasero inquietante y poderoso en el sofá.

—¡Cállate, desgraciado! Tú hablas así porque eres un machista. Pero sin embargo estás casado, y tienes a tu mujercita sometida a tu arrogancia y tu despotismo de macho vernáculo.

—Por favor— los interrumpió Anita—, no me inmiscuyan en su pelea. A mí nadie me tiene sometida.

Sin hacerle caso a ella, Zoila amenazó a Luis con el

dedo.

—¡Ay, si yo fuera tu mujer te pondría en tu lugar! ¡Tengo fama de rebelde y apasionada, y lo soy! Pero no pienso como tú. El matrimonio me hacía falta: me ha dado seguridad y un compañero. Yo me siento inmensamente feliz de haberme casado con Carlos.

—Sí, feliz de tener un esclavo sometido y domesticado.

En vez del dedo fálico, ella lo amenazó con un manotazo coqueto.

—¡Cállate, odioso, y déjame hablar!— la voz sonaba estropajosa: la embriaguez había impregnado sus ojos y sus gestos de una torpeza erotizante. —Yo no me casé con Carlos para que me mantuviera. Tampoco lo hice para tener una pila de hijos porque, como la Beauvoir, tampoco soy maternal. Yo buscaba un hombre que me amara y me respetara. ¡Un compañero, entiendes!

Luis le sonreía con los párpados entornados, pensando que si la agarraba a solas, así de sabrosona, le daba leña por delante y por detrás, "hasta matarla", pensó.

—Un hombre que me cuidara y me tratara de igual a igual. Porque a mí la soledad me mata y además yo soy una mujer ardiente que necesita un hombre todas las noches en las cama. ¿Oíste, odioso?— le gritó a Luis, y luego ella se volteó en busca del apoyo de su marido: —Un hombre como Carlos para que me quisiera y me cuidara. ¿No es verdad, mi chino?

—Todo eso es verdad, mi china— corroboró Carlos, vanidoso de ser el machazo que consolaba los ardores de su jodida mujercita.

Anita escuchaba a Zoila desde su sillón, asqueada por su impudicia, y a Carlos lo despreció como hombre. Por su lado, Luis entornaba los párpados como un sádico, relajado por el deseo y el ron.

—En fin— dijo burlón—, que tienes fuego y necesitas

un bombero. Pero para eso no tenías que condenar a mi amigo Carlos al yugo del matrimonio. ¡Cualquiera te hubiera hecho el favor!

—¡No es lo mismo, estúpido! Vivimos en una sociedad machista: la mujer que no tenga un hombre que la represente, está jodida. Cuando la ven a una sola, todos creen que pueden abusar. Los hombres quieren aprovecharse, porque el cubano tiene la mente más sucia y prejuiciada del mundo. No son como los suecos, que no andan mirando con quienes se han acostado sus mujeres. Para ustedes, una mujer con experiencia es casi una puta.

—Ese no es mi caso— protestó Luis. —Para mí las mujeres son tan dueñas de su cuerpo como cualquier hombre.

Zoila torció la boca incrédula y despectiva.

—¿También incluyes a "tu esclava" en eso?

Aludida directamente, Anita hizo un gesto violento y nervioso de indignación. No le iba tolerar más insultos a Zoila.

—¡No te metas conmigo, Zoila, que yo contigo no me he metido! ¡A mí me dejas fuera de esta asquerosa conversación!

Zoila sonrió condescendiente, como si Anita no mereciera su atención. Fue Carlos, que estaba sentado junto a su jodida mujercita, quien intervino entre las dos en un tono conciliador.

—Por favor, discutan con objetividad, sin alusiones personales— dijo, y luego le puso la mano en el muslo a su jodida. —China, yo creo que estás hablando de una época superada por la revolución. La posición de la mujer en la sociedad ha mejorado dramáticamente.

Zoila se encogió de hombros y lanzó un suspiro que fue casi un orgasmo. Luego, mientras Carlos hablaba sobre los efectos de la revolución en las costumbres, ella permaneció distendida y pensativa, evocando imágenes tal vez muy íntimas de su pasado sabroso o escabroso, y, de repente, interrumpió a Carlos para confesar una convicción que gobernaba sus actos.

—A mí la soledad me enferma. Prefiero la amistad de los hombres a la de las mujeres. Cualquier hombre, antes que la soledad.

Anita se sintió impulsada a llevarle la contraria.

—A veces es mejor estar sola que mal acompañada.

—Ah, pues yo no. Yo prefiero estar mal acompañada que sola.

Y Luis, sentado sabrosonamente como un pachá con los párpados entornados por la embriaguez y también por el deseo, al oírla, se adelantó con un dedo acusador hacia Zoila.

—¡Anjá! ¿Eso de *mal* acompañada lo dices por mi amigo Carlos?

Zoila captó, a pesar de los tragos, tanto la insidiosa intención de Luis como la sonrisa triste de agravio de Carlos, a quien dejaba mal parado como hombre al hablar con tanta ligereza. Y reaccionando, se lanzó mimosa sobre el cuello de Carlos, y ¡muap, muap! le dio dos besos espectaculares en la mejilla.

—¡Claro que no lo digo por ti, mi amorcito! ¡Tú eres la compañía más linda y preciosa del mundo, lo que pasa es que el canalla de Luis quiere sembrar cizaña entre los dos!

Envuelto aún en los brazos tentaculares de su mujer, Carlos sonrió con un aire entre resignado y feliz. Le quitó el vaso a Zoila de la mano y lo puso sobre la mesa, seguramente estimando que ya había bebido demasiado. Pero ella agarró de nuevo su mojito con un gesto testarudo de embriaguez.

Carlos se encogió de hombros, disculpando con una sonrisa los excesos de Zoila.

—Carlitos, amigo mío— intervino Luis—, no te dejes dominar por las astucias de esa mujer. ¿Qué pasa, mi hermano?

Te estás poniendo viejo y sentimental. ¿No recuerdas cuando me decías que con el socialismo haríamos el amor libre y que el matrimonio pasaría al basurero de las costumbres?

—¿Es verdad que *tú* decías eso, mi chino?

—Sí— admitió Carlos, apenado —Luis y yo hablábamos muchas boberías, caminando de noche por La Habana. Pero yo no te conocía todavía a ti, china— se disculpó políticamente. —En realidad, no creo que haya llegado el momento histórico, ni la revolución debe tomar una posición al respecto. Además ni Marx, ni Lenin nunca...

Luis lo interrumpió agitando una mano.

—Coño, olvídate de Marx y de Lenin, y confiesa que tú nunca pensaste en someterte al yugo del matrimonio. ¡Rebélate contra esa devoradora de hombres colgada a tu cuello!

Anita se sentía deleitada por los efectos químicos de aquel mofuco sobre Zoila, contenta de que estuviera haciendo el ridículo y asustada de verla en toda su vulgaridad. Como ahora, que apuntó con su bemba protuberante y su voz estropajosa hacia Luis.

—¡Desgraciado, sembrador de cizaña! ¡Déjalo hablar!

Carlos se liberó con delicadeza del abrazo sensual de su jodida, y para hablar se sentó en la punta de sus nalgas al borde del sofá (tal vez sentado así su intelecto funcionaba con más lucidez y dominaba mejor a su auditorio), y, en un tono calmado y profesoral, se lanzó a una perorata histórica y social sobre el matrimonio que quería ser dialéctica, pero Luis impaciente, no lo dejó terminar.

—Déjate de mariconerías, che, y confiesa que las mujeres quieren casarse con los hombres para castrarlos. Ya Freud lo dijo. Ellas inventaron la envidia. Eva le envidiaba el pene a Adán en el Paraíso y por eso se lo agarró.

—¡Eso es mentira! ¡Además déjalo hablar!— gritó Zoila.

—Yo diría...

—¿Qué no le agarró el pene a Adán? ¡Si por poco se lo come!

—¡Cerdo misógino!— lo insultó Zoila, le sacó la lengua, y, alborotada, soltó una carcajada que estremeció sus tetas.

—Yo diría que la relación hombre/mujer es mucho más compleja que eso— insistió Carlos con las manos a que lo dejaran terminar, tomando en serio lo que ellos tomaban en broma. —En el caso mío, el matrimonio ha sido todo ganancia... Yo he encontrado en Zoila una felicidad inesperada, una plenitud del ser. Puedo decir que su compañía— dijo y señaló a Zoila—, me hace feliz, y que estoy enamorado. Hasta hoy no he tenido motivos para arrepentimientos. Espero que ella nunca me los dé, ni yo tampoco dárselos a ella.

—Nunca jamás, mi amor— dijo Zoila, atrayéndole embriagada hacia su tetas y envolviéndolo en sus brazos nuevamente, mientras le volvía a sacar, triunfalmente, la lengua a Luis.

A Anita la voz de Carlos le sonó patética y la reacción de Zoila le pareció francamente despreciable. Esa mujerzuela era capaz de comerse vivo a Carlos. Y sintió pena por él, con su cara de cornudo, y desprecio por la conducta desvergonzada de Zoila; pero ahora le preocupaba más lo que pudiera decir Luis, cuya endemoniada sonrisa de sorna no presagiaba nada bueno. Finalmente, Luis tomó el vaso vacío y lo levantó muy alto en el aire con un brindis teatral y burlón.

—¡Brindo por esta noche de mojitos y de mojones!

10

Era más de medianoche y Anita, con el pretexto de darle una vuelta a las niñas, los había dejado solos en la sala.

Ya no soportaba más a esos tres allá afuera. Si los tres fueran personajes de una obra de teatro y ella pudiera abandonar la sala, no esperaría el último acto. ¿Cómo soportar a tres personajes tan pedantes como Luis, Zoila y Carlos, pujando gracias y ocurrencias con las que pretendían ser tres tigres geniales?

La vida es difícil, pero son quienes nos rodean los que se empeñan en convertirla en un infierno. ¿Cuánto no daría por estar esa noche sola, lejos, a un millón de kilómetros de Cuba y de los cubanos? Tenía un enorme deseo que Zoila y Carlos se marcharan. Pero desde hacía media hora, a pesar de que Carlos comentó que era tarde y mañana tenía que trabajar, Zoila había acomodado su asqueroso fondillo en el sofá sin la menor intención de irse. Cuando Anita regresó a la sala, considerando que ya había sido más que suficiente por esa noche, se decidió a apresurar el final de la ya larga y agobiante visita.

—¡Ay, qué tarde es!— se quejó en voz alta.

Bostezó exageradamente, recogió los vasos vacíos, excepto el de Carlos que estaba aún por la mitad, y como ellos no se daban por enterados de su actitud, se sintió todavía más deprimida.

—¿Pero no están cansados todavía?— preguntó en voz baja, ofendida ante la falta de consideración de Zoila.

Pero nada. Aunque Carlos la miró también con una cara triste de cansancio, Zoila y Luis siguieron enfrascados en el fuego erótico de sus vanidades, sin prestarle la menor atención.

Anita se fue llena de rabia a la cocina, y terminó de recoger. Tenía ganas de gritar o de llorar. Pasó por la habitación de las niñas, luego fue a su cuarto y volvió con las pantuflas puestas, y con una cara de tranca y de sueño capaz de ahuyentar a la más descarada. Carlos fue el único que se fijó en ella, y le preguntó si se sentía mal.

—Cansancio, sueño y dolor de cabeza— dijo con una mueca.
Entonces Carlos, sin duda por consideración hacia ella, tomó la iniciativa de interrumpir a Zoila, suplicándole con timidez.
—¡Mi amor, por favor, es tarde, tenemos que irnos!
—¡Ya va, espérate un momento!
Porque su mujercita seguía tan excitada en su orgásmica disputa con Luis que, evidentemente, no se iría por ahora. Parecía empeñada en derrotarlo en aquella batalla, cuyo trasfondo se adivinaba más adúltero que conceptual por los juegos de ojos, miradas ardientes, tetas agitadas, manoteos y cambios de nalgas de Zoila.
—¡La culpa de que las cubanas seamos así, la tienen los machistas como tú! ¡Qué gozan pegándole los tarros a sus mujeres! ¡Pero tú jamás te casarías con una sueca porque ésas se los pegan todo el tiempo a sus maridos! ¿Te casarías tú con una mujer liberada?
—Si lo dan de gratis, ¿para qué me iba a casar?— se rió Luis.
"Increíble, ¿cómo pueden hablar tanta porquería?", pensó Anita.
En silencio, pero con la procesión por dentro, ella los escuchaba impaciente. ¿Hasta cuándo iban a seguir Luis y Zoila con el relajito?, se preguntó, a punto de estallar. La santa noche viendo a Luis en el papel de seductor de esposas ajenas, ante la bochornosa complacencia de Carlos, y soportando las ínfulas de mujer liberada de Zoila, quien no cesaba de provocar a Luis, la hacían sentirse enferma y asqueada, aunque el dolor de cabeza pudiera ser también por culpa del ron de los mojitos. Con los nervios destrozados, le lanzó una mirada suplicante a Carlos, quien debió percatarse de lo mal que se sentía, pues verificó la hora con impaciencia en su reloj de

muñeca, y luego tocó a Zoila en el brazo, intentando persuadirla con suavidad.

—¡Vámonos ya, chinita! ¡La pobre Anita está cansada y se siente mal, y yo tengo que madrugar para ir al ministerio!

Si Zoila se hubiera marchado en aquel momento, no habría pasado nada aquella noche. Pero a la muy desgraciada le importaba un pepino si Anita se vomitaba, le dolía la cabeza o se moría, o si Carlos tenía que madrugar para trabajar.

—¡Ya va!— le gritó a su marido, y se volvió hacia su ardiente antagonista. —¡Tú lo que eres un machista y un misógino de mierda!

—¡Eso es un insulto, no un argumento! Date por vencida, Zoila. Ni los matrimonios a la sueca funcionan. El amor libre es el futuro. Lo otro lo condenan las palabras que lo nombran: "con-yugues" que comparten el mismo pesado yugo; "mártir-monio", que hay que ser un mártir; "esposas", que son las manillas de acero para los presos. ¡Ja ja ja! ¡Date por vencida, muchachita!

—¡Yo quisiera saber qué harías tú sin *nosotras* las mujeres!

—Siempre he sabido qué hacer con una hembra en mis brazos, cuando ella es mi querida— dijo él con ardor—, porque, fíjate bien: la *querida* nunca es la esposa, sino *la otra*. ¿Entiendes, muchachita?

—¿Entonces, por qué te casaste tú?— ella lo retó irónica.

Luis se lavó de esa culpa con un gesto de desdén.

—Por inexperiencia o mariconería. Los jóvenes corren detrás de la fugaz nube del eterno deseo de amar y una mañana se despiertan junto a una extraña despeinada y con mal aliento, encadenados a compartir su vida entera con esa desconocida.

A Zoila le excitaba el antilirismo sarcástico de Luis, tocada quizás en un resorte íntimo. Aun Carlos, con su cara de cansancio y sueño, sonreía divertido. En cambio a Anita, que se comía el hígado de la rabia, la ofendía en lo más hondo de su ser. En sus sarcasmos veía transparentarse los verdaderos sentimientos de Luis sobre el matrimonio. ¿Quién podía ser el objeto de todo aquel rencor, sino ella su esposa? ¿Contra quién iban dirigidos los anatemas, sino contra ella?

—Sí, ríete, cabroncito. Tú te atreves a hablar así porque estás casado con la comemierda de Anita, que te lo aguanta todo. ¡Ah, pero si fuera conmigo, ya te habría mandado al carajo, te habría pegado lo tarros con todos los comandantes, y me habría divorciado de ti!

Anita se puso lívida. No podía tolerar más humillaciones de esa mujerzuela. Así que levantó la voz, temblando de rabia pero firme.

—Te lo advertí, Zoila. Que no te metieras más conmigo. Tú puedes ser una experta pegándole tarros a tu marido. Pero yo no. ¡Yo soy una mujer decente!— la amenazó, y luego se volteó con fiereza hacia Luis: —En cuanto a ti, hablas como un cobarde. ¡Un hombre de verdad, en vez de hablar tanta bobería en contra del matrimonio, se divorcia de su mujer, y se acabó!

Hizo una pausa, en medio del estupor y el asombro, y añadió:

—Si soy una carga tan pesada para ti, conmigo no hay problema. No me voy a morir porque me dejes. Ahora mismo puedes irte. A lo mejor me haces un favor a mí y a mis hijas.

Como ella había permanecido marginada y callada casi toda la noche, su reacción los dejó estupefactos a los tres, tanto por la indignación como por el tono trágico. Además, sus palabras eran tan justas y justificadas que no encontraban cómo responderle.

La primera en reaccionar fue Zoila, haciendo hacia los hombres una mueca burlona: ¡qué bicho le picó a ésta! Luego

Zoila se quedó en suspenso, al igual que Carlos, esperando la inevitable reacción de Luis, hasta que éste empezó a sacudir la cabeza con desaliento, ante lo absurdo de la vida y la estupidez de las mujeres, y se dirigió directamente a Carlos, ignorando la presencia de ellas.

—¿Cuándo aprenderán a ser objetivas? ¿Cuándo llegará el maldito día en que una mujer participe en una discusión sin que lo tome como algo personal? Para ellas, todos los temas son el espejo en donde se ven retratadas. Son incapaces de la menor abstracción. Si mencionas a Hegel, se inquietan por el misterio de su vergel, si mencionas a Platón, que rima con creyón, piensan en sus boquitas pintadas.

Y, alzando los brazos con mordaz resignación, añadió:

—¡Qué irracionales son las mujeres! ¡No en balde ya Pitágoras hablaba de un principio maligno que creó a la mujer, el caos y las tinieblas!

A Carlos, con la dramática intervención de Anita y ahora la respuesta de Luis, lo habían sacado de su letargo, y, como de costumbre, trató de contemporizar y quedar bien con todos.

—Tienes razón en cierta forma. Pero *ellas existen*, a pesar de Marx y de Pitágoras, son la mitad perdida de nuestro ser, y las necesitamos para vivir y ser medianamente felices, che.

—Sí, ellas existen, la luna rige sus menstruaciones y sus mentes, son indispensables para el amor, la cocina y la conservación de la especie— admitió Luis, recuperando su buen humor. —¿Pero conoces a alguna fémina angustiada por la nada o el infinito? ¿Te imaginas al lógico Aristóteles preocupado por sus labios pintados? ¿O al venerable Platón con tacones altos meneando el culón?

—De Aristóteles no sé. De Platón se decía que era maricón.

Los dos cancelaron la tensión con unas risas más forzadas que reales. Pero Anita permaneció mortalmente seria, aún lívida, temblando de rabia y conmocionada por sus propias palabras, después de haber retado a Luis con el divorcio por primera vez en diez años de casada, temblaba aún. Acababa de actuar contra una de las creencias que gobernaba su vida: que su matrimonio con Luis era para siempre, y después del susto, una grata sensación comenzó a embargar todo su ser. Ellos podían reír estúpidamente, pero ella ya no tenía miedo, y no toleraría más humillaciones aquella noche, ni de Luis, ni la de Zoila, por supuesto.

Zoila no pudo elegir peor momento para atacar a Anita, poniendo una distancia entre las dos, movida por su vanidad de mujer liberada, revolucionaria y progresista.

—No sé de quién hablas tú, Luis, pero de mí no será. Yo nunca me pinto los labios ni me gustan los tacones altos. Esas preocupaciones las dejo a tu mujercita, con sus costumbres acartonadas de burguesa. Yo soy una mujer liberada, que está más clara que tú históricamente, y además soy más revolucionaria también.

—Más revolucionaria en Estocolmo es el colmo— se burló él.

Pero Anita no estaba para bromas. No le iba a tolerar más provocaciones a Zoila, así que saltó hecha una fiera.

—¡Mira tú, te advertí que no te metieras más conmigo, que no quiero desprestigiarte delante de tu marido!

—¿Me amenazas? ¡Uiii, qué miedo con la gusanita!

—¡Mejor me callo! ¡Las tipejas como tú me dan asco!

Las dos se habían puesto de pie. Zoila, todavía bajo los efectos del aguardiente, se explotó de la manera más vulgar, proyectando con sus labios protuberantes las palabras y manoteando.

—¿A ver, qué vas a decir? ¡Tú eres una gusana de

basura que no tienes derecho a abrir la boca! ¡Te salvas por Luis, si no te iba a meter presa! ¡La revolución barrió contigo, con las niñitas de cartón hijas de papá y mamá! ¡Ahora todos somos el pueblo en marcha y te lo tragas o te vas para Miami con la gusanera!

—¡Basta ya, por favor, Zoila!— le gritó Carlos, poniéndose de pie para interponerse entre las dos mujeres.

Pero Anita no se iba a quedar callada, no esta noche suicida en que ya nada le importaba. Muy ofuscada y agitada, pero tratando de mantener la compostura, levantó la cabeza con arrogancia.

—¡Sí, soy una gusana y a mucha honra! ¡Pero toda mi vida fui una mujer decente y tú una mujerzuela que se entregaba a cualquier hombre! ¡Además, en tu familia todos siempre fueron batistianos, y ni tú, ni el infeliz de Carlos que siempre fue un fracasado, tienen moral para juzgarme a mí o a mi familia! ¡Persona se nace no se hace!

Fue Luis quien se puso de pie ahora para intervenir.

—¡Ana, por favor, respeta!— dijo Luis, agarrándola por el brazo.

Zoila se sacudió la melena como una leona.

—¡Déjala, la infeliz no ha podido superar el trauma de la revolución, ni su tarado origen de burguesita matancera!— dijo despectivamente.

—¡Ay, por favor, Zoila, que me das risa! ¡Yo sería una burguesita en Matanzas, pera allá a ti te conocían como "la fulana del biberón", por las porquerías que le hacías a tus novios en los cines!

Nadie esperaba una revelación sexual tan descarnada y escandalosa, y por unos segundos de estupor, ni Carlos ni Luis ni Zoila supieron como reaccionar. Aprovechando la confusión, Anita les dio la espalda, y temblando de la agitación, salió de la sala y se refugió en su habitación, adonde entró con la honda sonrisa de satisfacción de quien le ha propinado una estocada mortal a su enemiga. "Ella se lo buscó", se dijo nerviosa pero exultante de gozo.

11

Anita esperó impaciente y nerviosa en su habitación. Afuera escuchaba las voces pero no podía discernir lo que decían. No sabía que Zoila, de pie ya para irse, se lamentaba de cómo las calumnias persiguen a las muchachas en los pueblos de provincia. "Es la mente sucia del cubano", repetía con voz estropajosa sin convicción.

Carlos lucía tan desconcertado como la propia Zoila, cuya cara reflejaba el estrago del mofuco, y le expresaba su solidaridad con palmadas en la espalda. Por su parte, Luis la observaba con penetrantes ojos, y con voz luctuosa le dio la razón: "Pueblo chiquito, infierno grande; pero tú eres una mujer superior a ellos", dijo, y luego disculpó a la pobre Anita. "No le hagas caso. Desde que se murió su mamá en Miami, ha quedado muy afectada".

—Tengo náuseas, chino. Llévame a casa— dijo Zoila, y se apoyó en Carlos. —Me siento como si me fuera a morir.

Los tres estaban ya en el pasillo y Luis, después de una breve vacilación, le ofreció su auto a Carlos para que se lo devolviera mañana, y los acompañó a la planta baja. Más de un motivo lo impulsaban a tanta amabilidad: la esperanza de que Carlos lo ayudara a entrar en el Minrex algún día, y la premonición de que Zoila había vuelto de Estocolmo dispuesta a materializar la atracción física que sentían el uno por el otro.

"'Ésta saboreó el placer de la traición en Estocolmo", se dijo.

En su habitación, por el sonido de la puerta al cerrarse y el silencio posterior, Anita supuso que Luis había bajado con Zoila y Carlos a la calle. Pero no le importaba lo que pudieran hacer o decir de ella. La sensación de una felicidad suicida, de una indiferencia ante los peligros a que se exponía, había embargaba su pecho.

De repente se sentía capaz de todo. La opresión en que viviera en los últimos seis o siete años se había desvanecido. ¡Qué pusilánime y cobarde había sido, si ser valiente era lo más fácil del mundo! Bastaba con ser ella misma, decir lo que pensaba sin importarle si el mundo le caía encima. ¡Total, ya no podían humillarla más, ni hacerle sufrir más, excepto enjuiciarla y encarcelarla, o quitarle a Rosana y Raysa, y para eso tendrían que pasar por encima de su cadáver! ¡A la mierda Luis y todos los comunistas del mundo!

Unos quince meses antes había dejado su trabajo. Asqueada de las asambleas, de las reuniones educativas sobre el marxismo leninismo, y hasta del adoctrinamiento en las clases de solfeo; asqueada en fin de todo, y harta de que la presionaran para que asistiera a las labores agrícolas y a la Plaza de la Revolución, a las que nunca iba con el pretexto de las niñas, aprovechó el golpe de la muerte de mamá para explicarle a Luis que ya sus nervios no aguantaban más.

—Necesito un respiro o me vuelvo loca— le dijo.

Además, Cesita tenía que volver a Matanzas para hacerse cargo de dos sobrinas suyas que se habían quedado huérfanas (Cesita era la vieja criada de la casa, un miembro más de la familia, que se había venido con ella a La Habana cuando papá y mamá salieron al exilio). Porque ahora, ¿quién iba a ayudarla a hacer las colas, cuidar a Rosana y a Raysa, y cocinar para los cuatro?

—Tranquila. Explica lo que pasa en la escuela y pide una licencia, para quedar bien, y no trabajes más— le dijo

Luis, comprensivo.

—Tampoco voy a hacer más esas guardias estúpidas— le aclaró con timidez, aprovechando que Luis estaba apenado con ella por la muerte de mamá.

—Tranquila, yo hablo con los del Comité.

De esta forma discreta, y con consentimiento de Luis, Anita planeó una vida más alejada del fanatismo y la agitación política permanente en que vivían los habitantes de su pequeño país. Uno de los pasos más penosos, o más amedrentador, fue presentar la renuncia ante el director de la escuela donde trabajaba como profesora de música. En la escuela todos sospechaban de su falta de entusiasmo revolucionario y muchos pensarían lo peor de su renuncia.

—Al fin la gusana se quitó la careta— dirían.

De modo que tenía mucho miedo. Por esa razón esperó a que se acabara el año escolar (faltaban sólo dos semanas), y se presentó ante el director en un momento en que éste se encontraba solo en su oficina. El director siempre la había tratado respetuosamente y, aunque era un ferviente comunista (al menos eso creía ella por la forma en que se expresaba en las asambleas), sus relaciones habían sido inclusos afectuosas y cordiales.

—Siéntate, compañera— le sonrió el director. —¿Qué raro tú por aquí a esta hora? ¿En qué puedo servirte? ¿Te pasa algo?

Sin duda, el tenso nerviosismo de Anita debió alarmarlo. ¿Qué le pasaría a la callada y bonita profesora de música? ¿Qué nueva excusa traerá ahora para escapar al compromiso con la revolución? Era un hombre de mediana edad, inteligente y mesurado, que por la forma en que la protegía ella llegó a sospechar que le gustaba como mujer.

Así y todo, el corazón le palpitaba horriblemente. Pero le habló no de una licencia como le propuso Luis, sino de su renuncia definitiva a su cargo. El director la miró intrigado a los ojos. Un tenso minuto, mirándola con la cara cautelosa de quien adivina lo peor.

—¿Acaso piensas irte *tú también* del país?

Azorada, o traicionada por los nervios, contestó sin pensarlo que sí con un movimiento de cabeza, incapaz de articular palabra: simplemente había confesado su anhelo más íntimo y secreto, en un instante de turbación. Si el director la hubiera recriminado, en nombre de la Patria, etc., ella habría dicho que no, que se trataba de un error.

Pero ocurrió todo lo contrario. El director la contempló con asombro y admiración un rato. Luego se levantó en silencio, cerró la ventana, le subió el volumen al radio, y vino y se sentó en una silla a su lado, con la cara excitada de un conspirador.

—La felicito, Ana— le dijo en voz baja, y le estrechó la mano: —Hace falta valor para tomar esa decisión. No es fácil salir al exilio y abandonar el país de uno. La felicito por usted y por sus hijas. Si yo pudiera haría lo mismo. Pero a mi edad, y con dos hijos en edad militar, ni pensarlo. No me queda más remedio que quedarme.

Esa noche le contó agitada a Luis, su entrevista con el director, para que no se engañara más y comprendiera cuánta gente no habría haciendo el papel, por miedo o porque no le quedaba más remedio. Pero a él no le inmutó la confesión del director. En cambio, se enfureció con ella. ¿Estaba loca acaso? ¿Por qué había inventado esa estupidez de salir al exilio? ¡Te irás tú sola!, le gritó. Porque él jamás se convertiría en un cómplice del imperialismo. ¡Prefería mil veces morir en Cuba que asilarse en Miami!

Ella se asustó tanto que no le contestó. Durante años el miedo y el amor por Luis se mezclaron en su corazón. En ocasiones intentaba, tímidamente, abrirle los ojos a la otra versión del país: la perseguida, la aplastada y la eliminada por todos los dispositivos de propaganda, vigilancia y represión de la revolución, incluidos la cárcel y el paredón. Inútilmente, porque no la escuchaba.

En todo lo relacionado con la revolución, él padecía una especie de sordera moral, inexplicable en un hombre tan inteligente. Peor aún: mientras él se permitía críticas y sarcasmos, a ella no le toleraba opiniones negativas. En aras a la armonía y la paz del hogar, había acatado en silencio los postulados históricos de él, y se transformó en una mujer sufrida y dócil.

Pero esta noche (o esta madrugada, porque ya eran la una), el hechizo de obediencia y fidelidad conyugal se han roto. La mujer que lo esperaba impaciente en la habitación, ya no tenía miedo de enfrentarlo o de perderlo. A ella le habían quitado la palabra, pero no el valor ni el corazón digno. Cuando escuchó el sonido de la puerta y a Luis entrar, salió pálida pero decidida de la habitación. Era efectivamente él que entraba con cara de cansancio y la sonrisa de quien trama una maldad divertida. Caminó hacia ella y se detuvo de repente a escudriñarla con esa frialdad forense que tantas veces la había espantado.

Esperó tensa, temblando pero retándolo con la mirada, sin amilanarse en lo más mínimo, hasta que el rostro de Luis se distendió con un relumbrón de socarronería. Entonces, movió negativamente la cabeza y, pasando por su lado, lanzó una frase lapidaria.

—¡Te pasaste de maraca!
—¿Qué cosa? ¿Qué dices?

Luis se quitó los zapatos y los lanzó con un gesto violento. La camisa y el pantalón los puso de cualquier modo sobre la silla, y luego se tendió en la cama boca arriba en calzoncillos y, desde allí, levantó su potente voz con una

dureza más fingida que real.
—¡Qué te pasaste de rosca, coño! ¡Qué pusiste la cagada con Zoila y con Carlos! ¡No te da vergüenza!
—¡El que se pasó de rosca fuiste tú! ¡Al que debería darle vergüenza es a ti!— le contestó ella.
La había humillado delante de extraños, flirteó con Zoila sin respetar que estaban su marido y ella delante. Con esa mujerzuela que no hacía más que enseñarle los blumers, y que se atrevió, además, a amenazarla con mandarla presa. ¡Qué se habrá creído la mamona! ¿Que porque ella era comunista le iba a agarrar miedo?
A Anita, en su exaltación, se le abrió la bata, mostrando partes sugerentes de su cuerpo (abajo sólo llevaba el sostén y el blumer), y el cabroncito de Luis no atendía sus argumentos, sino que observaba sus deliciosas curvas de hembra con los párpados entornados por el deseo. A pesar de haber parido dos hijas la belleza de su cuerpo permanecía intacta, incluso ahora sus curvas lucían más maduras y dulces.
Por eso, de repente ella se calló y le dio la espalda violentamente, cerrándose la bata y saliendo de la habitación. Sería el colmo, pensó hecha una furia, que el desgraciado fuera capaz de querer echarle un polvo aquella noche, después de haberse calentado con Zoila.

12

Las tres de la madrugada. Todos duermen menos ella. Está sentada en la oscuridad de la sala con la nuca rígida, al más mínimo movimiento le da la impresión que el cerebro le estallaría. Se acaba de tomar otro par de aspirinas y espera, reza, porque le hagan efecto; iba por seis y confiaba que el corazón resistiera.

No son rusas, son buenas aspirinas Bayer que papá le envía en pomitos de 200 desde Miami. Cada vez que llegaba uno de los paquetes de papá, Rosana, Raysa y ella se encerraban en el apartamento con la agitación y el nerviosismo de quienes reciben unos regalos prohibidos, porque los contactos con los enemigos de Miami, y aun la correspondencia con esos familiares, eran mal vistos por la revolución.

Ella sabía que los del CDR tomaban nota de todos los paquetes que entraban y salían, especialmente una vieja despótica y rencorosa que vivía en la planta baja. A Luis tampoco parecían gustarle. Él observaba aquellos paquetes que venían desde el corrupto mundo capitalista con una mezcla de hostilidad y curiosidad, y cuando ella los abría miraba con desaprobación las maravillas que papá les enviaba desde Miami (medicinas, comida, zapatos y ropas que hacían las delicias de Rosana y de Raysa).

Luis sentía una aversión visceral por todo lo que viniera de aquella sociedad barrida por la revolución que se había refugiado en el Norte. En el apartamento, ella sonreía de la alegría y las niñas se excitaban en medio de la tensión de participar en algo prohibido. A Rosana le brillaron las pupilas al sacar una franela de colores.

—¡Mira lo que me mandó el abuelo!— le gritó al papá.

—Está bonita, pero no la lleves a la escuela— respondió él, mirando el pulóver con las ridículas figuras de Pluto y el ratón Mickey.

Luego, a solas con ella, Luis le reclamaba sobre las consecuencias negativas de estas vestimentas norteamericanizadas en las niñas, en cambio no protestaba de las medicinas y los alimentos, ni de las navajas Gillete que aceptaba con fría indolencia, a pesar de estar consciente que papá las enviaba para demostrarle la superioridad de la industria capitalista sobre las sanguinarias navajitas checas y polacas. Por supuesto, ella defendía la utilidad y la inocencia de estos paquetes que mitigaban en algo la escasez crónica de ropa y de zapatos para las niñas.

—El ratón Mickey y Pluto no van a derrotar a la revolución— decía ella con la misma mordacidad que él solía usar en su contra.

Luis meneaba la cabeza inconforme. No era un fanático, pero sentía una especie de fobia contra los héroes de las comiquitas. Según él, eran los símbolos de una sociedad decadente y pueril, una mercantilización astuta del candor de la niñez con el propósito de formar adultos idiotizados con fábulas de supermanes y cocacolas, para convertirlos en simples números de una sociedad de consumo.

En cuanto él se instalaba en este lenguaje, ella solía desconectarse. Esta noche también ansiaba desconectarse y flotar como un pájaro con Raysa y Rosana como dos alas sobre las noventa millas de mar que las separaban de papá y la libertad.

Saturada de aspirinas, ha caído al fin en una especie de limbo difuso, en un alivio precario de su dolor de cabeza. Pero aún no se confía. Debe estar segura primero. Cuando intentó volver a la cama una hora antes, al posar la cabeza delicadamente sobre la almohada, sufrió un vértigo atroz en el que casi pierde el conocimiento, y al erguirse el cerebro le había latido como si le fuera a estallar.

Por eso espera ahora pacientemente sentada en la oscuridad con esa jaqueca horrenda. Una noche de pesadilla cuyas escenas se repiten ahora en su mente como en un calidoscopio. Siente asco y vergüenza. ¿Cómo pudo rebajarse al nivel de una mujerzuela incapaz de amor y con una moral de cloaca como Zoila? Recuerda la amenaza de mandarla presa, y se preocupa y se asusta un poco, por una historia de horror que le contara Gloria sobre una presa política en "Nuevo Amanecer", una cárcel para mujeres que, a pesar del lirismo socialista de su nuevo nombre, ocultaba un infierno de degradaciones y castigos detrás de sus rejas y muros.

"Dios mío, protégeme del mal", imploró y rezó un padrenuestro.

Se siente agotada y con los nervios destrozados, pero la jaqueca ha cedido, y de repente se ha erizado de los pies a la cabeza. Tiene que armarse de valor y de fe, se dice, animada. Y se ha vuelto a erizar otra vez, como si espíritus bienhechores le sacudieran y le dieran fuerzas para luchar.

Hacía años que no le pasaba nada semejante y se siente optimista de pronto, como si una luz avanzara en la oscuridad. Quien tiene fe, nunca está sola, se dice alentada. Sí, porque Dios y la virgen de la Caridad nunca la abandonarían si les rezaba con fe.

Ella sólo desea, les pide, les ruega que le den la salida, para poder escapar lejos con sus hijas. Ya no soporta que se las adoctrinen más en el fanatismo, como el año pasado cuando Rosana volvió de la escuela brincando y cantando alegremente:

¡Fidel, seguro, a los yanquis dale duro!
¡Uno, dos y tres, seremos como el Che!

¡Eso jamás¡ Ella no había traído hijas al mundo para que fueran miembros de un Partido y desfilaran en uniforme. ¡Qué sean lo que ellas quieran, tal vez ateas, pero no forzadas en la escuela! ¡Qué sean lo que ellas quieran, sí, pero que tengan la oportunidad de elegir! Algo terrible va a pasar entre Luis y ella, pero no va a permitir que a Rosana y a Raysa les inculquen esa ideología maldita. Menos mal que Rosana era una niña inteligente y perceptiva que la había escuchado, que creía en Dios y rezaba a escondidas, y recordaba a su abuelo con cariño.

Rosana también empezaba a sentir miedo y ansiaba ingenuamente huir a Miami, y ahora contaba con esa secreta e importante aliada en la batalla, porque Raysa era demasiado pequeña y poseía, como Luis, un carácter temperamental y rebelde.

De modo que había llegado la hora de luchar para escapar de Cuba y empezar una nueva vida, antes de que fuera demasiado tarde. ¡Con san Luis o sin Luis! Aquél ya no era su país, ni aquéllos sus compatriotas. En la casona de su papá en Matanzas vivía ahora un extraño con su familia, un capitán de la FAR. El magma azul de la bahía, los perfumes del jardín de sus sueños, los boleros de la tradición y los típicos balances de caoba del portal, ya sólo existían en el dolor de la distancia.

"Ayúdame, virgencita", imploró con los ojos húmedos.

Hasta ahora había consumido todas sus energías en alimentar a Luis, y especialmente a Rosana y a Raysa, en degradantes colas sufriendo con la mal llamada *libreta de abastecimientos* cuando en realidad era de *racionamiento*, y en sobrevivir en una hoguera de mentiras perversas. Pero ahora se acabó, ahora dedicaría todas sus fuerzas a un solo propósito: la salida.

"Ayúdame a escapar, Dios mío", imploró nuevamente; pero esta vez no ha vuelto a erizarse. Pero no importa. Ahora sabe que no está sola en la soledad sobrenatural de la noche.

¿Aparte de Luis, qué podría ella dejar en aquel país que aún le importara, si hasta los restos de mamá ya yacían enterrados en el exilio? La Habana no era más la ciudad dorada y mágica de sus tiempos de estudiante y noviazgo con Luis. Ahora La Habana se había transformado en un sitio deprimente y aun feo. Tampoco Luis era el mismo. ¿Qué había pasado con él? ¿Qué se hizo del joven idealista y bueno con quien se casara diez años antes?

¡Ay, Luis, Luis, Luis! ¿Cuándo comenzó todo esto? ¿Cómo te transformaste en lo que hoy eres, y a mí en lo que soy?

Parte dos

Los ingenuos y angustiados veinte

1

Doce años atrás, Luis y ella acababan de cumplir, con una diferencia de meses, los ansiados veinte, la más bella edad de la vida, según la romántica Anita, aunque un tal Paul Nizan lo negara categóricamente.

De las fotos de esa época impresiona la belleza deslumbrante de Anita, su mirada franca y voluntariosa. Ya a los 16 años, un fotógrafo de Matanzas le había hecho una memorable retrato en donde aparecía mirando hacia la cámara por encima de su hombro desnudo, los labios entreabiertos, la selva de su cabellera voluptuosa, la sonrisa sensual de quien sueña con el amor, en una pose que fue un acierto del artista. ¡Un retrato a la vez perturbador y enigmático de una muchacha en flor!

Luis tenía los ojos vanidosos e implacables del resentido social; o cara más bien de hijo de puta, según el cuñado de Anita, un constructor y feroz contrarrevolucionario que huyó en un bote hacia Miami. En realidad, Luis era un autodidacta que desdeñaba fotografiarse. Sin haber leído a Plotino, le fatigaba la vanidad vinculada a eso de perpetuar la imagen de otra imagen: la suya propia ante el espejo siempre lo perturbaba. Pero una vez Anita le tomó unas fotos y las conservó: en ellas Luis aparece con la sonrisa pedante de quien se burla de las tortas de cumpleaños.

Los dos se encontraron en La Divina Habana de los

años cincuenta. Anita había venido a la capital un año y unos meses antes que Luis, con el loable propósito de estudiar una carrera universitaria; y él vino con un montón de esperanzas desmesuradas, entre las que no podía faltar la más rimbombante e idealista de "cambiar la vida".

Uno de esos atardeceres inolvidables del Vedado, Luis vislumbró a Anita meneando el trasero distraída por la calle con la insolencia de una muchacha que se siente bella y seductora en tacones altos, tacones que, según los expertos, son un símbolo sexual. La desconocida, porque aún no era Anita, iba por el L y 23, desafiando la gravedad de Newton con el repiqueteo de sus tacones y sus movimientos de cintura y de cadera: una criatura divina envuelta en los rayos inmorales del crepúsculo: nada más bonito y sabroso en La Habana que una culoncita taconeando por la calle.

¡Me cago en Dios! ¡Pero qué bonita y sabrosa!, murmuró él.

Y se fue detrás de la susodicha como un perro con el rabo en alto y el olfato prendido a la estela de su perfume, gozando con la armonía divina de sus curvas al caminar. Primero entre los transeúntes de 23, luego bajando más solitarios por una de las aceras de H bajo el verdor de los árboles y la tarde esplendorosa, ella delante y él encantado de la vida detrás, dudando si debía darle alcance a la preciosa muchacha y colocarse a su lado, o seguir disfrutando de su sabrosa forma de caminar.

En estas dudas lo sorprendió verla entrando en el jardín de una residencia pintada de blanco. Ella cruzó el portal señorial y entró por la puerta abierta, o entreabierta, y se desvaneció en su interior como se desvanecen las ninfas de los cuentos. Por suerte, a pesar de su aspecto opulento, la blanca residencia resultó ser después una de las tantas pensiones que abundaban en la zona.

Defraudado por su desaparición, se maldijo por no haberse decidido. Dio dos o tres vueltas; pero la residencia parecía inexpugnable y se hacía de noche, y si no regresaba a tiempo a la pensión se quedaría sin cenar. Finalmente se consoló, pensando que sabía adonde vivía aquella muchacha y que podía volver más tarde. Al menos, había disfrutado del ritmo de sus divinas curvas todo el tiempo de espaldas, sólo al final, durante el breve trayecto de la entrada, pudo verle el perfil casi romano de su nariz.

2

La tarde de los primeros días de enero en que persiguió como un perro enamorado la visión de la desconocida cuyo nombre sería Anita, para luego masturbarse largamente en homenaje a su belleza, él aún andaba y desandaba La Habana con el entusiasmo de un provinciano ingenuo en la ciudad de las maravillas.

Había llegado hacía sólo tres meses, por primera vez a los veinte años, luego de un viaje de 24 horas en tren. Venía de Guantánamo, adonde había ido a esconderse después de los atentados dinamiteros en Santiago, 9 a la misma hora: un estruendo simultáneo que alarmó a la ciudad, en que Sergio y él tomaron parte, aunque fue planeado por el grupo de Frank.

En Guantánamo vivía su madre con su padrastro, y un primo que trabajaba en Caimanera y que podía esconderlo con facilidad. En aquella ciudad de calles rectas nació y pasó su niñez callejera, pobre y conflictiva. Con el primo, tres años mayor que él, había nadado medio desnudos en las dulces aguas del Guaso, colgado del rabo de una yegua, y había jugado a la pelota y tirado piedras, y se acostó por primera vez con la Gallega, una puta que los hacía entrar uno detrás del

otro a peso por cabeza.
—¿Qué vas a hacer cuando seas grande?
—Un pirata como Sandokan— dijo, soñando con vengarse de la humillación de ser pobre y ser huérfano.
—¿Qué vas a hacer de grande?
—Un aventurero recorriendo el mundo. Un capitán de barco— ansiaba irse muy lejos y no volver nunca, avergonzado de que su madre se acostara con otro hombre y pariera otros hijos
—¿Qué vas a hacer?

Ya no podía revelarlo, porque soñaba con vengarse del mundo, con leer todos los libros, con acostarse con todas las mujeres, con desentrañar todos los secretos del Universo y la Muerte. Luego, a los diez y seis se metió a conspirador y revolucionario, y aprendió a disparar pensando que pronto mataría un hombre. Pero hoy su primo vino preocupado a advertirle que corría peligro, porque desde Santiago habían mandado una orden de captura contra él.

—La policía te busca. ¿Qué vas a hacer? Puedes entregarte y no creo que te pase nada. O puedes irte para el Central.

Esos cabrones no lo agarrarían a él. Se iría para La Habana adonde nadie lo conocía (no aclaró que Sergio estaba ya en La Habana y que contaría con su ayuda). Para su primo, Luis era un tipo que leía libros difíciles, que se burlaba hasta de su madre y se fajaba con cualquiera. El primo lo miró con una envidia afectuosa, porque hacían falta cojones para irse para La Habana casi sin dinero, a lo que salga. Al día siguiente lo acompañó al tren de mañanita. Luis no quería que fuera, pero el primo fue por si acaso la policía lo detenía. Cuando el primo sacó veinte pesos y se los dio, Luis no quiso aceptarlos y el primo tuvo que ponerse bravo y metérselos en el bolsillo. Al final, Luis se echó a reír para ocultar un repentino sentimentalismo.

—¿Cómo te los pago si no vuelvo nunca más?

—No me pagues un coño. Para eso estamos los hermanos. Pero regresa. No permitas que los habaneros te vayan a joder. Pórtate bien, si no te voy a ir a buscar para caerte a trompadas— el primo le dio un empujón para disimular la emoción que lo embargaba.

El tren arrancó con su vieja locomotora negra echando vapor. Como dos horas y media después, él hizo el transbordo en San Luis al tren que lo llevaría a La Habana. En el entronque de San Luis había un barullo de feria, el andén lleno de viajeros y vendedores ambulantes con cestas de fritangas, bocaditos y frutas tropicales. Consiguió una ventanilla, y por pura lástima le compró una cesta de mangos a un diablito que le arrebató el dinero y salió huyendo perseguido por el conductor. Bajó el cristal y miró a los vendedores, hombres, mujeres y niños corriendo al paso del tren, regateando todavía con los viajeros, cambiando dinero por sus cestas en el aire.

—Tenemos que cambiar el mundo. Todos los niños deben ir a la escuela y recibir una educación— se dijo, y mirando la cesta de mangos que compró pensó que si se los comía todos le daría cagalera.

Un largo viaje en tren empezaba, cruzando primero la mitad de Oriente, bajando de las estribaciones de la Sierra Maestra, huyendo de montañas esmeraldas, cruzando puentes sonoros con sus ríos fangosos hacia las llanuras más fáciles y fértiles del caudaloso Cauto. El paisaje era también otro destino misterioso que deseaba descifrar con el mismo fervor que intentaba descifrar los libros que leía. Un paisaje ya distinto según avanzaban dentro de la provincia de Camagüey, por entre sabanas inmensas donde pastaba el ganado y se veían hombres a caballo bajo un cielo azul salpicado de nubes, y de trecho en trecho el bronco marabú, esa muralla inhumana de gajos y espinas, en aquel viaje hacia Occidente, el más importante de su puñetera vida.

Cada vez que cruzaban un pueblo, o un central con su enorme chimenea, o un caserío veía a los que se paraban a mirar pasar el tren, y alguno sonreía y otro saludaba deseándole tal vez suerte o envidiándolo porque viajaba en tren, y él les devolvía el saludo sin nostalgia. En otros tiempos hubiera deseado que su vida fuese un viaje interminable, pero ahora lo obsesionaban otras ambiciones y propósitos.

Le asombraba que la tierra fuera roja en Camagüey, y no negra como en Oriente. A pesar de tantas horas en tren no se fatigaba ni aburría. No había abierto un libro porque deseaba verlo todo, no perderse ni un detalle de aquel viaje. Había recorrido el tren ya cuatro veces, excepto los vagones de Primera, saltando de vagón en vagón, aferrándose a los pasamanos para no caer y matarse, pero sin encontrar ninguna muchacha bonita disponible para enamorarla.

Cuando ya daba por perdida esa posibilidad, y se dedicaba al ritual de bajarse en el andén de cada estación para estudiar e imaginar cómo era la vida en aquellos pueblos fugaces, ocurrió el milagro. Fue ya de noche en la parada de Santa Clara, la capital de Las Villas, luego de muchas horas de viaje. Bajó y, en la cafetería, decidió cenar con una tacita de café y un emparedado (porque todavía los emparedados no se llamaban sandwiches: "emparedado" era sin duda una palabra sin futuro, como hay culturas y pueblos sin futuro destinados a ser absorbidos por otros más fuertes), y luego se montó en el tren de último, apremiado por el retranquero. Así era él: un loco que gustaba beberse el tiempo hasta quemarse los dedos, al igual que los cigarrillos que fumaba. Al regresar al vagón se encontró una dama que por su edad no podía ser señorita, sentada en la misma butaca en donde viajaba. Coño, ¡al fin!, una mujer, sí, una hembra bastante buena de compañera de viaje.

—Permítame— le dijo con voz grave y caballerosa.

Sacando su maletica de al lado de la ventanilla, de ese

modo se la reservaba cuando se apeaba del tren, le ofreció el sitio a la dama. Ella aceptó la cortesía del joven, deslizando sus nalgas con gesto melindroso en la butaca de mimbre de la Segunda en que viajaban, dando las gracias con la pérfida sonrisa de una mujer que sabe que toda galantería masculina oculta, si no la intención, al menos un homenaje sexual.

Luis se sentó respetuoso y callado a su lado, aspirando su perfume de mujer, admirando de reojo las columnas de sus muslos marcadas bajo la tela de la falda, el escote de las tetas abundantes y delicadamente blancas. Un minuto después, ella intentó subir con torpeza el cristal de la ventana que se le trabó, y él se movilizó enérgico y viril en su auxilio, agarrando con sus fuertes dedos los resortes de la ventana y subiéndola de un tirón violento para demostrar su fuerza.

—Gracias— dijo ella, y le pagó con una sonrisa, explicando: —Es que el viento me estropea el pelo y me reseca mucho el cutis.

El cutis pálido, los ojos y los cabellos negros, unos labios pintados de rojo con una dentadura bastante pareja y adentro la pecaminosa lengua. Más bien gordita y no parecía tener miedo, una mujer experimentada a juzgar por la picardía de sus ojos y la boca gastada por los besos y los años.

Le bastaba. A él se le paraba la picha viciosamente en los trenes del solo traqueteo erotizante, más todavía muslo con muslo con aquella hembra que trasmitía el inquietante conocimiento del sexo. Desde la niñez amaba la dulzura indescifrable y misteriosa del cuerpo femenino. También amaba el *chemin de fer*, aunque Flaubert les tuviera manía, montarse en los trenes para ver el mundo, ser un viajero incansable acompañado por diferentes damas.

A su difunto padre también le gustaban los trenes, tanto que le enseñó una canción siendo él niño. Escucha, le avisó, escucha la voz secreta del tren *para los niños como tú*, y él puso atención mientras padre marcaba el ritmo del sonido repetitivo de vagones y locomotora al rodar por los rieles del ferrocarril, cantando con su voz gruesa una seguidilla veloz: ¡que-si-me-paro, me des-com-pongo! ¡que-si-me-paro-me-descompongo! ¡quesimeparomedescompongo!, en una onomatopeya tan perfecta del sonido monótono del tren que parecían que cantaban juntos a la misma velocidad.

Una fantasía para un niño imaginativo que abría los ojos a la inmensidad mágica del mundo. Pero padre murió y madre se casó con otro, él siguió jugando como si nada y tuvo que fingir que lloraba porque las lágrimas no venían a sus ojos. Un hombre moría y la vida continuaba en el otro con feroz vitalidad. Y ahora él en el tren con esa erección brutal por el roce buscado con la pierna en una comunicación con el sexo de la hembra, en ese idioma que ella entendería y que podía aceptar o rechazar. Pero la cabroncita colaboraba a gusto.

"Viva la vida, y viva el sexo", pensó excitado.

De reojo la vigilaba. A ella aquel contacto erótico propio de adolescentes le provocaba una sonrisa condescendiente. Una mujer comprensiva, tal vez lasciva, que se divertía por la audacia del jovencito. Luis disimulaba su erección con la falda de su saco, pero la dama a su derecha podía notarla y quizás excitarla. Se le había puesto tan dura que casi le dolía y en venganza le clavó la rodilla con más fuerza a la mujer. De repente, la desgraciada apartó su sabroso muslo, dejándolo no sólo frustrado sino alarmado. ¿Qué le pasaba ahora? ¿Estaría molesta? Para colmo, ella se volteó para hablarle.

—¿Y cómo te llamas tú?— preguntó inesperadamente.

Bueno, al menos no estaba disgustada a juzgar por su mirada cómplice y su sonrisa divertida y burlona. Luis le dio un nombre y apellido falsos, por supuesto, y confesó que venía de Guantánamo.

—¡De tan lejos!— se asombró ella.

—Ya ve: he venido de muy lejos para estar a su lado— dijo, audaz.
Ella torció los ojos y acercó el muslo. Guantánamo estaba en el culo largo de la isla, nadie la visitaba aunque todos la conocían no sólo por la Base Naval Yanqui (para él, ignominiosa), sino por la guajira nacional que luego se tornaría en nostalgia universal: la Guantanamera. Antes él había hecho conquistas rápidas y sabía que lo mejor era atacar sin vacilaciones. Así, mientras conversaban, deslizó una atrevida mano entre el cuerpo de Leonor y el suyo, para toquetearla mejor.
Ella le dejaba hacer mientras le contaba su vida. Ella trabajaba en La Habana, tenía una hija en Santa Clara que mantenía y que le cuidaba una tía. Hablaba evitando mirarle la erección, aunque debía estar perfectamente consciente de su existencia, a juzgar por esa fijeza hipócrita de sus ojos. De repente, se puso seria y, haciendo un gesto con la boca hacia el bulto de él en la entrepierna, dijo sin pudor y con la mayor naturalidad:
—Oye, si sigues con eso te va a dar un dolor de güevos.
Se quedó estupefacto; pero atinó a responder.
—Disculpa. Lo siento, pero me gustas mucho.
Ella aceptó el hecho complacida. Él estaba desconcertado. Nunca antes una mujer le había hablado con tal crudeza y tal desparpajo. ¿Estaría frente a una loca, como ya una vez le pasó en unos carnavales en Santiago? Sí, la cara de ella le parecía conocida. Coño, ¿cómo era posible que no se hubiera percatado antes? Una hora después lo sabía todo de Leonor, incluso su dirección en La Habana y su mundana profesión.
—Me recuerdas al primer novio que tuve— le confesó ella.
Ya le había explicado, porque era muy honesta y no le gustaría causarle una decepción, que ella era "una mujer de la vida", eufemismo que solían usar para suavizar la grosería de

la palabra "puta", más peyorativa, sin duda denigrante. Luis no sonreía filosóficamente por esto, sino por la paradoja ridícula de haber intentado seducir y manosear a una mujer cuyo oficio era precisamente seducir y manosear y dejarse fornicar por los hombres.

—Me gustaría que fueras mi amigo y me visitaras— le dijo ella.

—Cómo que no, Leonor. Pero tú sabes que me gustas mucho.

Ella sonrió complacida y complaciente, insistiendo:

—No importa. No por eso dejes de venir a visitarme— y, más insinuante y persuasiva, aclaró: —Oye, tú, no vayas a pensar que lo hago por negocio. Si insistes en ocuparte conmigo, probablemente ni te cobre.

Una invitación tentadora, aunque Sergio y él hubieran sentenciado ya el negocio más antiguo del mundo a ser eliminado de la faz de la tierra. El tren rodaba sobre los rieles con rapidez (al Central Habana-Santiago, le llamaban precisamente el Rápido) dejando atrás campos oscuros y estaciones sumidas en el silencio fantasmal de la madrugada. Un señor mayor los estuvo espiando, tal vez adivinando el oficio de Leonor. Algún otro, al pasar por el pasillo, lo observó a él con envidia. Hubiera deseado que ella lo masturbara al menos, asunto que podía resolver con disimulo. Pero optó por comportarse obedeciendo la voz regañona de su conciencia. La madrugada se tornó interminable, y mecidos por el tren, ella descabezó un sueñito recostada a su hombro, y él también, enlodado en el fango voluptuoso de su erección.

Una hora más tarde, una sacudida del tren lo despertó y se dio cuenta que había soñado y que seguía con la erección. Un cálido y perturbador olor a agua de violetas emanaba de Leonor cuyo cuerpo se apoyaba ligeramente en el suyo. Cambió de opinión y le hizo saber a ella, que también se había despertado, lo que necesitaba con desesperación. Lo siento pero ayúdame, te lo ruego, alíviame esta inflamación, por favor, no seas mala, si sigo así, me va a dar un dolor que no voy a poder ni caminar, por favor.

Leonor lo miró un tanto triste, pero con sus facciones iluminadas por la compasión hizo un gesto positivo. Se acomodaron en la butaca de tal forma que ella, maniobrando con una mano invisible y experta, sin mirarlo y con la vista al frente, le hizo esa obra de caridad.

Fue uno esos actos canallescos a que lo obligaba el demonio del sexo, ese monstruo que luego de satisfecho, satisfecho al menos temporalmente, le dejaba como un vacío existencial en el alma y, en esta ocasión, una vulgar embarrazón en el pañuelo y una humedad pegajosa en los calzoncillos. Al regresar del baño y sentarse al lado de Leonor y ver su cara asqueada de resignación, se disculpó con ella.

—Me da pena contigo. Lo siento.

—No sé por qué te complací. Pero no tiene importancia.

—Gracias de todos modos.

De repente, ella se volteó más animada.

—No seas bobo. Ya pasó. Los hombres son así. Ahora tenemos más motivos para ser amigos. Tienes que venir a visitarme en La Habana— dijo con una sonrisa de perdón, y, como quien recuerda algo, añadió: —Mejor en las tardes, de tres a cinco. Tocas en la puerta y preguntas por mí, a esa hora estoy casi siempre desocupada.

3

Cuando amaneció debían estar muy cerca de La Habana, a juzgar por las señales. La luz del alba iluminaba un paisaje desgarrado y fugitivo ante sus pupilas de cachorro al acecho. De trecho en trecho los caseríos pasando veloces y las edificaciones de las afueras; carreteras y caminos de tierra y guardarrayas.

Hacía un rato que habían intercambiado los puestos y, pese a las protestas de Leonor, él llevaba la ventanilla abierta y asomaba la cabeza para verlo todo mejor, olfateando excitado la proximidad de la gran ciudad. Al pasar frente a los cruceros del ferrocarril, veía las barreras bajadas, los camiones y autos esperando detenidos por el paso del tren, y el timbre de alarma resonando como una furiosa campana: cuidado, que aquí viene el rey tren cargado de pasajeros y deben esperar a que pasen los vagones de acero y maderas pulidas. Veía cómo mujeres, hombres y niños desconocidos nunca vistos se paraban a verlos pasar y él los saludaba con la mano.

Despeinado por el viento y con los ojos radiantes se volteó para preguntarle a Leonor que cuánto faltaba por llegar, que si aquéllo era ya parte de La Habana.

—¡Creo que sí, pero cierra la maldita ventana que no vas a ver ni el Capitolio ni el Morro! ¿No me habías dicho que habías venido antes? Vaya, tú como que eres un embustero. ¿Qué edad tienes? ¡Pareces un vejigo! ¡No te das cuenta que me vas a estropear el pelo!

No se molestó en replicarle: se trataba sólo de una pobre puta que le había hecho la paja, casi una vieja, porque para él, cualquier mujer de más de treinta años era una pureta. Pero Leonor tenía razón: se sentía excitado y lleno de curiosidad como la primera vez que vio montar la carpa de un circo a los cinco años, y eso no convenía a sus propósitos. Debía pasar desapercibido, como un habanero más, para no llamar la atención. El tren disminuyó la velocidad, lo engancharon a unas locomotoras ahora eléctricas, avanzando por complicados cambios de vías en un laberinto de rieles hasta entrar en el andén asignado, y él intentó calmarse, poner cara de americano un tanto cínico e imperturbable, como Bogart en Casablanca. Leonor no podría entender nunca lo que él sentía: para ella La Habana sería el barrio de Colón, enclaustrada en una casa de lenocinio donde se desnudaba para una obscena y triste función frente a la lujuria de un desconocido sin amor.

En cambio, para él era una leyenda vista en fotos y grabados a punto de materializarse como una visión real, la ciudad mágica del conocimiento y las aventuras, la capital del poder central político y económico, el centro de la Historia y el alma de su país, su cultura, su ciencia, su arte, música, etc., etc. Qué cojones. Ella no podría comprenderlo nunca, no porque él valiera más, al fin y al cabo todos nos revolcamos en el mismo lecho como cerdos, sino porque a él lo movía un alto sueño ético y la angustia de acabar con la desigualdad en el mundo.

Qué cojones. Un revolucionario que venía a cambiar la vida entrando en la capital del brazo de una meretriz. Ni jugando. Sacúdete a esta infeliz. Ella a su negocio de palos y de penes, y tú al tuyo. Agarró su maletica en cuanto el tren se detuvo, y brincó por encima de ella.

—¡Suerte, Leonor, y gracias por tu compañía!— por poco dijo: "por la paja": pero él era educado: —¡Pronto te veré, chao!

No miró atrás. Se movió entre los pasajeros que empezaban a bajar sus maletas y llenar el pasillo antes que el tren se detuviera por completo. Avanzó hasta la plataforma del vagón, mientras por las ventanillas veía una inmensa estación, con andenes con sus líneas de ferrocarril paralelas unas a otras, de par en par. Se apeó de un salto. Abajo, los andenes de la estación más grande que hubiera visto en su vida. Sin duda una hermosa estación de ferrocarril. Pero como en todas partes los maleteros, vendedores de lotería, y los buscavidas de siempre.

Caminó feliz y excitado entre la multitud. En la mano la maletica con las cuatro mudas de ropas, una docena de libros y algunos panfletos francamente subversivos; en la cartera: treinta y un pesos, la dirección de Sergio y un teléfono importante. Con eso le bastaba para iniciar aquella aventura. Con eso y con sus benditos cojones; estaba persuadido que los suyos los tenía blindados y eran únicos en el mundo.

Al pasar frente a una inmensa cafetería, una isla rodeada de mesas bajo el altísimo techo de la estación, se detuvo y miró hacia atrás para comprobar que Leonor no lo había seguido. Las gentes desayunando, las tentadoras frutas a la vista, el anuncio de los batidos, le provocaron las ansias de tomarse uno. No imaginó que allí mismo, dos minutos después de llegar, sufriría su primera humillación en la capital, por ignorar las perversas transfiguraciones de un idioma que creía Universal. ¿Quién podría recordar en la excitación del momento que las palabras no siempre significaban lo mismo en todas partes?

Buscó un sitio en la barra y pidió de pie un batido de papaya. Un dependiente se detuvo, interrumpiendo su ajetreo, agitado por tanto trabajo pero repentinamente interesado, aun feliz y sonriente cuando oyó la palabra papaya.

—¿Un batido de *papaya*?— gritó, levantando la voz adrede.

—Sí— contestó él, amoscado, percatándose que algo ocurría.

Porque muchos habían vuelto los ojos hacia donde estaban, excitados al oír el grito de ¡*papaya*!, unos sonriendo y haciendo guiños, dos mujeres turbadas, en un relajo a costa suya; pero no eran mala gente, sólo los hijos de puta como de costumbre, riéndose a costa del prójimo cuando mete la pata. Para su vergüenza, tuvo que soportar la explicación que le dio el dependiente con aires de burlona superioridad, quien además adivinó que "por tú manera de cantar tú debes ser oriental", para al final aconsejarle afectuosamente:

—Di frutabomba, no papaya, o te vas a meter en un lío.

Del encabronamiento no le contestó. Un lector de Bello y de Cuervo regañado por un animal que al hablar ignoraba el diferencial fonológico de las *eres* y las *de*. Una doble humillación para un vanidoso autodidacta de provincia olvidar que lo reconocerían por su manera de hablar, al menos durante las primeros meses, y que para los habaneros la papaya no era la papaya, sino la aún más sabrosa y peludita fruta que las mujeres guardan celosamente entre las piernas, cuyo poder era tan bárbaro que provocó la destrucción de ciudades como Troya, y obsesiona a los hombres hasta el punto que se celan y matan y sueñan con comérsela, chuparla y hasta meter sus narices dentro de su cálido horror.

Se bebió con rapidez su batido de papaya, porque en su mente continuaba siendo papaya, y salió de la estación del ferrocarril a la calle, con la dignidad de un conspirador, según él, o con la pinta inconfundible de un guajiro algo azorado, según quienes lo vieron con la ridícula maletica. Se informó con un amable gallego que le indicó el ómnibus que debería tomar. Esperó y se montó en la guagua preocupado no fueran a bajarlo por culpa de la maletica.

Luego abrió las pupilas, al acecho de una ciudad desconocida y nueva y prodigiosa bajo la luz dorada de una mañana única, con la maletica abrazada sobre las piernas. En lo que vino el guagüero a cobrarle, un tipo que le puso mal ojo a la maletica pero se la dejó pasar, le encareció con empeño que no se olvidara de avisarle en San Lázaro e Infanta. De parada en parada, en un recorrido lento y tenso para él, subiendo y bajando gente, mirando por la ventana una ciudad llena de portales con columnas, y aquel tráfico y tanta gente desconocida, vigilando el rostro del guagüero en busca de una señal.

—Por favor, caballero— lo llamó al pasar éste—, recuerda que yo me bajo en San Lázaro e Infanta. O frente a la Universidad.

—Tranquilo, mi guajiro— sonrió el tipo con su gorra ladeada y la camisa abierta mostrando una cadenita con medalla de oro y una espuela de gallo. —Que en esta cabrona ciudad, puedes perder el orgullo y la vergüenza, pero no la parada.

No le gustó que lo llamara guajiro: un joven culto procedente de Santiago y Guantánamo, la segunda y la sexta ciudad de la isla no podía ser nunca un campesino. Pero estaba demasiado tenso y preocupado para ofenderse. ¿Y si el guagüero, encandilado por el culo de aquella mulata que acaba de montar se olvidaba de avisarle en San Lázaro e Infanta? Miró a través de la ventanilla, memorizando con su memoria fotográfica todo lo que veía: él se jactaba, como la mayoría de los cubanos, de una memoria fotográfica. Calles, avenidas, edificios, cines, una plaza con su monumento, una amplísima avenida a un lado y al otro, a lo lejos, un castillo en una colina. ¿Cuándo vería el Capitolio? ¿Qué tal si no encontraba a Sergio y fallaba el contacto telefónico con la Organización? ¿Si no había cama en la pensión, si no conseguía trabajo, si se le acababan los treinta pesos, si los policías lo identificaban y lo apresaban?

—Oiga, caballero.... acuérdese, por favor.

El guagüero hizo un gesto afirmativo. No seas gallina, se dio valor él. La policía no te puede buscar en La Habana. Compórtate como un hombre con los cojones bien puestos. Cálmate, has venido a esta ciudad, y ya has ido solo a otros sitios que no conocías. Mira que hermosa ciudad es, cuánta gente y cuántas mujeres hay en las calles; gózala y disfruta este momento irrepetible. Sé lúcido y sonríe. No te dejes joder por estos habaneros culicagados. Todo saldrá bien.

4

Una mala noticia y una buena, y un teléfono que no respondía. La mala era que Sergio se había mudado; la buena, que podían darle una cama en aquella pensión en un tercer piso sin ascensor, situada a un costado de la escalinata de la Universidad y frente a la columna con el busto de Mella. El teléfono para contactar a Ramón, uno de los jefes del grupo al que Sergio y él pertenecían, no respondía.

—Aquí dormía Sergio— le explicó la dueña de la pensión, mostrando una habitación con dos camitas adosadas a la pared, y un armario que debía compartir con otro estudiante.

—Gilberto, el médico, tal vez pueda darte información sobre Sergio.

Tuvo que pagar quince días, aun anticipando que no deseaba quedarse en aquel sitio. Le molestaron la estrechez monacal, el hacinamiento en la habitación compartida entre cuatro, y el olor a orines viejos del baño común al fondo del pasillo, porque la dueña se tenía reservado el otro baño para ella y también para su amante, como más tarde descubrió. Metió la maletica sin desempacar bajo el miserable camastro y salió a explorar los alrededores. Lo tentó la formidable escalinata de la Universidad, con su Alma Mater y sus columnas griegas al fondo. No vaciló en subir movido por la curiosidad, contando los escalones. Con el corazón latiendo como una bomba, cruzó entre las columnas y dio una vuelta aspirando en el aire de la mañana las vibraciones de los conocimientos, espiando con los párpados entornados a las chicas y los chicos universitarios que llenos de vitalidad iban y venían con los sagrados libros del saber bajo los brazos, y sintió envidia.

Media hora después bajó la escalinata, triste y con el corazón oprimido porque sabía, no era ni siquiera bachiller, que aquélla no sería ya nunca su casa, ni la estatua con los brazos abiertos su Alma Mater.

A la hora del almuerzo conoció a Gilberto, un estudiante de medicina que militaba en la Organización, que cursaba el quinto año y por lo tanto casi un médico ya. Un gordito bajito con un pantalón y una guayabera de dril 100 blancos, impecablemente reluciente por el almidón que las lavanderías chinas planchaban primorosamente: la indumentaria jactanciosa de los politicastros criollos, los niños ricos y los chulos, un estilo elegante que él despreciaba, además de llamativo también incómodo, porque los pantalones se arrugaban como un acordeón, y que, aunque le hubiese gustado, jamás habría podido costearse. Gilberto le dio un papelito con la dirección de Sergio, quien le había encargado no dársela a nadie más.

Se enorgulleció por la confianza y complicidad de Sergio. Pero fue prudente, no sabía cuánto podía saber aquel gordito presumido. La Universidad de La Habana era un vivero de feroces aspirantes a mamar y a mangar, por el resto de sus honorables vidas, de la *res* pública, y por su forma de hablar comprendió después que Gilberto era el típico universitario con ambiciones de trepar en la política. No obstante, aceptó gustoso una invitación a dar una vuelta y tomar un cafecito, y conversaron en el camino.

—¿Vienes a quedarte en La Habana?

—No sé... Es probable... Depende.

Gilberto sonrió caminando, como si ya lo hubiera sabido.

—Todos venimos a conocerla, pero tú tienes la pinta de los que no se van nunca más. ¿Quién quiere volver a su pueblo después de haber visto La Habana? Nadie. Sólo los que no tienen agallas.

En política Gilberto se mostró desde el principio como un moderado. Si se planeaba una acción peligrosa, se replegaba a la defensiva (quizás a curar a los heridos en la retaguardia). Pero fue un compañero generoso, aunque él lo recordaría siempre como el gordito que se cagó en los pantalones en la estación de policía, hecho que sucedería ocho meses más tarde, a mediados del año próximo.

Después de comer temprano, decían la comida y no la cena, caminó a la hora violeta del poeta, cuando el artefacto humano acecha como un taxi que latiendo espera, con pasos rápidos, bajando la colina, más allá de la curva de la escalinata, donde San Lázaro se convertiría en L, hacia un sitio llamado el Vedado, en donde las calles eran más acogedoras por sus árboles y por cuyas aceras caminaban mujeres bonitas, que pronto se tornaría familiar y querido, en donde además era fácil orientarse porque sus avenidas y sus calles se ordenaban por letras y números. A Sergio lo encontró sentado en el portal de una pensión llena de estudiantes procedentes de Pinar del Río. No tuvo que preguntar. En cuanto empujó la verja del jardín, Sergio lo reconoció pese a las sombras del crepúsculo y se levantó de su balance para salir a su encuentro y darle un gran abrazo de oso, con su vozarrón y su diente empastado de oro brillando por la risa: la única frivolidad que se permitiría en su corta vida sería aquel empaste de oro. Después de presentarle a los estudiantes, salieron los dos a la calle, caminando en dirección inversa.

—¡Qué bárbaro: juntos en La Habana! ¿Quién lo iba a decir?

—Ah, acaso tú creías que me iba a quedar en Oriente.

—No. Te esperaba, pero no tan pronto.

Sergio lo abrumó a preguntas mientras subían por L hacia San Lázaro, invirtiendo el recorrido hecho por él. Luego le contó de sus andanzas en La Habana, y de un embarque de armas que iban a recibir. Sergio lo llevó a tomar café en los quioscos de la parada de ómnibus de San Lázaro casi esquina con Infanta. Allí había dos o tres quioscos sucesivos, más bien altos mostradores sobre la acera, donde se apiñaba la multitud, entre el sube y baja de los pasajeros. En aquellos quioscos, atendidos por dependientes presionados por los pedidos, había casi de todo, pero lo que más se vendía era café, cigarrillos y tabacos. Sergio se abrió paso hasta situarse delante de una de las dependientas más activas, la llamó por su nombre y ésta se volteó con una sonrisa de felicidad.

—¡Estaba pensando en ti! ¡Me extrañaba que no hubieras venido todavía! ¡Pensé que te pasaba algo!— casi gritaba, moviendo un cuerpo sólido para atender y despachar los pedidos.

—Este es mi primo Luis— dijo Sergio. —Acaba de llegar de Oriente y lo traje para que tomara el mejor cafecito de La Habana colado por la dependienta más bonita. Ella se llama Margarita.

—¡Embustero, halagador!

Ella levantaba la voz para que la oyeran por encima del ruido de los ómnibus y los gritos de quienes intentaban hacerse atender primero. Iba y venía, sirviendo o colando café, vendiendo cigarrillos, jugos y pasteles. Pero estaba atenta a la presencia de Sergio con la intensidad física con que se comportan las hembras cuando están bajo la mirada del macho que les duele; una rubia de más de treinta años trabajando duro con un delantal, que al dar la espalda mostraba unas poderosas caderas. Mientras trabajaba, habló todo el tiempo con Sergio, y cuando éste intentó pagarle, hubo un trasiego extraño con el dinero a insistencia de ella. Por lo que Luis captó, ella le regalaba los cigarrillos en contra de la voluntad de Sergio que intentó pagárselos inútilmente.

Todo fue demasiado evidente, aunque nadie más se percatara. La turbación y las miradas de Margarita mostraban algo más que amistad. Y él entendió dos cosas: que eran amantes y que Sergio no pudo resistirse a la vanidad de llevarlo ante la hembra que se estaba pasando por la piedra en La Habana. Cuando ellos se alejaron, le preguntó burlón.

—¿Qué, te estás chuleando a la vieja esa?

—Tú no cambias. ¿Por qué hablas así?— lo regañó Sergio, aunque sonriendo. —Además, no es ninguna vieja y yo no quería aceptarle los cigarros, pero, como insistió, no quise ponerme grosero.

Cierto todo, pero deseaba divertirse a costa de su amigo.

—Entonces, por hacerle el favor de consolarla, ella te paga con cajas de cigarros. Le estás saliendo barato, mi hermano.

Sergio hizo otro gesto de desaprobación por el sarcasmo, pero al mismo tiempo no pudo menos que sonreír condescendiente, hasta se subió los pantalones con típico gesto machista. Luego, feliz de poder confesarse, se jactó como cualquier otro hombre de su conquista.

—Margarita desnuda es una tremenda hembra, hermanito. ¡Qué mujer tan sabrosa! Desde que llegué andaba detrás de ella. La invité a salir hasta que aceptó una noche. Que luego resultó ser su cumpleaños. Figúrate, su cumpleaños y ella solita en La Habana. La llevé en guagua hasta su habitación cuando salimos del cine, y esa misma noche ella dio acomodo a mi soledad en su cama. La pobre vive sola en Marianao y no tiene familia en La Habana.

—Entiendo. De pura lástima le metiste el machete.

—¿Por qué tienes que ser tan sarcástico? No haces más que burlarte de todo el mundo. Margarita es una buena mujer. No vayas a pensar que, porque trabaja de dependienta, es una cualquiera.

—Pero te abrió su corazón, se dejó tumbar por ti.

—Yo no la engañé. Le expliqué que tengo una novia de la que estoy muy enamorado, y que me pienso casar. Pero que igualmente ella me gustaba y lo entendió. Eso es todo.

¿Qué tiene de malo?
Él agarró asombrado a Sergio por el brazo.
—¿Tuviste los santos cojones de hablarle de Yolanda?
—Claro, no quería mentirle, ni que se hiciera ilusiones.
—Entonces, es una astuta o una desesperada.
—No debes expresarte así de Margarita. El hecho de que sea una dependienta no quita que sea una buena mujer.
—Ya vi que está bien buena. Tiene un tremendo culeco. ¿No le echaste un sermón o le cantaste un salmo mientras se la tenías metida?

Esta broma si molestó a Sergio, que a pesar de ser tolerante lo irritaban las blasfemias y las burlas a su fe religiosa, y lo estuvo sermoneando un rato: aunque Luis fuera ateo debería mostrar más respeto ante Dios y no burlarse de la religión. Margarita era una mujer decente y debía respetarla, era la víctima de la maldad de un hombre que la abandonó con un hijo a quien ahora tenía que mantener. Margarita era una mujer trabajadora y honesta que le inspiraba cariño y respeto.

—No debí contarte nada. No sé cuándo vas a madurar— añadió.

—No me hagas caso, mi hermano. Sólo lo hice para fastidiarte. ¿Sabes una cosa? Creo que tienes razón. Lo que pasa es que a mí me da envidia ver con la facilidad que conquistaste a esa mujer.

Sí, le daba disculpas a Sergio. Era posiblemente la única persona de quien aceptaba regaños, y no porque fuese siete años mayor, sino por el respeto y la admiración que le inspiraba. ¿Qué otro hombre hubiera sido capaz de advertir a la mujer que conquistaba, con la intención sólo de acostarse con ella, que tenía una novia con la que pensaba casarse? Una ingenuidad o una cretinada, ¿quién sabe? Ese tipo de rectitud moral sólo lo había visto en Sergio. Había un fondo angelical, ingenuo y desconcertante a la vez, en la moral que gobernaba

sus actos. Por un lado casi un santo que no mentía, no decía obscenidades, no engañaba a las señoritas, es decir, a las vírgenes, hasta el punto que supo de una ocasión en que Sergio tenía una novia caliente y desesperada porque le hiciera el amor, tanto que una noche en un platanal detrás de la casa adonde lo citó, ella se lo propuso.
—¿Tú me quieres a mí nada más?
—Sí, sí— la besaba en la oscuridad del platanal.
—¿Te vas a casar de todas formas conmigo?
Esta pregunta lo alarmó, pero la mano debajo de la falda no se detuvo en sus caricias, y luego de pensarlo se decidió a mentir.
—Sí, mi amor, seguramente.
—Entonces... ¿por qué no me *lo haces* ahora?
Imaginó la escena en el platanal cuando Sergio le contó la tentadora oferta de la chica, aunque Sergio no dijo nunca a dónde tenía la mano, él la supuso eróticamente bajo la falda en el clítoris de la muchacha. Imaginó una ardiente ninfa en la intemperie del salvaje platanal, en la tibia noche tropical, loca porque se la metieran, mojadita y anhelante, y excitado por la escena, le preguntó con ansiedad a Sergio:
—¿Y tú, qué hiciste?
—Nada— dijo Sergio apenado. —Se me enfrió porque le estaba mintiendo. No pensaba casarme con ella y no la iba a perjudicar.
Entonces, él se quedó mirando absorto al ingenuo de su amigo, apenado por la pobre ninfa esperando en su ardor a ser engañada y violada, porque de haber sido él, no la habría perdonado. A Sergio le inquietó su mirada, esa sonrisa melancólica de sátiro frustrado.
—A ver, Luis— le preguntó con su vozarrón en tono de disculpa. —¿Qué hubieras hecho tú? Sus padres eran mis hermanos de iglesia, como quien dice mi propia familia. Ella

cantaba en el coro conmigo y era una hermana de la iglesia. ¿Cómo podía deshonrar a una muchacha decente si yo no estaba seguro de cumplir y casarme con ella? ¿No entiendes que hubiera sido una canallada?

Sergio era así. Un hombre incomprensiblemente cándido y honrado. Por otra parte, admiraba la otra faceta de su personalidad: su serenidad ante el peligro, su valentía sin aspavientos, como se lo demostró la noche de los atentados dinamiteros en Santiago.

Esa noche habían planeado los dos prender la mecha con los dos cartuchos de dinamita metidos dentro de una bolsa de papel al doblar la esquina de la Oficina de Correos. La idea era meter la bolsa con la bomba dentro del camión de Correos estacionado en la calle frente a la Oficina, o, si tenía la ventanilla cerrada, debajo del camión. Por supuesto, Sergio se empeñó en ser quien llevara la bolsa con los cartuchos de dinamita.

A las ocho de la noche esperaron al doblar de la esquina el momento propicio: no debía haber transeúntes cerca para evitar víctimas inocentes; el guardia sentado en su taburete que custodiaba Correos los tenía sin cuidado, aunque tampoco debía pasarle nada. Lo habían calculado todo, especialmente el tiempo, o sea: la velocidad a que se quemaba la mecha, con los dos minutos suficientes para colocar el artefacto explosivo y poder huir, tal vez correr, pero mejor caminar para no despertar sospechas.

"Ya, listos", avisó Sergio, abriendo la bolsa de papel para que él pudiera prender la mecha. Usó un cigarrillo al que le dio una chupada antes para avivar el fuego. La mano le temblaba ligeramente pero la mecha prendió lanzando chispas luminosas en la oscuridad. Sergio cerró la bolsa de papel color pardo y, cuando ya caminaba hacia Correos, él lo vio asustado: la maldita bolsa de papel con la mecha prendida adentro parecía un farolito chino colgando de la mano de Sergio.

"Mierda, nos van a descubrir, mira", le advirtió él, nervioso. "Bota eso aquí y nos vamos, ya". Sergio vaciló un segundo con su farolito en la mano, y entonces, se decidió: "Ya no hay marcha atrás, vamos", dijo y enfiló hacia la Oficina de Correos, caminando a paso normal la media cuadra que faltaba, Sergio delante y él detrás a un paso, tratando de interponer el camión entre la visión del guardia y ellos. Unos veinte segundos caminando tensos con la maldita bomba que parecía un farolito en la mano. Por suerte el guardia no los vio, y Sergio lanzó la bolsa dentro de la ventanilla abierta del camión y continuaron caminando normalmente, hasta que cruzaron la esquina y escucharon el zambombazo que estremeció la ciudad, destrozó la cabina del camión y tumbó al pobre guardia que se pegó el susto más grande de su vida.

Mientras, ellos se alejaron riendo divertidos por el éxito, mirando el revuelo de la gente y escuchando los otros lejanos zambombazos que estremecieron todo Santiago. Pero en el asalto al puesto de dinamita del Cobre, Sergio lo hizo aún mejor. El asalto lo iban a realizar entre cuatro, pero a última hora Sergio decidió que corrían menos peligro si él lograba sorprender al guardia. Y caminó de frente tranquilamente, mientras los otros tres, incluido él, Luis, esperaban con los revólveres en la mano para cubrirlo.

Sergio fue de frente caminando con el revólver en la mano apuntando al piso y él lo veía de espaldas como en una película. Cuando Sergio llegó a unos pasos del guardia, lo sorprendió levantando el brazo y apuntándolo: "Ríndete que estás rodeado", le dijo.

El guardia vaciló un instante, y él, Luis, que los observaba a los dos, pensó que se iba a armar un tiroteo fatal. "No seas tonto y suelta ese máuser que no quiero matarte, carajo", dijo Sergio, casi sin levantar su vozarrón, pero con la autoridad de un general. El guardia lo obedeció. Así pudieron sorprender al otro que dormía en un camastro y llevarse la dinamita sin problemas.

5

La noche y la ciudad con su vida y sus luces. Tres conspiradores fumando dentro de un auto en marcha, la emoción del peligro y la visión nocturna de La Habana por la ventanilla. Iban en el Chevrolet del 52 verde oscuro pagado seguramente por la Organización, pero que Ramón, el jefe de acción, usaba en propiedad.

—Más nunca vuelvo a poner una bomba, me repugnan— dijo Sergio.

Ramón manejaba lentamente con la arrogancia indiferente de un gángster, mientras manejaba les daba consejos sin mirarlos; Sergio iba adelante a su lado, y él, el más joven de los tres, respetuosamente en silencio en el asiento trasero, oyendo con atención mientras por la ventanilla desfilaban en la oscuridad de la noche las luces de la ciudad desconocida. Sí, al fin ese paisaje emocionante en la ventanilla era La Habana. Pero Ramón no estaba de acuerdo en absoluto de que Sergio, y él, los dos por su cuenta, se hubieran involucrado en los atentados dinamiteros de Santiago.

—¿Qué lograron? ¡Nada!— dijo despectivamente. —Todo el crédito fue para Frank y ustedes dos quedaron fichados por gusto. Alguien le pasó el dato a la policía. Por eso yo les pido que sean disciplinados, que no se metan en nada sin consultarme.

—Es que uno se harta de que pasen los meses y los años, y no se haga nada. En Oriente, en Santiago, el único que se mueve, que lanza panfletos y se organiza es Frank. ¡Hay que reconocerlo!

La discusión sobre los méritos de Frank prosiguió amistosamente, con Ramón minando, restándole importancia a su figura. Y él los escuchaba desde el asiento trasero, casi sin intervenir, pensando todavía encabronado en el recibimiento que le hiciera Ramón esa noche, su tercera desde que llegara de Oriente, cuando apareció misterioso con su auto y los recogió en una esquina.

—Me alegra que hayas venido— le dijo Ramón. —Tú te quedas aquí en La Habana con nosotros, necesitamos gente como tú. En este momento no tenemos fondos para ayudarte económicamente, pero mientras voy a gestionarte algo para que vayas tirando. De todos modos, toma— le dijo, e intentó darle veinte pesos.

Pero él, aunque le hacían falta, se negó a aceptarlos.

—¡No seas orgulloso, coño!— Ramón le metió en el bolsillo los dos billetes de diez con una prepotencia que lo humilló: —¿Acaso no somos familia y estamos para ayudarnos unos a otros?

Efectivamente, Ramón, Sergio y él, además de orientales, tenían remotos lazos de parentesco, no consanguíneos sino políticos: es decir, con tíos y primos casados con parientes directos de los tres. Al final, aceptó avergonzado el dinero porque Sergio también insistió.

Pero Ramón no acababa de inspirarle ni simpatía ni confianza. Alto y narizón, además de altanero era prepotente, y hacía una mueca despectiva al hablar muy desagradable. Luis tenía la duda de si era un patriota o un vividor. A los veinte años sus ingenuos ideales le impedían entender que un hombre hiciera de la revolución una profesión y un modo de vida. Ramón debía tener ya 35 años, desde finales de la década del treinta había sido miembro de la Joven Cuba y de otros grupos subversivos. El tipo típico que le agarra el gusto a esa vida de aventuras, conspiraciones y peligros, y también de ocio, que no son capaces de adaptarse nunca más a un trabajo normal. Más que profesar ideales terminan convirtiéndolos en una profesión.

Una vez, en un restaurante en Santiago, lo observó como elegía como un magnate lo mejor y lo más caro del menú, ante él y Sergio que eran tan pobres. Claro, a cuenta de los gastos de la Organización unos tremendos bistés filetes que luego masticaba con su colmillo de oro y sus labios asquerosos embarrados en grasa.

—A mí no me gusta nada Ramón— le advirtió entonces a Sergio.

—¿Por qué? Lleva años de lucha y tiene cojones.

—No sé. Hay algo repulsivo en él. Quizás ese colmillo de oro.

—Yo también tengo un empaste de oro.

—No compares. Tú eres agua clara y él agua turbia.

Varias veces intentó convencer a Sergio de mandar a Ramón al carajo y seguir solos con Frank. Pero para entonces Sergio consideraba a Frank un líder local incapaz de trascender nacionalmente. Confiaba más en la mayor experiencia y en los contactos de Ramón en la Capital, en los recursos y la fama del máximo jefe de la Organización, J., uno de los pocos líderes estudiantiles del 33 que conservaba su aureola de dignidad.

No fueron las promesas de Ramón sino el propio Sergio quien le resolvió el problema económico. Por recomendación suya, entró a trabajar de encuestador en una empresa con nombre escocés cuyas oficinas estaban en un edificio cercano a la Rampa. Sergio ya trabajaba allí, en donde lo apreciaban por su dinamismo y jovialidad. Juntos empezaron un *survey*. La paga era buena, pero por desgracia el muestreo callejero duró sólo dos semanas.

Luego los dos se fueron a vender suscripciones de un

periódico nuevo que se lanzaba en grande. Una labor más dura y peor pagada: tuvo que patear por toda la ciudad y muchos no abrían la puerta, o, peor aun, se la tiraban en la cara. A pesar de todo se vendían las suscripciones, en promoción, tres meses por el precio de uno, y mejor aún: iba descubriendo en ómnibus y a pie las bellezas y encantos de una de las ciudades más lujuriosas y alegres del mundo. En cuatro semanas, largó la suela de los zapatos.

—Aquí fue donde se inventó todo— le dijo a Sergio, un mediodía en La Habana Vieja, atravesando la placita adoquinada frente a la Catedral. —Aquí y en el puerto, donde se abastecían los galeones.

—¿Qué se inventó? ¿De qué hablas?

Aquí los españoles bajaron a tierra e inventaron esta ciudad. ¿Te das cuenta? Una isla salvaje llena de indios y de indias a las que podían matar, violar y singar, sin pecado y sin castigo. Primero a las indias y luego a las negras esclavas, porque las católicas españolas no vinieron sino después. Pero los conquistadores querían el oro y aquí amurallaron un *presidio* (como Luis descubrió que llamaban a las villas guarnecidas por soldados y muros en el XVI y XVII), porque esto al principio fue sólo un puerto de paso para fragatas y galeones. Luego construyeron esta Catedral por la que desfilaban los Capitanes Generales culicagados a pedir perdón por sus pecados capitales. Aquí debieron de bautizar a Martí. Aquí se perpetuaron la codicia y el crimen, y hasta la maldita fe de donde nacimos nosotros— dijo él, inspirado en los libros que había estudiado en la Biblioteca Bacardí de Santiago.

Pero Sergio no poseía una visión de lo histórico ni lo conmovían las huellas de la fundación de su país. En cambio él imaginaba el fluir del tiempo, a los conquistadores entrando con sus carabelas que hacían agua en aquel puerto salvaje y virgen, a carenar sus naves para calafatearlas en la agreste ribera, por eso lo llamaron Carenas, antes de ser San Cristóbal de La Habana, y luego comparaba el perfil del Morro con el de Santiago. ¿Qué quedaría de aquellos muros y fortalezas ruinosas dentro de cinco milenios? Caminó siguiendo el viejo trazado de la ciudad visto en los grabados que recordaba de memoria, a lo largo del puerto en donde se aprovisionaban los Galeones de Tierra Firme y la Flota de la Nueva España, y las sucesivas Havanas que surgieron a partir de un quehacer marítimo de siglos y de conquistas y genocidio, de esclavos y de estupros, de la vanidad y la codicia del hombre. Esa gigantesca fornicación, abundante de extremeños y de congoleñas culonas, de catalanes y castellanos con indias *desnudas en cueros,* una redundancia escrita por un dominico español que le encantó, porque revelaba el espanto del fraile ante aquellas hembras que fornicaban libremente, mientras ahora él caminaba de Infanta hacia el mar y el Vedado de este siglo, en busca al menos de una muchacha vestida también para pisársela.

—¿Nos acompañas esta noche? El médico ha ligado tres jevitas para salir a bailar. Una sería para ti. ¿Qué dices?

—Tú sabes que no bailo ni tomo— se excusó Sergio. —Pienso escribirle a Yolanda esta noche. Hace cuatro días que no le escribo.

¡Qué bolas! ¿Cómo sentarse a escribir una carta el sábado por la noche en La Habana, mientras todos salían a gozar y a bailar? Una ciudad en donde no se paraba de fiestear en night clubs, en bares y casas particulares, y hasta en el Prado: "muchas veces sin piano ni violín y sólo al compás de la voz", como escribió asombrado del viajero D'Arponville hacía ya más de un siglo. Pero Sergio no se dejó tentar y Gilberto se trajo a un tercero, un habanero jodedor que se pasó la noche pujando chistes pesados y le tomó el pelo a Luis delante de las jevitas, cosa que no iba a permitir.

—Oriental, ¿a qué no sabes cuál es el santo de los chinos?
—No seas guanajo: los chinos no tienen santos.
—Sí tienen: San-já, comemierda. ¿Acaso no viven en Zanja?

El chiste lo encabronó. No iba a permitir que el habanero se riera a costa suya delante de las muchachas, en especial delante de la morenita de Camagüey, la estudiante de odontología tímida y de ojos de venadita que le había tocado de compañera esa noche.

—¿Y tú sabes cuál es el santo protector de los habaneros?— preguntó él, y respondió rápido sin darle tiempo al otro: —San Coprófago, porque todos tienen la cabeza llena de caca.

Una venganza pírrica, porque sólo Gilberto y la morenita se rieron; quizá no la entendieron bien porque a pesar de ser universitarios eran medio ignorantes. Él era así: susceptible, violento y de rencores fáciles. Si no continuó hostigando al tipo, fue gracias a la rapidez con que violó la débil resistencia de la morenita, quien se envaró y perdió el aliento al sentir el contacto de la parte más beligerante de su pantalón. Luego, ella lo dejó hacer, girando abrazada pegada como un chicle a él, todo el tiempo asustada y sin aliento. En las pausas, y cuando se sentaban, lo miraba a los ojos como queriendo adivinar quién era él, y si estaba enamorado de ella. Esa noche fue la primera vez que lo llamaron *comemierda*, y no sabía aún que se lo podían decir a uno incluso de cariño. En Oriente, no se conocía semejante expresión. Con el tiempo terminaría por no importarle, porque el abuso de una metáfora termina por trivializarla, sostiene Luis. Pero, por el momento, la idea de masticar y tragar mierda le resultaba nauseabunda e intolerable.

Mierda era la palabra más omnipresente en la calle, y

se lo hizo notar a Sergio, añadiendo uno de esos sarcasmos contra los habaneros que él creía agudo pero que caían más bien pesados.

—Si el lenguaje es el hombre, como decía Stendhal, los habaneros padecen una fijación mental a nivel del culo.

Pero existía la otra Habana, la de las apasionadas conversaciones sobre el destino de Cuba. Jóvenes inquietos e idealistas cuyos sueños febriles de cambio él compartía. Una juventud vibrante que repudiaba a los viejos politiqueros y la República del Choteo y la Corrupción que había propiciado la infausta dictadura de Batista. Había que luchar y morir de ser necesario.

Luis imaginaba una ciudad convulsionada, combates callejeros, torturas y muertes. Se hablaba de hacer la revolución, sagrada palabra, y deseaba destacarse, hacerse un sitio bajo el sol de la Historia. A veces se había lamentado de no haber nacido cuando la Independencia.

—¿Cómo te fue anoche?— le preguntó Sergio.
—Bien. Me levanté una camagüeyana.
—¿Me acompañas a echarle la carta a Yolanda?
—¡Cómo no! ¡Adónde tú quieras!

6

Muchos rumores, mucha especulación, pero nada. No había planes concretos de acción, excepto un lote de armas que, según les confió Ramón, estaban a punto de recibir. Sergio empezaba a dar muestras de inquietud, hablaba de volver a Santiago y le escribía constantemente a Yolanda. Seis meses alejado de su novia y andaba al borde de la desesperación.

—¿Tú crees que yo me debo casar? ¿Sin nada seguro

que ofrecerle a Yolanda?
—Algunos van cantando al cadalso— bromeó él.
A Sergio le angustiaba que Yolanda se cansara de esperarlo y cayera en la tentación de los muchos pretendientes que la asediaban. Sergio tenía su mente en Santiago y sufría por su novia. En cambio, él no pensaba ni remotamente en volver. A pesar de que se la pasaba ladrando, a veces lo que ganaba no le alcanzaba para pagar la pensión, y del futuro incierto, porque ninguna promesa de trabajo fijo se concretaba, él andaba y desandaba La Habana en el fervor entusiasta de la Iniciaciones. Para mayor excitación, tenía éxito con casi todas las chicas que cortejaba. Con tanto bonche no tenía tiempo para leer los libros que sacaba de la Universidad con su falso carnet de estudiante.

La morenita de Odontología no le costaba un centavo: no la llevaba ni siquiera al cine. La visitaba tres o cuatro veces por semana en la pensión donde ella vivía, situada en el cuarto y último piso de un edificio a un costado frente a la escalinata de la Universidad. Al principio la besaba en las escaleras a oscuras y, cuando la dueña les llamó la atención, le metía mano dentro de la propia pensión, en una esquina del balcón en aquel cuarto piso bajo el cielo tropical con la plateada luna y las románticas estrellas sobre sus cabezas. Las camagüeyanas eran mujeres serias y decentes, y la morenita de ojos ardientes de baquelita se defendía de su peligrosa mano.

—No, no, no, por favor, Luis— le rogaba.
Un no gemebundo que lo incitaba aún más al pecado. No hay sitio malo ni posiciones imposibles para las travesuras eróticas. Y allí, en un rincón del estrecho balcón, gozarían mucho más, en primer lugar porque los dejaban solos y no los molestaban, persuadidos, quizá, que en aquel sitio sólo podrían darse unos inocentes besitos, y segundo porque era más fácil escuchar y prevenirse si alguien se aproximaba caminando por

la sala. Una morenita aún virgen, con sus carnes envueltas en una piel deliciosa y unos ojos oscuros apasionados, cuya resistencia pronto logró vencer. La pegaba allá arriba en el balcón del cuarto piso contra la pared del edificio, a un costado de la puerta de modo que no pudieran verlos ni desde adentro, ni desde abajo en la calle. La pegaba contra la pared del edificio, protegiéndola con su cuerpo y su chaqueta, y le levantaba la falda amplia por delante y le introducía a ciegas el dedo en el jugoso y tibio escondrijo de su angustia. La pobrecita jadeaba y gemía como si se fuera a morir de placer y de miedo cuando le frotaba la lengüita endurecida de su clítoris. La tenía totalmente dominada.

Era Diciembre ya, y para protegerse del frío él iba con la chaqueta del único traje que tenía muy apropiada para aquel balcón a la intemperie en un cuarto piso con la placita de Mella debajo, y la escalinata de la Universidad vacía de noche al otro lado de la placita y de la calle por donde, cuando pasaba alguien, difícilmente levantaba la cabeza para mirar al oscuro balcón. Una noche se sacó la verga y se la metió entre los muslos, tocando el peludito y jugoso molusco, y ella pegó un grito apagado de terror y reculó, aunque ya estaba contra la pared.

—¡Nooo! ¿Qué vas a hacer?
—Nada, no te voy a hacer nada.
—¡No, por favor, *eso* sí que no!— ella casi lloraba.
—Estáte quieta, que no te la voy a meter.

Cansado de que ella lo masturbara, quería algo nuevo. Le ordenó que cerrara los muslos. Ella lo obedeció aunque susurrando aterrada que tuviera mucho cuidado. Estuvo como veinte minutos dándole brocha suavecito. Una maldad divina, un suplicio delicioso y enloquecedor. De adentro, nadie vino a interrumpirlos. De lejos, porque de abajo era más difícil que los vieran, un mirón habría visto a una pareja de novios pegados: ella recostada a la pared y él encima, de espaldas a la calle, pero castamente. Una pareja de novios en el cuarto piso de un apartamento en una esquina del balcón con alguien vigilando desde adentro de la sala iluminada, los dos pegados en un vacilón inocente y bobo por encima de sus ropas. ¿Quién podía imaginar la oculta y divina tortura?

Su relación con la morenita no le impedía salir de parranda y enamorar con éxito a otras muchachas. Una rubia falsa y media loquita que pretendía que la llevara a los night clubs, todos los viernes y los sábados. Una desgracia porque le gustaba más el cuerpo flexible de la rubia que el de la rellenita odontóloga, pero no tenía dinero. Otra, una estudiante de Pedagogía, insistía en que la visitara todas las noches y lo llamaba constantemente por teléfono.

—Tú me engañas. Me han dicho que tienes a otra— le decía.

Las muchachas lo llamaban tanto por teléfono que la dueña de la pensión protestó, eso a pesar de que simpatizaba con él. Hasta el propio Sergio le dio un consejo en el tono moralista de un hermano mayor.

—¿Qué necesidad tienes de mentir y engañar a tres muchachas decentes a la vez? Eso no está bien, mi hermanito. Por lo menos, la bonita de Odontología parece una muchacha honesta y buena. ¿Qué necesidad tienes de herirla? Si no te interesa, deberías dejarla tranquila. La pobre es capaz de cometer una locura por culpa tuya.

Respetaba a Sergio y no le contestó, pero pensó que estaba celoso. Era y lucía siete años mayor, no bailaba ni tomaba alcohol. Sergio provenía de un central azucarero, y con su diente empastado en oro, una cursilería de guajiro, sólo podía conquistar a dependientas como Margarita para tumbarlas en una cama. A Sergio con su ética de calvinista le parecía mal que él saliera de parranda con Gilberto, el estudiante vanidoso con sus pantalones de dril 100 blanco, y con Benigno, un pinareño medio borrachín y poeta que quería conquistarlas con poemas, y con Víctor, un piloto de diez y nueve años que sólo hablaba de avionetas todo el tiempo, incluso a las muchachas que enamoraba.

A fines de Diciembre Sergio tiró la toalla. La nostalgia de la familia en esa época tan cercana a la Navidad y, en especial, el amor desesperado que sentía por su novia Yolanda, la rubia más linda y los ojos más azules que Luis hubiera visto jamás, lo estaban matando de pesar. Dos días antes de Nochebuena, se lo encontró sentado en la camita de la habitación, con sus ojos dulces y saltones velados por la tristeza, los codos apoyados en las rodillas y el pensamiento a novecientos kilómetros de distancia.

—¿Qué te pasa? ¿Te sientes mal?
—Yo no me aguanto más. Hoy mismo me regreso.
—¿Estás loco? ¿Y si te agarran?
—Estamos en Navidad: estoy desesperado por ver a Yolanda y estar con mi familia. Tú sabes que siempre nos reunimos todos para la Navidad y mi mamá está ya muy anciana y enferma.

No insistió en disuadirlo. En el fondo, no le dolía tanto que Sergio se marchara. Lo vio colocar su maleta barata en la camita y empacar la poca ropa que tenía en el armario: al igual que él, Sergio era pobre y vestía mal. Además, hubiera sido difícil hacerlo cambiar de opinión. Sergio poseía ese don de tomar decisiones radicales y ejecutarlas sin vacilar, tan común a los hombres de acción. Cuando Sergio cerró la maletica, se volteó entusiasmado, como a quien se le ocurre una idea feliz.

—¿Por qué no te vienes conmigo y pasas la Navidad en mi casa con mi familia? ¡Vamos, arriba, haz tu maleta que yo te pago el pasaje!

—Muchas gracias, mi hermano, pero yo me quedo.
—¿Qué vas a hacer solo aquí en la pensión? Todos se están marchando para el interior: La Habana se va a quedar vacía. ¡Anda, embúllate, mi hermanito! ¡Vámonos y volvemos en Enero!

No aceptó. No sentía ninguna nostalgia por Santiago, ni siquiera por su familia en Guantánamo. A los veinte años ya tenía vacío ese rincón del alma donde los hombres atesoran sus amores y nostalgias.

—Gracias, mi hermano, pero yo me quedo.

Dos años antes, Sergio lo había embarcado en unas Navidades puritanas y seráficas, sin vino ni ron, cantando himnos y salmos religiosos con toda su familia, una pandilla de locos protestantes. Aunque era ateo, a él le simpatizaban los bautistas, y los defendía públicamente porque le parecían cristianos más auténticos que los católicos, o al menos, menos hipócritas porque intentaban conciliar su conducta con sus creencias. Además se ayudaban y protegían entre ellos como una mafia, tal vez porque se sentían desdeñados y discriminados por la mayoría católica, apostólica y romana, la religión oficial e inmensamente mayoritaria.

—Por el pasaje no lo hagas. Es mi regalo de Navidad.
—No, me quedo en La Habana. Gracias.

Pero lo acompañó para despedirlo, no a la Estación del Ferrocarril sino a tomar uno de esos nuevos ómnibus, made in USA. de dos niveles, con aire acondicionado y asientos reclinables. Los llamaban "fortalezas de plata", y centelleaban al sol mientras surcaban la estrecha Carretera Central como bólidos temibles, desplazando una masa de aire que estremecía los autos y batía como una ola huracanada los árboles, los arbustos y la hierba. En la parada, Sergio le dio un fuerte abrazo. Estaba feliz de viajar a ver a su novia y reunirse con su familia.

—Cuídate y pórtate bien. Feliz Navidad.
—Igualmente, me saludas a Yolanda y a tu familia.
—Adiós, mi hermanito. Nos vemos en Enero.

7

Tal como pronosticó Sergio, los alrededores de la Universidad quedaron medio desiertos con el éxodo de las vacaciones navideñas. De sus amigos, sólo Gilberto permaneció en la ciudad. Hasta la morenita de Odontología se marchó a Camagüey el día antes de Nochebuena, y se despidió entre besos y lágrimas, dejando sus noches vacías de sus besos y de su sexo.

—Me da dolor dejarte solo—le dijo ella—, pero si no voy mi mamá es capaz de venir a buscarme a la fuerza. No me vayas a engañar con otra, o te mato— añadió celosa, y preguntó: —¿Qué piensas hacer en Nochebuena y Año Nuevo?

—Pensar en ti— mintió él.

En realidad, no estaba enamorado, ni siquiera era su tipo: siempre las prefirió con una cintura de avispa. Pero era bonita, olía bien y, mejor aun, poseía la locura de un molusco de fuego oculto bajo su falda acoplado a un temperamento apasionado, y además se había rendido a sus mañas. Tal cosa no significaba que fuese una muchacha fácil. Es más: un año después de haberla abandonado por Anita, ella no lo había sustituido todavía por otro hombre. Según le mandaría a decir con una amiga, él la había hecho sufrir tanto que no quería saber más de los hombres. Mensaje que respondió él con una sonrisa sarcástica.

—Sí, por poco se muere del gusto de tanto que sufrió.

Esa última semana de Diciembre, la visión estética del

inviernito habanero, el Norte soplando con un frescor estimulante, las olas brincando el Malecón, el delicioso olor a mar, la llovizna en la mirada, las calles como un espejo oscuro donde se reflejaban las luces de la ciudad y la inquietud de su alma. No el calor monstruoso de Santiago y Guantánamo, sino un clima civilizado en que la chaqueta no era una sauna sino una prenda útil y confortable y necesaria. Todas las noches caminaba hasta el quiosco de San Lázaro a tomar café, y de paso saludar y piropear a Margarita, acariciando la idea excitante de sustituir a Sergio en el lecho tentador de la dependiente.

Luego tomaba un ómnibus para pasearse por el Prado, por Galiano, por los aires libres frente al Capitolio, mirando codicioso las insólitas orquestas de mujeres, tremendas mulatas tocando y soplando instrumentos, un símbolo en sus bocas más erótico que melodioso. Vagaba en busca de una aventura, una venadita solitaria y vulnerable, aunque fuese una criadita, una aventura de sexo y de cama que no se le daba.

Una noche se acordó de Leonor, la puta del tren, y dio vueltas y vueltas por el barrio de Colón tratando de recordar con su memoria fotográfica la dirección que ella le diera, y él estúpidamente perdiera, como si un joven desesperado no necesitara de los muslos hospitalarios de una mujer. Encabronado consigo mismo, vagó como otros hombres por el barrio de Colón en busca del sexo, caminando en esa atmósfera sórdida y alucinante por las callejuelas tenebrosas con las putas silbando o llamando a los posibles clientes desde la penumbra de las ventanas. Al fin, se detuvo a hablar con un par de putas asomadas tras las rejas de una ventana.

—Por favor, ¿aquí trabaja Leonor?

La más bonita lo observó sin responder con unos ojos descarados y neutros. La más fea y la más tetona fue la que respondió.

—Vente conmigo, y verás que yo te lo hago mejor que esa Leonor— dijo sexualmente agresiva. —¡Pídeme lo que sea y yo te lo hago mejor, bobito!

—No, en serio, Leonor es una prima mía. ¿No conocen a ninguna por aquí que se llame así? Es que se me perdió su dirección.

Sí, había una tal Leonor en la casa de al lado, pero no seas guanajo, vente conmigo que te hago un mejor trabajo, y te la mamo si quieres, añadió la tetona con un susurro. Luis le dio las gracias y se alejó de la ventana riendo excitado y nervioso, avergonzado de no aceptar aquel reto erótico, pensando que sería mejor ir no con la fea sino con la más bonita cuyos labios suculentos pintados de púrpura brillaban con una lascivia indiferente y muda. Pero él no cargaba suficiente dinero y, peor aún, a principios de aquel año estuvo curándose durante tres meses un ladillero tan persistente y feroz que las liendres sobrevivían y renacían a pesar de los medicamentos. Finalmente tuvo que afeitarse de los sobacos a los pies y recoger la pelera en el periódico y pegarle fuego. Por esto juró que no iba más a las putas, decisión que su amigo Sergio aprobó moralmente.

—El comercio con las putas ofende a Dios, degrada a la mujer y al hombre por igual, y envilece el alma. Así que te felicito.

Ellos discutieron sobre las formas de eliminar esa lacra de la sociedad y reivindicar económicamente a las meretrices, víctimas circunstanciales de la miseria, la ignorancia, etc. Luis se aferró a una solución.

—El amor libre, mi hermano. ¿Quién va a pagar si lo tiene gratis?

Pero la Leonor del prostíbulo de al lado no era la que buscaba, sino otra más joven y con mejor cuerpo, pero con un alma endurecida porque no quiso rebajarle la tarifa. Era una putica alta y flaca, de unos veinte años a media luz, y con unas curvas de sirena enfundadas en un vestido restallante con unas tetas y un culo agresivos. Cuando la tuvo a su lado y la tocó le produjo una erección brutal. Maldijo mentalmente haber dejado escondidos los dos billetes de diez en la pensión, y cargar sólo dos pesos encima.

—Mira, flaca, yo soy un hombre serio. Te dejo mi reloj en garantía y mañana te traigo los cinco pesos. ¿Está bien? ¡Vamos, no seas mala! ¡El reloj vale mucho más!— le rogó, mostrándole el reloj.

Por supuesto, por su mente pasó como un rayo la intención de no volver por el reloj. La Flaca lo agarró por la muñeca, lo arrastró debajo de la luz de una lámpara y le echó un vistazo al reloj. Un reloj que funcionaba mal y desgastado, que su padrastro, cansado de usarlo, le había regalado. Y la flaca sexy, cuyo cuerpo de sirena en el vestido restallante él imaginaba desnudo, luego de estudiar el reloj, levantó despectivamente la cabeza.

—¡Qué va, tú, yo no soy casa de empeño!— dijo.

Tal vez la hubiera convencido: el reloj más los dos pesos que tenía en el bolsillo. Pero en eso entró un cliente de la flaca, un hombre mayor bien vestido, y ella lo dejó y se fue corriendo a atenderlo. El desprecio. Una humillación, dejarlo allí frustrado con su erección. Salió enfurecido de la antigua casona. Putas de mierda. Maldita sea. Eso le pasaba por idiota, por no haber tenido más cuidado con la dirección de Leonor, una mujer que, a lo mejor, se había enamorado de él. Una prostituta tan decente que le ofreció su cariño y su amistad desinteresadamente.

La flaca no era más que una vil comerciante. ¿Qué trabajo le hubiera costado hacerle el favor? Si él fuera mujer y puta, seguro que le hacía un favor a un tipo decente y aseado como él. Es más, él estaba dispuesto a hacerle el favor a cualquier mujer, en cualquier momento. Gratis. Sin ningún tipo de mezquindad ni egoísmo.

Un fin de año sin suerte. Había sido una Nochebuena triste, una cena mediocre en la pensión. El 31 de Diciembre se despertó angustiado, cansado de la caminata por el barrio de Colón la noche anterior, y luego a pie hasta la pensión. ¿Si al menos en Enero le dieran el trabajo en la Empresa norteamericana que le habían prometido? Un día agarraría un barco y se iría lejos.

Al día siguiente se quedó leyendo en la pensión hasta las cinco de la tarde, y, entonces, despertó a duras penas a la realidad de la vida. Salió y caminó sin rumbo y desorientado, pero sus pies lo llevaron por hábito hasta el quiosco de San Lázaro, y al ver a Margarita se contentó y hasta se le ocurrió que ella podía ser su salvación. Una hembra de verdad que desnuda era un monumento, según Sergio, y la invitó al cine, o a ir bailar, o adónde tú digas, porque hoy es 31, y el año viejo se va a acabar, Margarita, y tenemos que celebrar el año nuevo.

—¿En serio?— sonrió ella, divertida.

—Nunca he sido más serio que hoy. He estado pensando en ti toda la semana, y reuniendo valor para pedírtelo ... ¿Entonces?

Ella sonreía halagada y excitada por la inesperada proposición. Sin dejar de ir y venir detrás del mostrador, cuyo piso estaba más alto que la acera a propósito, lo miraba sonriente desde arriba con unos ojos glaucos escrutadores y cautelosos, como si quisiera descifrar sus intenciones. Una mujer sola en La Habana que ha rechazado a muchos hombres, lo suficientemente sensata para saber que después de la locura quedaba una herida y un desengaño más. Pero era 31, y se sentía vagamente triste y nostálgica de su familia y su hijo.

—Entonces, ¿a qué hora sales?— insistió él.

—Me falta media hora— dijo ella, dudando.
—Entonces, voy a ponerme la corbata y vuelvo corriendo.
—¡Ey, espérate, que no te he dicho que sí!

Luis esperó impaciente. Ella sacaba sus cálculos: tenía planeada una despedida de año aburrida y triste: comer las uvas con unos vecinos y acostarse a dormir. La proposición de Luis era tentadora, a pesar de ser primo de Sergio, un hombre más hecho, noble y considerado, con quien aún no había perdido las esperanzas. Este otro era un jodedor que quería acostarse con ella. La idea la tentó un segundo, pero era un disparate salir con aquel jovencito, simpático pero inmaduro. Entonces, tomó una decisión que a juzgar por el tono de voz a él le sonó terminante:

—Te lo agradezco, Luis, pero eres demasiado joven para mí.

—Tengo la misma edad de Sergio— mintió él.

La mentira la hizo sonreír con indulgencia.

—Olvídalo, cariño, me sentiría incómoda contigo del brazo.

Pero él no era de los que se daba por vencido fácilmente: a las mujeres hay que insistirle, porque su voluntad es débil, y se defienden diciendo que no por la costumbre y el qué dirán, cuando en realidad tienen ganas de decir que sí.

—Por favor, Margarita. Hasta Sergio se alegraría que me acompañaras a despedir el año, porque él fue a despedirlo con su novia— añadió para darle celos.— Esta noche necesito tus ojos verdes como el marinero necesita los mares del mundo y la hierba el dulce manto del rocío. No seas mala Margarita, esperemos el Año Nuevo juntos, en dónde tú digas, adónde tu quieras, aunque sea en la lancha de Regla o en el muro del Malecón mirando los fuegos artificiales.

Ella debió considerar sus palabras una payasería, porque

su sonrisa se endureció y todo su ser mostró el rechazo. Una de esas bestias con tetas que después de haber tomado una decisión hay que matarlas. Luis desistió entonces, en parte para no hacer el ridículo delante de los tipos que compraban cigarros y se tomaban su café de pie, sonriendo con alevosía al escuchar sus inútiles ruegos.

Fue un fin de año fatal. Lo pasó en la barra del Johnny, gracias a un amigo que trabajaba allí. Excepto por unas piezas que bailó con una mujer sobrante de un grupo, que ni siquiera se quiso pegar, no levantó nada que valiera la pena. A la dos de la madrugada salió derrotado del Johnny, subió por 27 en dirección a L, con la vejiga reventándosele. No pudo con las ganas y se detuvo a mear protegido por un poste. A lo lejos se oían aún los cohetes, los gritos lejanos de Feliz Año Nuevo o Happy New Year, y el meaba su melancolía. Por la esquina dobló un auto hacia él, donde venían más mujeres que hombres, y lo pillaron meando. Una voz de mujer chilló:

—¡Puerco, más lejos van los perros!

—¡Happy New Year!— gritó él.

—¡Happy pinga, maricón!— gritó una mujer desde el auto, seguida de unas risotadas que se perdieron en la noche.

Putas, tienen que ser putas, pensó él. Ojalá que este año cambie la vida y mejore mi suerte. Ojalá que venga la revolución y se acabe el mundo, deseó ferozmente.

8

La pasión por el conocimiento y la pasión por vivir. ¿Cómo conciliar estas inquietudes al borde de la derrota y el hambre? Tuvo que pedirle prestado a Ramón para completar el pago de la primera quincena de Enero y rogar a la dueña, que cobraba por un mes adelantado, que lo disculpara esta vez.

Tenía quince días de respiro.

Todas las mañanas, a partir del 2 de Enero, se levantó temprano en busca de trabajo. De noche caminaba sin dinero en los bolsillos por La Habana, pero fumando, y leía con gran lucidez a cualquier hora, preferentemente de madrugada, fumando también. La dueña se lo recriminó con cara de disgusto.

—Toda la noche tuviste la luz prendida.
—Estaba estudiando.

La dueña, sumida en su estrecho mundo, no sabía que él no era estudiante. Para ella debería serlo: un joven no podía leer tanto y andar siempre con un libro en la mano sin serlo. Una buena mujer, pero para vivir tenía que contar los centavos, y le preocupaba el recibo de la luz.

—¿Por qué no estudias más de día? De todos modos, ten cuidado no vayas a quedarte dormido con la luz prendida.

El poeta que soñaba casarse con una mujer rica volvió el 3 de Enero de Pinar del Río. Esa noche salieron a pasear juntos por el Vedado, al azar. La brisa fresca del mar mecía las ramas de los árboles, y las esquinas estaban iluminadas por los faroles. Iban sin rumbo, conversando sobre ideas disparatadas.

—Dostoyeski en el fondo no era más que un moralista. ¿Por qué involucró a Raskólnikov en un asesinato perverso y monstruoso, cuando pudo mandarlo a robar un banco? Todo para que Raskólnikov terminara leyendo la Biblia en compañía de una puta, y arrepintiéndose. Crimen y Castigo es una fábula moralista para escolares. Te aseguro que tú y yo podemos robar un banco en nombre de la revolución, y después tan tranquilos como si nada. ¿Tú no robarías un banco conmigo, poeta?

—Mañana mismo. Esta noche. Cuando tú digas.

Era bueno tener un amigo como Benigno capaz de robar un banco. Lo malo que Benigno se ponía fastidioso con su poesía de mierda. En cambio él, en cuatro días había leído, primero a Fernando Ortiz en *Contrapunteo cubano del tabaco y el azúcar* (y quiso ser Ortiz, un científico genuino navegando por los mares de la Historia con una erudición aplastante); inmediatamente después, él leyó a Husserl, y no sólo quiso ser Husserl sino que hasta aprendió de memoria un par de frases en alemán, sin diccionario y sin saber nada de alemán, sólo para jactarse ahora:

—Husserl tenía razón: el hombre se ha perdido en el laberinto de las disciplinas y en la atomización de la ciencia. El hombre ha perdido su ser concreto, su mundo en la vida, su *die Levenswelt.*

Había jodido a Benigno que callaba perplejo. Caminaban en dirección al Hotel Nacional por 17 y sabía que Benigno no iba a admitir su ignorancia. Al fin, lo oyó con su voz gangosa de poeta, la voz de Benigno se parecía a la de Neruda, descalificando a Kant, a Hegel y a Husserl:

—Olvida la filosofía alemana. No son más que huevonadas. Tú lo que tienes que leer a Machado, a Lorca y Juan Ramón. Esos sí son poetas. La poesía es el supremo conocimiento: toda la sabiduría y la belleza del mundo se mueven en el poema como el pez de ojos abiertos en el agua.

Entonces tuvo que dispararse el *Juventud divino tesoro* de Darío, recitado mal por el poeta, el pobre Benigno, que siempre trabajó y se desveló por parecer que tenía de poeta la gracia que no quiso darle el cielo. En eso fueron a dar con un taxista que esperaba de pie, junto a su *máquina*, a que lo llamaran del Hotel Nacional. Un taxista voluminoso en guayabera, ya viejo y canoso pero lleno de vitalidad; uno de esos habaneros habladores, derrochando jovialidad y picardía, que los recibió con palabras tan confianzudas y escabrosas que detuvieron su ronda.

—¿Qué hacen por aquí a estas horas, muchachos, cazando en la oscuridad? ¡Apuesto que andan buscando una hembra que pisarse!

Se detuvieron, pues, inquietos y sorprendidos. ¿Quién no se inquieta cuando le adivinan la obsesión que lo obliga a vagar en la fresca noche tropical? ¡El deseo angustioso del sexo y los besos de una dulce ninfa! Mientras él observaba divertido la facha de personaje de la picaresca del taxista, y su pinta de proxeneta, fue Benigno quien contestó.

—¿Una buena hembra, amigo? ¡Yo me conformo con que esté regular! ¿Pero cómo lo adivinó?

—¡Fácil, porque yo fui joven! ¿En qué otra cosa piensan los muchachones como ustedes, sino en *eso* ? También adiviné que ustedes son del interior. Si tienen plata, yo puedo guiarlos hasta una buena papaya. Conozco las mejores mujeres y los mejores sitios de la ciudad, y nada que ver con las vulgaridades del barrio de Colón, sino cositas finas.

—Ay, amigo— dijo Benigno—, si tuviéramos plata no andaríamos caminando como comemierdas por el Vedado. ¿No es verdad, Luis?

—Mala cosa andar limpio, en una ciudad divina como esta, llena de diversiones y placeres a la mano. ¿Qué hacen ustedes? ¿Estudian en la Universidad? ¿Son del interior? Lo suponía. Pero ustedes me simpatizan. Sí, caballeros, yo conozco la vida y los puedo ayudar a ganar dinero. Mucho dinero.

—¿A ganar dinero? ¿Cómo?— preguntó Luis, intrigado.

A continuación, escucharon la solución que tenía el taxista para sus problemas económicos. Alzó el brazo bajo la farola abarcando con un ademán toda la noche habanera para la visión (*su visión*) de una ciudad poseída por un erotismo desenfrenado, una Gomorra en un jardín tropical, donde hombres y mujeres hacían carrera y progresaban utilizando el sexo.

Benigno y él escuchaban fascinados, mientras el gordo taxista abundaba en nombres de personajes, conocidos y desconocidos, que habían escalado sus posiciones en la política y la alta burguesía usando la poderosa palanca de sus sexos. No se hagan la paja, muchachos, y olviden a las noviecitas que eso es perder el tiempo, como me pasó en mi juventud. Un joven audaz y buen mozo puede resolver su futuro de un buen braguetazo. Él podía ponerlos en contacto con buenas hembras, mujeres desesperadas, cubanas y turistas americanas, que pagaban cualquier cosa por muchachos ardientes y bien dotados. Al final, ya seguro de haber persuadido a los dos jóvenes, los retó a los ojos con la astucia indagadora de un comerciante.

—Yo no estoy hablando mierda: el que tenga una buena pinga de ocho pulgadas, yo lo hago rico— les propuso.

Benigno, que escuchaba hechizado, no contestó, abrumado por el requisito. Tampoco él contestó. Un minuto después se alejaron del delirante y voluminoso taxista. A media cuadra de distancia, los dos empezaron a reírse como dos locos del proxeneta y de su visión alucinante del éxito por el sexo, y de la medida heroica que había exigido para promocionarlos como chulos o gigolós de alto vuelo.

—Te tenía conquistado, no lo niegues— se burló él de Benigno.

—Yo soy un poeta, no un vulgar chulo .

—Vamos, vamos— se rió él. —Lo que pasa es que no cumpliste el requisito. Ocho pulgadas es demasiado para ti.

—Déjate de jodedera, Luis, que tú tampoco lo cumpliste. Además, el tipo estaba más interesado en ti que en mí. No te quitaba el ojo de encima pensando que tú eras su candidato de ocho pulgadas.

Luis no dijo ni sí ni no, caminando en la noche al lado del jodedor de Benigno. Pero por supuesto que le hubiera gustado tener una verga enorme y matar a las mujeres. Como otros jóvenes de su generación, el maldito culto a la virginidad de la época los obligaba a sufrir la exasperación de su sexualidad siempre insatisfecha, y a una angustia vital que lo volvía agresivo y brutal a veces. Pero chulo, explotador de mujeres, jamás. Su elemental decencia y su sentido de la justicia se lo impedirían siempre. Incluso solía ser discreto y celoso de su intimidad. Tal vez porque sus primeras experiencias eróticas fueron con una adolescente que vivía en su propia casa y luego con una prima suya en la propia casa de su tío. Juegos eróticos forzosamente secretos y prohibidos, el amor del que no se puede hablar.

—Yo podré ser un jodedor, pero chulo jamás— dijo en voz alta.—Y te juro, Benigno, que he tenido más de una oportunidad.

Sí, además de la amistad que le propuso Leonor en el tren, en una ocasión una putica de Guantánamo le ofreció, en un arranque sentimental, que se quedara a vivir con ella. Para colmo, teniendo diez y seis años una criadita que se echó de novia le propuso que la metiera a puta. Ella debía tener quince o diez y seis, y había venido del interior a cuidar a dos niños pequeños de una familia en la calle de Santiago adonde él se había mudado con un tío, de modo que además de su prima se enredó con la linda niñera.

Se llamaba Lourdes y era una criatura risueña y sensual, con grandes ojos color miel y un culito y unas teticas divinas. Era de tez clara y sólo su pelo negro ensortijado delataba una lejana ascendencia africana. Cada vez que sacaba a los niños a pasear o iba a hacer los mandados, Lourdes lo miraba dulcemente con sus ojazos risueños color miel. Él la saludaba, y luego empezó a piropearla, y ella se reía con una coquetería tentadora que lo sedujo.

Dos semanas después, en el zaguán, detrás de la puerta, la besó rápido y Lourdes lo sorprendió con su ardor y su precocidad sexual: primero le apretó la tetica, y luego le metió la mano bajo la falda, y sintió, ¡oh, grata sorpresa!, que una manito le agarraba con firmeza la erección, cosa rara porque hasta entonces ninguna de sus novias lo había tocado espontáneamente, siempre tenía que inducirlas con mañas hasta que perdían el pudor y el miedo a tocar esa cosa dura y amenazante. Como se trataba de una sirvienta, y no la consideraba siquiera una novia, pensó que a ella sí se la iba a poder meter de verdad, no como a su prima a quien tenía miedo perjudicar.

    Todo marchaba peligrosamente bien. Se citaban a escondidas por muchas razones: ella para que la dueña de la casa no fuera a mandarla de vuelta al pueblo de campo de donde la trajeron, ¡así sería de miserable y triste su situación anterior!, y él para que no se enteraran ni su prima ni las santiagueras de mayor nivel social, porque si sus amigotes lo hubieran envidiado, ellas lo habrían tenido a menos por andar en amores con una vulgar criadita. Una matinée en el balcón del cine Oriente, sitio de películas mejicanas poco frecuentado por sus amistades, adonde aun así ella fue por su lado y él por el suyo para que no los vieran por la calle juntos, se besaron y se frotaron con tanto ardor que ni se enteraron de lo que pasaba en la pantalla a los actores, ella ardiendo entre chupones y mordiscos en la fosforescente oscuridad.

    Un domingo después, cuando todos dormían la siesta y las calles estaban vacías, detrás de la puerta del zaguán contiguo a la casa adonde Lourdes trabajaba, mientras la besaba recostada contra la pared, ella se arqueó abriendo para facilitarle la penetración. Sus carnes olían a un perfume barato mezclado con el bacalao de las secreciones sexuales. Un momento de locura entregados al pavor, entre gemidos y resuellos. Pero no hubo sangre ni dolor, y, aunque no era un experto, supuso que la linda niñera no era virgen. Esos grandes ojos de niña vulnerables sabían de la vida.

    Después de ese mediodía sofocante y peligroso, Lourdes

cambió con él. Su rostro risueño y la miel de sus ojos se tornaron apremiantes y trágicos. Se quejó que la maltrataban en la casa y le hacían la vida miserable y hasta le habían dado dos bofetadas. Además se sentía obstinada de cuidar y limpiar niños malcriados, meones y cagones.

Empezó a rehuirla con disimulo. ¿Por qué no se había venido afuera?, se lamentaba ahora, preocupado por la posibilidad de haberle hecho una barriga a esa bella niñera. Lourdes se acercó adonde él estaba parado en la esquina con un par de amigos y le hizo una seña. En un aparte, ella le habló en voz baja. Le habían prohibido salir de la casa y se había escapado para verlo. Y entonces le hizo aquella proposición alucinante que nunca olvidaría.

—Si me quieres de verdad, ¿por qué no me robas?

Miró perplejo sus grandes ojos ahora trágicos: conocía perfectamente esa expresión, más de los pueblos de campo que de las ciudades, de robarse una mujer, es decir, raptarla con su consentimiento, sin permiso de la familia y hasta en contra de la voluntad de todos.

—¿Estás loca? ¡No tengo trabajo, ni como mantenerte!

Sin vacilar, ella encontró con rapidez una solución que probablemente acariciaba en su mente ingenua y delirante.

—Entonces, ¿por qué no me metes a puta? Con lo que gane yo, podríamos vivir los dos— dijo decidida.

La miró atónito, pero no era una broma. Aquella niñera de quince años con su carita ingenua y su sensualidad desbordante, pensaba que podía hacer una lucrativa carrera en el oficio más antiguo del mundo. Entonces él se asustó. No respondió a la alucinante proposición. Al día siguiente agarró el tren para Guantánamo, temeroso de que la precoz mesalina de quince años provocara un escándalo. Menos mal que él era menor de edad y por lo tanto inocente.

Pero esta noche, casi cinco años después, al separarse

de Benigno se acordaba de Lourdes con su belleza de niña audaz. El taxista que le propuso convertirlos en chulos también pensaba que en La Habana a través del sexo se podía acceder a la riqueza y el poder. Tal vez Lourdes tenía razón: con su innato talento erótico y su divina juventud, los dos podían haber iniciado una aventura estimulante y exitosa en La Habana. Sonrió al comprender que en la vida basta un sí o un no para hundirnos en un oscuro e impredecible destino.

—Revolucionario sí, chulo jamás— le dijo su voz moral.

El 4 de enero por la noche Gilberto lo llevó a una reunión con unos compañeros suyos de Medicina. Al elegante Gilberto le preocupaban las elecciones de la Facultad y su posibilidad de ganarlas. Después de discutir hasta medianoche, Gilberto, otro estudiante y él, salieron conversando y fueron a detenerse a los pies del busto de Mella, frente a la escalinata de la Universidad. A Gilberto le obsesionaba aquel rostro de bronce, la reciedumbre viril del mentón, la mirada de águila, y se los señaló con arrobo y hasta envidia.

—¡Qué cabeza de dios admirable!— dijo, suspirando. —Yo hubiera dado la vida por tener una cabeza como esa. ¡Qué bárbaro! ¿Sería de verdad así de poderosa e impresionante su cabeza o será que a Mella lo idealizó el escultor?

—Las líneas básicas deben estar idealizadas, de acuerdo con las fotos que conozco— opinó él. —Eso pasa con los grandes hombres. Yo he visto las fotos de Martí y la levita negra que usaba en el Museo Bacardí, y Martí era un tipo medio calvo, bajito y endeble. Y ya ven como la amplitud de la frente y los cabellos le crecen en el bronce.

—De todas formas, ¿por qué yo no tengo una cabeza de dios griego como esa? ¡Qué mierda es la vida!— se lamentó Gilberto.

Luis intentó consolarlo. No te quejes que tu cabeza no está mal. Si me aprietan diría que eres hasta buen mozo, se burló. Cuando se alejaron del busto de Mella, sin transición Gilberto retornó al tema de las elecciones en su Facultad. Esta sería su última oportunidad de ganar la presidencia y la consideraba con pesimismo. Siempre salía de delegado de su curso, pero la presidencia la ganaba otro, según Gilberto, con menos méritos que los suyos.

—Ten confianza, que este año vas a ganar— lo consoló.

Sentía pena por Gilberto; todos los que tenían sueños irrealizables siempre despertaban su simpatía. Pero sabía que iba a perder. Adivinaba que a Gilberto le faltaban la inteligencia y el carisma para ser presidente. Con la cara de Mella tal vez la habría ganado, pero con esa cara de pollo vestido de dril cien, muy difícil.

9

A mediados de Enero empezó en un trabajo fijo que solucionó sus angustias económicas, y por primera vez una novia logró retenerlo por las noches a su lado; pero en vez de estabilizarse, su vida, o su doble vida, adquirió una intensidad vertiginosa.

Por un amigo de un amigo de su tío de Santiago (en la Cuba de antes al parecer siempre había un amigo de un amigo que resolvía el problema), consiguió un trabajo en una Empresa norteamericana, una suerte inmerecida para un anti-imperialista como él: los trabajos en las empresas norteamericanas eran lo más codiciados porque, en general, éstas pagaban más y trataban mejor a sus empleados que los empresarios criollos.

En cuanto a la muchacha, la vio una tarde de Reyes caminando por el Vedado y perdió la cabeza hasta el punto que, olvidando una cita que tenía a esa hora con la morenita de odontología, la persiguió como un perrito hechizado. Cuando llegó a cenar a la pensión, hechizado aún por la belleza de la desconocida que movía con arrogancia su cintura y su culito en tacones altos en el rubio y sensual atardecer habanero, le comentó a Benigno:

—¡Qué cosa más grande! ¡He visto a la muchacha más linda del mundo, como para morirse, y fui tan estúpido que se me escapó sin decirle nada! ¡Ay, Benigno, cuánto sufrí cuando la perdí!

Benigno sonrió sin hacerle caso.

—La odontóloga te llamó dos veces. Me dijo que la embarcaste. ¿Qué le has hecho que la tienes loca? Cuídate de hacerle una barriga que esa tipa tiene carácter y te vas a meter en un lío.

Le puso mala cara al consejo de Benigno, molesto además con ella por atreverse a darle una queja a su amigo. Era totalmente reacio a cualquier confesión sobre sus aventuras sentimentales.

—No te pongas bravo— Benigno, sonriendo con su habitual afabilidad, le dio una palmadita en el hombro: —Oye, acuérdate que el sábado en la noche tenemos un bailecito. No me vayas a embarcar, mi hermano. Si el Avispón Verde te llama para una de esas misteriosas salidas nocturnas, dile que ya estás comprometido, ¿okey?

Benigno le había puesto a Ramón el apodo del Avispón Verde, el héroe de un serial de cine de principios del 40, tanto por el Chevrolet verde oscuro en que venía a buscar a Luis, como por sus camisas verdosas. Así que Ramón, el peligroso ex-miembro de la Joven Cuba y de la UIR, a quien se le atribuía por lo menos una muerte en Oriente, tenía ahora dos apodos sin saberlo: Colmillo de Oro y el Avispón Verde.

Esa noche, en la oscuridad del balcón de cuarto piso, con la ciudad abajo y el cielo por testigo, le riñó a la morenita de odontología, en voz baja pero violentamente, por haberse atrevido a hablar de sus relaciones con Benigno, y por quejarse de haberla embarcado.

—A mí no me gusta que nadie se inmiscuya en mis problemas íntimos. Yo soy un hombre reservado, que no hablo de mis cosas contigo. Si tienes algo que reclamarme, me lo reclamas a mí. Si no te conviene me avisas, y se acabó— le dijo con el ceño fruncido y la altanería de quienes no aman a nadie.

Ella se asustó mucho, le dio disculpas. La reconciliación fue ardiente, casi brutal. Ella, que en Diciembre había entrado en confianza, obedeció dócilmente con la falda levantada, resollando de la excitación. Pero él, en un acto violento de sadismo, con un movimiento brusco hacia arriba, intentó penetrarla sin prevenirla. No pudo hacerlo completamente por estar de pie y por el ángulo impropio, y porque ella pegó un gritico de espanto y dolor que lo contuvo.

—Vaya, no grites. Fue sin querer.

—Ten más cuidado. Me hiciste daño— se quejó ella.

Los dos inmóviles pegaditos, cara a cara. Todavía se la tenía metida entre los muslos y en contacto lacerante con la peludita y húmeda hendidura, la braguita de nylon a un lado, una tentación y una tortura enervante, un placer lento que ya no podía soportar más. Aunque la pared impedía que los vieran desde adentro y ellos se habían separado otras veces a tiempo, siempre sentían el temor de que alguien viniera desde la sala o desde el interior y los sorprendieran, pero esta noche tenía una erección tan exasperante que se decidió a penetrarla allí mismo, acabar de una vez con el sufriente placer de darle brocha.

—No tengas miedo, ábrete un poco más, voy a tener cuidado, no te va a doler, no me voy a venir adentro— le susurró.

Vio los ojos negros vulnerables brillar espantados en la oscuridad, la sintió tensa y rígida, la vio dudar de miedo, con sus ojos negros heridos por la indecisión clavados en los suyos, hasta que de repente vio a aquellos ojos centelleantes tomar una decisión apasionada y mortal.

—Bueno, hago lo que tú quieras, siempre que después te cases conmigo. Pero no me vayas a engañar, si no me *mato*— susurró decidida, resteada, con la expresión trágica de una muchacha dispuesta a todo.

Ahora quien dudó fue él, impresionado por la cara trágica, por el tono suicida de su voz, y por la amenaza de que después tendría que casarse con ella. Y cometió el error de pensar en las consecuencias, y de creer en sus amenazas. Si cuando la dejara, porque él ni remotamente pensaba casarse con ella, se tiraba del balcón, sin duda se sentiría culpable de su muerte, y de haberla engañado miserablemente.

Unos segundos de suspenso. Con esos ojos negros suicidas clavados en los suyos. Pero él se acobardó, y decidió besarla en la boca para evitar esa mirada oscura clavada en su conciencia. Continuó en el divino y enervante placer de darle brocha, obligándola con un empujón a cerrar más los muslos para aumentar la fricción y poder terminar. Sacó el pañuelo para recoger y limpiar la eyaculación, apurando un poco más los movimientos, no fueran a interrumpirlos en el momento culminante.

Toda esta excitación erótica mientras pensaba que con su conducta ponía en evidencia su intención de no casarse, y seguramente ella estaría pensando lo mismo. Mientras la besaba recordó incluso que había criticado a Sergio por haberle perdonado el virgo a otra muchacha en circunstancias diferentes pero semejantes. "Soy un cretino", pensó, "debería metérsela", pero en eso un rayo de placer lo atravesó borrando por unos segundos todos sus pensamientos.

Esa noche se acostó inconforme consigo mismo, porque en la vida siempre terminamos por lamentar las oportunidades perdidas. Supuso que toda virgen desea y teme a la vez romper el tabú, pero en el fondo desean ser violadas. Tal vez había dejado frustrada a la apasionada morenita, quien no le perdonaría nunca no haberla engañado. Pero si se equivocaba y esa muchacha se mataba por su culpa, ¿cómo vivir después con el remordimiento? ¿Para qué perjudicar a una joven decente? Al igual que Sergio, se sentía incapaz de destruir la reputación y la vida de una pobre muchacha.

¿Qué oscuro rito las obligaba a ofrendar la sangre de su himen el día de la boda? ¿Cuál sería el significado oculto que imponía esta costumbre moral? Antes las entregaban al matrimonio con una dote, una costumbre prácticamente abolida. Pero aún les exigían mantenerse vírgenes y entregar a su esposo y señor el monopolio de su cuerpo. ¿Qué raro ritual subir al altar para luego consumar la entrega de su *honra*? La monogamia y la indisolubilidad religiosa del matrimonio serían la base fundamental de aquel absurdo tabú, siguió cavilando él en su manía de hurgar en la razón de las cosas: esa pasión suya por saber. La represión a que sometían a las muchachas simbolizaba su futura servidumbre ante el macho. Lo peor era que toda convención social contiene un determinismo, porque no solamente las afecta a ellas, sino a ellos. Todos los cubanos aspiraban a casarse con una virgen. Hasta él mismo.

"Coño, qué inteligente soy", dijo de lo más contento en voz alta, sonriendo vanidoso en la oscuridad. "He sido un imbécil, víctima de prejuicios tontos, y he fallado ante los dioses". Lo malo que ella fuera capaz de matarse, si no la jodía.

A partir de esa noche rehuyó a la apasionada morenita de odontología; no le salía ni al teléfono. Le halagaba que lo llamara desesperadamente, pero sabía que no tenía sentido volver con ella a no ser que fuera para consumar el acto que había dejado en suspenso aquella noche.

Además, enero lo absorbió con nuevas aventuras y emociones. La primera fue el bailecito del sábado, donde encontró entre el perfumado y lindo mujerío de universitarias, a la bellísima y altanera desconocida de los tacones altos. También, a mediados de ese mes le entregaron a Ramón el lote de armas que esperaban, siendo él la única otra persona que lo ayudó a embalarlas en cinco maletas mientras buscaban un sitio más seguro donde ocultarlas. Todo esto por las noches y los fines de semana, por su nuevo trabajo en la Empresa norteamericana, donde estaba obligado a un horario que cumplía con entusiasmo y seriedad.

—Ese trabajo tuyo es una buena tapadera— admitió Ramón con una de sus sonrisas sardónicas. —En caso de emergencia, ¿dónde te busco?

—Esta noche en H, en la pensión de Anita.

Cada vez que pasaba en ómnibus o a pie por la curva de San Lázaro frente a la escalinata de la Universidad, se acordaba de la morenita y alzaba la vista hacia el balcón erótico en el último piso del edificio en donde ella gemía de placer con el clítoris en sus dedos, calculando que ya estaría madura para el sacrificio sin condiciones ni amenazas.

Pero su nueva novia, la bella estudiante de Farmacia lo tenía apresado con la magia de su cinturita y sus tacones altos, y todas las noches iba a visitarla enamorado como un burro. La morenita debió enterarse de alguna manera, y debió atribuir su abandono a esa nueva novia, averiguó su nombre y su teléfono, él nunca supo cómo, y la llamó varias veces para amenazarla e insultarla, metiéndolo en un lío con Anita. No se puso ni bravo, más bien sonrió vanidosamente mientras protestaba de su inocencia, explicando que ya nada tenía que ver con aquella mujer.

Una tarde de febrero que cruzaba la calle frente al Hotel La Colina, casi chocó en la acera con la morenita de Odontología, y su primera reacción fue ponerse en guardia. En Santiago, una novia que dejara plantada un 31 de diciembre, al encontrárselo unos días después en la céntrica calle Enramadas, le cayó a carterazos de la rabia sin mediar palabra, teniendo que alejarse en medio de las risas y el ridículo.

Ella se puso pálida pero atinó a saludarlo nerviosa. Y pasó por el embarazo de mirar cara a cara a la novia que había abandonado sin una sola excusa. Estaba más ojerosa y más delgada, y sus ojos negros lo interrogaron entre la conmoción sentimental y el rencor. Se había olvidado de lo atractiva que era y, de repente, con la compasión, sintió renacer el deseo de tenerla en sus brazos. Ella debió percibir su mirada de ternura porque dejó de temblar y su expresión se entristeció.

—Estabas perdido— le reprochó débilmente.

—Todos nos perdemos de vez en cuando.

—Pero tú te perdiste sin decirme nada.

—No hacía falta. Tú *sabías* perfectamente por qué fue.

—Todavía estoy confundida. Dímelo tú.

—Tú eres una muchacha decente y no quería perjudicarte.

Ella se turbó y asintió distraída como si la idea le diera vueltas en la cabeza. No apartaba sus negros ojos de baquelita de los suyos. Al fin, pareció vencer las dudas y le propuso con timidez.

—¿Por qué no vienes a visitarme esta noche?

—Con gusto. ¿A qué hora?

Ella le dijo a las ocho, pero él no fue. Fue la última vez que la vio en su vida y se olvidó hasta de su nombre.

10

Cuando más de dos décadas después, sitiado por una atmósfera de fanatismo totalitario, él se aisló en un exilio interior a escribir su largo ensayo "Sobre los Paraísos Artificiales", y se sumergió en los meandros cenagosos de sus recuerdos, le costó reconocerse a sí mismo en aquel joven prepotente, jodedor y a la vez crispado, que incursionaba en el mundo con su manual de intransigencias.

Más allá de ser un *jodedor,* en cubano, porque en la lengua de Quevedo sería un burlón, él era entonces un joven idealista gobernado por la insatisfacción y la angustia. Deseaba intensamente el triunfo del bien sobre el mal, el bienestar del pueblo y del Universo, el castigo para los egoístas y los corruptos, etc. A una inteligencia bien dotada a los veinte años unía una profunda honestidad. A aquel joven nadie hubiera podido comprarlo con nada, y tampoco aspiraba a privilegios ni a riquezas personales. Cuando decía que estaba dispuesto a dejarse matar con tal de cambiar la vida, no sólo era sincero sino que se daba ya casi por muerto.

Morir joven, una idea romántica que siempre le sedujo.

Pero aún en su idealismo se sentía abrumado por oscuras fuerzas que lo dominaban, actuando incluso ambiguamente a pesar de su ética, en especial con las mujeres. El hombre se deja chantajear por Dios, y le entrega su libertad para no ser un rehén en las manos implacables de Eros y Tánatos, y escapar a la angustia de un destino absurdo: el de no poder jamás descifrar los misterios esenciales de su ser, como escribiría a los cuarenta.

—Si yo fuera rico, le regalaría una casa a mi madre, y repartiría toda mi fortuna entre los pobres— Sergio le dijo un día.

—Les darías una ilusión, darías nada. En vez de repartir peces entre los hombres, yo los convertiría a todos en pescadores— le respondió él, cuando aún era un ingenuo pretencioso a los veinte años, parodiando el aforismo chino.

Siempre admiró a Sergio, y a veces lo envidió, por ser el hombre más valiente, decente y recto que había conocido.

Otras pensó que Sergio encarnaba una simpleza vacua sin profundidad. Pero aun así, admiraba sus cojones. En la hora de su angustia fáustica, él, Luis, tuvo la suerte de toparse no con un ángel corruptor, sino con un ángel moderador que frenaba la parte oscura de su ser.

—Hermanito, ¿por qué te pusiste tan agresivo?
—Porque ese hijo de puta se burló de mí.
—Pero pudiste ponerlo en su lugar sin ofenderlo.

Sí, había casi una diferencia biológica entre los dos. Mientras Sergio juzgaba comprensivamente y era capaz de hacerse respetar y de perdonar sin ofender, él juzgaba con crueldad y gozaba hiriendo a sus semejantes. ¿Por qué? No lo sabía. Alguna vez creyó que sus diferencias se debían a que la fe en Dios de Sergio era inmanente a su alma, mientras la voluntad suya de cambiar la vida se basaba en la creencia de una bondad innata en los seres humanos cuando aún no han sido corrompidas por las desigualdades acumuladas artificiosamente a lo largo de la Historia. Por supuesto, Luis había deglutido los escritos de Rousseau, ignorando que el humanista del Contrato Social y el Emilio había repartido a sus hijos por orfanatos, de lo contrario lo habría vomitado.

—Quien no es consecuente con su discurso es un hipócrita, un cobarde, un hijo de puta, un maricón... —decía desbocado.

—¡Ya, ya, ya, cálmate, no es para tanto!— lo paraba Sergio. —Digamos que es indigno de confianza, y es suficiente.

Con el tiempo Sergio demostró, a pesar de que no leía, que tenía una visión política más certera, mientras él, que se atracaba de libros, se equivocó en sus juicios y pronósticos. Por ejemplo, cuando Sergio volvió a La Habana, no en enero como había prometido, sino en abril, al enterarse que Luis no sólo tenía acceso, sino que prácticamente era el depositario de todas las armas de la Organización, en seguida comprendió la magnífica oportunidad que se les presentaba. Se suponía un tema super secreto y el entusiasmo de Sergio por saber cuántas eran y dónde estaban las armas, lo turbó un tanto a él. Cuando le dio algunos datos, dolido de que su amigo lo pusiera en ese trance, trató de disculparse.

—Lo siento. Tú sabes que nunca he tenido secretos para ti. Pero si han confiado en mí, por favor, mi hermano, no me preguntes más, que no sería un hombre serio si te diera toda la información.

—Vaya, no te pongas así— reaccionó Sergio con su bonhomía sonriente. —Por una parte tienes razón, pero piensa que esas armas pertenecen a la libertad de Cuba, no a nadie en particular. ¿Te imaginas mi hermanito, todo lo que podríamos hacer en Oriente con ellas en nuestro poder? ¿No me propusiste una vez que dejáramos a Justo C. y nos fuéramos con Frank? ¡Si le dejamos a estos viejos apendejados las armas, no van a hacer nada, ya lo verás!

Observó incrédulo a Sergio, sin poder creer lo que oía.

—¿Tú me estas proponiendo que traicionemos a Ramón?

—No, eso nunca— negó con su vozarrón, como si no hubiera reflexionado sobre ese detalle. —Pero podemos hablar con él y convencerlo.

Aceptó inmediatamente. Entonces, aún le asombraban las ideas audaces de Sergio, su serenidad para tomar decisiones y ejecutarlas sin vacilar. No se percataba que su amigo era un hombre de acción nato, un hacedor de la Historia más que un ideólogo, y que, por el contrario, él actuaba desde los esquemas y prejuicios de un intelectual en ciernes, ese hombre que levanta la mirada a las estrellas y tropieza con las piedras en el camino.

Luego, en octubre de aquel año, cuando Sergio se incorporó al Movimiento y él lo siguió como siempre (al incautarles las armas la policía y encarcelar a la mayoría por dos meses, la Organización había quedado desmantelada y sus miembros dispersos), entonces le discutía a Sergio que el alzamiento en Santiago sería un fracaso y que el desembarco que se planeaba desde México sería un desastre sangriento. Habiendo leído en la cárcel a Curzio Malaparte, *Técnicas del Golpe de Estado* y *la Piel*, repetía un axioma de éste que quizá no supo colocar en el escenario apropiado, el Golpe de Estado, o no hizo una lectura muy crítica.

—Se puede hacer un revolución *con* el ejército o *sin* el ejército, pero nunca *contra* el ejército— le dijo, citando a Malaparte.

Sergio lo escuchó con su sempiterna sonrisa, y luego le habló con el paternalismo afable y persuasivo de costumbre, tratando de transmitirle su optimismo revolucionario y su fe en el éxito final.

—Si le hacemos caso a ese escritor, Batista se muere en el poder. ¡Así que pa'lante, mi hermanito, la victoria o el sepulcro, como dijo Martí! ¡Además, fíjate: unos ingenieros demostraron que el colibrí no podía volar, pero como el colibrí no lo sabe, vuela!

Por esa época estaba persuadido que Sergio lo sobreviviría, que su serenidad angelical frente al peligro lo protegería de la muerte. ¿Quién iba a querer asesinar a un hombre tan afable y cariñoso con todos? Por el contrario, él, Luis, debía morir fatalmente y se autosugestionaba para hacerlo con dignidad: no daría nunca un paso atrás, ni delataría jamás a un compañero, y se insuflaba de valor porque, aunque no era un cobarde, tampoco era un valiente.

11

A pesar de su fama, Ramón tampoco era un valiente a juzgar por lo pálido que se puso en febrero, cuando trasladaron el lote de armas desde Marianao a un humilde apartamento en la Calzada de 10 de Octubre. Todo fue de una estupidez ejemplar de principio a fin.

Para empezar el sitio fue malamente elegido porque estaba situado a media cuadra de la estación de policía de la Calzada de 10 de Octubre. Aunque fuera cierto, como opinó Ramón, que nadie podía sospechar un depósito de armas en las narices de la policía, ¿cómo iban a poder sacarlas, en caso de levantamiento o disturbios, delante de los ojos de una policía acuartelada y en estado de máxima alerta? A pesar de su fama de revolucionario curtido y con experiencia, Ramón en el fondo era un novato, al igual que él.

Lo de cargar todo el lote de armas en un solo viaje en el Chevrolet fue otra imprudencia. Ellos habían embalado cuidadosamente las armas en cinco maletas, sin calcular que se trataba de acero y plomo. Cuando las fueron a levantar, ya listas para meterlas en el auto, cada una pesaba cerca de dos quintales. Para colmo, las cinco no cupieron en el maletero del auto y tuvieron que colocar dos en el asiento trasero. El auto quedó literalmente aplastado de atrás y los cauchos parecían a punto de estallar por el peso. Alarmado y asustado, él movió la cabeza negativamente.

—¡Esta máquina no aguanta el viaje!— dijo y miró a Ramón.

El Avispón Verde torció la cara pálida y sudorosa, mostró preocupado su colmillo de oro, pero con una mueca de resignación decidió seguir adelante; después de todo el hombre no era tan cobarde. Luis se montó a su lado por disciplina y amor propio, convencido de que cualquier policía o patrulla que los viera en la calle, tendrían que ser unos imbéciles para no sospechar de aquel auto derrengado por el sobre peso.

"Qué mierda", pensó, encabronado, pero dispuesto a todo.

El auto atravesó lentamente gran parte de La Habana en un largo y tenso recorrido. Los vieron al menos dos policías y dos patrullas, pero no pasó nada. Tal vez porque, afortunadamente, Ramón había elegido un domingo en la mañana, y con la ciudad en calma y sin tráfico los policías andaban medio dormidos o eran simplemente unos imbéciles. Cuando el segundo de los autos patrulleros se alejó sin dedicarles una mirada, él se rió nervioso.

—Si algún día soy policía, ya sé a quiénes parar.

El bragado hizo una mueca por risa comprendiendo que él se refería al auto hundido por el peso de las armas. Manejaba lentamente y con los ojos alertas. Cuando llegaron al edificio en 10 de Octubre, otro inconveniente que Ramón tampoco supo prever: allí, en plena Calzada de 10 de Octubre estaba prohibido estacionarse y no podían arriesgarse a violar la ley a media cuadra de distancia de una estación de policía.

Ramón hizo una mueca de contrariedad y lo miró, y él comprendió, antes que se lo dijera, que le tocaba joderse.

—Vas a tener que quedarte con las maletas mientras busco donde pararme. No tenemos otra alternativa— dijo Ramón, y él aceptó correr el riesgo sin protestar, aunque en su fuero interno se cagó en el día en que había nacido.

Entre los dos bajaron precipitadamente las maletas. Luego Ramón montó en el auto y se alejó, dejándolo solo con las malditas maletas en la acera, o mejor dicho, bajo el amplio soportal a media cuadra de distancia de la estación de policía. Un soportal que se empataba como un túnel con los otros soportales formados por los edificios de la vieja Calzada, casi todos de dos plantas, sostenidos por columnas de caóticos estilos: *la ciudad de las columnas enfermas*, según un novelista obsesionado por la arquitectura, proveyendo a los cubanos de un paseo donde caminar protegidos del sol infernal del trópico y de los apocalípticos aguaceros.

Antes de montarse en el auto y desaparecer, dejándolo solo con las maletas, su pálido jefe más que pálido: gris verdoso, le prometió:

—¡Espérame aquí, que ya vuelvo corriendo!

Lo vio alejarse en el auto en lo que supuso una larga vuelta, en esa zona las manzanas de la Calzada de 10 de Octubre se alargaban interminables, dejándolo solo en medio del soportal, rodeado de las cinco ominosas maletas cargadas de armas. De reojo vigiló por el túnel de los portales hacia arriba, adonde se encontraba la estación de policía con uno de ellos sentado de guardia en el pórtico. Vio, muy tenso y preocupado, pararse frente a la estación una patrulla y bajarse dos policías, y se dispuso a esperar tenso y nervioso por Ramón.

Pasaron dos o tres minutos infinitos. ¿Dónde se habría metido el hijo de puta?, se preguntó desesperado, viendo que su jefe se demoraba. De súbito comprendió que lo peor que podía hacer era quedarse allí esperando con las maletas como un idiota, y se decidió a meterlas dentro del edificio él solo, una por una, para de ese modo ocultarlas a la visión de los policías. Claro que, mientras llevaba una, tenía que dejar las otras solas en la acera. Dejar unas maletas en la Calzada de 10 de Octubre abandonadas durante varios segundos también era peligroso por los ladrones, ¡pero qué remedio!

"Si alguien intenta mover una, se caga", se rió nervioso.

Dio cinco viajes, uno por cada maleta, disimulando malamente el peso monstruoso de éstas, hasta que logró tenerlas todas adentro junto a la escalera. Respiró, sudando satisfecho. Algo había logrado, pero todavía podía pasar un policía por la acera y verlo y preguntarle. El humilde edificio no tenía ascensor, así que se decidió a subirlas por las escaleras hasta el segundo piso. A pesar de su enorme peso, subió la primera, corriendo el riesgo de dejar las otras cuatro solas abajo. A la tercera maleta se le rompió la agarradera y por poco rueda con las armas y municiones escaleras abajo. Tuvo suerte y con un supremo esfuerzo logró echársela al hombro y subirla. Cuando iba por la cuarta, sudando por el esfuerzo físico y los nervios, se le apareció Ramón con cara de preocupación y miedo al no encontrarlo donde lo había dejado. Pero haciéndose cargo de la situación de un vistazo, se disculpó por su tardanza.

—¡Cojones, no encontraba un sitio puñetero donde meter el auto!

Luis estaba tan encabronado que no le contestó. Cuando terminaron de guardar finalmente las maletas con las armas en el apartamento (que, por cierto, poseía una pequeña barbacoa encima del baño muy apropiada para ocultar las armas), él sintió un retorcijón de tripas del que logró aliviarse dejando escapar un largo gas, que no por silencioso fue menos apestoso. Entonces se preguntó, abochornado de sí mismo, ¿si sería posible que *la tensión*, porque se negó a usar la palabra miedo, le hubiera descompuestos el vientre?

Aquel peo hedía y Ramón levantó su larga y ganchuda nariz de conspirador olfateando con asco el aire, tratando de localizar la procedencia de aquel horrendo olor. Ramón tenía una plasticidad magistral para trasmitir lo que sentía y su cara era un poema de asco. Y perplejo todavía por la peste, vino a fijar una mirada de sospecha en Luis. Pero por nada del mundo éste iba a admitir que aquel horrendo olor provenía de sus tripas. Además, ya se sentía aliviado y sin necesidad de ir al baño por el momento. De modo que para disimular, se adelantó a esa mirada acusadora y, olfateando también el aire con asco, protestó:

—¡Qué peste! ¿Será mierda o una rata muerta?

—No sé— contestó Ramón, sacando a relucir con una

sonrisa desdeñosa su colmillo de oro. —Pero mejor abre la ventana, para que se vaya, porque nos podemos morir aquí asfixiados.

Parte tres

Virgen en tacones altos

1

Desde la pubertad Luis despreció el sentimentalismo, las demostraciones excesivas de afecto las juzgaba obscenas y ridículas, propia sólo de mujeres y de maricones. Sin embargo en esos primeros años de su adolescencia lo sedujo el mito del bohemio y el perdido (ah, *accoutume ma lèvre à des philtres infâmes*), y de noche cantó tangos bajo la luz mortecina de un farolito en la calle desierta.

—¡Oye, che, desafinas un poco!— le advertía el primo.

Y Luis intentaba entonces afinar, adoptando la gallarda postura cursilona: arqueando las cejas e impostando la voz para imitar a Gardel, inútilmente. Años después todavía no podía escuchar los acordes lagrimosos de un bandoneón sin que a los labios de su memoria acudieran las alevosas letras de un tango pendenciero y sentimental. Eso a pesar de que ya era un pedante que sostenía que la Argentina como nación era culpable de dos mitos intolerables: el del tango llorón y el de Evita Perón.

—Lo peor que nos ha pasado a los cubanos fue que nos cayera encima un argentino disfrazado de cowboy con boina de Mao Tsé Tung— diría una noche de tragos en el 1964 a un amigote que lo escuchó sonriendo asustado, aunque los cubanos solían hacer bromas sobre el Che Guevara por ser argentino.

Pero estábamos aún en enero de 1956, y Luis está a punto de asistir a su encuentro con Anita. Ya él no cantaba tangos y se creía inmune a los sentimentalismos, aunque vagara por La Habana como un huérfano en busca del amor de una muchacha que lo acogiera entre sus muslos hospitalarios, mientras intentaba simultáneamente ser consecuente con una ética delirante formulada sólo para sí: no le hablaría a ninguna, por sabrosa y bonita que estuviera, de eso que llaman amor: ese disfraz idiotizante del deseo, esa píldora con que se doraba la cruda realidad de la necesidad sexual.

En aquella ciudad en donde el erotismo vibraba en el aire y en el ritmo de las mujeres al caminar, sería absurdo serle fiel a una sola. ¿Con tanta buena hembra en las calles, cómo cultivar la fidelidad conyugal? ¿Para qué comprometerse y caer en el yugo del matrimonio, si La Habana era una fiesta ambulante? ¡Ni de broma! ¡No se dejaría atrapar jamás ni por la más hermosa papaya! Ya esta palabreja había empezado a gustarle: sonaba a pecado, a delicia jugosa, un viaje de dos sílabas explosivas con un *ya* final obsceno: la pa-pa-ya, como la fruta prohibida, el jugoso sonido tropical del amor.

Menos mal que Anita no pudo leer nunca sus obscenos pensamientos. Si él no estaba preparado para una bellísima burguesita de principios y moral al uso como Anita, tampoco en los planes de ella figuraba un voraz inquietante como Luis. Cuando ella se enteró del municipio de Oriente de donde él provenía, una ciudad perdida al otro extremo de Cuba cuya existencia jamás le interesó, se echó a reír en su cara, en parte por la excitación y el nerviosismo: acababa de bailar pegado con aquel joven atrevido y el contacto con su virilidad, que no pudo evitar, la había turbado.

—¿Usted es de Guantánamo? ¿Y dónde queda eso?

—En un sitio adonde no llega tu linda naricita: en el

propio culo del mundo— dijo él con desparpajo, tocándole la punta de la nariz.

Ella se quedó confundida, roja de la vergüenza, por lo grosero de la metáfora y porque se atreviera a tocarle la nariz: lo que para Luis era perfil casi romano para ella era una narizota que la acomplejaba. ¡Qué grosero y atrevido era aquel tipo! Pero antes de que Anita pudiera reaccionar, él se disculpó con suavidad y desenfado.

—Perdone la grosería, señorita, no se ofenda. Pero ésa es la expresión que usamos los guantanameros— mintió.

Estaban en la terraza abierta de una segunda planta, en uno de aquellos caserones del Vedado, junto al follaje de un frondoso árbol, entre otras parejas que tomaban cubalibres, y el ritmo del siguiente bolero vibró en el aire y él la tomó en sus brazos sin que Anita atinara a resistirse. Hay momentos de ensoñación en la vida de una virgen y ella sintió que giraba como el aire misterioso de la noche y se elevaba hacia cielo infinito. A partir del primer intercambio de palabras con Luis se acostumbraría a sentirse perpleja y desubicada con sus irreverencias. Pero hechizada por la atracción, no se separó de Luis en toda la noche (nunca antes se había sentido tan perturbada por un hombre), bailando todo el tiempo al ritmo ardiente o sensualmente cadencioso de la música cubana.

De modo que Luis fue el extraño que vino a irrumpir en la tranquilidad de su juventud juiciosa y alegre. Hasta esa noche no había cometido ninguna locura en La Habana. Había venido antes que él, año y medio antes, y salido ya con otros hombres. Ella era de Matanzas y se vino a estudiar a la capital una carrera universitaria, escapando de paso a la enfermiza vigilancia de mamá y a los prejuicios de la provincia. Ya en La Habana, una embriagadora sensación de libertad se apoderó de su alma; pero supo administrarla bien y no perder nunca la cabeza. Papá mandaba dinero; mamá daba consejos por carta;

aunque Matanzas estaba cerca, mamá detestaba la carretera y el caos vertiginoso de la capital; ella sacaba regularmente buenas calificaciones en la Universidad, y tenía amigos y amigas en abundancia, salía a bailar y a divertirse cada vez que se le presentaba la oportunidad, excepto en época de exámenes.

—No te imagino cometiendo un disparate— le decía Gloria.

—Yo sólo trato de mantener la cabeza sobre mis hombros.

Gloria y ella discutían sobre los hombres. Porque a Anita, cuando la invitaban a salir otros estudiantes, se imponía ciertos límites que a Gloria se le antojaban demasiado estrictos: flirtear sí, pero cero manoseos: bailar muchísimo, pero no demasiado apretados, ¡Qué se la peguen a su madre!, le decía a Gloria. Y si el compañero de turno se enojaba, lo resolvía con una broma; si se ponía definitivamente estúpido, ella lo dejaba plantado. Un sistema infalible para no meterse en líos, aunque siempre había más de un idiota. A las críticas de Gloria, que anhelaba aventuras amorosas y la alentaba a ser más permisiva con los hombres, respondía con los argumentos de un alma romántica.

—Ya llegará la hora de mi locura. Pero no con cualquiera, porque yo nací para ser mujer de un solo hombre. Mi cuerpo no va a pasar de mano en mano, como la falsa moneda de la canción.

Además, ¿a qué tanto apuro? Le faltaban años para terminar su carrera y los tiempos en que las mujeres se casaban antes de los veinte ya habían pasado a la historia. Anita esperaba segura de no quedarse soltera: la Universidad y La Habana estaban llenas de chicos guapos y excitantes, y entre ellos aparecería un día su príncipe azul.

—Mi hermana, a mí no me interesan los príncipes

azules— protestó Gloria, muchos menos bonita que Anita y por lo tanto menos exigente. —Me conformo con un buen muchacho que me quiera.

El tema que apasionaba a todas en la pensión era el de "ellos", y la otra pasión secreta una benigna envidia: la de comparar sus cuerpos, la nariz, nalgas, cabellos, etc., y por supuesto estar pendientes de los muchachos que las cortejaban. Vivían en los 50s, en Cuba, en la siempre fiel y leal hija de España, y el destino de las mujeres honradas seguía confinado al hogar, al marido y los hijos. Sólo una atrevida hubiera osado desafiar el destino impuesto a la mujer por la iglesia, la sociedad y el hombre, un destino contra el que ya empezaban a rebelarse.

La mañana de aquel sábado las seis muchachas reunidas en el portal de la pensión dijeron que bastaba ya, que se acabó lo que se daba: ellas, estudiantes universitarias: Facultades de Medicina, Farmacia, Economía, Odontología y Pedagogía, aspiraban a valer igual que los hombres, o, cuando menos, al éxito económico y profesional con una mayor independencia respecto a sus futuros maridos. ¿Para qué, si no, se esforzaban tanto en la Universidad? En este punto estaban todas de acuerdo.

En la delicada cuestión sexual sí tenían discrepancias. Especialmente Gloria, por cuya cabeza pasaban ideas feministas y atrevidas. Criada en el culto a la virginidad y en la severa moral del catolicismo, al igual que las otras, empezaba a ser influida por las costumbres más liberales provenientes del Norte y de Europa, en donde la virginidad ya no era un pesado tabú. De ser por Gloria, lo *haría* mañana mismo. La familia, la sociedad y la religión las obligaban a mantenerse vírgenes con el prejuicio absurdo del pecado. Todas debían rebelarse y *hacerlo* con sus novios.

—Es un fastidio. ¿Por que ellos pueden hacerlo y

nosotras no?

Sus compañeras las escuchaban escandalizadas; el tema de las relaciones prematrimoniales las excitaba. La estudiante de Pedagogía, una matancera muy hermosa de un cutis delicado, se opuso porque la virginidad y la honra de una mujer eran inseparables. Gloria se impacientó, cambió de nalga de la izquierda a la derecha en su asiento y cruzó los muslos. Anita y la hija de la dueña cruzaron las piernas para proteger sus sexos de la amenaza, no fuera a metérsele bajo sus faldas el ratón de los malos pensamientos, mientras Elvira, la rubia del cuerpo estupendo, aguantaba el aliento.

Fue una discusión apasionada, pero al final, salvo la oposición de Gloria y la tensa introspección de Elvira, ellas convinieron que lo ideal era posponer hasta la noche de bodas el Supremo Momento.

—Eso es una discriminación y un abuso— protestó Gloria, tirando el tema a relajo. —¡Yo no sé si pueda esperar tanto! ¡Estoy desesperada por *saber* que se siente de verdad y si duele mucho!

Las muchachas se rieron, pero la hija de la dueña de la pensión, una mujer de 24 años siempre sonriente y de buen carácter, salió en defensa de su ya larga castidad con vehemencia.

—¡Ah, pues yo sí estoy dispuesta a esperar! ¡Yo quiero, cuando me case, subir de blanco al altar con la moral bien alta!

Gloria soltó una carcajada cruel: ¡qué ridículo, que una mujer hecha y derecha, se vista de blanco como una palomita boba!, dijo en una alusión malvada a la edad de la hija de la dueña, quien se hizo la desentendida. ¿Hasta cuándo las mujeres iban a ser las sacrificadas, las infelices víctimas del machismo imperante en Cuba? Si los hombres *lo hacían*, ¿por qué no ellas también? ¿Acaso *ellos* iban vírgenes al matrimonio? ¡Jamás, a no ser los bobos! La vida estaba hecha como un embudo: todo lo ancho para los hombres y todos los sacrificios para la mujer. Gloria se puso de pie, agitada.

—¡Basta ya de opresión! ¡mujeres del mundo, liberaos! ¡Abajo las discriminaciones de la sociedad machista!— gritó y, de repente, abrió los muslos y proyectó desafiante la pelvis: —¡Tráiganme a todos los estudiantes de ingeniería, que yo me ofrezco de mártir!

Todas rieron nerviosas, excitadas por la osadía verbal de Gloria, a pesar de que sabían que fanfarroneaba, que de aparecer un solo hombre por allí, Gloria habría corrido a esconderse. No obstante, la dueña de la pensión podía oírlas, y la hija de ésta, aunque sonriendo, la mandó a callar con un gesto. Hasta Elvira, una joven introvertida que escuchaba con atención, sonrió por las fanfarronadas de Gloria. Delgada y alta, con un cuerpo estupendo, Elvira era una de las menos comunicativas, sobre todo después que se hizo novia de un divorciado de treinta años, de bigote y pelo negro con quien mantenía unas relaciones tormentosas. Un tipo que le desagradaba a Anita por su boca cruel y porque lo había visto de lejos en la verja, nunca entraba en la pensión, tratando con rudeza y autoritarismo a la melancólica Elvira, y sospechaba que el desgraciado se aprovechaba.

Gloria buscaba apoyo para su causa y como Anita, su mejor amiga, no la apoyaba, se dirigió a Elvira, en cuyo rostro creyó adivinar un callado y tácito respaldo a su posición.

—Dilo tú, Elvira. ¿Debemos o no ser las dueñas de nuestros cuerpos y acabar con la injusticia de exigirle a la mujer la virginidad y al hombre no? ¿Estás de acuerdo conmigo, verdad?

La rubia Elvira, tomada por sorpresa, se puso pálida. En el ardor de la discusión nadie se había percatado de su tensión y de su angustia. En aquella pensión de universitarias, donde dormían hasta tres y cuatro en la misma habitación, todas señoritas de provincia presuntamente vírgenes, ella era la única que ocultaba el terrible secreto de no serlo. Elvira había perdido la virginidad años antes con un primo, casi jugando; pero ahora, cuatro años después, se había entregado a aquel novio divorciado en un acto de apasionada desesperación. A ninguna de sus amigas se lo había confesado, pero a pesar de su discreción, vivía con el terror de que las otras se enteraran. Por eso su palidez, pero logró reponerse y hablar con cierto aplomo, aunque visiblemente conmovida.

—Yo creo que *eso* es algo íntimo y personal. Una mujer no puede opinar por otra— dijo, y luego, llevada por un impulso su mirada se oscureció con dramatismo, y añadió: —Es más, Gloria, yo creo que el ser virgen o no es algo que nos pasa. Simplemente que nos pasa. No una elección deliberada de ninguna mujer.

La opinión determinista y melancólica de Elvira levantó una polvareda. Ninguna de las otras estuvo de acuerdo, ni siquiera Gloria. De las seis que estaban esa mañana en el amplio portal, únicamente Elvira y Anita no participaron en el debate final.

Anita se había quedado mirando escrutadoramente a Elvira y ésta, con la punzada en el pecho, trataba de lucir indiferente y serena, pero por la mirada de Anita tuvo la sensación de haber sido descubierta.

2

Cuando estuvieron a solas, Gloria aprovechó para acercarse a Anita, la tomó de la mano, y le reclamó, en voz baja para que no la oyeran, su falta de solidaridad.

—Parece mentira. No me defendiste— le dijo, despechada.

—¿Qué querías?— le susurró Anita. —Sabes perfectamente que no puedo estar de acuerdo contigo en todo. Además, hablabas sólo para fastidiar a las otras.

—Son un montón de pazguatas. ¿Viste como las asusté?

—Tú no asustas a nadie con eso— le respondió ella, y entonces se acordó de la cara de Elvira: —Además, quien se acuesta de verdad con su novio no es tan idiota para estar pregonándolo por ahí. Quien ha metido la pata no se lo dice a nadie.

—Puede que tengas razón. Pero yo creo en lo que dije.

—En teoría, tal vez. Lo malo es que van a pensar que eres una loquita y lo haces sólo para echártelas de liberada. Yo te conozco perfectamente y sé que eres una muchacha decente, incapaz de entregarte a ningún hombre.

—No estés tan segura— amenazó Gloria con picardía.

Anita no le hizo caso. Sabía que Gloria era incapaz. La conocía desde la niñez y la quería como a una hermana, sólo que en ocasiones le fastidiaban sus celos posesivos y sus pretensiones de que siempre estuvieran de acuerdo en todo. Anita jamás habría protestado, pero a veces el amor fraterno de Gloria lo sentía como un pesado yugo, sin embargo, por nada del mundo deseaba perder su incondicional pero absorbente amistad.

Aunque este sábado al mediodía no era Gloria quien le preocupaba sino Elvira. ¿Qué le estaría pasando? ¿Por qué esa ansiedad y esa angustia en sus ojos? En Diciembre, antes de las vacaciones, un día que la vio a solas sentada en la camita, se acercó y le puso una mano en el hombro. ¿Qué te pasa? No me gusta verte así, como atormentada. ¡Acuérdate que soy tu amiga! ¿Hay algo en lo que te pueda ayudar?

—Gracias, pero no me pasa nada— negó Elvira con

una tensa sacudida que meció sus cabellos rubios y lacios. Pero sus ojos verdes abrumados por un pesar rehuyeron mirar a Anita de frente.

—¡Qué bonito pelo tienes!— dijo ella, tocándolo.

—Gracias— sonrió Elvira y la miró a los ojos por primera vez. —A mí me gustaría más tener una mata de pelo como la tuya. ¿Ves? Este pelo mío no hay forma de peinarlo. ¡Es tan lacio!

Hubo una corriente de mutua ternura. Pero Elvira no soltó el rollo que llevaba por dentro. En las últimas semanas había pasado largas horas fuera de la pensión saliendo sola con aquel hombre divorciado que las otras vigilaban con recelo, miedo y quizás envidia. Una tarde Anita pudo vislumbrar en la habitación que Elvira tenía un chupón morado, o una mordida en el hombro, escandaloso como un pecado en esa carne tersa como la seda. No le preguntó cómo había sido por discreción. Alguien más debió notarlo, porque empezaron a sospechar, y a criticar aquellas salidas suyas con el hombre trentón y divorciado.

—Un divorciado es más peligroso. No busca lo mismo que un soltero.

—Desde luego que no— dijo otra. —Están acostumbrados a tener relaciones sexuales, y no les gusta perder el tiempo con una novia.

Molesta por el chismorreo, Anita salió en defensa de Elvira.

—No todos los divorciados son iguales, y Elvira está en su perfecto derecho de tener el novio que quiera. Ella es una mujer juiciosa y seria, incapaz de cometer una estupidez.

En la pensión reinaba cierto compañerismo, pero unas eran más amigas que otras, como es normal. Elvira, Gloria y ella habían estado saliendo juntas por un tiempo. Las tres compartían la misma habitación y Elvira casi se convirtió en su favorita. Pero duró poco, porque desde que empezó a salir con aquel tipo ya no era la misma. Aquel amor la absorbió y la distanció de sus amigas. Gloria, más susceptible e impetuosa, quiso hacerle ver a Anita que la amistad de Elvira era voluble e inconstante.

—Está bien que se eche un novio, pero fíjate que ya no quiere hablarte. ¡Ojalá no meta la pata! La tonta, capaz que se entregue a ese tipo. A mí no me gusta ese hombre para nada. ¿Has visto sus ojos? ¡Ojalá y el desgraciado no la vaya a perjudicar!

Anita temía que ya lo hubiera hecho y estaba preocupada por Elvira. En Matanzas una prima de Anita había intentado envenenarse con permanganato por culpa del novio que la abandonó después de perjudicarla. Cuando fue a visitar a su prima a la clínica, la encontró hecha un trapo tirada en la cama en un estado de postración espiritual. En la comisura de sus labios vio con horror la mancha morada del veneno. Por suerte se le borró a su prima en unas semanas. Menos mal que no se había prendido candela, pensó ella después, recordando las repulsivas manchas en la piel de una mulata que trabajaba en casa de una tía, que se había pegado candela con alcohol después de haber sido desflorada y abandonada por su novio.

—No vale la pena matarse por ningún hombre. La vida es sagrada— dijo hablando con Gloria, pero para que Elvira la oyera.

Sentía miedo por Elvira. Se estremecía de angustia al pensar que hubiese entregado su cuerpo cubierto de esa piel de seda a aquel desgraciado. Dios mío, haz que no me preocupe más por lo que ella haga con ese tipo. Al fin y al cabo, Elvira es mayor de edad y sabe lo que hace, se dijo, tratando de alejar de su mente la mortificación.

—¿Entonces?— le preguntó Gloria. —¿Qué te pasa?

Estás como ida. Te estoy preguntando si vamos a bailar con ellos o no.

Gloria estaba empeñada en que ella fuera esa noche al bailecito con el estudiante de Arquitectura y con un amigo de éste con quienes habían salido la semana anterior a un night club del Vedado. Gloria insistía porque así tenía compañero, en cambio Anita estaba renuente a salir con el tipo.

—No voy a ir con él. La semana pasada se puso muy latoso.

—No seas tonta, mi hermana. Que ese hombre está como para comérselo, y anda que se babea por ti. Me ha llamado ya tres veces.

—Sí, pero está empeñado en que sea su novia.

—¿Qué tiene de malo? ¿Un futuro arquitecto buen mozo y con dinero? Si yo fuera tú no lo pensaba dos veces.

—No, yo no quiero novios. A mí él no me gusta.

—¡No le haces caso ni a Tito, que es tan buen muchacho, ni a éste, ni a ninguno! ¡Vaya, ni que fueras la virgen María! ¿Qué daño te puede hacer un novio? ¿Para quién te estás reservando, mi hermana? ¡Anda, tonta, yo lo llamo por ti! ¡Diviértete y no seas guanaja!

Escuchaba a su entusiasta amiga con una sonrisa condescendiente. Gloria la hacía sentirse importante y solicitada, levantaba su ego y su autoestimación por las nubes. Para colmo, afirmaba que Anita era la joven más bella de toda Matanzas. Además de ser su admiradora era una amiga leal y divertida. La pobre, cuando salían juntas, siempre le tocaba conformarse con el segundón por ser menos atractiva. Por desgracia, en cuanto el segundón se percataba que la fea no era una víctima sexual tan fácil, perdía el interés y la plantaba. Gloria se quejaba de su mala suerte con los hombres. En una ocasión, con un muchacho que le gustaba, confesó ingenuamente que lo había perdido por pazguata.

—Intentó meterme la mano bajo la falda y le di una bofetada. ¿Tú no crees que debía haberlo dejado un poquito? Total, ¿qué podía hacerme que ya yo misma no me haya hecho?

Anita no pudo menos que reírse. Luego la aconsejó.

—Hiciste muy bien. Ese no es más que un aprovechado. No te preocupes que si está enamorado de ti, volverá. Pero no le permitas a ningún descarado y abusador que te haga eso.

—¿Por qué no me tienen paciencia? Pareciera que *eso* es lo único que les interesa de mí. Deberían tenerme más paciencia. Yo estoy dispuesta a todo, a lo que sea, pero con uno que me demuestre que me quiere de verdad.

—No seas loquita. No hables así, que tú no eres ninguna desprestigiada. Algún día un hombre descubrirá tu verdadera belleza y te apreciará por todo lo que vales. Pero date siempre a respetar.

Gloria se dejaba consolar fácilmente. Ese sábado estaba entusiasmada con la fiesta. Al igual que Anita era muy bailadora y su única preocupación era no conseguir con quien bailar. Pero Anita la tranquilizó.

—Vamos solas a la fiesta. No temas que van a sobrar los compañeros. Gertrudis que es una viva me aseguró que había invitado más muchachos que muchachas. Vamos solas, libres y sin compromiso.

Esa noche Gloria se puso su vestido nuevo y Anita un vestido descotado con el corpiño ajustado y la falda amplia. Gloria la miró con admiración y entonces tuvo una corazonada.

—Te gusta castigar a los hombres y estás bellísima. Pero tengo el presentimiento que el día que te enamores vas a ser una burra. Y las vas a pagar todas juntas. Te veo comiendo tierra, mi hermana.

3

—El que baila sus males espanta— dijo antaño en su defensa.
Ella desafiaba a mamá, quien le criticaba su forma de bailar. Los movimientos exagerados de cintura y cadera le parecían inadecuados para una niña que todavía era un angelito de Dios. Mamá pensaba que el sexo era un demonio que debía reprimirse para no caer en la tentación del pecado, y le aterraba la idea de que Anita fuese una perdida cuando se transformara en mujer.
De niña Anita fue dulce, alegre y feliz. La mamá la educaba celosamente; pero papá no, papá la consentía, la llevaba de la mano por la calle, la cargaba cuando todavía tenía seis años y la llevaba al cine y al circo. Anita era majadera para comer y por lo mismo siempre fue delgadita. Era linda pero floja para masticar. Prefería los huevos fritos y papá terminaba por persuadir a mamá.
—Que coma al menos lo que le gusta. Así por lo menos está alimentada— decía Fermín.
—La vas a echar a perder. La consientes demasiado.
Pero la niña poseía una extremidades fuertes y bonitas, y le hubiera gustado ser bailarina. El baile y la música la volvían loca y los ritmos entraban en su cuerpo y se adueñaban de su ser como la brisa se adueña de las hojas del árbol. Pero mamá jamás habría permitido que su hijita, esa preciosa criatura venida cuando ya no esperaba más hijos, se convirtiera en una de esas mujeres que se ganan la vida bailando semidesnudas.
La prohibición no la mortificó mucho. Ella fue una adolescente juiciosa y feliz cuya única cruz fue la severidad celosa de mamá. Pero papá actuó inteligentemente, suavizaba aquel despotismo materno, intervenía siempre a su favor.

Gracias a papá estaba estudiando en una pensión en La Habana, y podía ir y venir sola. Y esa noche se fue de fiesta con Gloria a casa de una amiga en el Vedado, sin imaginar que en el bailecito vería a Luis por primera vez.
—Yo no— le dijo Luis. —Yo te vi caminando hace dos tardes y te perseguí sin que me vieras. Anduve detrás de ti todo el tiempo por el Vedado hasta la pensión. Igualmente te hubiera seguido hasta el fin del mundo— dijo él, y añadió la hora y cómo iba vestida, y ella, le encantó el haber sido perseguida románticamente en secreto.

Un joven flaco y alto de ojos profundos y pícaros. Desde el principio su presencia le produjo una rara turbación. Una corriente como magnética alteró su sangre y su alma. Luis debió llegar más tarde a la reunión, cuando ella se divertía bailando con otro estudiante. De repente, mientras giraba, sus ojos tropezaron con la intensa y burlona mirada de Luis clavada en ella (él había reconocido al instante a la bella joven de los tacones altos). El amor nace de mil maneras, y ella no lo niega. Pero la suya fue un flechazo, la forma más bonita del amor, aunque luego se convierta en agonía.

La visión de aquel hombre pendiente de ella la perturbó como nunca antes lo hicieran otras miradas masculinas. ¿Qué te pasa, Anita, a qué tanta excitación? Son los misterios del alma en los que Luis descree. A cada giro, veía su ardiente mirada clavada en ella. Y le gustó que la mirara, y se soltó de su pareja para que la viera mejor, quebrándole la cintura, moviendo las caderas al compás del sensual ritmo afrocubano. Cuando terminó la pieza, algo agitada lo buscó con la mirada, comprobando que no le había quitado los ojos de encima, y que el cabroncito sonreía con malicia, pero la pareja con quien ella bailaba no la soltó y empezaron juntos, sin que pudiera evitarlo, la siguiente pieza.

Cuando vio por encima del hombro de su pareja, el

flaco alto sacaba a otra mujer a bailar. ¡Ah, pero si era a Gloria, qué bueno, porque así lo conocería más fácilmente! Vio además que él bailaba bien, que giraba con Gloria en los brazos mandando con gallardía. Poco después, cuando se separaron las pareja, ella aprovechó para reunirse con Gloria, quien la recibió eufórica.

—¿Lo viste? ¿Viste el pollo que me sacó a bailar?— le preguntó Gloria con sus grandes ojos radiantes: —¡Está divino, y cómo baila! ¿Tú crees que yo le haya gustado?

Gloria estaba agitadísima. Para no desilusionarla no le mencionó que el flaco no le había quitado los ojos de encima. Ella también se sentía excitada y esperó impaciente a ver qué pasaba. Al reanudarse la música, Luis y el otro joven que bailó con ella, se adelantaron hacia donde estaban las dos esperándolos. Hubo una pequeña confusión, en parte porque Gloria creía que el flaco venía a sacarla otra vez. Sin embargo fue a Anita a quien éste le pidió la pieza, simultáneamente con el otro joven.

En medio de la confusión, ella prefirió a Luis, dejando a Gloria y a su anterior compañero plantados y perplejos. Emocionada, con el corazón palpitando por la pequeña travesura, se entregó al ritmo de un sensual chachachá. Se acopló maravillosamente a los pasos de Luis, observando de reojo la cara de decepción de Gloria que reflejaba ira y rabia por lo ocurrido: "eso no se le hace a una amiga, no es justo, él era mi compañero, parece mentira." Pero ella le respondió con un guiño de ojo: "No te angusties, baila con el otro, que ya te lo devuelvo".

Pero ella no se lo devolvió en toda la noche. Sólo una vez y porque se lo pidió a Luis: "Por favor, baila con mi amiga un par de piezas". Cupido siempre fue cruel y caprichoso y Luis fue para ella, no para Gloria. No lo soltó ni cuando Luis le tocó la punta de la nariz y mencionó aquella grosería de que él venía del culo del mundo.

Aun más, cuando ya entrada la noche empezaron los *longplays* de los boleros, ella bailaba apretada a él y aguantando el aliento y sin atreverse a pensar en el disparate que estaba cometiendo. Siempre había mantenido el control frente a los avances de sus compañeros de baile. Pero luego de hacerle una mínima resistencia, y sin saber por qué, se entregó a las mañas de aquel flaco, a su vigor masculino, y al roce de su sexo duro contra su vientre. Había capitulado al fin frente a un hombre, y se sentía tan excitada que se bebió tres cócteles para darse valor, y entonces fue peor porque se abrazó y se pegó a él envuelta en la ebriedad del deseo y el olvido.

Por un momento, Gloria se sintió herida y decepcionada, no con Anita, ya se había acostumbrado a que ella fuera la preferida de los hombres, sino con el desgraciado de Luis por dejarla plantada luego de despertar sus ilusiones. Pero no lo tomó a lo trágico. A ella le habría gustado ser una mujer fatal, una Bete Davis, y vengarse de los hombres y la sociedad, vestirse de rojo el día de su boda, reírse de su cruel destino, porque a la fiesta del mundo se venía a divertirse, no a lloriquear.

De modo que aceptó la invitación del otro muchacho, un segundón igual que ella, y se esforzó porque el demonio de la música poseyera su cuerpo pesado y torpe. Claro, estuvo el resto de la noche vigilando a Anita, admirando la buena pareja que hacía con Luis. Una hora más tarde, se quedó sin compañero y trató de pasar desapercibida; no deseaba echarle a perder la noche a Anita. Pero entonces se le acercaron los dos y Luis la invitó a bailar un par de piezas, y ella aceptó con alegría. El cabroncito bailaba bien, pero en un momento en que se alejó de Anita se la pegó.

Cuando de nuevo se quedó a solas, se dedicó a espiar disimuladamente a su amiga, a ver si también se la pegaba a ella. Y, excitada, no podía creer lo que veían sus ojos: Anita se la dejaba pegar por aquel flaco, bailando los dos de lo más acaramelados. ¡Qué bárbara! Si el desgraciado se la estaba restregando y su amiga se derretía desvanecida casi en sus brazos.

Efectivamente, bailaban en un rincón, en la parte más oscura de la terraza, protegidos por otras parejas, y él le metía sus largos muslos entre los suyos, y le restregaba aquella cosa dura, y Anita sentía no ya que se mojaba, sino que se le iba la vida, que las piernas no la sostenían y las rodillas se le doblaban, y le rogó con un susurro: "nooo, no, por favor", en ese cielo mortal y violeta en que flotan las vírgenes enamoradas. Pero el cabroncito dale que dale.

Gloria no podía permitirlo. Aquel desgraciado se estaba aprovechando de la visible embriaguez de su querida amiga. Por eso fue y la arrancó, con un pretexto, de los brazos de aquel canalla, se la llevó aparte y la regañó enérgicamente en voz baja.

—¿Pero te has vuelto loca? ¿O estás borracha?

—¿Yooo? ¿Por qué?

—Te estás dando un mate con ese hombre delante de todos. ¿Qué te pasa? ¿No te das cuentas que estás haciendo un papelazo? ¡Yo creo, mi hermana, que mejor nos vamos ya!

Anita pensó por un instante que la exasperación de Gloria era provocada por los celos. Tentada estuvo por mandarla al diablo, pero una remota luz en su juiciosa conciencia la hizo recapacitar. Estaba confusamente consciente de haberse pasado de la raya. Por eso a Gloria no le costó trabajo imponerle su voluntad. Pero antes debía despedirse de Luis, le advirtió, y su amiga aceptó. Cuando fueron a hacerlo, éste insistió caballerosamente en acompañarlas a la pensión. Gloria se negó, irritada.

—Gracias, pero no vale la pena. Vivimos aquí cerca, a

una cuadra. No tiene por qué molestarse— dijo Gloria brava.

—Es verdad. No tiene que molestarse.

—De ninguna manera. No es hora de que muchachas decentes vayan solas por las calles. Además, para mí será un placer acompañarlas. Si te vas tú —le dijo a Anita, mirándola intensamente—, ¿qué voy a hacer yo en esta fiesta?

Anita aceptó visiblemente halagada. Bajo los titilantes astros de la noche de enero, envueltos en el fresco del nominal invierno habanero, los tres caminaron hasta la pensión de H. Anita y Luis iban rezagados; dos pasos adelante, Gloria caminaba malhumorada. Junto a la verja del jardín de la pensión, Luis intentó retener a Anita, quizá con la intención de besarla, pero Gloria lo impidió.

Mientras ellas entraban en la pensión sin hacer ruido, Luis se esfumó en la oscuridad silbando una canción. Ya adentro, Gloria consideró que debía darle una disculpa a Anita, y le puso la mano afectuosamente en el hombro.

—Perdona que me haya entrometido, mi hermana. Pero ese oriental es un pasado y esta noche tú no estabas en condiciones.

—Lo siento, pero creo que está enamorado de mí.

—No te preocupes. A mí no me gustaba— mintió Gloria.

Sin hablar más usaron el baño, se desvistieron y se acostaron a dormir en el mayor silencio para no despertar a sus compañeras de cuarto. Pero, a pesar del cansancio, no se durmieron en un largo rato por la excitación de esa noche. Gloria presa de una inquietud indescifrable, incómoda por haberle impedido a Anita besarse con aquel hombre y también presa de una incomprensible tristeza. ¿Qué le pasaba? No lo sabía. Una partidaria de la liberación femenina vigilando a Anita como un policía. ¿Envidia, celos acaso? ¡Qué va, si la quería como a una hermana! De repente oyó a Anita incorpor-

arse y después un papel metálico rasgado y el sonido efervescente de un alkaseltzer en un vaso de agua. Luego una garganta tragando. Sabía que Anita sufría de migrañas y ponía un vaso con agua en la mesita de noche. Debieron caerle mal los tragos o le hizo daño el mate que se dio con el tipo ese.
"La pobre no está acostumbrada", pensó sonriendo en la oscuridad.
Al rato oyó a Anita incorporarse en la oscuridad, oyó sus pies descalzos y el aire desplazarse encima de su camita pero no abrió los ojos a ver qué pasaba. Entonces sintió el aliento de su amiga y un beso inesperado en la frente y su voz que le decía: "gracias, mi hermanita". No se movió, ni abrió los párpados. Unos minutos más tarde, escuchó en el silencio el ritmo respiratorio de quien duerme. Aún le palpitaba el corazón por lo ocurrido. Sin poder evitarlo, se echó a llorar.

4

Anita despertó con un ligero dolor de cabeza, pero recordando excitada la noche anterior, el contacto y la imagen de Luis nítidos en su memoria. Se alarmó porque, según recordaba ahora, creía haber traspasado los límites de lo decente. ¿Qué pensaría aquel joven y quienes la vieron en aquel estado? Trató de restarle importancia a su angustia y se prometió que no volvería a ocurrir.
No obstante, el recuerdo de Luis: sus labios tibios en su oreja, sus muslos dentro de los suyos, bailando contra el bulto de su sexo, la perseguían. Se levantó dispuesta a tomarse dos aspirinas con el desayuno. Gloria ya estaba levantada y, a juzgar por las jaranas, los disparates cometidos anoche no habían sido imaginarios. Intentó disculparse con su amiga echándole la culpa a los cócteles.

—Me marearon. Estaban más fuertes que nunca.
—Los cócteles siempre son los mismos— se burló Gloria. —La diferencia la puso el oriental que te hizo perder la cabeza.
La alusión la ruborizó. No por Gloria, quien no podía sospechar que había tenido un orgasmo bailando, sino por Luis. El abusador, seguramente se había percatado. Qué vergüenza. Se pasó anhelante el resto de la mañana, tratando de estudiar Química, saltando de la agitación cada vez que repicaba el teléfono. Al fin, tal como le prometiera, Luis la llamó al mediodía. Reconoció en seguida su voz. La invitaba a salir esa misma noche. Asustada, no supo qué contestar, y le pidió que la llamara más tarde, para darle una respuesta. Quería ir, pero tenía miedo. Fue de lo más agitada adonde Gloria, a darle la noticia.

—¡Me llamó, mi hermanita, y me invitó a bailar! ¿Qué hago?

Gloria le aconsejó que no fuera, que lo tomara con calma, que mejor le propusiera al joven que viniera a visitarla.

—Tienes que andarte con cuidado. Si está interesado en ti, mejor que venga a verte a la pensión.

—Tú no has entendido, chica— se impacientó Anita. —Nos ha invitado a bailar a las dos. Un amigo suyo que es aviador va a venir de compañero contigo. ¿Qué le digo? ¿Aceptamos o no?

Los domingos por la noche generalmente no salían, o iban al cine, en vista que los lunes debían ir temprano a la Universidad. Pero quién las aguantaba. Ir a un night club el domingo era demasiado tentador. A Gloria se le iluminó la cara. ¡Un aviador amigo de Luis! ¡Uno de esos osados que vuelan avionetas por los cielos! Por supuesto que aceptó acompañarla llena de desbordante entusiasmo. Sólo una hora más tarde la asaltaron las dudas.

—¿Y si cree que soy fea y no le gusto?
—Claro que le vas a gustar, boba— dijo Anita.

Pero seguramente el aviador debía ser bajito, o quizás feo, o un pesado que no sabía bailar, se quejó en voz alta para no hacerse ilusiones. Anita movía la cabeza con desaprobación.

—No he conocido en mi vida una mujer más pesimista que tú. Aún no lo has visto y ya le estás poniendo defectos.

—Es que yo no tengo suerte con los hombres.

A las ocho de la noche, ya estaban listas para salir, dándose los últimos toques de belleza, difíciles siempre en Gloria, llena de enfermiza inseguridad en sí misma. Iban de un espejo a otro, nerviosillas, soportando las pullas de sus compañeras de pensión. Después de un esmerado maquillaje en que Anita puso todo su talento, hizo que Gloria se mirara en el espejo y le aseguró que lucía muy bella. Una sonrisa bonita iluminó las facciones irremediablemente vulgares de su amiga.

A las nueve, Luis empujó la verja del jardín seguido de otro muchacho alto de ojos verdes, pelo lacio negro y piel de niño, muy buen mozo. Cuando Gloria salió, vestida de un rojo excesivo, y lo vio, casi se desmaya. Anita lucía preciosa con su vestido escotado, y las curvas sedosas de sus hombros iluminados por la luz del portal. A Gloria los nervios le dieron por reír y hablar sin ton ni son, mientras espiaba la posible reacción de aquel apuesto aviador cuya timidez tomó por desencanto.

—¡Así que eres piloto! ¡Qué emoción! Yo estoy loca por montar una de esas avionetas, saber que se siente allá arriba, mirar el mundo desde el cielo! ¡Yo estudio economía pero soy muy romántica!— y de repente cambió de tono: —¡Por favor, como ésta es una cita a ciegas, ni usted ni yo estamos obligados a nada! ¡Ah, pero no se te ocurra pensar que soy una aguafiestas, a mí me encanta bailar y divertirme! ¿Y a usted?

Víctor, abrumado por aquel discurso, hizo un gesto afirmativo.

—¡Ah, qué bien! ¿Entonces... nos vamos?

Anita la empujó hacia el jardín. "Serénate", le susurró, clavándole las uñas en el brazo con imperioso disimulo. Con la misma se volteó sonriente hacia Luis y le preguntó que adónde iban.

Un rato más tarde, los cuatro entraban en un *night club* de Calzada donde ellas nunca habían estado. Cuando cruzaron el umbral, se sumergieron en una atmósfera de música, sexo y humo. Un camarero los guió dentro de un largo salón, pasando frente a una barra, más oscuro todo que un cine. De golpe, Gloria se resistió a avanzar en aquella caverna de perdición y se detuvo entre las escasas parejas que bailaban abrazadas voluptuosamente.

—¡Yo creo que sería mejor ir a otro sitio!— dijo.

Pero Luis, con Anita, la obligó a seguir adelante, porque allí iban a estar bien. Siguieron avanzando por aquel salón con asientos *pullman* adosados a las paredes que iba dando la vuelta como una U. Como era domingo el sitio no estaba muy concurrido y había donde sentarse. Pero Luis prefirió empujarlas persuasivamente hasta el final de la U, junto a la pared del fondo.

—Aquí no las molestará nadie— dijo.

Y con un gesto galante dejó que Anita se deslizara primero dentro del pullman, pegada a la pared. Otro tanto hizo Víctor con Gloria, quien con los ojos brillantes de la excitación, sonrió con nerviosismo.

—¡Vaya, esto está más oscuro que boca de lobo! ¿Aquí se viene a bailar o a qué? ¿Ustedes nos han traído acaso para abusar de nosotras, pobrecitas caperucitas rojas?

—Si lo dices por tu vestido, si yo fuera Víctor estaría

más bien muerto del susto, porque pareces una vampiresa peligrosa— sonrió Luis, burlón.

La broma los hizo reír a los cuatro, incluso a Gloria a quien le fascinaban las vampiresas y no se sintió ofendida. Pero no estaba aún conforme.

—Verdaderamente, nunca había visto un night club tan oscuro. El Johnny's Drink es más claro y bonito, y tiene orquesta— dijo.

—Por mí, está bien— dijo Anita, regañando a Gloria con la mirada.

El asunto parecía decidido, el camarero esperaba la orden. Pero Víctor, un joven muy susceptible a pesar de sus ideas de dinamitero (entre otras, ya le había propuesto a Luis bombardear el Palacio Presidencial para matar a Batista), aclaró cortésmente que, si a las señoritas les disgustaba el lugar aún estaban a tiempo de marcharse. Ante la reacción de Víctor, Gloria se alarmó de que su buen mozo compañero se sintiera ofendido, y se apresuró a asegurar que todo era una broma, que ella se sentía cómoda y segura con la compañía de ellos en aquel sitio.

Poco a poco las pupilas de Anita y Gloria se adaptaron a la única luz disponible: la tenue iluminación del satélite de la rocola adosado allí mismo a la pared, desde donde se podía, echando una moneda, elegir la música por control remoto. La alegría pueril de elegir sus discos predilectos, más los cubalibres que trajo rápido el camarero, y ellas probaron luego de un brindis de Luis, las relajaron a las dos. Anita y Luis se levantaron a bailar, y Gloria también.

¿Por qué a los veinte el baile la transportaba fácilmente a la otra dimensión del ser, como diría Luis? Entonces la música, lo mejor de la vida, anulaba el tiempo y la historia no existía. Acaso, se diría años después, el que baila se olvida del pasado y el futuro, que son las fuentes del dolor. A los veinte, ella no poseía suficiente pasado y pensar en el futuro no la deprimía en absoluto.

Recuerda·que esa noche Luis, sin una palabra, destrozó todas las barreras erigidas por ella para defenderse de los hombres. La arrastró bailando a donde Gloria no los viera, y ella se dejó llevar en sus brazos en la oscuridad, con el estremecimiento de atreverse a pecar. Se escuchaba "Nosotros", el famoso bolero de Pedrito Junco, una y otra vez, según sospechó ella, o la rocola estaba rota o alguna otra mujer, además de ella misma, la repetía constantemente.

—Escucha, ahí viene otra vez— susurró ella con arrobo, embriagada de ron y romanticismo

Otra vez en sus brazos, respirando su olor, sintiendo el calor de su cuerpo y la dureza de su sexo contra su vientre. En la fría oscuridad, con la herida ardiente del deseo mojándole el blumer. Sus labios se rozaron con los suyos. Sin una palabra, de repente los abrió y sufrió, girando dulcemente, el vértigo del primer beso de lengua de su vida. Esa embriaguez mortal y rosa donde nace el infinito.

Para morirse.

Había imaginado a Luis distinto: su gran amor azul debía ser un caballero. No aquel pícaro con sus travesuras de sátiro. Como eso de tomarle la mano debajo de la mesa del pullman, colocarla sobre los muslos y, de repente, cuando más tierna y confiada estaba, sentir que él retiró la mano para que la de ella cayera por inercia sobre el bulto de su sexo erecto. Ella muriéndose de pánico y él tan tranquilo, conversando por encima de la mesa con Gloria como si no pasara nada, mientras ella, Anita, sentía abajo de la mesa el contacto de la paloma palpitante en su mano a través de la tela del pantalón. ¿Roja o pálida, quién podía discernirlo en la penumbra fosforescente? Unos segundos interminables con el alma en vilo por el contacto con esa cosa viva, hasta que retiró su mano discretamente aguantando el aliento, desubicada y sin saber cómo reaccionar.

Igualmente, el cabroncito aprovechó cuando Gloria y Víctor salieron a bailar, para acorralarla contra la pared, y, mientras se daban otro beso apasionado de lengua, sintió por debajo cómo la mano de él avanzaba dentro de la ancha falda, acariciándole los muslos. Ella forcejeó contra aquella mano, diciendo no, no, no, por favor, Luis, hasta que se rindió. ¡Qué palpitaciones, muriéndose cuando la tocó allí, en su herida íntima! ¿Por qué lo mordió como una gata en vez de abofetearlo? ¿Dónde estaba su moral de mujer? ¿Qué clase de demonio la venció? Sus desafueros la dejaron exhausta, abochornada, indefensa y perpleja. Esa noche no podría dormir.

El sueño voló lejos con sus alas oscuras mientras ella se revolcaba en las sábanas de la camita, en silencio, recordando el reptil de su lengua dentro de su boca, la caricia diabólica de sus dedos en el ardor húmedo, el contacto de su mano con el pene ardiente y duro. Ella tendida ahora boca arriba llena de languidez, con su carnes sollozando de la vergüenza y del deseo contenido para que no la escucharan sus compañeras de habitación, y para evitar que Gloria, quizá despierta todavía a unos pocos metros, la pudiera oír.

¿Qué pasaría ahora? ¿Cómo sería su vida de aquí en adelante? ¿Viviría en el pecado? ¿Sería él *su hombre*, el amor eterno e inmortal con que había soñado desde siempre? ¿O era un error estúpido, una locura pasajera de la que luego se arrepentiría?

5

Ese mes de enero Anita perdió la tranquilidad de sus días de estudiante sin rollos, que no por triviales, en especial para los otros, dejaban ser gratificantes para ella. Quien no ha sido tocado por la flecha puede contemplar divertido como se retuerce de dolor quien sufre la herida de Cupido. Ella no deseaba entonces enredarse con un novio, menos aun con un novio como él, y era una mujer firme y juiciosa, pero Luis había trastornado todo su ser.

En la pensión, casi nadie aprobó aquel noviazgo, tal vez con la excepción de Gloria. Circulaban rumores condenatorios contra Luis (increíble como circulaban los chismes, y aun la calumnia, en una gran universidad). Decían que era un mujeriego, un oriental sin oficio, un subversivo peligroso, según afirmó a una compañera un amigo de la Universidad.

Para colmo, perdió el apoyo de Gloria cuando después de dos semanas de un corto romance con Víctor, rompió con éste, según su versión porque en realidad debió ser Víctor quien la dejó plantada. Una vez más, luego de un breve noviazgo, otro hombre huía de su amiga Gloria. A Anita, Víctor le parecía un buen muchacho, acaso demasiado buen mozo para Gloria, así que se decidió preguntarle a Luis que pudo haberle pasado.

—¿No sabes por qué se peleó con Gloria?

—Me imagino que no estaría enamorado.

—Si no lo estaba para qué la enamoró. ¿Qué necesidad tenía de herir sus sentimientos con tantas mujeres que hay por ahí?

Luis se echó a reír. ¿Por qué tomar tan a pecho un simple flirteo que duró dos semanas? Todos los días sucede miles, millones de veces; es la cosa más intranscendente del mundo. ¿Entonces para ti el amor es cosa de juego?, le preguntó Anita ofendida. ¿Tú piensas que Víctor tenía derecho a jugar con los sentimientos de una mujer tan sensible y noble como Gloria? Ante el tono dramático de Anita, él se puso en guardia. Desde el primer momento, ella se le había estado

resistiendo como una mujer que luchaba con la debilidad de su pasión y el sentimiento de culpa que provocaba en su alma las transgresiones a que sucumbía. De modo que por prudencia, Luis decidió ser contemporizador sin perder la autoridad.
—Tal vez yo lo veo desde la óptica masculina y tú de la femenina—le concedió. —Entiendo que las mujeres son más sensibles. Si Víctor no se sentía enamorado no debió alentar las ilusiones de Gloria. Pero tampoco es como para suicidarse, ¿tú no crees?
Una mujer se enamora también del misterioso mundo mental de un hombre y de su manera de hablar. A ella le intrigaba el mundo de Luis, su forma de persuadirla o desubicarla con ideas irreverentes o audaces. Pero el desengaño de Gloria podía ser mañana su desengaño. Le daba dolor ver a su amiga por los suelos por culpa de Víctor, al que acusaba de ser un zoquete que se interesaba más por las avionetas que por las mujeres. Luego, con un rictus de amargura, soltó una diatriba contra el sexo opuesto que alcanzó, como era de suponer, al propio Luis.
—Los hombres de hoy en día no sirven para nada. Todos desean lo mismo: aprovecharse de nosotras y, cuando no le damos lo único que de verdad les interesa, se disgustan y se largan. ¡Y tú, mi hermana, ten mucho cuidado, no te vaya a pasar lo mismo con Luis!
Esta advertencia dio secretamente en el blanco. Porque en el fondo ella temía que Luis no fuera más que un aventurero capaz de arruinar su vida, de dejarla en cuanto se aburriera después de un noviazgo escandaloso que la dejaría deshonrada. Pero a estas vacilaciones se superponía la poderosa pasión que había despertado en ella. Traspasados los límites de la decencia entre una mujer y un hombre, cómo prohibirle lo ya entregado. Aparte de que ella no tenía la voluntad ni el deseo de resistirse.

Alguna de esas primeras noches, antes de salir con él, se comprometió consigo misma a no dejarse manosear más hasta tanto estar segura de sus intenciones. Pero tan pronto le daba el primer beso, se dejaba hacer y deshacer por él. ¡Ah, qué vanos eran sus propósitos de moralidad, comparados con el divino vértigo del pecado!

A poco de pelearse Víctor y Gloria, cuando empezaba a salir a solas con Luis, una voz histérica de mujer le salió una tarde al teléfono para insultarla ferozmente por haberle quitado el novio: "Si sigues saliendo con Luis, y si no lo dejas tranquilo, te voy a sacar los ojos, puta asquerosa".

Anita colgó estupefacta y asustada, y en las dos ocasiones en que, ya prevenida, volvió a llamar la misma voz de mujer, le colgaría sin darle tiempo a nada. ¿Quién sería? ¿Qué clase de chusma podía rebajarse a semejante bajeza? De paso, se enteró que él había tenido de novia una estudiante de Odontología, una trigueña muy bonita y ancha de cadera. Aún en las dudas, el daño estaba hecho. Indignada con Luis, y enferma de celos, se negó a saber o recibir sus llamadas durante dos largos días. Sólo le mandó un recado tajante.

—Dile que me deje en paz. Que no quiero saber más de él.

Gloria cumplía sus instrucciones con ese placer que sienten quienes han sufrido por los hombres: "*NO* quiere saber de ti, chico. No la molestes más", gozaba diciéndole a él por teléfono. Por orgullo, acaso por desesperación, Anita no le había dado explicaciones a su amiga. Hasta que Gloria, conmovida por su aspecto sufriente, la obligó a contarle los motivos de aquella ruptura tan radical.

A oír de los labios pálidos de Anita lo de los insultos y las amenazas por teléfono, Gloria reaccionó de la manera más inesperada: en vez de aprobar su conducta y atacar a Luis, salió en su defensa, esto a pesar de ser el amigo del hombre que la había dejado plantada. Otra menos noble se habría aprovechado para sembrar cizaña en contra de Luis. Pero ella no. Al contrario, primero regañó juiciosamente a Anita:

—Parece mentira que una mujer tan inteligente como tú, actúe así. No debes pelearte con Luis sin una explicación, menos por una llamada anónima y tal vez calumniosa. ¿Cómo sabes que no se trata de una despechada que él dejó plantada cuando te conoció?

Luego la aconsejó:

—No hagas caso de la envidia. En mi opinión, él está enamorado de ti. No será ningún caramelito, pero déjalo que se manifieste. Y date a valer, mi hermana. Recuerda que tienes a los hombres haciendo cola. ¡Ay, si yo fuera tú, ponía a Luis a comer en mi mano!

Esta defensa de Luis, hecha por su amiga íntima, la persuadió de hacer lo que en el fondo deseaba hacer. Esa misma noche recibió a Luis en el amplio portal de la pensión. Un sitio acogedor protegido por un toldo de las miradas de la calle y separado de la acera por un bonito jardín con un muro y una rejita encima. Más allá estaban las calles residenciales y solitarias del Vedado con sus árboles frondosos y, enfrente, una mansión misteriosa de dos plantas, probablemente alguna embajada.

Anita lo recibió fingiendo una frialdad que no sentía, soportando los escudriñadores ojos de Luis, quien la estudiaba con inquietud y hasta con cierta ironía. Aquel era un sitio romántico para que dos novios se sentaran a platicar envueltos en los aromas de la noche tropical. Cuando un pretendiente venía de visita, en la pensión trataban de no importunar a la pareja, sólo salían al portal por motivos importantes, o se acercaban a saludar cuando había mucha confianza

—¿Qué te pasa?— le preguntó él. —¿Por qué estás así conmigo? ¿Qué he hecho de malo o qué mentira te han contado de mí? La actitud implorante de Luis fue suficiente para ablandarla un poco, no totalmente. Verlo así, angustiado por la ruptura con que lo amenazaba, le resultaba gratificante. Más allá de la perturbadora atracción carnal, él era un desconocido y le inspiraba temor aquella mezcla vital de ternura, crispación, inquietud y agresividad verbal y sexual con que Luis la trataba. Sin embargo, esta noche daba muestras de angustia y preocupación por perderla, y sus ojos implorantes la ablandaron.

"Creo que me quiere", pensó.

Otra mujer más calculadora hubiera intentado invertir la relación de dominio entre los dos, y seguramente habría fracasado porque Luis huía instintivamente de las mujeres que intentaban dominarlo. Anita no pensó en imponerle condiciones. Es más, no quiso rebajarse a mencionar aquella noche las enojosas llamadas, y Luis no se enteraría hasta semanas después. Ya no deseaba saber nada en absoluto sobre las mujeres que hubieran pasado por la vida de él antes de conocerla a ella. Pero le habló con los ojos velados por la emoción porque era muy sentimental.

—Aún tengo dudas, Luis. Pienso que lo nuestro no tiene futuro. Tal vez yo no estoy preparada para ti, ni tú para mí.

Sabía que faltaba algo. Le habría gustado ser más sincera. Decir tal vez: "me gustas pero te tengo miedo; no sé quién eres, ni si me vas a hacer daño; pero un anhelo suicida me impulsa a ser tuya; no me defraudes ni me mientas; haz que este amor tenga sentido: seamos uno solo contra el mundo más allá de la incomprensión y la soledad que separan nuestras almas". Pero el pudor le impidió articular este bolero. En cambio bajó los ojos y le agarró una mano y se la acarició.

—Tienes una ampolla— dijo intrigada. —¿Qué te pasó?

Comprendiendo que la crisis se desvanecía, le explicó con humilde orgullo que la ampolla se la había hecho empujando las balas dentro de las peinetas (hasta le hizo una demostración con el pulgar). Desde hacía una semana Anita era la primera mujer a quien le confesara su participación en actividades revolucionarias. Por supuesto, para despertar su admiración y para que se preocupara y sufriera por él.

Entonces, inesperadamente, se puso bravo. ¿Qué razones había tenido Anita para rechazarlo? ¿Qué motivos le había dado? ¡Ninguno! Ella debía confiar ciegamente en él, y no dudar jamás. ¿Acaso alguien te vino con un chisme? Le juró que no había visto otra mujer desde que la conoció (mintió con honestidad, olvidando que la erótica escena en el balcón con la odontóloga se produjo a la semana de haberla conocido).

—No me gusta que jures— lo regañó ella. —Es feo.

Estaban sentados pegaditos en aquel sofá y él respiraba su olor, tenía una erección y ganas de besarla. Mientras, dentro de la pensión, Gloria daba vueltas detrás del ventanal cuyas celosías entornadas le permitían una vaga visión de espalda de las cabezas de Luis y Anita, y se emocionó con el largo beso que se dio la pareja. Así que regresó a su cuarto sin que Elvira comprendiera aquella risa de excitación y alegría.

No sólo en Gloria, sino en casi todas despertaba una morbosa curiosidad las relaciones eróticas de sus amigas con sus novios. Pero lo de Gloria con Ana había tomado proporciones malsanas. En ese momento se sentía partícipe y cómplice de aquel apasionado beso, y volvió excitada a la ventana a fisgonear en puntillas a los novios. Cuando diez minutos más tarde Anita entró en la pensión para avisar que saldría a dar un paseíto con Luis, ella la atajó para que se lo contara todo.

—¿Sí, mi hermanita? ¿Ya te arreglaste con él?

Anita, iluminada por el amor, hizo un gesto positivo.

—¡Qué bueno, me alegro mucho!— suspiró Gloria y le dio unas palmadas de complicidad en la espalda. Luego vigiló cuando Anita salió con Luis por el jardín, y vio como se agarraron dulcemente por la cintura al traspasar la verja y alejarse en la penumbra del Vedado. En su imaginación sintió los fuertes brazos de Luis en torno al cuerpo de su amiga, los besos apasionados en la oscuridad bajo los árboles, y se estremeció de placer como si estuviera allá afuera ella misma. Se encerró en el baño: tenía el sexo mojado pero no se masturbó, solamente orinó y se secó castamente. Después, mientras se le serenaba el corazón, se contempló en el espejo.

Una mirada mezcla de anhelos y tristeza. Con los dedos se acarició las mejillas estropeadas por las cicatrices del acné. También se acarició con las yemas los sensibles labios. Poseía unos labios sensuales y bonitos hechos para los besos y la locura. De pronto tuvo ganas de llorar.

¿Por qué capricho o maldición de Dios, Anita nació tan bella y ella con esa cara vulgar? ¿Por qué las teticas y las nalgas de su amiga eran duras con una piel deliciosa y las suyas fofas y con vellos? La felicidad de la mujer dependía mucho de los dones que Dios quiso darles al nacer. Con ella sin duda había sido injusto y cruel.

"Cuando me muera, se lo voy a reclamar a Dios en persona", se prometió sonriendo con resignada melancolía.

6

Ella sentía un rencor inconfesado hacia mamá y un amor confuso hacia papá, pero de estos secretos de su alma, ininteligibles y oscuros para ella misma, nunca se los mencionaría a él.

De mediana estatura, pesaba 125 libras de salud y belleza: los promontorios y las curvas mortales de su cuerpo dejaban a cualquiera sin aliento, si no pregúntenle a Gloria que la había visto desnuda con el corazón oprimido por la envidia. Llevaba suelta la sensual y espesa cabellera castaña, y sobre el fino perfil romano, las arqueadas y majestuosas cejas depiladas sólo encima de la nariz; por su cutis de flor de harina no usaba casi polvos ni base; pero sí usaba rímel y delineador para agrandar más la miel de sus ojos, y se pintaba la boquita de fresa silvestre con creyones rojos para que sus labios lucieran más gordos y tentadores, tal como los tenía Gloria, quien durante un tiempo imitó su peinado y su maquillaje.

Desde la pubertad ella sabía que la vida era competencia y envidia, y se apretaba el cinturón ingenuamente con toda su fuerza persuadida que así mejoraba su cinturita de avispa. Una rival la criticó en una ocasión por el cinturón grueso tan ceñido: la miró de arriba a abajo, y ésa fue la única objeción ridícula que pudo hacerle.

—Luces bien, pero pareces una italianita con ese cinturón.

—¿De verdad, chica? ¡Pues a mucha honra!

Luego de su reconciliación con Luis, su noviazgo se tornó más absorbente y apasionado. Las chicas de la pensión desaprobaban o miraban despectivamente sus relaciones con aquel aventurero sin estudios ni dinero, con la excepción de Elvira y de Gloria, por supuesto, y esto la hizo reaccionar con más terquedad, y no quiso ya testigos. El siguiente fin de semana, cuando Luis la invitó a bailar como de costumbre esperando la compañía de Gloria u otra de sus amigas, ella le propuso por primera vez salir los dos solos.

—Mejor vamos solos y adonde tú quieras.

—Así me gusta— aprobó él, gratamente sorprendido: — En el amor tres o cuatro son una multitud.

Era una decisión atrevida, un salto adelante hacia la libertad en sus relaciones. Nunca antes había salido sola con un hombre. Pero todo iba bien, Luis no le fallaba una noche y si no venía, ella sabía de qué se trataba. Generalmente él llegaba en ómnibus desde Infanta. Otras lo traía o lo venía a buscar en un Chevrolet verde otro oriental con aspecto de gángster y un diente de oro que despertaba en su corazón ciertos temores. Por suerte no se trataba de mujeres sino de política. Después, más adelante conocería a Sergio, que era un amor de hombre con un vozarrón cálido y sumamente caballeroso.

Entre Luis y la Universidad, prácticamente no paraba en la pensión. Un miércoles en que regresó a la una de la madrugada, la dueña la agarró al siguiente día aparte para llamarle la atención. Estaba bien que llegase tarde los sábados, pero no todos los días, además su conducta con el novio en la verja del jardín dejaba mucho que desear. Nada de eso convenía a la reputación de una muchacha y de una casa honesta. Se lo decía por su bien. Luego insinuó el deber que tenía de informar a los padres de las señoritas que le encomendaban de cualquier irregularidad.

—¿Qué dirían tus padres si se enteran?
—Yo no he hecho nada incorrecto— se defendió ella.

Estaba lívida de la rabia. ¿Con qué derecho esa vieja se metía en su vida y se atrevía a amenazarla? Luego se asustó, preocupada de que fuera con el chisme a sus padres. Le prometió prudentemente enmendarse y respetar los horarios de la pensión. ¡Ah, pero eso sí: nadie podría impedirle que saliera con su novio, ni podía meterse en su vida privada!

La buena intención de Anita duró una semana y luego retornó a las escapadas nocturnas y a las despedidas apasionadas en el jardín. Para colmo, entraba en la pensión con la frente en alto y el gesto rebelde, como diciendo: "no me digan nada o me exploto". Por lo demás, se llevaba bien con todo el mundo. Agradecía la solidaridad de sus más íntimas, pero por favor, no iba a soportar consejos ni críticas de nadie. Por aquel tiempo, Tito vino de visita a la pensión. Tito era un viejo enamorado de Anita desde Matanzas, un estudiante de ingeniería amigo desde la niñez y un pretendiente con quien los padres de ella habrían visto con agrado un matrimonio. Tito visitaba la pensión una vez por semana y era amigo de todas las muchachas, pero para nadie era un secreto su interés sentimental por Anita. Ella le tenía aprecio, y nada más. Un joven de buena familia, apuesto y deseado por otras, que unas veces le envanecía tenerlo como pretendiente en la reserva y otras le fastidiaba su persistencia estúpida. Pues bien, el bendito Tito se atrevió a venirle en esa ocasión con sus consejos hipócritas.

—Anita, por favor, ten cuidado con ese oriental con quien andas— dijo con cara de preocupado. —Tengo entendido que es un tipo peligroso, medio comunista y con problemas con la policía. No vayas a pensar que lo digo por celos. Pero ese tipo te puede meter en problemas y además me dolería que se aprovechara de una muchacha decente como tú.

Ella escuchó impaciente mientras miraba la cara de Tito arrugada como con dolor de barriga. Hablaba como un cobarde y su intromisión la llenó de desprecio y de rabia.

—Nadie te ha dado vela en este entierro, Tito, ni siquiera conoces a Luis y hablas como un cobarde. Así que te agradezco que no vuelvas a meter tu despreciable nariz en mi vida— le dijo brutalmente.

Luego le dio la espalda y se fue. Más tarde anduvo preocupada: había tratado mal a Tito y en venganza éste podía irle con el chisme a papá y mamá en Matanzas. Aparte de que, como sucede siempre con la calumnia, le picó el gusano de la duda. ¡Calumnia, que algo queda! Creía que Luis era un idealista que quería cambiar el mundo, pero... ¿sería comunista de verdad? Para salir de dudas decidió preguntarle.

—¿También tú?— le respondió él de mal humor.

—Yo no: la gente. Te la pasas hablando mal del imperialismo americano y de los ricos, y te burlas de todos. Por la forma en que los críticas suponen que eres un comunista, aunque no sea verdad— se disculpó ella.

—Bueno, ¿y si lo soy, qué?— él la pellizcó. —Nosotros, los comunistas, no nos comemos a las muchachas bonitas como tú.

—Entonces ... ¿si lo eres?

—Yo no he dicho que lo sea.

Estaban sentados en aquel romántico y recóndito parque del Vedado entre 19 y 21, I y H, un discreto refugio para solitarios y enamorados sin dinero con unos bancos en la oscuridad bajo los árboles cuyas ramas los protegían de la luz mortecina de las farolas. Luis la rodeó con el tentáculo de su brazo, se lo pasó por debajo del otro sobaco para poder agarrarle con disimulo el delicioso pezón y acariciárselo. En la maniobra también cruzó la pierna por encima del muslo de Anita para que una de las manos de la muchacha quedara fácilmente en contacto con su erección.

—Por favor, mi amor— se impacientó ella, quitando su mano de donde el audaz la puso—, ahora no. ¡Hablemos primero! ¿Eres o no eres comunista? Contéstame o me voy a poner brava contigo.

¿Cómo podía él, penando de la excitación, concentrarse en la política mundial o en la cubana? La tenía en sus brazos, ¿cómo una criatura tan linda y deliciosa podía ser tan cruel? Lo peor era que la acusación de comunista lo encabronaba. Un prejuicio típico de burgueses y reaccionarios: acusar de comunistas a quienes denunciaban la explotación del pueblo y al imperialismo yanqui. En seguida le colgaban el san

benito de comunista para descalificarlo. No, Anita, ni yo ni ninguno de mis compañeros es comunista, que yo sepa. Al contrario, los miembros del Partido, que se oponían a la acción armada, los catalogaban de puchistas. Claro, como los muy cabrones habían sido siempre cómplices de Batista.
—¿Entonces, no lo eres?
—¡Claro que no! ¡Pero me molesta que me lo preguntes!
Anita le dio un beso, feliz. Sentía un cierto prejuicio contra los fanáticos de esa ideología atea. Pero no necesitaba saber nada más, le bastaba con su palabra. Ah, ¿pero cómo detenerlo ahora? Él hablaba de Martí, de la justicia social, de la Constitución del 40, de los pobres de la tierra y la democracia secuestrada, etc., etc. Habló de la República frustrada por el imperialismo explotador y los políticos corruptos, entusiasmado por el arrobo con que creía ser escuchado.

En realidad, ella sólo captaba el ardor moral y la pasión de justicia, el resto de la monserga al uso no la conmovía. No le prestaba demasiada atención a su discurso, sino a su voz y la forma en que lo articulaba. ¡Qué inteligente era y cuánta energía tenía! ¡Qué boca tan sensual, y cómo le brillan los ojos!, pensaba orgullosa.

Luis tomó aire, se detuvo de repente, inconforme con sus argumentos presintiendo que quizás ella no lo comprendía. Quiso apelar entonces al lenguaje sencillo de los sentimientos y dio en el blanco. Habló de la madre pobre y del niño analfabeto, del millonario ruin y codicioso, de la sociedad envidiosa y egoísta que rendía pleitesía al Dios del dinero y del lujo mientras otros se morían de hambre. Los ricos con sus "colas de pato" obscenos paseándose por la ciudad, mientras había jóvenes sin trabajo, guajiros pasando hambre y niños sin escuelas. A él le obsesionaban los lujosos Cadillacs de los 50 que hacían furor entre los millonarios y los políticos, por su colitas curvas y el aire acondicionado.

—¡Malditos sean! ¡Tenemos que hacer justicia, Anita! ¿Dinero para qué? ¿A quién le hacen falta más de tres camisas y dos pares de zapatos? Tú que eres católica, ¿son esta gente cristiana? ¿De qué hablaba Jesús sino de amor y compasión por el prójimo? Pero estos cabrones no tiene prójimo sino cajas de caudales, yates y palacios. ¡Ah, Anita, pero esta vez si vamos a hacer justicia! ¡Qué se preparen todos esos malditos que les ha llegado la hora, coño!

Anita le pasó la mano para calmarlo. Además de darle en silencio toda la razón se enorgullecía de que su novio fuera un idealista. Pensó en su familia, en su papá y su cuñado, recordó las propiedades de papá y la farmacia, y le recordó a Luis que no todos los que tenían dinero lo habían robado.

Luis soltó una carcajada brutal. El dueño de una ferretería, un republicano español exilado, muy inteligente y honrado, le había explicado que ningún hombre podía jamás hacer millones sólo con el ahorro y su trabajo, a menos que robara. Aquel viejo aseguraba que lo máximo que podía ganar un hombre de negocios en su vida eran cien mil pesos.

—No lo digo yo, sino un viejo comerciante con experiencia.

Anita sacó cuentas ingenuamente. Papá tenía dinero pero no tanto, así que no se sintió aludida ni afectada. De modo que le apretó la mano a Luis en señal de unión y amor. No era ajena a esos ideales de justicia, solidaridad y compasión de su novio. Papá también le había enseñado a odiar al dictador y a los millonarios egoístas. El viejo tenía inclinaciones filantrópicas y morales y le regalaba medicinas de vez en cuando a los pobres que no podían pagarla, o se las fiaba. Miró a su novio con orgullo: era un idealista y un soñador, y lo amaría ahora más que nunca y lo ayudaría en todo.

Pero, ¿y si lo mataban?, pensó horrorizada, porque en

Cuba y el mundo entero existía la tradición de convertir a los idealistas en cadáveres. La idea de que muriera la estremeció, y se abrazó a él.

—¿Y si te ocurre algo? ¿Y si te matan? ¿Qué será de mí, de nosotros y de este amor? ¿No tienes miedo?

Luis hizo una mueca de indiferencia: le gustaba su preocupación, deseaba abrirle los ojos ante el peligro y la crueldad del mundo ¿qué idealista no siente la necesidad de una mujer que llore por él y venere su memoria? Entonces, como uno de esos héroes baratos del cine, el cine era un mundo de héroes y no de malvados como décadas más tarde, sonrió con desdén por el peligro que enfrentaba. Luego hizo suya alguna lectura que sin duda debió impresionarlo.

—Todo el que nace debe una vida. Yo prefiero que me llamen a pagarla temprano, antes de que los años me corrompan. Prefiero morir joven a vivir de rodillas o traicionar lo mejor de mí mismo.

Era un acogedor parque en las noches que vamos a bautizar con el nombre de Víctor Hugo, sin estar seguros de que se llamara de ese modo, un nombre apropiado para el lenguaje romántico y cursilón del joven. Junto a él, una bella muchacha, sensata pero ingenua de corazón como de costumbre, que se rebela contra el destino pesimista y en un arrebato de amor lo abraza apasionadamente.

—No quiero que mueras. No voy a permitirlo. Porque nadie te lo va a agradecer nunca. Tienes que vivir para mí y mis besos.

Y el joven, que siempre tuvo un sentido escénico de la vida, a gusto en su papel esa noche, se dejó besar y la besó apasionadamente mientras se desabotona la bragueta para que ella metiera su mano, y metió la suya bajo la falda. En la oscuridad del parque se podían gozar con disimulo de caricias divinas o malvadas, según quien opinara.

7

Noches intensas de amor y de vino, para Anita y Luis. A él le gustaba aquel lugar común del kitsch latinoamericano, aunque en Cuba se tomara ron, y vino raramente por el calor. Ella en la iniciación pavorosa de los alientos comunes, de los latidos comunes, horas con el sentimiento de hundirse y de extraviarse, en medio de insensatos placeres, en la compenetración seductora con aquel joven conflictivo, en la seducción de desfallecer de amor, hasta que creyó ya no poder sobrevivir sin él, repitiendo su nombre en la soledad de la noches hasta transformarlo en un sonido mágico.

"Luis... Luis... Luis... mi amor..."

Ardía en pasión por ese flaco y la complejidad de su mundo. Ella no había tenido nunca contactos eróticos con ningún varón: él fue su autor y su verdugo. No por eso ella era totalmente inocente: su imaginación erótica se había ilustrado de muchas maneras. Con los besos del cine siempre; en el bachillerato con las fotos pornos de hombres y mujeres desnudas que estremecían su inocencia virginal; y con las novelitas de relajo que proliferan en Cuba hasta en los conventos de monjas cuyas obscenidades leía con el terror sexual de algo prohibido por lo que podía ser castigada.

Pero a pesar del sol pecaminoso de la islas, ella era todavía una muchacha inocente y romántica. Sólo que, como suele suceder hasta en las mejores familias, ya había sufrido un traumático desengaño a los quince años por culpa del hombre que más había respetado y amado: un doloroso secreto de familia que jamás le revelaría a Luis, por vergüenza y para no legitimar sus traiciones en el futuro.

La voracidad erótica de Luis la asustaba y su agresividad verbal la desconcertaba, pero ya sentía que no podría vivir sin el estímulo vital de su amor. Más allá de las inquietudes políticas de Luis, aparecieron las señales de un joven atormentado por dudas ontológicas, ese acné del adolescente que en el poeta no se cura jamás, y unas ideas extravagantes que la preocupaban, porque no deseaba o no quería reconocerlo, pero él padecía una obsesión enfermiza por la muerte.

Cuando doce años después ella le reclamó delante de unos amigos su obsesión por la muerte: "¿Te acuerdas cuando me atormentabas con tu presentimiento de que ibas a morir joven y que así lo preferías?", le preguntó burlona, en una revelación que él consideró una traición a la intimidad de un enamorado y de la que se defendió amenazándola de que aún estaba a tiempo de cumplirse.

—Aún me falta un año para cumplir la edad de Cristo. No te preocupes por mí, que si rebaso ésa no llegaré a la edad de Martí.

Ella recordó una opinión de él, y la usó en su contra.

—Tú, como Julio Cesar, vives obsesionado por la edad.

—El hombre que no mide su tiempo es como el capitán que intenta cruzar el océano sin un plan de navegación.

A ella el tema de los años y la muerte la deprimía. Desde niña temía lo ignoto y prefería ignorar la existencia de la muerte, que solía asociar al luto por la abuela perdida y a la corrupción de los cadáveres, esos cuerpos atrozmente yertos vistos en la clase de Anatomía, y al miedo a los espíritus, y prefería pensar mejor en la vida y en cosas alegres.

—No pienses tanto en cosas tristes, por favor.

—¿Por qué no? Todos vamos a morir. Sólo importa el cuándo y el cómo, y yo quiero un ramo de rosas y una bandera.

Porque aún eran novios y estaban sentados en el parque donde había una estatua de Víctor Hugo cagada de palomas, frente a cuya augusta presencia solían besarse y masturbarse apasionadamente en la oscuridad, y Luis se divertía escandalizándola con su pasión necrofílica. O tal vez intentando abrir el sitio secreto de su alma, que nunca abrió jamás a nadie por temor a ser herido, y compartir sus angustias con la mujer de la que estaba enamorado: su rara idea de que morir joven, antes de los treinta, podía ser quizás el mejor de los destinos.

Anita se contrajo y se acurrucó contra su pecho. ¿Por qué se empeñaba en asustarla? Pero no podía sino tomarlo en serio, porque a los veinte años las ideas más inverosímiles se toman en serio. Ese tema macabro le producía espanto y deseaba hablar de algo más bonito y alegre.

—No me hables así que me da miedo. No soportaría que murieras.

—Yo he convivido con la muerte y con los muertos desde niño. Mi madre solía ver espíritus y hablar con ellos, incluso cuando estábamos en-la mesa comiendo. Yo me burlaba: Buen Ser, por favor, déjame comer tranquilo y regresa cuando me tire un peo.

Anita se rió y dijo:

—A mí me dan pánico.

—¿Pánico, los espíritus? Ja, ja, ja, yo soy un experto en espíritus. Un cazador de fantasmas. Los maté a todos con mi honda. No quedó ni uno. A los doce años decidí sencillamente que no existían.

—No bromees con eso, que no me gusta. Me han pasado cosas. He tenido pruebas: ¡mira cómo me erizo!— ella se pasó los dedos por el brazo.

De repente Luis se puso bravo, irritado de que Anita fuera una crédula más, una tonta más en la cadena de las supersticiones. El tema debía tocar zonas sensibles en su persona, porque lo atacó con saña. Afirmó hacerlo con base: él había leído los libros de Allan Kardec, el teórico francés del espiritismo.

—Un médico más loco que una cabra que creía poderse erigir en el papa de todas las religiones. El espiritismo son sólo supercherías, Anita, deseos tan intensos que se materializan en alucinaciones. No te miento. Te habla un experto en esa mierda. Mi madre era una médium bastante convincente, o cree serlo, porque aún ella cree que lo es.

Anita decidió no discutir con él. A ella también el tema le resultaba lacerante. Según una de *esas* mujeres, ella había nacido con el don del vidente y, de desarrollarlo, podía transformarse en una médium. La revelación no le produjo ninguna alegría sino miedo. Las experiencias que había tenido, un negro que le salía junto a la cama de niña y *la visita* de la abuela después de muerta ésta, la perturbaron y la aterraron tanto que no deseaba saber ni aprender más nada sobre el espiritismo

Como sucedía cuando estaban a solas, sus conversaciones parecían un preludio estimulante a los besos apasionados y a los jueguitos eróticos. Del lenguaje al ejercicio de la lengua, de la palabra a la obra. De día, para ir a la Universidad, ella se vestía con una blusa camisera seria y una falda normal oscura. De noche se acicalaba como amante y se pintaba sus labios y se perfumaba, además de usar grandes escotes para enloquecerlo con la piel apetitosa de su busto y llevaba faldas acampanadas ceñidas a la cintura cuya abundante tela facilitaba la locura de la mano escondida para los placeres lacerantes de la frotación según la mentalidad divinamente morbosa de la época.

Pero esa noche Anita se pegó el susto más grande de sus veinte años. Lo habían hecho en muchos sitios sin problemas, incluso en el parque. De lejos y en lo oscuro, nadie podía sospechar que jadeaban de placer en aquel silencio inmóvil. Si alguien se aproximaba o escuchaban pasos, se convertían en una parejita cogida de las manos con la pierna de él sobre los muslos de ella, inocentemente. El amplio pantalón de moda masculino y la falda anchísima facilitaban cualquier deliciosa ociosidad. Con la complicidad de la oscuridad, las manos y los dedos ellos se infligían un delirante sufrimiento.

Pero esa noche, cuando estaban más concentrados en el jueguito, un policía inesperadamente llegó desde las sombras y los amenazó con llevárselos presos a los dos: "por falta a la moral en un sitio público". Ella se imaginó en una estación de policía, el escándalo bochornoso en la pensión y la Universidad, en Matanzas papá y mamá horrorizados. Del susto tan grande, Anita se echó a llorar mientras Luis se ponía de pie y reaccionaba con violencia, encarándose a gritos con el policía.

—¡A usted no le da vergüenza! ¡Asustar así a mi novia! ¡Vaya por ahí mejor a perseguir a ladrones y criminales, en vez de molestar a las parejas en los parques, que no estamos haciendo daño a nadie!

Anita temió que se fajaran, que sucediera una desgracia aún peor. Él, un enano en uniforme que no le llegaba al hombro a Luis, dio un paso atrás y se llevó la mano a la cartuchera, aunque no lo vio, supuso que para sacar un revólver, una amenaza que no se concretó.

—¡No me amenace, muchacho!— dijo. —¡Si ella es su novia, sea más "rescatado", o váyase a otro lado, porque éste es un parque público, adonde vienen las familias y están prohibidas esas cosas!

Por la voz vacilante, ya que la oscuridad impedía apreciar su rostro trigueño y enjuto, el policía ahora más bien parecía contemporizar, salvando su autoridad y la cara, que querer enfrentarse a aquel muchachote violento, un pie más grande y más fuerte. De modo que el policía, un esmirriado cuyos huesos bailaban dentro del uniforme, se alejó con la manos en la cartuchera, sin proferir más amenazas. Pero Anita, que seguía avergonzada y aterrada, se puso de pie con ganas de huir, de regresar lo más rápido a la pensión antes de que ocurriera una desgracia. Luis todavía echaba chispas, resoplando en un encabronamiento que aumentaba según se iba alejando el policía.

—¡Ese enano de mierda! ¡Seguro que es un pervertido sexual que se dedica a perseguir a las parejas y a sacarles dinero! ¡Cobarde! ¡Maricón! ¡Pero conmigo se equivocó, el hijo de puta!

Anita lo halaba por el brazo, empezando a caminar.

—Vámonos, por favor, vámonos, vámonos— le rogó.

Anita no respiró tranquila hasta que llegó a la verja de la pensión. A la noche siguiente se negó a volver al parque. Por suerte, no tuvieron que volver al delicioso y ahora peligroso sitio, ni recostarse contra un muro en las calles más oscuras de los alrededores. Por suerte, a Luis le dieron un auto, un Chevrolet Bel Air azul marino del 53, en la Empresa en donde trabajaba.

Con el auto se sintieron dueños de sus noches habaneras. En vez de explorar los nitgh clubs a pie o en ómnibus: a Los Cortijos, Kon Tiki, Las Vegas, los Johnny's, Saint Michel, o algún otro de boleros y de mates, en busca de la esquina invisible para sus ingenuas perversiones (ella ni muerta hubiera entrado en una posada), ahora en el auto podían ir adonde nadie los molestara. Exploraron rincones solitarios en Miramar y el Biltmore, aunque por razones de tiempo y de querencia, el Vedado fue siempre el sitio predilecto de sus amores.

La posesión de un auto mejoró en parte la imagen de Luis en la pensión y, por la otra, empeoró la de Anita. Porque si una *máquina* era el símbolo del éxito económico de un hombre, también era tenida como una peligrosa nave de perdición. Y con razón, porque muchas vírgenes habían dejado de serlo en los incómodos asientos de una *máquina*. Cuando la dueña de la pensión se enteró que Anita salía sola en el auto con Luis, arrugó la cara con una mueca pesimista tan elocuente que no necesitó abrir la boca para que las otras estudiantes supieran su mala opinión.

En cambio, a Gloria le entusiasmó el auto de Luis, y le propuso a Anita que la llevaran con ellos a pasear por La Habana, o que Luis invitara a algún amigo para que hiciera pareja con ella.

—Me has tenido abandonada. Pero ahora nos vamos a divertir— dijo.

Fue embarazoso para Anita. Si bien era cierto que hubiese deseado complacerla, Gloria no sería más que una testigo y un estorbo indeseable en sus encuentros eróticos nocturnos con Luis.

Gloria le leyó el pensamiento y en un tono de despecho que quiso ser festivo, pero que sonó decepcionado, aceptó que lo echaría a perder todo con su presencia.

—¡Ya sé, no soy bruta! ¿Qué haría yo si no importunarlos? No me hagas caso. Pasa que hace un mes que no salimos juntas y me da un poquito de celos y de envidia. Ese hombre te acapara todas las noches. Pero siempre que no te haga sufrir no me importa. Soy feliz de que seas feliz. Recuerda que hagas lo que hagas, siempre serás mi hermana. Pero no me has contado, picarona, ¿qué haces sola por ahí de noche con ese hombre?

Ella sonrió enigmáticamente sin responderle.

8

Anita le perdonaba a Luis que dijera no creer en Dios y que se riera de los espíritus: ya se sabe que los hombres son bocones y les gusta jactarse de no creer en nada. Pero si desde el principio había aceptado la supremacía de la inteligencia y la cultura de Luis, no estaba dispuesta a aceptar todo lo que dijera, mucho menos que morir joven fuese preferible a vivir muchos años. Eso era una tontería, una idea perniciosa y, a su entender, suicida que debía quitarle de la cabeza.

—No estoy de acuerdo— le dijo. —Primero que nada me produce dolor que pienses algo tan horrible y, segundo, no entiendo que si lo único que existe para ti es esta vida, como puedes desear perderla.

Por supuesto que él tenía meditada una respuesta. Pero en lo concerniente al brumoso tema de la muerte, una cosa era formular una hipótesis y otra explicarla sin hacer el ridículo. Dudó si tomarlo a la diabla o hablar en serio. Estaba de por medio su vanidad de joven orgulloso delante de su novia. Por eso se decidió a ser sincero, confesarle la tremenda conclusión a que había llegado, porque el interés de Anita por él superaba al interés que hubiese despertado en cualquier otra mujer.

—¿Tú eres católica? ¿Crees en la resurrección de la carne?

Anita era católica, tenía fe, pero no conocía bien el dogma de la resurrección de la carne y, perpleja, no le contestó.

—¿Crees o no crees en la resurrección el Día del Juicio?

—Sí creo— ella aceptó temiendo una trampa.

—Pues bien, si todas las religiones creen en la vida más allá de la muerte, ya sea en una forma o en otra, la resurrección de la carne es la más presuntuosa de todas, el que muere joven renacerá joven, sino en la carne al menos en espíritu por el resto de la eternidad. ¿Sí o no?

Anita se encogió de hombros, aceptando perpleja. Y él, que le hablaba en ese tono de superioridad de quienes han atrapado a su interlocutor, sonrió triunfalmente:

—¿Sí o no, vamos, contesta?

Ella, llena aún de dudas, dijo que sí temiendo una trampa.

—Entonces, tienes que admitir que tiene lógica. ¿Te das cuenta? Si por casualidad fuera verdad y las religiones tuvieran razón, si hubiera vida más allá de la muerte como pregonan todas, bien valdría el riesgo de morir joven, y ser joven para siempre, que no morir convertidos en unos ancianos decrépitos y afeados por los años, de tal forma que ni nuestra madre nos reconocería, y tener ese aspecto de horrible senilidad por el resto de la eternidad. ¡Olvídate, joven es joven siempre, aunque sea un fantasma o algún magma espiritual!

La idea dejó a Anita pensativa: nunca se le había ocurrido semejante desvarío de la razón. Aunque fuese verdad, ateniéndose a la lógica elemental de Luis, se sintió perpleja y deprimida. No discutió con él por el momento, porque sabía que la aplastaría con su lógica. Cuando esa noche estuvo a solas en su camita, le pasaron por la mente tardíamente argumentos para rebatirlo. A Luis lo movía la soberbia de quienes creen poder desafiar los designios de Dios.

Pero no hay que hacer mucho caso de lo que los hombres dicen, siempre que sean buenos, honrados y sientan compasión por el prójimo, y pensaba que él estaba adornado de todas estas virtudes. Además, todas las blasfemias que dijera no iban a borrar la existencia de Dios y, algún día, cuando madurara, su razón se iluminaría con la verdad.

Además, ella estaba enamorada del hombre total, incluida su agresividad y su misteriosa inteligencia; nunca supo cómo, a pesar de no haber pisado nunca una Universidad, podía saber tantas cosas. Poco a poco, durante aquellos meses, antes de que metieran preso a Luis, fue armando el rompecabezas de una niñez que él prefería evitar.

—¿Cuántos años tenías cuando se murió tu papá?

Su cara se tornó inexpresiva, como si su mente se alejara en el tiempo, y se demoró en contestar.

"Tú vas a ser el báculo de mi vejez", le decía Julia, con

los párpados entornados por su orgullo de madre.

—¿A qué edad te quedaste huérfano?— le insistió Anita.

—A los seis años. Pero a esa edad sabía lo que era un báculo. ¿Sabes lo que es un báculo?

"Ahora tienes que ser un niño bueno. Esta bueno de mataperrear por ahí. Ahora te toca cuidar a tu mamá", le decía Julia.

Pensó que se haría rico, que le compraría una casa a mamá. Corría entre el polvo, bateaba con fuerza, peleaba con los puños, aprendió a intercambiar libros en una librería de uso porque acababa de descubrir aquel mundo mágico que lo trasladaba en el tiempo a través de la historia y las aventuras de otras vidas.

"Tienes que portarte bien, Luisito, acuérdate que tú vas a ser el báculo de mi vejez. No debes tirar más piedras a nadie".

"Yo voy a ganar mucho dinero y te voy a comprar una casa y un vestido nuevo cuando sea grande".

La primera vez el hombre de los ojos saltones caminó una tarde junto a Julia; los dos hablando en voz baja, como en secreto, mientras él la acompañaba de mal humor al mercado. Un aura tiñosa daba vueltas y vueltas muy alto en el aire azul. Vio pasar una lagartija y le tiró una piedra. Del fastidio de no poder jugar a la pelota con su primo y sus amiguitos, le dio una patada al polvo.

"¡Luisito, estáte tranquilo, compórtate!"

Un mediodía regreso sudado, sucio y lleno de polvo de los pies a la cabeza, y contento porque había bateado dos jonrones. Pero la puerta de la cuartería estaba cerrada. Tocó y no le respondieron. Tocó más duro, pero no escuchó ningún ruido. Entonces dio la vuelta, brincó la cerca del patio con agilidad, se acercó en silencio a la ventana y miró a través de los visillos con cuidado. El hombre estaba acostado desnudo encima de su madre también desnuda. Aunque no había hecho ningún ruido, Julia volteó la cara hacia los visillos de la ventana. Pero él se retiró rápido, sin darle tiempo a que lo vieran. Julia debió ver sólo una sombra, una pájaro que pasó volando, tal vez un espíritu. Pero a él se le quedó pegada la estremecedora escena en la retina, ya para siempre imborrable: a su madre en cueros en la cama debajo del cuerpo de aquel hombre desnudo. Era un niño, pero sabía lo que su madre estaba haciendo en la cama con aquel hombre. Jamás se lo contaría a nadie, haría como que nunca vio. Lo olvidaría como se olvidan los secretos que hieren.

"Luisito, los niños malos se los lleva el diablo. ¿Por que le rompiste el cristal de la ventana a Muñoz? ¿No ves que no tenemos dinero con que pagarlo? Los policías te van a meter en la cárcel".

—¿Quién es Julia? ¿Tu madre? ¿Qué raro que no la llames mamá como todos?—le preguntó Anita.

Sí, la suya fue una niñez callejera y violenta. Había sido huérfano de padre y el hombre de los ojos saltones se convirtió en su padrastro. Hablaba poco de su madre y, cuando lo hacía, se refería a ella con sarcástico rencor. Según supuso Anita, él debió vivir una niñez desgarrada.

"Luis, ves ese hombre con cara de loco. Todo Guantánamo sabe porqué se volvió loco. Fue por hacerse esa cosa que los muchachos se hacen en el baño cuando llegan a tu edad. Hubo que amarrarlo a la cama con una cadena para que no se la hiciera más" le advirtió Julia, un tanto avergonzada, como quien está obligado a dar una lección a su hijo.

La cara del loco, caminando por las calles de Guantánamo sin fijarse en nadie, sus ojos hundidos dentro de una ojeras negras, su color cadavérico, no sólo lo impresionaron sino que además se asustó. Tenía entonces doce o trece años, y decidió tener fuerza de voluntad: hacérsela una sola vez al día, no fuera a acabar con aquella cara atroz de loco con las manos encadenadas a una cama de hierro. Como era una sola vez por día trataba de prolongarla interminablemente. Inventó entonces numerosas y deliciosas maneras de hacerse la paja.

9

—Yo he vivido la locura, Anita.
De niño dormía en un pequeño anexo a la casa en donde se mudaron con su padrastro: una especie de cuartico secreto adonde no entraba nadie. Allí, junto a la camita, la madre ocultaba de las miradas indiscretas un gran altar con esos santos católicos que, por la magia del sincretismo, los negros esclavos identificaron con sus dioses africanos.

Desde los 7 a los 12 años, él dormiría junto aquel tenebroso altar con sus figuras de yeso pintadas de colores y oropeles o harapos: una Santa Bárbara con su espada en alto, el San Lázaro con sus muletas, sus llagas repugnantes y sus perros famélicos. Unos compañeros de cuarto atroces, con las ofrendas y con sus búcaros de flores, girasoles, albahaca, y otras yerbas rituales cuyo aroma intenso flotaba en el aire cargado de presagios en las noches tropicales. La madre ocultaba aquel altar de las iras de aquel hombre rústico que se convirtió en su segundo esposo, o concubino, según supo, para mayor vergüenza, un incrédulo que temía y odiaba aquellos símbolos oscuros de lo sobrenatural.

Julia le ponía ofrendas a los santos para conseguir favores y tenerlos de su parte en la lucha por el amor y la vida: tabaco para que fumaran y dulces tentadores. Pero mirar y tener aquellos dulces a la mano, tentaban también a Luisito, que una vez venció su miedo, y se comió uno asustado. Estaba sabroso y como no le pasó nada, ni lo halaron de la pierna mientras dormía, continuó robándoselos como un reto a aquellos seres poderosos, en una travesura desafiante.

—¿Y te atreviste a comerte esos dulces?— Anita se asombró.

—Tranquilamente— se jactó él—, aunque dejaba algunos para que Julia no se diera cuenta. Sólo una vez me los comí todos y ella me regañó y yo le dije que habían sido *ellos*, no yo— añadió, y ella notó de nuevo extrañada que nombraba siempre a su madre por su nombre.

—¡Tú debes haber sido tremendo!

—Una vez, con sólo siete años, con una pandilla de amigos mayores que yo, le caí a pedradas a la vivienda de unos vecinos que no nos querían devolver una pelota. Vinieron no la policía, sino los soldados, porque una de las vecinas tenía parientes en el Ejército. Y yo anduve escondido y perdido un día entero, huyendo— se jactó él orgulloso.

Anita, entonces, quiso contar un recuerdo suyo con unos dulces cuando una amiguita las invitó a una reunión en su casa.

—La madre nos repartió dulces y refrescos. No era un cumpleaños ni nada. Mi mamá, cuando se enteró, se puso furiosa con la vecina, persuadida que fue un asunto de brujería, que nos hicieron comer los dulces como un despojo, o algo así.

—Julia, para no andar sola por las calles, me obligaba a acompañarla a las sesiones de espiritismo. Yo odiaba acompañarla.

Iba refunfuñando porque lo forzaba a abandonar sus juegos callejeros. Julia lo llevaba en las tardes, de modo que el padrastro, que estaba en su trabajo, no se enterara. Durante varios años, hasta los doce, tuvo que acompañarla a las sesiones espiritistas. Al principio le agradaba compartir el secreto y la complicidad con la madre, pero después se sentiría avergonzado. La reunión se celebraba a puerta cerrada en una atmósfera de secreto y clandestinidad. Los espíritus de los muertos que vagan en el aire venían a visitarlos y hablaban por boca de los vivos. Las caras tensas de los adultos reflejaban la intensidad y la angustia por esos contactos con seres del más allá. Un espectáculo capaz de helar de terror la sangre de un niño.

—¡Una puñeta impresionante!— Luis se rió burlón ahora.

De repente, el cuerpo de Lucila, la médium más dotada, se estremecía sacudida por una corriente poderosa, su cara se contraía asumiendo una expresión intensa y a través de ella hablaba la voz del espíritu que la había *montado*. A veces se trataba de un espíritu elevado que saludaba a los presentes, irradiando luz y paz en las almas. Otras eran espíritus broncos y renegados, seres atormentados y mentirosos que acusaban a los presentes de delitos y crímenes horribles, espíritus malos que se resistían al beneficio de un despojo que los librara de su agonía.

Y Luis, sentado en vilo en su culito de niño, aterrado de que uno de aquellos endemoniados lo atacara o saltara sobre él. Pero se lo contaba a Anita como si hubiera sido divertido, escenificando el acto de la médium que intervenía para aplacar al visitante.

—¡Calma, hermano, estás entre amigos!— y Luis levantó ahora la mano en señal de paz, imitando a la médium: —¡Calma, buen ser! ¿Por qué te presentas de un modo tan agitado? ¿Cómo te llamas? ¿Qué perturba tu alma, hermano? ¿Qué aflicción te impide descansar en paz?

Luis sonreía ferozmente mientras representaba su relato, imitando una voz untuosa y solemne, lanzando raros silbidos y moviendo el cuello como si por él pasaran corrientes magnéticas. Los espíritus turbulentos dejaban agotada a la médium y había que ayudarla a librarse del intruso con despojos de yerbas y exorcismos. Otros espíritus eran familiares difuntos de algunos de los presentes en las sesiones y su presencia provocaba conmoción y lágrimas. Había sesiones turbulentas y malas, y otras tranquilas y felices de las que todos salían sonriendo como purificados.

—Sí, yo lo he visto *todo*. Conozco bien esa mierda. A mí me gustaba más un bembé. La santería africana tiene ese hechizo erótico y brutal de lo primitivo. Mi madre los desaprobaba. Lo suyo es el espiritismo científico— añadió con una sonrisa mordaz.

—¿Y no tenías miedo?

—Me acostumbré, aunque prefería jugar a la pelota. A veces resultaban apasionantes por las pesquisas casi detectivescas, dignas de un Sherlock Holmes. Los muertos son tan mentirosos y astutos como los vivos, y averiguar lo que se proponen no es fácil. También había que saber adónde estaba oculto el daño y exorcizarlo.

—¡Lo extraño es que no creas, con todo lo que has visto!

—Era un niño pero siempre sospeché la farsa— dijo, y continuó:— Todo era como una puesta en escena, una alucinación producida por un intenso anhelo. Ingenuamente o manipulada, qué más da. Son personas angustiadas que se refugian en lo sobrenatural, como el músico que se refugia en su música, o el poeta en su poesía. Un día me botaron.

—¿Qué pasó? ¿Qué hiciste?

—Creo que tenía ya los doce años, y me encabronaba mucho que mi madre me obligara a acompañarla. Le pellizqué la nalga a una chica de quince años que había ido a consultarse. ¡Imagínate! Me acusaron de ser un renegado, de estar poseído de un espíritu perturbador que traía malas corrientes a las reuniones. Intentaron liberarme de aquel espíritu rebelde con unos despojos, pero fue inútil.

—¡Qué tremendo eras! ¿Pero sufriste mucho, verdad?

—¡Qué va!— se jactó sonriente, mintiendo. —Aprendí y me divertí. Nadie me puede hacer el cuento ahora. Le robé los dulces a los santos y ellos me protegieron. ¿Quieres que te dé un despojo? ¡Soy un experto!

—¡No, por favor, que me aterran!

Pero ella se figuró a Luis de niño en un cuartico cerrado, un sitio a donde otros niños no podían entrar a jugar. Luisito solo tendido en la oscuridad durmiendo junto al altar, en una atmósfera enrarecida por el aroma espeso de las yerbas y las flores que se marchitaban frente a las impresionantes efigies de San Lázaro y Santo Bárbara con los girasoles amarillos y sus ofrendas de dulces a la vez tentadores y revulsivos. Un niño con un secreto tenebroso impregnado por el olor de la albahaca y el contacto con los espíritus de los muertos.

Ella lo miró ahora en la penumbra: sus ojos obsesivamente burlones y lúcidos, y, conmovida por su rara niñez, le pasó la mano por la cabeza como se tranquiliza a un fiero animal capaz de lanzar una dentellada.

—Te quiero, Luis. ¡Te quiero mucho!— le dijo.

Por su parte ella eligió ocultar su propia historia. No contarla por temor a levantar un muro de sarcasmos y de incomprensión entre los dos. No iba a correr ese riesgo con Luis. En fin de cuentas, luego de haber sido protagonista, o víctima involuntaria, de algunas experiencias sobrenaturales, explicables sólo por la existencia de los espíritus, el miedo que le produjeron fue tal que, por temor a que se repitieran, ella prefirió rezarle a Dios y a la Virgen para ahuyentarlas.

Incluso prefirió olvidarlas para que *ellos* a su vez se olvidaran de ella. ¿No es esto lo más juicioso, después de todo?

10

Estábamos todavía en 1956. Anita tenía novio, y vivía los tormentos del amor; Gloria no lo tenía, y vivía el tormento de no ser amada. Cuba vivía en una relativa prosperidad económica: los obreros cobraban en dólares, los mercados rebosaban de alimentos, las tiendas de zapatos y ropas infinitas. Las transnacionales capitalistas invertían en Cuba con el deseo de convertir la estratégica isla en su centro de operaciones para Latinoamérica. No les importaba que hubiera un dictador. Cuarenta años después, otro dictador, ahora vitalicio, implora y halaga a los capitalistas para que vengan a invertir en Cuba. Lo que antes se llamaba explotación ahora se llama progreso.

—¿Ahora que tienes novio, dime qué es el amor?

—El amor es un punzante deseo de estar con el ser amado. Un dolor lleno de felicidad.

—Yo creo que Luis te ha vuelto loca— se ríe Gloria.

El deseo físico de estar junto a Luis era tan intenso que, luego de haber pasado una larga noche juntos, a la mañana siguiente todavía le quedaba hambre de besarlo y tocarlo. De modo que, cuando a las 7 a.m. recibió su llamada, y él le dijo de pronto sus enormes deseos de verla, ella le confesó también que tenía muchas ganas de verlo.

La dueña, molesta de verla pegada al teléfono, la regañó.

—¿No te parece que es demasiado temprano para empezar?

Anita se puso de espaldas, asustada, y bajó la voz.

—Mi amor, tengo que colgar y salir para la Universidad.

—No importa, si quieres puedo recogerte en H y 21. Así nos vemos y no tienes que agarrar la guagua. Yo te llevo— le propuso él.

Ella aceptó inmediatamente. Salió sin desayunar con sus tacones altos repiqueteando de felicidad en la mañanita habanera perfumada de jazmines y de sol. En el camino se cruzó con personas de aspecto amable que le sonrieron y ella les sonrió. ¡El Vedado era tan bonito: cuando se casara con Luis vivirían allí! Sólo se había tomado una tacita de café negro, pero sentía su cuerpo ligero y vital, recuperado de los excesos de la noche anterior.

Cuando vio el Chevrolet de Luis avanzar en el tráfico su corazón latió de la emoción. Se montó ágilmente, cerró la puerta y se besaron: un centelleante contacto de lenguas que la excitó. En seguida, mientras él manejaba con una mano con la otra le estrujó a ella el vientre: un gesto de posesión machista y sexual que la perturbó. No protestó a pesar de la violencia. ¿Serán así todos los hombres? Ella hubiera deseado que fuese menos agresivo y más tierno con ella.

Pero Luis además de excitado por besar a esa flor de mujer, andaba bravísimo por la política. Unos días antes, el 4 de abril, se descubrió una conspiración en el Ejército, aparentemente para restaurar la democracia y la Constitución, en la que estaban involucrados como civiles los jefes de su grupo subversivo.

—Todo por una maldita delación— dijo con rabia. —No se puede confiar en los militares. Este es un país lleno de traidores de mierda, empezando por esos cabrones. Se venden por nada.

—Eso no lo arregla nadie, mi amor.

—Sí lo arreglaremos. Con sangre y revolución. Nada de componendas con los militares y los políticos corruptos de siempre. Hay que limpiar el país. Cortar un millón de cabezas en la guillotina, emprender ya la acción armada, barrer con el pasado ignominioso para siempre.

Su violencia la angustió mucho. Esa idea asesina de cortar un millón de cabezas circulaba entre los ignorantes y los extremistas, y creía a su novio por encima de esas ideas apocalípticas. Le preocupaba mucho lo que pudiera sucederle.

Sabía que andaba en trasiegos de armas y temía que se involucrara en alguna acción temeraria. Antes de bajar en la Universidad, le rogó que aquella noche, en vez de salir solos en el auto, se quedara visitándola en el portal de la pensión.
　—No es por mí. En la pensión no hacen más que chismorrear porque tú no me visitas normalmente como hacen los otros muchachos. Quiero que nos vean sentados tranquilamente en el portal, como dos novios normales. Te lo ruego, por favor, mi amor... ¡No me mires así!
　Esa noche ella lucía espléndida con su blusa descotada y esas faldas acampanadas, abundantes en tela, que ceñía presumida al vaivén de su cinturita con un revuelo de coquetería al sentarse. Se sentaron muy pegados, los dos solos en el portal. A los quince minutos, excitado por su cuerpo y su olor, él ya la estaba besando y haciendo pantalla con su pierna cruzada para meterle la mano bajo la falda. Y ella, que perdía fácilmente el control de la situación, respiraba agitada y aterrada.
　—No, Luis, por favor, aquí no— susurró.
　Mientras, Gloria que venía atravesando la sala para saludar a Luis, pudo atisbar a través de las celosías la escena. Si es cierto que no podía verlo todo, se detuvo ante la posibilidad de interrumpir la escabrosa escena. ¡Qué barbaridad! ¡Si los ve la dueña! ¡Anita debía estar loca y él era un abusador! No supo si sonreír o explotarse, ante la excitante escena de esos dos abrazados y dándose la lengua en el propio portal.
　Pero no. Debía impedir que su hermana del alma se expusiera al desprestigio. Avanzó haciendo ruido, y empujó la puerta antes de salir al portal y, aun así, salió nerviosa y avanzó hacia ellos, que se habían separado bruscamente, con una sonrisa exagerada.
　—¡Hola, buenas noches, Luis! ¿Cómo estás?— saludó.
　—¡*Eran* buenas!— contestó él, fingiendo malestar.

Gloria vaciló, dio un paso atrás perpleja, con la sonrisa trocándose de súbito en una mueca de orgullo herido.

—¡No lo dudo! ¡Si les molesto, me voy!

Luis se echó a reír y Anita protestó enérgicamente.

—¡De ninguna manera! ¡Vamos, siéntate, mi hermana!

—Gloria, lo tuyo es una cosa seria— dijo él, de buen humor. —A ti te encanta echarle bromas a todos, pero no le aguantas una a nadie.

Esta acusación hizo que Gloria se enfrascara en un toma y daca apasionado con Luis, casi un flirteo sexual, con Anita como árbitro benevolente. Sin duda, como sucede con las amigas de los novios, coqueteaban con la aprobación de Anita. Gloria lucía excitada y ligeramente nerviosa pero se estaba divirtiendo de lo lindo. Estuvieron en eso como una hora, hasta que Luis empezó a cansarse del jueguito y Gloria, percibiendo que los novios deseaban estar a solas, entró en la pensión. Entonces, Anita, en voz baja, lo regañó.

—¡Tú si eres malo con Gloria! ¿Por qué te gusta mortificarla?

—Ella está loca por joder con un hombre.

Mientras Anita se escandalizaba con la cruda opinión de Luis, Gloria caminaba sin rumbo por el pasillo, se tomaba un vaso de agua, iba a su habitación y se miraba en el espejo. Un rostro anhelante y patético le devolvió la mirada. ¿Qué era aquel dolor en su corazón? ¿Envidia por su amiga? ¡Imposible, en todo caso una envidia sana, sin odio!

Ella le llevaba unos meses a Anita. De niña habían crecido juntas, montado bicicleta y nadado juntas, caminado descalzas en el dienteperro de la bahía juntas, y pasados los desconciertos de la pubertad juntas. Mientras Anita siempre fue linda y armoniosa, ella era de patas largas y con una mata de pelo castaño en la cabezota, con una sonrisa fácil y traviesa hasta que el acné destrozó su cutis de niña y su cuerpo engordó sin curvas sólidas. Durante dos años viviría en un estado de sufriente consternación, sin entender la injusticia de afearse mientras su mejor amiguita florecía como una de las quinceañeras más atractivas y bonitas de la ciudad de Matanzas.

—¿Por qué, Dios mío?— se desesperaba frente al espejo.

Dejó de comer mantequilla, probó docenas de remedios y mejunjes, pero los granos de pus siguieron brotando cruelmente en su cara. Cuando unos años después dejaron de salirle, fue un enorme alivio a pesar de que las cicatrices del acné la afearon. Para entonces, aunque se esmeraba en disimular los daños, ya estaba resignada a su cuerpo y a su cara, y no sentía rencor contra Anita. Al contrario, se enorgullecía de ser su más íntima amiga, exhibirse a su lado por toda la ciudad, y se comportaba como si fuera la administradora de su belleza, y la intermediaria entre los admiradores y su amiga.

—No, *ella* dice que tú eres muy feo y pesado— le dijo con sumo placer a un gordito pretendiente de su amiga.

Aquel gordito desaseado se puso bravo por su actitud despectiva, y le respondió con una mueca de crueldad.

—Mira, "cara de bache", yo no te pregunté tu opinión.

—Yo seré cara de bache, pero tú eres un "bola de churre". ¡Puerco!

Anita disfrutaba mucho con sus inventivas. Juntas hacían una pareja temible en el bachillerato. La bonita porque no quería novios, y la otra por su mala lengua. Un despechado insinuó que a lo mejor eran lesbianas. Pero la calumnia no prosperó: porque las dos transpiraban feminidad y coquetería, y esa inquietud de gallinitas cuando se les aproxima un gallo. Anita era más juiciosa y tranquila, pero Gloria no le perdonaba una a ningún muchacho y sus apodos eran tan certeros que al que llamó "bola de churre", desde entonces quedó bautizado y conocido en Matanzas y luego en La Habana como "bola de

churre". Gloria tampoco perdonó a un admirador de Anita que intentó ser amable y condescendiente con ella.
—Gloria, al menos hay que admitir que eres simpática.
—Y además inteligente— respondió rápida. —¿Pero dime: si ser simpática es el consuelo de las feas, cuál es el consuelo de los cretinos y los idiotas como tú?
Sin embargo, todo eso ha quedado atrás. Anita tenía novio desde hacía tres meses, ya no salen juntas y ella está consciente de que así debería ser. "No te preocupes", le dijo a su amiga, fingiendo indiferencia, "que fea y todo pronto voy a conquistar al muchacho más buen mozo de la Facultad. ¡Ya lo verás!"
—¿Y quién ha dicho que tú eres fea? Sólo tienes el cutis malo y eso es un detalle que se puede arreglar— le contestó Anita, y llevada por el entusiasmo, la agarró y la puso delante de un espejo, y allí empezó a actuar como una maquilladora profesional.
—Para empezar, tú no le sacas partido a tus ojos, tan expresivos y bonitos... ¿Ves?... Con el rabito más largo, se te ven más grandes... Y esa base que usas es demasiado clara... Aquí hay otra de una tonalidad más acorde con tu piel... ¿Ves?... Así estás mucho mejor... Ahora el colorete más arriba en los pómulos, no en las mejillas... ¡Anjá! ¡Y ahora qué te parece! ¡Fenómeno!... Ahora este tono de creyón en los labios... ¿Qué te parece? ¿Dime que no te ves bonita?
Gloria contempla esa imagen maquillada inventada por su amiga, sonríe entre esperanzada y triste, mueve la cabeza, suspira profundamente, y, pesimista aún, da su veredicto.
—Nada. Tendría que nacer otra vez para ser bonita.

Parte cuatro

La novia de las cantinas

1

El pequeño país insular de Anita estaba a punto de convertirse en uno de los protagonistas del siglo XX. Un pintor cubano discípulo de Picasso diría más tarde desde París que en Cuba habían abierto la vieja caja de Pandora y que nadie podría devolver nunca más los demonios a su encierro.

El 29 de abril un grupo de jóvenes revolucionarios kamikase atacaron el cuartel Goicuría, sede del Regimiento Militar de Matanzas, la ciudad natal de Anita. Iban montados en unos camiones descubiertos, y estando luego preso Luis oyó con rabia como un militar se jactaba diciendo que los habían cazado como a unas palomitas bobas. Los rumores del ataque se regaron como pólvora por el país. Desde el 26 de julio del 53 no se había producido un asalto armado tan importante, y a pesar de que éste estuvo inspirado en aquél, fue incluso peor improvisado y peor ejecutado, hasta el punto que el ejército, que estaba prevenido, no tuvo ni una sola baja.

Apenas enterada, y llena todavía de terror por no saber de Luis, ella recibió una llamada de larga distancia de papá, quien se apresuró a tranquilizarla respecto a la integridad de todos, informándole aún excitado que habían vivido momentos de angustia pero que a nadie en la familia le había pasado nada.

—¿Pero cuántos muertos hay? ¿Han dado algún nom-

bre?— preguntó Anita, sin confesarle a papá su preocupación.
—No, pero tranquila, ya todo pasó.
Todos: familiares y conocidos estaban bien. Papá dio algunos detalles sobre la horrible balacera y el susto que habían pasado en Matanzas. Luego resumió el ataque compasivamente.
—Esos locos prácticamente se suicidaron, pobrecitos.
Papá desconocía la existencia de Luis y no entendía los nervios ni la insistencia de su hija en saber los nombres. A ella le aterraba en secreto la sospecha de que Luis pudiera estar entre los once cadáveres de los asaltantes acribillados cruelmente a balazos. Cuando colgó, ella seguía aterrada. Todavía pasarían tres horas más con el alma en vilo, sin noticias de Luis y sin poder localizarlo en ninguna parte. Por fin, cuando sonó el teléfono y escuchó la querida e inconfundible voz de su amor, pudo respirar aliviada. De los nervios, lo regañó por no haberla llamado antes.
—¡Qué susto he pasado! ¿Dónde estabas metido? ¿Por qué no me llamaste antes? Tuve un mal presentimiento. Tenía miedo. Tuve un mal presentimiento de que te habían agarrado. Cuídate, por favor.
Efectivamente, las garantías constitucionales estaban suspendidas y el dictador estaba metiendo presos a montones.
—Sabes que no puedo darte cuenta de todo. Pero no temas, que a mí no me agarran así de fácil— se jactó él, pues llevaba la jactancia en la sangre como la mayoría de sus coterráneos.
Aquella noche, aun con los alrededores de la Universidad y el Vedado medio vacíos por las redadas, para demostrar que no tenía miedo, se presentó de lo más tranquilo y sonriente en la pensión de H, como si nada estuviera pasando. Ella se emocionó y se asustó a la vez. Allí permaneció hasta las 11 de la noche, hora en que lo obligó a marcharse. Pero aún él se demoró en la verja del jardín, los dos en la penumbra de las farolas de la

calle desierta y envueltos en el perfume lascivo de los galanes de noche: unas flores blancas misteriosas que sólo en las noches esparcían su olor embriagador.

—Vete y acuéstate temprano, por favor, mi amor.
—Dame tu lengüita primero— le susurró él.

A ella le abochornaba ese lenguaje, pero él tenía la facultad de seducirla y vencer su pudor. ¡Era tan pícaro y ardiente! Se dejó besar mientras por el rabillo del ojo espiaba hacia la pensión.

—Bueno, ya. Ahora vete y acuéstate temprano.
—No seas mala. Dame la lengüita otra vez.
—¡No, vete ya! ¡Tengo mucho miedo!
—¿Por qué? Todos nacemos con la muerte asegurada. Es lo único que empareja a los poderosos y los humildes.
—¡No empieces otra vez, que me pones nerviosa!

Eso era precisamente lo que deseaba él. Ponerla a sufrir un poquito, torturarla un poquito, y preocuparla mucho por su persona.

—Yo sólo tengo dos novias: tú y la noche— le susurró él al oído en el silencio circundante, parodiando a Martí, sabiendo que ella conocía el simbolismo de la metáfora. Ella se estremeció, suplicándole.

—Está bien, pero vete, por favor, mi amor.

Se alejó satisfecho de dejarla con lágrimas en los ojos.

2

El mal presentimiento de Anita se materializó dos noches más tarde. Si él le hubiera prestado atención y tomado precauciones, tal vez no lo habrían atrapado. Pero continuó en la nueva pensión cuya dirección y teléfono sólo conocían dos o tres personas de mucha confianza, entre las que se contaba

Ramón, el jefe de acción de la Organización.

Mientras, el Gobierno de Batista había aprovechado la suspensión de las garantías para arreciar la represión, y la policía que le seguía los pasos a Ramón se decidió a echarle el guante. En poder de Ramón encontraron unas llaves que no supo explicar de dónde eran y la relación de las armas. Lo obligaron a "cantar" e incautaron el lote de armas de 10 de Octubre; pero faltaban las armas cortas y lo torturaron sin compasión hasta que Ramón, en un gesto de cobardía, dio la dirección y el nombre de Luis. El avispón verde, como siempre supuso Luis, no tuvo suficientes cojones para morir con dignidad.

¿Pero podía un hombre reprocharle a otro que se dejara torturar hasta la muerte por unas armas cortas y la seguridad de un subalterno? Luis decidió que esto era una elección personal y jamás le echó en cara a Ramón su cobardía frente a sus torturadores. Pero para él ya no era nadie.

Los esbirros asaltaron la pensión de madrugada, sorprendiendo al criado medio morón que les abrió la puerta y los condujo a la habitación adonde Luis dormía en calzoncillos. Los gritos y la luz lo despertaron de súbito. No tuvo tiempo de nada. Mucho menos de ejecutar el plan de escape que había estudiado por los tejados y azoteas a otro edificio, a otra calle.

Encima de él, parados junto a la camita, vio a dos furibundos oficiales de policía que lo encañonaban con sus armas. Un tipo, después supo que era el Capitán en persona, le hundió la metralleta en el vientre con una mueca de odio triunfal.

—¡Te agarramos, maricón!— chilló.

Aún medio dormido, sin estar seguro de vivir una pesadilla, obedeció las órdenes brutales del par de energúmenos armados. Mientras, un tercero que registraba su armario encontraba la caja de herramientas con las armas y avisó con un grito al Capitán.

—¡Aquí están, jefe!

Todo sucedía como en una película o en un sueño pero sabía que era real. Después de meses de temer aquel momento se ponía el pantalón y la camisa comprobando que no sentía miedo y que su mente funcionaba con serenidad. Siempre recordaría con orgullo su conducta en aquella interminable madrugada durante la cual no podría pegar los ojos. El miedo no haría su aparición hasta que amaneció y empezaron las primeras golpizas que durarían intermitentemente, para mayor tensión y terror, tres días con sus noches. Incluso entonces trató de conservar la presencia de ánimo y no mostrar su miedo frente a sus torturadores.

Jamás él había sido víctima de golpizas ni torturas, y aquella fue la humillante experiencia que lo persuadió de las tortuosas anomalías y bajezas que gobiernan a algunos seres humanos. Comprendió que, en la relación de poder del verdugo sobre su víctima, existía un fuerte ingrediente sádico sexual. El coronel lo golpeaba bestialmente con un grueso y corto látigo (después le dijeron que se trataba de una verga de buey rellena de municiones y arena). A pesar de su terror, pronto se percató que el pervertido le apuntaba con maligna intención al sensible y doloroso sitio de sus genitales. Además de golpearlo por todo el cuerpo, aquel coronel se enervaba, sudoroso y jadeante, tratando de alcanzarlo con su látigo en sus testículos y pene, como si tal cosa le produjera un morboso placer. A él no le hubiera extrañado que el energúmeno fuera capaz de eyacular de la excitación. Por supuesto, él se protegía del vergajo con las manos y cerrando los muslos con fuerza, mientras se retorcía en el piso del sótano esquivando para que el maldito no lo alcanzara en los testículos, sin importarle en que otras partes de su cuerpo recibía los golpes. Rodaba por el suelo mientras el coronel daba vueltas para destrozarle los cojones y el corro de cuatro o cinco esbirros que lo secundaban se divertían dándole una que otra patada. De ese modo logró evitar un golpe rotundo y, en un par de ocasiones, berreó y maldijo como si el sádico coronel lo hubiera alcanzado de verdad en los genitales, con la esperanza de que dejara de golpearlo. En aquel horrendo instante, no le importaba nada, excepto proteger lo mejor que podía su querido pene, y sus aún más queridos y delicados testículos.

Años después, la afrenta personal de la tortura, más "sus muertos", tal como llamaba a la larga lista encabezada por Sergio de compañeros y amigos que fueron asesinados o murieron luchando contra la dictadura, fue lo que insensibilizó contra las futuras víctimas de la cárcel y el paredón de la revolución. Un punto de fricción y amargo enfrentamiento con Anita, cuando ella se quejaba de su ceguera y sordera para los crímenes cometidos por la revolución.

—Por cada esbirro real que hubo, ahora se fusilan decenas de oponentes, en algunos casos simples disidentes, empezando, como tú bien sabes, por tus propios excompañeros— le reclamaría ella.

Pero él no la escuchaba. Al contrario, se enfurecía y le respondía parodiando un aforismo de Saint Just: —Un revolucionario es aquél que defiende los logros del socialismo en su conjunto; quien los critica en los detalles es un traidor.

Pero aún estamos en la madrugada de mayo del 56, y los esbirros lo han sorprendido dormido y en calzoncillos; él aún se está poniendo el pantalón y la camisa, con la cabeza clara ha elegido ropas oscuras pensando en una posible fuga; uno de los esbirros ha abierto el candado con la llave que aseguraba la caja metálica y han descubierto eufóricos el pequeño arsenal de armas cortas y tres granadas que la Organización había confiado a su cuidado. La visión de las armas ha producido gritos de júbilo en los uniformados y un sentimiento de derrota en él: tantas precauciones para nada. El más eufórico era el Capitán que levantó la Luger de 9 mm. en el

aire para contemplarla mejor.
—¡Miren que belleza tenía el maricón! ¡Y yo que estaba loco porque me regalaran una!— dijo feliz y se la colocó en el cinturón como un trofeo. Dos meses después, cuando presentaron a Luis ante el tribunal, se sorprendió al comprobar que de las once armas cortas sólo habían entregado a los jueces los dos revólveres más viejos y de menor valor: aquellos oficiales de la policía de Batista eran tan ladrones que se robaban hasta las armas con que podían haberlo incriminado.

En la pensión las cosas ocurrían con vertiginosa velocidad y en medio de una gran confusión. Los esbirros, siete en total, asaltaban ahora los otros dormitorios, gritando y prendiendo luces, encañonando con tenso nerviosismo a los huéspedes medio desnudos en las camas. Sin duda estaban dispuestos a llevarse a más jóvenes presos. En la última habitación, la más grande, en donde dormían los cuatro universitarios que pagaban menos, el propio Luis se decidió a intervenir para calmar a los esbirros que encañonaban histéricos a los aterrados estudiantes en sus camas, a los que les gritaban con ferocidad que se vistieran y se dieran por presos.

—¡Vístanse maricones! ¡Están todos presos!
—¡Dejen a esos infelices tranquilos, que aquí el único metido en esta mierda soy yo!— ordenó Luis, decidido a acabar con la locura.

Por extraño que parezca, el Capitán que comandaba el operativo aceptó su palabra, él nunca entendió por qué, y mandó a desalojar la pensión. De modo que bajaron las escaleras llevándoselo sólo a él, sin siquiera registrar el apartamento de enfrente en el cuarto piso en donde residía la dueña de la pensión con su familia y otros huéspedes de más edad.

Hacía un mes que Luis se había mudado a aquel sitio, con la intención de borrar pistas, y todavía no entendía como la policía había podido localizarlo. Exceptuando a Anita y

Ramón, nadie tenía su teléfono. Incluso en la Empresa en donde trabajaba aparecía todavía con su dirección anterior. Pero la respuesta la encontró en la calle, en la oscura y fresca madrugada. En uno de los tres autos, custodiado por dos policías, vio a Ramón pálido y despeinado por las golpizas. El Narizón, el Hombre del Colmillo de Oro, el Avispón Verde lucía visiblemente acobardado, su sonrisa despectiva de guapetón transformada en una mueca, con el colmillo de oro brillando en la boca ensangrentada por los golpes.
    A Luis lo empujaron hacia otra de las patrullas. Antes de que lo obligaran a sentarse entre dos policías, el Capitán descargó inesperadamente una brutal ráfaga de balas hacia el cielo cuyo estruendo estremeció el silencio de la madrugada. Fue como una advertencia de los asesinos a la ciudad dormida. Luego, se sentó junto al conductor, rezumando felicidad por la exitosa hazaña de esa noche.
    —¡Vamos, coño, arranca para la estación!— le ordenó al conductor.

3

    Las patrullas partieron raudas en la noche por las calles oscuras y Luis desapareció del mundo oficialmente. Mientras tanto, Anita dormía plácidamente en el Vedado sin sospechar nada. Pero a centenares de kilómetros de distancia la madre de Luis despertó de una pesadilla, asegurando que a su hijo le había pasado algo horrible.
    En la pensión de Luis, en el cuarto piso, los huéspedes y estudiantes no se habían recuperado todavía de la perplejidad y el susto del asalto policial, cuando el estampido asesino de la metralleta los obligó a buscar refugio contra las balas. El más ágil fue un estudiante de Arquitectura amigo de Luis que se

había asomado al balcón para espiar lo que pasaba allá abajo, y que se lanzó al piso al ver los fogonazos de la metralleta y escuchar el escalofriante ra-ta-ta-ta-ta-ta.

—¡Como para cagarse!— diría más tarde, riéndose de su propio susto al hacer el cuento por décima vez.

En la pensión, en medio del parloteo y los nervios, algunos se quedaron un buen rato despiertos, ahora con la dueña y los familiares incorporados al grupo desde el apartamento de enfrente. Se hacían conjeturas y comentarios de asombro. ¿Quién podía imaginar que hubiera armas en la pensión, o que ese muchacho tan simpático fuera un subversivo?

—Por su forma de hablar yo me lo imaginaba— dijo uno.

—Sí, pero nadie podía sospecharlo tan comprometido.

En fin, agotada la excitación y los nervios, fueron volviendo poco a poco a sus camas. Sólo el grupito de los estudiantes se quedó comentando las incidencias. El camagüeyano destacó agradecido el hecho de que, de no haber sido por Luis, probablemente estuvieran todos presos.

—En cuanto amanezca tenemos que ayudarlo: encontrar algún familiar, pasarles un telegrama, avisarle a algún amigo o a su novia, hablar con un abogado si es necesario— dijo con energía.

Otro, de quien Luis se había burlado un par de veces, habló con la mayor indiferencia, como si su suerte no le importara en absoluto.

—No te preocupes tanto. Los que están metidos en *eso*, siempre tienen quienes los defiendan. Además él se lo buscó y nos puso a todos en peligro. Vaya, lo más que puede pasarle es que lo maten.

El camagüeyano amigo de Luis lo miró con rabia.

—Chico, Luis tenía razón cuando dijo que eras un idiota.

—¡Ah, sí, pues vamos a ver cuál de los dos es más

idiota ahora!

Anita no se enteró de los acontecimientos hasta las 10 de la mañana. Movida por un vago desasosiego a esa hora se apresuró a llamarlo en vista que él no la había llamado. Una voz juvenil, excitada por la vanidad de dar la noticia, le contó todo lo ocurrido, el susto que habían pasado y el temor de que la vida de Luis corriera peligro en manos de aquellos esbirros. Anita no dio ni las gracias y colgó mecánicamente en estado de *shock*. A Gloria, que estaba casualmente cerca, su lividez la alarmó. ¿Qué ha pasado, mi hermana? ¡Vamos contesta, qué te pasa! Anita murmuró con la mirada en el limbo que a Luis se lo habían llevado preso. ¿Quién, la policía? ¡Vamos, habla! Anita afirmó con la cabeza incapaz de sobre ponerse al estupor de la noticia. Con una cara de espanto, murmuró con una voz inaudible:

—¡Dios mío, qué voy a hacer ahora sin él!

La noticia conmovió a Gloria y a Elvira quienes se apresuraron a llamar a sus amistades y a contactar a los líderes de sus respectivas Facultades para ver qué podían hacer, pero éstos estaban escondidos y nadie sabía nada. Rumores nada más. Las otras estudiantes de la pensión se les acercaron y cuando oían que a Luis lo habían llevado preso se persignaban y trataban de tranquilizar a Anita.

—¡Avemaría Purísima! ¿La policía? ¡El pobre! ¡Pero no te preocupes que seguramente no le va a pasar nada!

Decían esto mientras movían las cabezas con pena y a la vez con la suficiencia de quienes han predicho la desgracia ajena. La dueña de la pensión, ni hablar: a ésa le faltó poco para gritar satisfecha:

—¡Yo lo sabía! ¡Esto tenía que suceder!

Anita se pasó horas postrada, sin saber qué hacer, ni a quién acudir. No almorzó a pesar de la insistencia de Gloria, porque a ella la angustia se le clavaba primero en el estómago.

¿Cómo ayudar a su novio? ¿Y si lo matan, Dios mío? Esta mala idea la borraba de inmediato de su mente, pues pensaba que los malos pensamientos tenían la tendencia a materializarse. Se sentía hundida, desesperada, pero no derramó una lágrima.

Luis debía tener un familiar, un amigo a quien avisarle, decía Gloria pero Anita no conocía ninguno. No conocía siquiera la dirección de la madre de Luis. Que ella supiera, él no tenía un pariente en La Habana. Entonces, la llamaron dos amigos de Luis que consiguieron su teléfono de la pensión por otra joven, y ella acudió atropelladamente. Total para nada, porque no sabían adónde estaba y en sus voces se notaba la preocupación y el miedo.

—Mi hermana— protestó Gloria en uno de sus arranques.— La próxima vez que te eches un novio trata de que sea un hombre normal y corriente.

Anita se sentía demasiado atribulada para sonreír. En la tarde, Elvira logró comunicarse con un líder universitario perteneciente al Directorio, a quien la policía había detenido varias veces en manifestaciones, que por su experiencia podía tal vez aconsejarlas. Éste les informó que la situación era sumamente difícil y grave, que lamentablemente con las Garantías Constitucionales suspendidas ni los abogados podían actuar. Finalmente dio algunos consejos prácticos.

—Llamen a los periódicos. Salgan a buscarlo por las estaciones de policía. Digan que son sus hermanas o sus primas. Pero no vayan a salir de noche que es demasiado peligroso. Esperen a mañana por la mañana. Lo más importante es que aparezca vivo. Mientras más pronto, mejor.

Estos consejos les parecieron razonables. Empezaron a llamar a los periódicos y dar la noticia del secuestro de Luis por la policía, pero éstos estaban censurados y no podían publicarla. Anita se dejó caer en la camita deprimida, pero Gloria, en uno de sus arranques de valor y generosidad, le dio ánimos y se ofreció a acompañarla espontáneamente a la mañana siguiente.

—Yo voy contigo, y me hago pasar por la prima de Luis. ¿Quién puede probar que no lo soy? Y digo que tú eres una amiga.

Como la dueña de la pensión no sería partidaria de semejante búsqueda en la policía, se pusieron de acuerdo con Elvira por si les pasaba algo. Cuando vieron la relación de estaciones en la guía, se sintieron pesimistas. Nunca imaginaron que en La Habana hubiera tantas. En la mañana, muy temprano, las dos salieron elegantemente vestidas como si fueran a la misa del domingo. Habían confeccionado una lista con las estaciones de policía adonde planeaban ir a investigar.

Salieron nerviosas pero decididas. En la primera estación, para acercarse al centinela y cruzar el umbral, tuvieron que hacer un esfuerzo. Las dos estaban bastante asustadas y eso que tenían fama de intrépidas. Gloria hizo las preguntas con decisión y aplomo, mientras Anita buscaba con ansiedad señales de Luis hacia el interior del repulsivo caserón. Pronto descubrieron que más allá de las miradas insinuantes y vulgares, los uniformados no les faltaban el respeto. Hasta entonces Cuba había sido un país ingenuo en donde se circulaba sin carnet ni cédulas de ningún tipo y ni siquiera les pedían una identificación. La presencia de dos jóvenes elegantes de aspecto educado despertaba más bien extrañeza y curiosidad entre los policías. ¿Qué hacen estas damitas en un sitio como éste?, parecían preguntarse mientras sonreían divertidos.

—¿Cómo saben que su primo está detenido?

—Se lo llevaron ayer en la madrugada, señor. En tres patrullas, y él es un joven decente que no se mete en nada— decía Gloria.

Hubo, eso sí, miradas de lujuria de parte de los policías no muy diferentes de las que eran objetos en cualquier esquina de La Habana. Sólo un teniente burlón y astuto, que se fijó intensamente en Anita, se atrevió a dudar abiertamente de la versión de Gloria.

—¿Por qué lo buscan ustedes y no los padres del detenido?

—Mis tíos son de Guantánamo— dijo Gloria con firmeza. —Y yo no voy a preocuparlos hasta no estar segura de lo que ha pasado. Por favor, yo sólo le ruego que me informe si a Luis Rentería, mi primo, lo tienen preso aquí y por qué. Se lo ruego, teniente. Por favor.

El teniente envolvió a Anita con sus párpados de lagarto sin hacer caso a Gloria, y, sonriendo con el poder de su uniforme, la señaló groseramente con la boca, y dijo burlón:

—Para mí que ésta preciosura es mucho más prima de ése tal Luis que tú. Eso se le nota en lo nerviosa. ¿No será su novio, quizá?

Anita se puso lívida, tanto por la actitud repulsiva del teniente como por haber dado en el blanco; pero Gloria reaccionó con rabia.

—Por favor, señor oficial. ¿Tienen o no tienen ustedes a Luis en este lugar? ¡Porque si le pasa algo, ustedes se van a arrepentir!

Al teniente la amenaza le provocó un gesto despectivo. Luego contestó en un tono sarcástico revestido de autoridad.

—No, señorita, definitivo: el susodicho Luis Rentería no está detenido en esta Estación... Pero cuando lo encuentren, si es que lo encuentran, díganle de mi parte que tiene mucha suerte de que un par de pimpollos como ustedes se preocupen tanto por su salud.

A Anita desde niña la policía le inspiraba miedo, pero en la larga y atroz búsqueda de Luis, llegaron a inspirarle repulsión y odio. La mayoría de las estaciones que visitaron ese domingo, de sólo entrar sentía igual sensación de asco. Era como si los

uniformados de azul no fueran representantes de la ley, sino criminales investidos por el Gobierno del poder de atropellar y vejar a los ciudadanos. Pensar que su novio estuviera en semejantes manos y que, para colmo, lo negaran descaradamente le producía pavor. Esos tres días los pasó enferma del estómago y sufrió de insomnio, aunque no se lo dijera a nadie por orgullo. A Gloria le dijo en un arranque de indignación:
—Si le hacen algo a Luis, me las pagarán.
—Cálmate, que pronto les llegará la hora.

4

Tres horribles días de angustia y frustración, sin noticias ni rastro de Luis, como si la tierra se los hubiera tragado. Con el asalto al Goicuría, los militares actuaban como una logia amenazada por sus enemigos. No se filtraba ninguna información, sólo circulaban rumores que por su propia naturaleza sólo lograban aumentar la incertidumbre.

El "mientras más pronto aparezca vivo, mejor": sonaba ahora como una sombría advertencia. Anita soñaba todas las noches con Luis y la cuarta tuvo una pesadilla lacerante de la que despertó con un grito que asustó a sus compañeras de dormitorio. Por primera vez desde que desapareciera Luis, ella se echó a llorar. Gloria y Elvira tuvieron que consolarla y hacerle un tilo. En la mañana del cuarto día mientras las jóvenes se tomaban apresuradamente sus desayunos, la dueña de la pensión, quien ya estaba al corriente de la búsqueda por las estaciones de policía, se dirigió a Anita en tono de velado reproche.

—¿Qué, vas a salir con Gloria a buscar a tu novio perdido?

—¡Por supuesto que sí!— contestó ella agresivamente.

Para la fecha la pensión se había dividido en dos bandos: quienes apoyaban a Anita y quienes la consideraban una alocada majadera capaz de meterse en un problema policial por culpa de su novio. Este último bando carecía de moral para criticarla en su cara, por lo que se limitaban a murmurar a sus espaldas. Pero ese mediodía ocurrió un incidente inesperado que provocó la indignación de la mayoría. Estaban almorzando cuando una comisión de la policía asaltó salvajemente y con las armas en las manos la inofensiva pensión de mujeres, donde el único hombre en ese momento, el cocinero, era un tímido homosexual.

Imaginen la conmoción de la viuda y las otras estudiantes de buena familia ante la invasión de los esbirros uniformados entrando y saliendo brutalmente de sus habitaciones con las armas en las manos. Ni Anita ni Gloria estaban en la pensión y, al final, los esbirros se conformaron con registrar meticulosamente sus pertenencias. Por suerte, cuando Anita y sus amiga volvieron a la pensión las dos patrullas de la policía se habían marchado. Pero aún se encontraron con las secuelas del registro: la histeria, las voces indignadas y la palidez de algunas caras, incluida la de la viuda. Aquello parecía un gallinero alborotado con todas queriendo contar a la vez el ultraje de que habían sido víctimas por parte de los esbirros. Todas gritaban histéricas, pero la dueña las mandó a callar con un gesto enérgico, para enfrentarse furiosa con Anita y Gloria.

—¡Esto nos ha pasado por culpa de ustedes! ¡Por andar de amiguitas y novias de revolucionarios y conspiradores! ¡He pasado la vergüenza más grande de mi vida! ¡La policía registrándonos como si fuéramos delincuentes! ¡En 58 años que tengo de vida, jamás había sufrido un ultraje semejante!

Gloria no respondió y Anita estaba perpleja.

—No sé— murmuró.— Yo no entiendo qué podían buscar.

—¡Pues yo sí!— gritó la dueña. —¡Creen que tú y Gloria son cómplices de tu novio y que escondían sabrá Dios qué cosa aquí!

Sin embargo, la reacción de la mayoría de las muchachas, incluida la hija de la dueña, fue favorable para Anita. El hecho que ella tuviera a su novio preso desaparecido no justificaba el ultraje de la policía a un hogar de mujeres decentes. Todas se sentían indignadas y perturbadas por aquellos animales uniformados y armados irrumpiendo en la intimidad de sus vidas y sus dormitorios.

Todavía perpleja, y preocupada por la actitud hostil de la dueña, Anita entró con Gloria en su habitación. Y en efecto, encontraron regados por el piso y encima de las camitas sus cuadernos, sus libros de estudios y demás pertenencias personales. Hasta encontraron rotas y abiertas las cajas de las toallitas sanitarias para las menstruaciones.

—Son unas bestias— dijo la hija de la dueña.

—Unos prepotentes y unos abusadores— dijo Elvira.

En la tarde, los ánimos se tranquilizaron, pero no las preocupaciones de Anita que encima de su angustia por Luis venía a sumarse ahora la actitud de la dueña en su contra. La viuda era una mujer laboriosa y sacrificada de pocas palabras, y luego de regañarlas se había retirado a sus quehaceres habituales. No tuvo aquel día ni el siguiente más enfrentamientos directos con Anita. Pero la frialdad con que las trataba a las dos y la mala cara que les ponía, las hizo sentirse incómodas. Con su silencio hostil les daba a entender que la presencia de ellas como pensionadas ya era indeseable. Por lo pronto, Anita andaba demasiado angustiada por Luis para pensar en la posibilidad de mudarse. Aparte del temor bien fundado de que sus padres pudieran enterarse de sus andanzas.

En la mañana del quinto día al fin supo de Luis. Muy temprano la llamó por teléfono un abogado que se ocupaba del asunto y con quien ya ella había hecho contacto, y éste le informó que lo peor había pasado y que Luis estaba vivo detenido en el cuartel de la policía de Lawton.

—Me dijeron que los presentaban a todos hoy a la prensa. Lo más importante es que está vivo, gracias a Dios. En cuanto lo pongan a las órdenes de los tribunales trataré de sacarlo libre— dijo el abogado.

Anita colgó con el corazón latiéndole de la felicidad. El abogado le dijo que sí, que sería bueno que se presentara en Lawton a verlo.

—A lo mejor te lo dejan ver— dijo.

Gloria se encontraba en la pensión dispuesta a acompañarla como de costumbre. Anita se apresuró nerviosa a arreglarse y vestirse, y salió acompañada de Gloria en busca de un taxi. Hicieron un largo recorrido en una ciudad hermosa que resplandecía indiferente a la ansiedad que dominaba a las dos jóvenes. El taxi las dejó frente a un edificio que Anita se le antojó tenebroso, quizá porque estaba pintado de un amarillo ocre luctuoso y sus muros gruesos estaban coronados con almenas al estilo de una fortaleza. Era el cuartel de la policía de Lawton.

Gloria y ella entraron allí azoradas pero con decisión, y subieron las escaleras que daban a las típicas oficinas de policía. Explicaron a lo que iban y las dejaron pasar. Adentro encontraron una atmósfera festiva. Tenían motivos suficientes. El jefe de la estación se había apuntado un éxito decomisando armas, capturando terroristas y develando una peligrosa conspiración. Con seguridad el dictador los recompensaría generosamente. En la carpeta, y sentado detrás de la barandilla de madera que la delimitaba, un sargento las atendió con una sonrisa grasienta.

—¿En qué puedo servirles, señoritas?— preguntó con un rostro que reflejaba la satisfacción y el cansancio.

Esta vez fue Anita quien habló, identificándose como la novia de Luis y a Gloria como a su prima. Se sentía tensa pero no amedrentada. El sargento les explicó que le avisaría con mucho gusto a la única persona con autoridad para dar información sobre los detenidos y les ofreció que se sentaran a esperar en uno de los bancos de granito.

A los cinco minutos, salió el Capitán en persona a atenderlas. Lucía feliz, bañado y acicalado para la rueda de prensa que había dado una hora antes. Las atendió con una sonrisa amable. Gloria aclaró que era sobrina del Coronel Mendieta, una mentira solo a medias que no impresionó al Capitán. Pero Anita la interrumpió con impaciencia. Tenía informaciones precisas de que su novio Luis Rentería lo tenían detenido allí, y quería que se lo dejaran ver. Por favor, Capitán, estoy segura de que es inocente.

El capitán la escuchó con afabilidad, aceptando primero con un gesto que sí lo tenían detenido y descartando, con otro gesto, la posibilidad de que fuera inocente.

—Su novio no es ningún angelito, ¿sabe? Le encontramos un pequeño arsenal y dos granadas en su propia habitación, en donde yo, personalmente, lo agarré durmiendo— dijo con vanidad.

Anita y Gloria protestaron. Todo debía ser un error. Luis trabajaba en una empresa americana y no se metía en nada. Pero el siniestro Capitán del bigotico de chulo y palidez de cadáver, famoso asesino que años más tarde en su exilio en Miami haría alguna obra de filantropía con una mínima fracción de una fortuna amasada con el robo y la extorsión, negó con la cabeza, pero condescendiente.

—Está bien. Yo no discuto con unas damitas tan bellas. Para complacerlas y, además, para que comprueben que no le hemos hecho ningún daño se los voy a mandar a traer.

Dio una orden y, en menos de un minuto, mientras él

atendía a un periodista rezagado, trajeron a Luis custodiado por dos policías. La barba de seis días acentuaba su aspecto de demacración y cansancio. Anita lo vio en seguida y se le aguó el alma: por su aspecto adivinó los horrendos momentos que debía haber pasado.

Luis caminaba erguido y desconfiado, y se sorprendió al ver a las dos muchachas. Anita se adelantó a abrazarlo y también Gloria. Un instante de catarsis emocional luego de tantos días de incertidumbre y miedo. Dominando su propia emoción, Luis se separó de las dos castamente, atento a la envidiosa curiosidad de que eran objeto por los custodios y por el resto de los esbirros. Anita le descubrió un verdugón a un lado del cuello y lo interrogó angustiada en voz baja: si se sentía bien y si lo habían golpeado. Luis negó con un movimiento de cabeza mientras vigilaba a los uniformados. Parecía más preocupado y perplejo por la presencia de ellas allí que por su propia seguridad.

—Este no es sitio ni para ti ni para Gloria— las regañó con dulzura. —Vete y no te preocupes, que creo que ya nos van a trasladar.

En eso volvió el Capitán y dio por terminada la visita. Cuando se lo llevaron, Anita y Gloria le exigieron al apurado Capitán garantías por la vida de Luis. Y éste, todavía contento por su éxito, les respondió con cierta impaciencia.

—Váyanse tranquilas. Dentro de una hora los trasladamos a todos al Príncipe. Allí podrán visitarlo todos los días, si desean.

5

Después de cinco días y cinco noches de horror en aquel salón con las ventanas cerradas y vigilados por esbirros con armas largas para que no pudieran moverse ni hablar en un tenso y agotador silencio roto por los alaridos de los torturados, dormitando a ratos en las duras sillas de madera con los cuerpos y las nalgas adoloridas porque no les permitían tenderse en el piso mientras esperaban con miedo a que volvieran en busca de uno de ellos para bajarlos al sótano en donde los interrogaban y los apaleaban, finalmente vinieron un contingente de soldados y les ordenaron ponerse de pie en fila. Después los sacaron en fila por los pasillos y afuera en fila los montaron en unas camionetas enrejadas. Cuando estuvieron encerrados en las camionetas, salieron en una pequeña caravana fuertemente custodiados. Por las rejas tuvieron una visión de las calles de La Habana en el trajín de un día más bajo el más luminoso de los soles.

—¿Adónde coño nos llevan ahora?— preguntó él.

—Seguramente al Príncipe— oyó la voz esperanzada de Ramón.

"Adónde sea", pensó él aliviado con tal de escapar de aquel infierno cuyas horas de miedo agotador parecían interminables.

En efecto, para ponerlos a las órdenes de los tribunales la caravana se dirigía al Castillo del Príncipe: una imponente fortaleza de los tiempos de España que estaba en los límites del Vedado con la zona en donde Carlos III empataba con Zapata, usada desde siempre como vivac, cárcel o presidio; así los nombraban todos, aunque Luis leería dos años después a un lírico resucitar una sonora esdrújula como *ergástula* en un poema kitsch, para darle la razón a Borges cuando afirmó con malévola ironía que la literatura en castellano era subsidiaria del diccionario.

Para aquellos hombres aterrados, la llegada a las inmundas galeras del vivac fue una especie de fiesta. Eran unos treinta, y pronto se movieron influencias para acomodar y limpiar otra galera adonde los trasladaron, ya organizados entre ellos para defender sus derechos como presos políticos, algo inimaginable una década más tarde. Luis pasaría en el Príncipe si no nueve semanas de vacaciones, al menos nueve semanas tranquilas e instructivas.

Anita, que asociaba la cárcel con el dolor y el crimen, no comprendió que ésta fuera positiva para Luis cuando éste le explicó que allí corría menos peligros, y que pronto saldría libre. Ella, que más allá de su romanticismo siempre tuvo el sentido práctico de un bodeguero, se apresuró a ir a verlo al Príncipe, pero no con las manos vacías, sino con una jaba de ropa recogida en la pensión de él, comida y hasta dinero.

—Gracias, bella. ¿Cómo podré pagarte nunca?

—Con tu amor.

—Si puedes, tráeme unos libros, que las horas aquí son largas y no hay nada que hacer, aunque pienso mucho en ti.

Para Luis, que era un novato, hubo otra grata sorpresa: en aquella época los presos políticos no sólo gozaban de privilegios sino que eran tratados con respeto por todos. Mejor aún, el abogado que lo defendió gratuitamente, un profesor universitario de prestigio, le aseguró que en cuanto pasaran los 45 días de suspensión de Garantías, y los presentaran al tribunal, lo sacaría libre bajo palabra y la causa quedaría archivada hasta el derrocamiento de Batista o se decretara una amnistía. Esto sucedía durante la odiada dictadura, porque la amada revolución, como diría Anita, no le perdonaba a nadie un día aunque fueran condenas de treinta años.

En el Príncipe, el presidio propiamente dicho, es decir, donde encerraban a los condenados, estaba en la parte baja de la fortaleza. En la parte más alta, se hallaba el vivac en donde internaban a los detenidos a la orden de los tribunales. El vivac se componía de cuatro amplias galeras rectangulares separadas por dos amplios pasillos en cruz, y con una espaciosa azotea al fondo que servía de patio. Este patio se lo cedieron a ellos, los políticos, en las mañanas. A los otros, a los comunes, no los dejaban salir de sus galeras sino raramente. En la azotea, Luis agarraba sol, conversaba, se paseaba o hacía ejercicios. Al mediodía, se bañaba desnudo al aire libre bajo las tres duchas empotradas en la pared del fondo. A él le gustaba asomarse por encima de las troneras del grueso muro para contemplar La Habana. Más allá de los fosos y los guardias, la visión de la ciudad se extendía allá abajo y en derredor. Aún más lejos, se divisaba el Morro y hacia el norte toda la inmensidad del mar que se confundía con el azul del cielo en el horizonte, al igual que en un bolero. Una visión espectacular envuelta en la calina de una ciudad que su imaginación adornaba de deseos, historias y melancolías. Una mañana, aunque estaba prohibido, se subió en el muro.

—¡Este es un monumento al tesón y a la astucia de los conquistadores, a su capacidad de fabricar fortalezas y fundar villas para proteger el oro de Las Indias de corsarios y piratas! ¿Ven cómo desde aquí se domina estratégicamente toda la ciudad? Los cabrones emprendieron una monumental empresa de saqueo y fundaciones de naciones, vinieron en fin a renovar los daños, porque como dijo Lope, el Diablo hacía muchos años que de estos lares ya había tomado posesión. ¡Qué cosa más grande: la Historia! ¡Y hay quienes quieren escribir novelas!

—¡Eh, tú, bájate de ahí!— le gritó un guardia que vigilaba el perímetro desde más allá del foso.

—¡Si me da la gana!

Pero aquel guardia no era educado ni sabía quien era él. Levantó el arma y apuntando, le gritó:

—¡Bájate de ahí, coño, o te pego un tiro!

—Hijo de puta— contestó él, bajándose de la tronera, a resguardo tanto del maldito guardia como de su fusil.

Luis no sólo contemplaba los paisajes desde el patio-azotea, también se asomaba por el lado del presidio para espiar desde lo alto a los condenados en el penal. Desde aquella altura de unos treinta metros, veía a los presos ir y venir en un inmenso patio, pequeñitos como ratones. Eran los verdaderos presidiarios: asesinos, ladrones y criminales, acaso algunos comemierdas, pagando largas condenas impuestas por la sociedad. Por un libro, leído un año atrás: "Hombres sin mujeres", del cubano Carlos Montenegro, tenía una visión de aquel submundo de crueldad y violencia sexual, en un relato directo y brutal cargado de una pederastería estremecedora. ¿Cómo sobrevivir a la alienación de los instintos, en donde el hombre más hombre se envilecía por no poder "comer gallinita blanca"?

A veces se quedaba espiándolos desde lo alto media hora, a la espera de una repentina pelea sangrienta. Pero nada. Sí le llamó la atención, en el tiempo que estuvo espiándolos, que ninguno de los presidiarios levantara nunca la vista para mirar hacia arriba. ¡Tan concentrados vivían vigilándose unos a otros, en su pequeño mundo de horror y pasión!

"Nosotros somos iguales a ellos: vivimos tan inmersos en nuestro pequeño mundo que nos olvidamos del infinito y las estrellas", pensó él que sentía la vocación del historiador de estudiar al hombre como un ser alienado por las agonías y las injusticias de los malos tiempos que siempre le ha tocado vivir.

Adentro, en la galera de los políticos, había quienes hacían política. Ramón deambulaba entre el grupo de detenidos, tratando de recoger del suelo los pedazos rotos de la Organización. Exhibía su colmillo de oro, pero había perdido toda su autoridad. El fracaso era suyo: un fracaso sin gloria y sin un mártir, y ahora pretendía imitar al líder del Moncada y que todos se declararan culpables de rebelión armada contra una dictadura cuya ilegalidad ya había sido decretada en un juicio por un juez digno.

—Estaremos como presos políticos unos meses más, un año como máximo, pero saldremos con la frente en alto con una amnistía y formaremos un partido político con vigencia de revolucionarios— les proponía Ramón.

—No, yo no estoy de acuerdo— dijo él.

Los presos escucharon a Ramón en un silencio hostil y no consideraron su plan en serio. Ramón encarnaba la tragedia del hombre que ha perdido la credibilidad con sus compañeros, el hombre con la vocación del liderazgo pero no con el don misterioso del carisma. Luis se sentía incapaz por pudor de lanzarle el reproche infamante de haberse comportado con deshonor. Veía con tristeza a Ramón acercarse a los grupitos que solían formarse en torno a una litera, tratando penosamente de recuperar la autoridad sobre sus compañeros, pero sin acabar de convencer a nadie. Su cara ya no era del jefe bragado sino una mueca despectiva con una sonrisa caricaturesca.

Cuando Sergio vino desde Oriente a visitarlos en la cárcel (Sergio con sus santos cojones entrando tranquilamente en una fortaleza militarizada aunque la policía lo perseguía) interrogó a Luis a solas porque deseaba saber exactamente lo ocurrido. La pregunta la hizo con su vozarrón como un susurro y los ojos anhelantes. Luis le dijo la verdad: el único nombre que no estaba en las listas de Ramón era el suyo, precisamente por ser el depositario de las armas, pero que en cambio le habían encontrado una relación detallada de éstas.

—Se la agarraron a Ramón y, si no me entrega, lo mataban a golpes— le explicó con sencillez, sin culpar ni disculparlo. —Total ya les había entregado el lote de las armas de 10 de Octubre. ¿Por que no a mí también?

A Sergio se le enturbió la mirada. Pero no hizo ningún comentario. Quería a Ramón y debía dolerle. Pero habló de

Oriente, de su novia y su familia, y le anunció a él que su madre, la de Luis, debía llegar hoy o mañana. Nunca más quiso hablar del asunto.

6

A los veintiún años Luis tenía una visión exigente del Honor: un hombre debía estar dispuesto a morir por su Honor. A los treinta su visión del honor se había debilitado y su cinismo aumentó en proporción inversa. Si la honra y el honor eran tan sólo una convención moral circunscrita a una cultura y una época, su valor era relativo y en ocasiones estúpido. Por ejemplo, la muchacha con la piel desfigurada que se pegó candela avergonzada porque había perdido su virginidad.

En el Castillo del Príncipe, además de Ramón había otro hombre arrastrando su deshonor de grupito en grupito, dando prolijas explicaciones de cómo era posible cagarse en los pantalones no por miedo, sino por culpa de un botón que Dios había puesto a los hombres en la espalda.

Gilberto, el elegante estudiante de medicina que soñaba con ser senador de la República, tuvo la desgracia de cagarse en los pantalones delante de sus compañeros en la estación de policía, y no podía dormir de la vergüenza. Sucedió a la tercera noche de estar Luis preso. El Capitán le había incautado a Ramón las listas con los nombres y direcciones de la mayoría de los miembros del grupo: unas listas imprudentes con las células subversivas con cuatro o cinco hombres cada una que sirvieron para detenerlos a casi todos. De modo que según pasaban las horas el Capitán atrapaba nuevos conjurados, y si algunos se salvaron fue por pura suerte. A la tercera noche, como a las once, capturaron al pobre Gilberto vestido elegantemente con pantalón y guayabera de dril blanco. El Capitán lo traía a empujones encabronado porque Gilberto no hacía más que protestar del abuso, insistiendo en su inocencia.

Pero cuando el gordito Gilberto entró en el salón y vio en las sillas a sus compañeros apresados: aquel grupo impresionante de hombres abatidos y silenciosos, algunos con el aspecto sombrío de haber sido golpeados y torturados, se detuvo paralizado por el miedo. El Capitán, que venía detrás, irritado porque luego de las acobardadas protestas de Gilberto, se negara ahora a entrar en el salón, se impulsó y le pegó un bárbaro codazo en el centro de la espalda para que continuara caminando sin protestar más. Gilberto se vino de bruces con el golpe, pero recuperó el equilibrio no sin que antes simultáneamente soltara un pedo estruendoso y estallara en una cagantina que se le salió hasta por los bajos del pantalón, embarrándose todo en una diarrea de mierda que se regó por el piso con un olor espantoso. Ante la imprevisible y ridícula cagantina, el Capitán se rió divertido y los esbirros lo imitaron. Sólo el grupo de presos detenidos en sus sillas, entre ellos Luis, ni se movieron ni sonrieron, con sus mentes paralizadas por el miedo. Sin embargo, la escena no podía ser más cómica: de pie, lívido, con las piernas separadas por el asco a la embarrazón y el pantalón blanco chorreado por la diarrea, el elegante Gilberto se contemplaba a sí mismo horrorizado sin dar crédito a sus ojos. Luego, en una reacción inesperada, miró al Capitán y lo increpó con llorosa indignación, admitiendo sin darse cuenta tener amigos entre los otros presos, lo cual sin duda lo comprometía.

—¡Qué cosa más grande! ¡Vea lo que ha logrado usted hacer! ¡Por su culpa me ha llenado de vergüenza delante de todos mis amigos!

—De vergüenza no, de mierda— se rió el Capitán.

El cabrón se reía de lo más divertido: como en el fondo era un cobarde, nada le daba más risa que ver a un hombre cagarse de miedo en los pantalones. De modo que con gesto humanitario dio órdenes para que dos esbirros acompañaran a Gilberto a asearse en uno de los baños. A la media hora, Gilberto regresó al salón con cara de vergüenza y asco, y lo mandaron a sentarse con su pantalón mojado en una dura silla de madera.

Cuando llegaron al Príncipe, Gilberto como médico daba una explicación científica al penoso incidente de que fue víctima. A Luis le explicó detalladamente que había un músculo en la espalda conectado con el esfínter del ano que si se le golpeaba con fuerza éste se abría involuntariamente.

—Yo vi hacer la prueba en el Hospital Universitario. Lo que me pasó a mí, le puede pasar a cualquiera— aseguró con la cara anhelante, temiendo que Luis no lo creyera.

A Luis le daba pena y aguantaba la risa; movía la cabeza afirmativamente tratando de que en sus ojos no se reflejara la incredulidad. Pero resultaba difícil tragarse eso de que en la espalda los hombres tuvieran un botón conectado directamente con un chorro de mierda.

Quizás el único que pudo haber dado crédito a este cuento, habría sido la Patricia, uno de los homosexuales de la galera de las locas. En una ocasión otro preso le puso la mano en la espalda a la Patricia que se volteó como electrificada y dijo con zalamería:

—¡Ay, chico, no me toques ahí! ¡Mira que tengo un botón que cuando me lo aprietan siento pálpitos en el ano!

Patricia tenía las carnes blancas y las nalgas femeninas. A pesar de sus zalamerías y de su alevosa lengua de homosexual poseía cierto orgullo y dignidad. En el vivac, aparte de la privilegiada galera de los políticos, que nunca pasaron de cuarenta, y en donde reinaba cierta solidaridad y decencia, existían los infiernos de las dos galeras de los procesados comunes, quienes sobrevivían hacinados como bestias, y una cuarta galera llamada la galera de las locas, donde tenían encerrada a Patricia, o, con mayor cariño y sorna: *la galera de las mujeres*, aunque no fueran tales sino maricones declarados. Este sitio y su contenido de *mujeres* era codiciado por algunos presos comunes con la misma obsesiva pasión que despierta el sexo. A falta de mujeres de verdad, la alienación del encierro y el poder ciego del instinto inducía a algunos presos a confundir a aquellos homosexuales como auténticas mujeres, y había casos en que se las disputaban con el mismo celo y fiereza.

Ellas eran pocas, nunca fueron más de trece o catorce; las mantenían prudentemente aisladas en aquella enorme galera, pero parecían muchas por su carácter bullicioso y porque a veces peleaban y gritaban histéricos, y se agarraban de los pelos como suelen hacer las mujeres. Aunque había alguno que otro homosexual atormentado y tímido, la mayoría eran bastante atrevidos y agresivos, y se amontonaban junto a la reja como pajarracos para meterse y coquetear con los hombres que cruzaban por los pasillos.

A la Patricia y a la Princesa, un mulatico pizpireta de majestuosos ademanes, les permitían visitar la galera de los políticos. Estos dos homosexuales gozaban de ciertos privilegios, otorgados, según descubrió Luis más tarde, por su comercio carnal con el Mayor, quien además de tenerlos de amantes, los utilizaba para el comercio carnal con los presos comunes. La Patricia y la Princesa simpatizaban con los ideales de los políticos y les regalaban cigarrillos y les contaban las aventuras y desventuras de sus turbulentas vidas.

Recién llegado y novato, Luis lo observaba todo con curiosidad y otras con indignación. La atmósfera de criminalidad y bestialidad en las galeras de los comunes, donde se hacinaban en cada una más de ciento cincuenta procesados, despertaban su indignación. La comida que les daban era repulsiva: un arroz empegotado y unos chícharos que les traían en gigantescos calderos cuyo aspecto asqueroso le revolvía el estómago a nuestro humanista. ¿Cómo podían tragarse aquella porquería?

—Lo que soy yo, prefiero morirme de hambre— dijo un compañero.

—Pues si hay que comerla, la comeremos— dijo Luis. —Si ellos pueden soportar esa mierda, nosotros deberíamos solidarizarnos.

—No te preocupes por esos desgraciados— dijo su compañero. —Al fin y al cabo no son más que un montón de delincuentes comunes.

—Te equivocas. Ningún sufrimiento humano debería sernos ajeno— dijo él, citando mal a Terencio de oídas.

Las peleas en las galeras de los comunes se sucedían con frecuencia y Luis vio sacar en más de una ocasión heridos para la enfermería, pero no hubo muertos mientras estuvo preso en el vivac. En las mañanas, observaba al Mayor de turno, siempre algún presidiario de larga condena que fungía de jefe en la zona de reclusión, formar una tropilla con los procesados comunes para la limpieza de los pasillos y las galeras del vivac; la formaba entre los más infelices: los que no tenían un enchufe o no tenían con qué pagar para librarse de la ordalía. En vista de que los traperos y las escobas tenían los palos recortados deliberadamente, dejándoles sólo un cabo corto para agarrarlos con ambas manos, a la tropilla la obligaban a fregar los pisos de rodillas o doblando el lomo al máximo.

Ver a aquellos hombres de rodillas, y a los que portaban las mangueras inundando con ríos de aguas los pisos, riendo con sadismo porque así le añadían más trabajo y dificultad a quienes sudaban como esclavos para secar y limpiar, le produjo indignación a Luis. Además de que al remolón lo pateaban sin compasión o le daban manguerazos.

Aquel espectáculo de crueldad gratuita, entre compañeros de infortunio, hirió la sensibilidad de nuestro humanista. Así que fue y se le encaró personalmente al Mayor para protestarle.

—Eso es una cabronada innecesaria. ¿Por qué carajo le han recortado los palos a escobas y traperos cuando sería más fácil que trabajaran de pie como hombres y no en cuatro patas como animales?

El Mayor, un mulato alto y flaco con la mirada fría de una culebra, se fijó en Luis con una mueca de indulgente superioridad, como si tratase con un ingenuo que ignoraba el secreto de las cosas.

—Doctor —explicó con pasmosa lentitud—, los palos se recortan para evitar que estas bestias se maten entre sí, o nos maten a nosotros.

Luis comprendió que lo de *doctor* era una deferencia hipócrita, acaso la burla del inculto pero experimentado contra el educado que ignora la vida. Pero la razón le pareció válida y no discutió con aquel asesino cuyo sórdido harén de homosexuales le repugnaba. Aquel Mayor pagaba condena por haber matado a una mujer; en el penal era famoso por su verga, cuyo descomunal tamaño gustaba exhibir cuando se bañaba desnudo y vanidoso en el patio para asombro de quienes lo miraran.

Este mulato alto y el otro Mayor, un blanco rechoncho y buscavidas: un lleva y trae cuyos sobornos y negocios compartía con los guardias del vivac, mantenían con Luis, y con los otros presos políticos, una actitud complaciente de no confrontación. En cambio, a los presos comunes los trataban con crueldad y despotismo. Luis, como miembro de la Comisión de Presos Políticos de su galera, tenía que tratar a menudo asuntos con aquel tipejo peligroso y, una tarde, irritado por el tratamiento de "doctor" que siempre le daba, intentó darle un parón al tipo.

—¡Páreme eso, que yo no soy doctor ni un carajo!
Aquel mulato alto y flaco con cara de sapo sádico desplegó una sonrisa de amable apaciguamiento.
—No importa que no lo sea. Su destino es ser doctor como el mío ser carne de presidio. Así que no se ponga bravo.

7

Anita no se amilanó con el presidio de Luis. Para ser una señorita criada con esmero por unos padres que siempre la consintieron como a una princesa, supo hacer frente a la dura situación con una lealtad y un valor ejemplares. De niña consentida y estudiante universitaria, se transformó en cantinera por las calles de La Habana.

Al mediodía, luego de salir corriendo de la Universidad se cambiaba de ropa para subir la empinada colina del Castillo del Príncipe en tacones altos y con la cantina a cuesta para llevarle diariamente la comida a Luis. No la amilanaron la sórdida fortaleza ni las garitas con sus soldados armados, ni los fosos ni las rejas, ni el deshonor de los registros, ni mezclarse con gente de toda ralea que visitaba a los presos comunes. Se enfrentaba a los guardias con decisión y dignidad.

—¿A quién viene a visitar?
—A Luis Rentería, mi novio, que tiene una causa política.

El soldado sonrió soez y le registró el cuerpo con la mirada.

—Señorita, a mí no me importaría estar preso con tal de que me visitara una muchacha tan bonita— le dijo.

A ella las facciones se le endurecieron. No le daría el menor pretexto a ninguno de aquellos canallas para que le faltara el respeto. En un principio, se sintió amedrentada. Pero pronto se acostumbró a la humillación de los registros, a las miradas obscenas de los guardias, a la siniestra fortaleza, y a manejar dos cantinas: una llena para ir y una vacía para regresar, y a los familiares de los presos comunes, en su mayoría mujeres humildes con los esposos o los hijos atrapados en la tragedia. Se contemplaba a ella misma, haciendo lo que hacía, y sonreía asombrada. "Si mamá o papá se enteran, les da un patatús", pensaba excitada. Un mediodía se le jorobó un tacón subiendo la cuesta empedrada de los tiempos de España. Cuando Luis, luego de recibir la jaba con la cantina, la notó cojeando, se alarmó por su tobillo.

—Pise una piedra y me jorobé el tacón— le explicó ella.

—No deberías venir en tacones altos. Te puedes fracturar el tobillo. Esos tacones son una costumbre bárbara que desaparecerá con el tiempo, como le pasó a los corsés y a las pelucas empolvadas.

Anita descartó con una sonrisa la incomprensión de Luis del alma femenina. Otras veces ya habían discutido el tema. Sabía que a él le gustaba en tacones altos y hablaba por hablar.

—Qué va. Los tacones altos son parte de mi personalidad.

En realidad quería decir que formaban parte esencial de su coquetería femenina: que la hacían sentirse más alta, más sexy y más seductora. Así que continuó visitándolo con sus tacones altos. Además, se bañaba en las mañanitas para que la viera fresca como una rosa y bella como una reina.

Luis era tan egoísta que no se percataba de las carreras que Anita debía dar para llevarle diariamente la cantina al mediodía: de la pensión a la Universidad muy temprano, luego de la Universidad a 23 a recoger la cantina, desde allí al Príncipe cargando la jaba adonde además de la cantina le llevaba leche condensada, jabón, galletas, libros, etc., de allí a 23 a devolver la cantina vacía, luego de vuelta a la pensión a almorzar, y después a la Universidad otra vez por la tarde, esto sin contar las encomiendas de él.

Con el corre corre el tiempo no le alcanzaba y perdía una que otra clase, y perdió también peso. Pero se sentía feliz y orgullosa de lo que hacía, sin importarle las consecuencias que podía acarrearle. Por un lado, la dueña de la pensión de H sospechaba de todo el trasiego y por el otro si su papá y mamá llegaban a enterarse se iba a meter en un lío gordo. Siempre había estado en su naturaleza romántica ayudar a la gente, pero esta vez se trataba nada menos que del hombre más importante del mundo para ella. Verlo todos los días, saberlo bien alimentado, serle útil y leal la llenaban de una inmensa satisfacción y orgullo.

También la motivaba la alegría de Luis, la cara de contenida ternura con que la esperaba todos los días. Lo mandaba a llamar y en seguida aparecía a toda prisa caminando desde el fondo del pasillo enrejado, fingiendo una tranquila frialdad. Pero en cuanto llegaba junto a ella, escuchaba la viril ternura en su voz y leía la felicidad en sus ojos.

"Ahora que sabe de lo que soy capaz por él, me amará más que nunca", pensaba, persuadida de que él apreciaba sus sacrificios.

¿Pero y él, qué pensaba? Nada. La primera semana no se dio cuenta de los trabajos de Anita ni de lo que arriesgaba. Claro que le satisfacía verla dedicada por entero a cuidarlo. Además de la enorme vanidad de que sus compañeros lo vieran atendido por aquella mujer tan bonita. En el vivac lo envidiaban. Hasta el personal de guardia lo miraba con envidia cuando Anita iluminaba la visita con su figura. Allí, el prestigio de un hombre se medía, entre otras cosas, por las mujeres que lo visitaban, y Anita era la más bella de todas.

La cárcel era un sitio zafio y brutal. Por eso salía con cara de matón a ver a Anita y se comportaba sin sentimentalismo. Se dejaba besar en la mejilla pero no la besaba, y la trataba con una ternura grave y contenida. A los soldados y compañeros intentaba proyectarles la imagen del machazo, lanzando frías y altaneras miradas a su alrededor, no fuera algún desgraciado a equivocarse y faltarle el respeto a Anita.

Una mañana al fin terminó por ver y comprender, caballerosamente, las carreras que daba su angelical novia. Sabemos que el caballero andante lo arriesga todo por salvar a la Princesa del dragón, y esa mañana asumió esa actitud pero con la secreta esperanza de que Anita no lo tomara en serio. Es decir, salvar la cara sin perder a la cantinera.

—Me da pena contigo. Por mi culpa, te has echado encima la obligación de traerme una cantina todos los días. Te lo agradezco mucho. Pero esto puede durar meses y no quiero abusar de ti. Así que no te preocupes, yo me las arreglaré como pueda. No quiero que andes más por ahí cargando la cantina— le dijo con la gravedad mortal de los caballeros andantes.

—¿Qué, me vas a prohibir que siga viniendo?— coqueteó ella.

—No, por favor. Verte para mí es lo más grande. Pero no estás obligada a cargar una jaba para mí todos los días. Ya es más que suficiente, y nunca lo olvidaré.

—Pero mi cielo— dijo ella con divertida coquetería. —¿Es que acaso no te gusta la comida que te traigo?

—Me encanta. Pero ya está bueno. No quiero abusar de ti. Piensa en lo que dirían tus padres si se enterasen.

—¡Me importa un comino!— Anita hizo un gesto de apasionada vehemencia.— ¡Primero muerta que dejarte solo!

Fue el juego de los sentimientos altruistas y el sacrificio por amor. Y los dos quedaron con sus egos inflamados por sus generosos corazones. ¡Qué grandes somos tú y yo, mi amor!

Anita traía las cantinas, abundantes y aún calientitas, desde 23 de la casa de una señora que se dedicaba al negocio. Primero porque la dueña de la pensión de H se las habría negado y segundo precisamente para evitar que la dueña y sus amigas se enteraran de sus visitas diarias al presidio. La comida era sabrosa y abundante. Tanto, que sacrificando un poco su apetito a él le alcanzaba para compartirla con otros dos compañeros menos afortunados.

Meses después, cuando ya Luis había salido libre, se encontraron en El Carmelo con uno de esos compañeros menos afortunados con quien había compartido la comida de la cantina en el Príncipe, un rubio simpático y sonriente, que enseguida reconoció a Anita y le dio las gracias agradecido:

—¡Tú eras la novia de las cantinas! ¡De no haber sido por ti y por Luis, yo me hubiera muerto de hambre en la cárcel!

El rubito le contó como Luis compartía con él, y con otro compañero, la comida de las cantinas a partes iguales. Cuando el simpático rubito se fue de la mesa, ella le reclamó perpleja y asombrada a Luis.

—¡Nunca me dijiste que tenías que compartir tu comida!

—Tú no tenías por qué saberlo.

—Claro que sí. De haberlo sabido habría llevado más comida.

Luis sonrió complacido, sabiendo que era sincera. Le echó el brazo por encima de los hombros y se llevó el cuerpo curvilíneo y lleno de ritmo de su novia vanidosamente hacia el automóvil, pasando entre las mesas de El Carmelo. ¡Qué los hijos de putas que los miraban se murieran del deseo y la envidia!

Eran los buenos tiempos del amor y el compañerismo, cuando Anita era la única mujer en que confiaba ciegamente. Se enorgullecía de su amor, de su belleza y de su lealtad a toda prueba. Pensaba casarse con ella tan pronto tumbaran a

Batista. Necesitaría horas infinitas, quizás años, para calmar el deseo de tenerla en sus brazos y de comérsela viva.

8

Pero Luis todavía estaba preso y le faltaban varias semanas para salir libre. Esa tarde el mayor abrió la galera de los políticos y dejó entrar a la Patricia, cerrando después las rejas con su cara de sapo. La Patricia los saludó con satería y les regaló cigarros al grupo con quien había hecho amistad. Al parecer se sentía atraído por aquellos atrevidos revolucionarios entre los que podían estar los futuros dirigentes del país.

Ellos se divertían a costa de la Patricia y le lanzaban pullas por su condición de homosexual y ella (o él) se defendía con gracia y picardía. Raulito, el rubio, era quien más lo fastidiaba.

—Patricia, ¿tú sabes cuántos tipos de aviadores hay?

—¡No sé, pero dímelo tú, precioso!

—Los que vuelan dentro del *aparato* y los que vuelan con el *aparato* adentro— dijo Raulito, y todos rieron, incluso la Patricia.

—Ay, mi'jo, yo soy un piloto con mil horas de vuelo, capaz de llevar al más alto cielo a quien monta en mi avión.

A la Patricia le excitaba estar rodeado de aquellos jóvenes viriles y gozaba siendo el centro del *show*. En ese afán de protagonismo, empezó a contarles sus aventuras picarescas dentro y fuera de los prostíbulos habaneros. Lo hacía con coquetería y, aunque se riera de sí mismo, era fácil adivinar en el fondo de sus ojos alevosos la desolación que corroe a toda vida destrozada. Sentados en corro los jóvenes, entre los que se encontraba Luis, lo escuchaban atentamente; otros se habían alejado porque se negaban a confraternizar con un maricón.

Las aventuras de la Patricia eran doblemente interesantes, porque uno se enteraba del envilecimiento del ser humano y de personajes famosos de la sociedad y la política. Entre otras, les confesó una orgía sexual con consumo de drogas montada nada menos que por el hermano de un expresidente y senador él mismo.

—¡No pude ser! ¿Fulano de Tal? Yo sabía que era un ladrón y un hijo de puta, pero no tanto— protestó alguien.

—¡Ay, mi hijito, créeme! ¿Qué necesidad tengo yo de montarle calumnias a nadie? ¡Sí, fulano y mengano también!— dijo la Patricia con la firmeza y el orgullo de codearse con tales personajes. —A mí *ése* me brindó cocaína y me dio por el culo... Total, no era gran cosa la que tenía.

El simpático gesto despectivo de la Patricia provocó una carcajada general de regocijo. Luego cambió de humor y denunció indignado los abusos, el chantaje y la extorsión de que eran víctimas las dueñas y dueños de prostíbulos, garitos, juegos de bolita, etc. Mencionó nombres de capitanes, coroneles y generales a los que había que pagarle semanalmente en sus respectivas jurisdicciones. Mencionó cifras y la arrogancia con que los esbirros venían a recoger el dinero. A quienes no pagaban les caían a palos y les cerraban los negocios.

—Son como piojos que viven de nuestro trabajo, que aunque no sea muy honesto, igualmente tenemos que sudar— dijo con indignación teatral la Patricia. —Yo odio a la policía. Ahora mismo estoy presa porque la dueña del sitio donde trabajo se negó a pagarles. ¡La muy tonta, porque siempre habrá un policía al que tendremos que pagarle para que nos deje vivir!

De repente, como para valorar el efecto de sus palabras, se calló y se quedó esperando la reacción de los jóvenes. Fue Luis, quien asqueado de tanta corrupción y envilecimiento, se levantó con rabia.

—¡No una, carajo! ¡Hacen falta mil revoluciones!

Todos asintieron, incluyendo a la Patricia, quien mirándolo a todos afirmó con sincera voluntad: —¡Conmigo pueden contar, muchachos! ¡Aunque no sea hombre, me sobra valor para lo que sea!

Nadie contestó. Aunque no lo rechazaron por delicadeza, a ninguno le interesaba tener por compañero a aquel pajarraco. En eso apareció junto a las rejas el mayor, el mulato alto, y le hizo una seña imperiosamente posesiva a la Patricia para que saliera: el gesto de un amo con su esclavo. La Patricia le obedeció y salió de la galera mansita, pero moviendo obscenamente su gran trasero como una pavo real segura de que se lo miraban. Cuando desapareció, Raulito, el rubito simpático, rompió el silencio con su humor habitual.

—De que le sobra valor, ¿quién lo duda? Si es capaz de meterse por el culo la morronga del mayor, él solo asalta una estación de policía.

Mientras los jóvenes encarcelados se dispersaban riendo, a kilómetro y medio de distancia la voz de la madre de Luis le sonaba acariciadora y envolvente a los oídos de Anita. Se habían sentado en una cafetería del Vedado frente a frente con una mesa por medio, y la señora le había agarrado afectuosamente la mano. Si su intención era ganarse su amistad y su confianza, Anita encantada.

Contemplaba a aquella extraña señora que probablemente sería su suegra con paciente curiosidad. Ya se le habían disipado los temores a que se presentara como la típica suegra desconfiada y celosa. Al contrario, la madre de Luis más bien parecía pretender que Anita le sirviera de puente para limar asperezas con aquel hijo rebelde y altanero. Y se comportaba con tanta amabilidad que la hacía sentirse incómoda. Como ahora, cuando con su inquietante mirada le sonreía con calculador arrobo.

—¡Hija, qué linda eres! ¡Qué suerte ha tenido mi hijo! Anita se sonrojó y le dio las gracias pudorosamente.
—Es usted muy amable, señora.
—No me digas señora, llámame mamá o Julia— le pidió la madre de Luis. —No puedes imaginar lo agradecida que te estoy por todo lo que has hecho por mi hijo. Me siento muy feliz de haberte conocido. Luis no ha podido encontrar una novia más linda y noble que tú.
Tantos halagos la avergonzaban. Anita le dio nuevamente las gracias, pero sin poder llamarle "mamá", porque el pudor se lo impedía.
—Nada de gracias— protestó la Julia cuya voz lenta y misteriosa había impresionado a Anita. —Luis ha tenido una suerte enorme de que Dios haya puesto una muchacha como tú en su camino. Bendito sea el Señor. No porque Luis sea mi hijo, pero tú también has tenido suerte. Tu novio es un gran hombre con una inteligencia extraordinaria. A veces es duro y rebelde, especialmente conmigo. Pero tiene un gran corazón.
Anita se mostró completamente de acuerdo. Pero esto no fue suficiente para la señora, que conocía a su hijo mejor que nadie y empezó a hablar de sus portentos de niño. A los cinco se sabía poemas de memoria, y a los siete lo leía todo: libros y diccionarios. ¿Sabes cómo yo lo llamaba?
La señora sonrió recordando y Anita negó con la cabeza.
—Lo llamaba el sabio distraído— dijo orgullosa de la inteligencia de su hijo. —Sabía cuántos planetas había y a qué distancia estaban de la tierra, pero lo mandaba a un mandado y se le olvidaba la lista por el camino.
La señora lució repentinamente feliz recordando sus ocurrencias y ella ha tenido que sonreír también asombrada.
—Siempre fue un muchacho callejero pero fue el primero de su clase hasta los once. El más inteligente de

todos— dijo la señora con orgullo de madre. —Entonces cambió. Un rebelde. No me hizo más caso. Creció y se hizo un hombre, y ya tú sabes como son *ellos*. Dejó el bachillerato y se puso a trabajar. Anduvo con un amigo suyo en un camión vendiendo luz brillante por pueblos y centrales. Después ya sabes... —añadió Julia misteriosamente y Anita ha movido la cabeza dando a entender que lo sabía.

La señora hizo una pausa y apartó la vista hacia el centelleante tráfico de 23 en el Vedado, dudando de si debía revelarle a Anita que Luis había abandonado prácticamente el hogar. Anita la vio vacilar, suspirar apesadumbrada, incluso sufrir en silencio. Luego, vio como la luz del entusiasmo y amor por su hijo le volvía al rostro.

—¡Ah, pero mi hijo va a ser un gran hombre, la luz de su mente va a iluminar el mundo, que Dios lo proteja y lo guíe!— exclamó con fervor, y Anita se ha mostrado de acuerdo moviendo la cabeza, y las dos mujeres se han mirado unidas por su amor compartido por el mismo hombre.

24 horas antes no conocía a Julia, la madre de Luis, pero tenía suficientes motivos para presumir lo peor: una madre casada con otro hombre, una mujer quizás egoísta, una médium para colmo, acaso una fanática: todo lo temió por lo poco que le había oído a Luis. Sin embargo, la señora le había caído bien. Julia (a ella nunca le saldría llamarla mamá) era una mujer desenvuelta y hasta hermosa, aún relativamente joven. Poseía, como Luis, el don de una sonrisa contagiosa. Además, la mujer parecía ansiosa por hacerse su amiga y ganarse su confianza, y ella no tenía nada que oponer a esas relaciones. Para bien o para mal, esa mujer era la madre de su novio y le convenía llevarse bien con ella. De repente, como si la señora hubiera adivinado la buena disposición de Anita, le empezó a hacer revelaciones más íntimas. Había enviudado cuando Luis tenía sólo seis años y hacía doce que se había

vuelto a casar, luego de cuatro de viudez, y ahora tenía de su segundo matrimonio dos hijos: una hembra y un varón.

—Las mujeres no somos de hierro, la vida es dura, y una viuda necesita el apoyo de un hombre, un compañero para seguir luchando— la mujer arqueó las cejas, pidiendo comprensión para su conducta. —¿Tú crees que hice mal? ¿Qué eso es lo que Luis me reprocha?

—Yo no creo, señora— dijo Anita.

—¡Ah, pero él ha seguido siendo mi preferido!— confesó la mujer como quien lamenta un vicio irremediable.

—Por eso me he dado este viaje, sólo para verlo y ayudarlo en lo que pueda. He tenido que sacrificarme y dejar a mi familia, pero no podía dejarlo solo en este trance, ¿verdad? ¿Me comprendes?

Anita responde afirmativamente, por eso Julia continuó.

—Pasé una noche y una mañana terribles. Tenía el presentimiento de que algo malo le había pasado. Soñé que lo habían golpeado y sangraba. Lo vi amenazado por la muerte. Eran mensajes de los espíritus que me angustiaban porque yo no podía hacer nada.

La señora hizo una pausa para estudiar la reacción de Anita, quien la oía con un intensa atención, y luego continuó con más confianza.

—¿Me entiendes, verdad? Hasta que recibí tu telegrama, y lo vi en los periódicos, retratado como un delincuente, cuando Luis es el hombre más honrado y decente del mundo...¡Ah, pero Dios es grande, y, gracias al espíritu de un rey africano que lo protege, él está vivo, y saldrá pronto!

Anita se erizó sin poder evitarlo. Las alusiones a lo sobrenatural la sobrecogían siempre. Una médium le había advertido que ellas poseía el don del vidente, que sólo debía desarrollarlo. Pero la sola idea del contacto con las almas muertas que vagaban invisibles en la tierra, la aterraba. Por eso la señora la había puesto tensa.

9

Ahora iba a suceder lo que temía. La madre de Luis la envolvía en una mirada brumosa, como si la visión profunda de sus oscuras pupilas se ampliaran hacia lo invisible que flotaba en el aire de la tarde. Anita se estremeció al oír el nuevo tono neutro y a la vez inapelable de una voz investida de poderosos proféticos.

—Tú te vas a casar con Luis... Veo una fuerte oposición pero tú y él saldrán vencedores... Veo un hombre canoso detrás de ti, un negro alto... Pero está ahí para protegerte, así que nada tienes que temer... Veo el manto de la virgen de la Caridad sobre tus hombros... ¿Tú eres muy devota de la virgen, verdad?

—Sí— murmuró Anita, con el alma en vilo.

Estuvo a punto de decir que no quería oír nada más y se movió en su silla y miró en derredor a los otros parroquianos y camareros de la cafetería. Pero nadie parecía darse cuenta. Cuando miró de nuevo a Julia, ésta había recuperado la expresión natural de su rostro y le sonrió misteriosamente, como si nada hubiera pasado.

—¿Tú crees en los espíritus, verdad?

—Sí, pero me dan mucho miedo.

—No debes temer. Estás muy protegida, hija.

Anita trató de disimular su turbación y habló de Luis para cambiar la conversación. Si los muertos rondaban a los vivos, si la madre de Luis era de verdad una médium, prefería estar al margen. ¡Solavaya! Ya bastante difícil era el mundo real para atormentarse también por el mundo invisible de los espíritus. Continuaron hablando y la señora no volvió a mencionar el tema de lo sobrenatural. Sin embargo, cuando la señora la escuchaba en silencio con su extraña y perturbadora mirada, ella no podía evitar cierto desasosiego. ¿Qué vería? ¿Qué adivinaba sobre su futuro? Sentía ganas de saber, pero tenía miedo y se aguantaba, sin preguntar.

Fueron días muy agitados. La madre de Luis permanecería cuatro días en La Habana y ella iba a buscarla a donde se hospedaba, para ir juntas al Príncipe a ver a Luis. Sentía que tenía el deber de atender bien a su futura suegra. Por lo demás, la señora demostró ser mucho más desenvuelta y hábil entre los vivos de lo que nadie hubiera podido imaginar, dadas las circunstancias de no conocer la ciudad. Se movilizaba por La Habana sin ayuda de nadie, haciendo gestiones en el Gobierno a favor de su hijo, ayudada por unas cartas de recomendación que se había traído de Guantánamo. Hasta un senador *de facto* la recibió.

Cuando Luis se enteró que su madre había visitado a personalidades de la dictadura, montó en cólera. Bajo ningún concepto deseaba la ayuda de esos malditos cabrones. Mejor preso que rebajarnos a pedirles un favor. Así se lo dijo a la madre delante de la propia Anita.

—¡Cómo te atreviste a hacerlo sin consultarme!

De aquella visita la señora salió deprimida y cabizbaja. A ella se le quejó que su hijo no debía tratarla así. Era su madre. Sólo lo hacía por su bien. No sé por qué me ha tomado ese rencor. Precisamente, como Luis era el más querido de sus hijos, sus palabras le hacían más daño.

Cuando a la mañana siguiente, Anita subió sola temprano al Príncipe, intercedió en favor de la señora, explicándole a Luis que la pobre todo lo que hacía era para ayudarlo. La reacción de éste fue dura y fría.

—Dile que me deje en paz, que yo no le pedí ayuda, que se vaya por donde vino— dijo, y al notar la cara de horror de Anita, se disculpó por su conducta: —Lo siento. No vayas a pensar que soy un monstruo. Pero ella y yo no nos llevamos muy bien.

—Es tu madre, mi amor— le reprochó Anita con dulzura. —Ha venido de lejos sólo para verte y ayudarte. No entiendo ese rencor tuyo. ¿Es acaso por culpa del espiritismo? Eso no es para tanto.

Luis negó con la cabeza; se entristeció de repente; luego se encogió de hombros como si la vida no tuviera remedio.

—¿Puede un hijo guardar rencor a su madre porque ésta haya tratado de educarlo en el fanatismo? Uno debe odiar al fanatismo, no al fanático víctima de su propia quimera. La vida no es fácil, Anita. Yo no le tengo rencor a mi madre, pero a veces me exaspera.

—Mal hecho. Debes pensar siempre que es tu madre. Te lo digo porque yo también he tenido dificultades con la mía— le confesó ella con dulzura, y después le preguntó:— ¿Sabes que tu mamá dice que tú eres su hijo predilecto?

Luis sonrió escéptico, como quien oye un viejo embuste. Sin embargo, a partir del regaño de Anita cambió de actitud con la madre, y cuando ésta vino el sábado a despedirse de su hijo, la trató cariñosamente, le dio un beso y un abrazo, y después se mostró preocupado por su largo viaje de regreso en tren a Oriente. Esto le agradó a Anita que se sintió artífice de aquella especie de reconciliación entre el hijo y la madre.

Acompañó a la señora a la estación del Ferrocarril. Mientras esperaban la salida del tren, se sentaron en una mesa del andén y la mujer colocó la vieja maleta a su lado. Veía a una pobre madre con su ridícula maleta que se alejaba de su hijo aún encarcelado, sonriendo con resignada tristeza, y le dio sentimiento y deseó que el largo tren saliera pronto para que la despedida no fuese muy penosa. Sí, sentía pena por la madre de Luis pero también estaba preocupada por otros motivos. A

Julia no parecía preocuparle la hora y la observaba con sus párpados misteriosos con la cara del que tiene todavía cosas importantes por platicar.

—Me voy más tranquila porque sé que él te tiene a ti— dijo.

A continuación la llenó de halagos que la hicieron sonrojar. Incluso usó una metáfora que, aunque fuese una astuta manipulación, no dejó por eso de emocionarla.

—Eres la novia de oro que soñé para él, la gran mujer que el destino le tenía reservada a mi hijo. Te ruego que lo cuides, que no lo abandones nunca en las duras pruebas que les esperan en la vida.

—Gracias, señora. Pero puede irse tranquila. A Luis yo no le voy a fallar nunca— le contestó, emocionada.

—Señora no, llámame mamá, por favor.

Era la tercera vez que se lo pedía y ella, que seguía emocionada, hizo un supremo esfuerzo por vencer su pudor y que su voz sonara natural.

—No se preocupe, mamá. Todo va a salir bien.

La misteriosa mujer sonrió victoriosa y entornó sus párpados como para escrutar mejor el lejano y borroso porvenir. Faltaban sólo unos minutos para abordar el tren, y todo alrededor de ellas era ruido y apuros, pero Julia parecía de nuevo a punto de caer en un trance visionario. Y ella, Anita, esperó tensa a ver que le decía. Siempre creyó que las videntes necesitaban la paz y el silencio para concentrarse, pero allí en la mismísima cafetería del andén, rodeadas por el ir y venir bullicioso de los pasajeros con sus maletas, Julia le profetizó su futuro.

—Veo un niño rubio de ojos negros en tus brazos... tu primer bebé, mi primer nieto... todavía veo mucha oposición... pero al final, tú vencerás y te casarás con Luis... ¡alabada sea la virgen de la Caridad que te protege con su manto luminoso!...

hija mía...
        A ella se le erizó hasta el cogote. La señora la hechizaba por la convicción con que parecía percibir lo invisible: cada frase suya se reflejaba en su rostro como si estuviera viendo una visión: "un niño rubio de ojos negros", reflejó felicidad y orgullo; "mucha oposición", reflejó disgusto y mortificación.
        Eso fue todo. Minutos más tarde el tren arrancó con su monstruoso crujido de dinosaurio metálico y se llevó la sonrisa de la madre de Luis en la ventanilla y una mano que decía adiós. Anita salió de la estación en medio de confusos y turbadores sentimientos.
        Pensó que cuando una se enamora de un hombre se olvida que éste viene cargado de madres y parientes. Ella, que no quería saber nada del espiritismo, le caía encima ahora aquella vieja loca. La vez que vio parado al negro canoso a los pies de su cama en Matanzas, ella se tapó la cabeza del miedo con las sábanas; y aterrada se puso a rezar. A los pocos días de la muerte de su abuela la había visto caminar alrededor de su cama en la oscuridad, e igualmente sintió mucho miedo.
        Anita no era una incrédula como Luis, al fin y al cabo la mayoría de los hombres siempre se jactan de serlo; pero prefería el mundo de la luz al de las sombras. Con su fe en Dios y en la virgen de la Caridad, a ella le bastaba para caminar por la vida.

10

        En la pensión la situación seguía tirante. Percibía la desaprobación y el disgusto de la dueña por su presencia. Después del registro policial, Gloria no había podido soportar más la mala cara de la dueña y se mudó a otra pensión. La dueña de la pensión nunca había simpatizado con ninguna de

las dos y prácticamente se alegró que Gloria se fuera.
—Mientras menos bulto más claridad— murmuró sonriendo.

Anita también hubiera deseado mudarse, pero su posición era más delicada: necesitaba la autorización de sus padres y éstos seguramente habrían querido *saber*, un riesgo que no se podía permitir. La tarde que Gloria hizo su maleta y recogió sus libros de estudio en una caja, con un tono de reproche se dirigió a su querida amiga.

—¿Y tú te vas a seguir calando a esta vieja insoportable?

—¡Y qué remedio me queda!— contestó Anita desesperada.

La posición de Gloria era diferente: en su Facultad se podía estudiar de noche, no tenía un novio preso y acababa de conseguir trabajo en una empresa como contadora y, por lo tanto, dependía cada vez menos de sus padres. Al marcharse Gloria no sólo se alejaba su mejor amiga sino que perdió un apoyo importante y la dueña aumento el cerco hostil en torno suyo. Para agravar aún más las cosas, ya nadie ignoraba sus visitas diarias a la cárcel cargando la famosa cantina. El colmo fue que en la pensión se percataron que algunas mañanas se paraba una patrulla policial en la esquina y permanecía allí varias horas.

—¿Te estarán vigilando?— le preguntó en la mesa una amiga.

La dueña, que escuchó la pregunta, respondió de mal humor.

—¡Por supuesto que la deben estar vigilando!

Pero el mayor temor de Anita no provenía de la policía: ¿qué podrían hacerle si no estaba comprometida en nada?, sino de la dueña, quien en cualquier momento de pura roña podía avisarles a papá y a mamá. Ese martes cuando desayunaba vio un relumbrón de rencor en los ojos de la dueña y tuvo un mal presentimiento. La preocupación la acompañó a ratos durante la mañana y no las abandonó ni en el Príncipe, a pesar de que su novio la recibió con una amorosa ternura, sin duda feliz de verla.

—¿Lo sabías: que tú eres la novia de oro?— bromeó él.

Ella se hizo la boba: —¿Quién te dijo eso?

—Fue la vieja. Antes de irse me dijo que tú eras la novia de oro. ¿Qué brujería le echaste?— preguntó él, de buen humor.

Los labios de Anita sonrieron irónicos pensando que, en todo caso, la bruja lo sería su madre. Pero no deseaba ofenderlo, aunque dudaba que él se ofendiera por eso. Además, su estado de ánimo esa mañana no era el más propicio para bromas. Tanto, que Luis le preguntó si había sufrido alguna contrariedad o si pasaba algo malo.

—Ninguna. Es por los exámenes— inventó ella.

—No te angusties, que tú siempre los apruebas.

En realidad, Luis nunca se había detenido a pensar, realmente, en los problemas que le ocasionaba a su novia. Como otros presos, pensaba que nada de lo que ocurriera más allá de las rejas podía compararse al castigo de haber perdido la libertad. Por supuesto que se sentía orgulloso del amor y la lealtad de su novia, aunque en el fondo consideraba natural todos los trabajos que ella pasaba por él. Anita no le había contado lo del registro policial ni que la vigilaban para no preocuparlo, y los problemas que ella pudiera tener en la Facultad, en la pensión o con sus padres, él los suponía insignificantes comparados con los suyos.

En sus relaciones sentimentales los papeles dramáticos ya estaban repartidos: ella debía serle incondicionalmente fiel y él gobernar la nave de sus vidas como un gran capitán.

Anita descendió de la imponente fortaleza con la

angustia de quien se siente al borde de un abismo. En el deslumbrante mediodía habanero, bajo el esplendoroso cielo azul, ella era una de esas nubes blancas arrastradas por el viento. Estaba consciente de ser la comidilla de la pensión y de los matanceros en la Universidad. Si su familia no se había enterado ya, se debía a un verdadero milagro. Para colmo, la noche anterior la dueña había hablado de forma terminante en el comedor, sin preocuparse que ella la escuchara desde la habitación.

—No la defiendan más. Esta ha sido siempre una casa honorable y ahora estamos amenazados por la policía por culpa de Anita que no es más que una inconsciente y una malcriada. ¿Qué va a decir su madre de mí si se entera de todo lo que ha pasado? ¡Si me confió a esa muchacha, yo tengo el deber de contarle todo lo que ha pasado!

A ella le dieron ganas de salir y rogarle de rodillas que no lo hiciera. Pero su orgullo la contuvo. Todavía tenía la secreta esperanza, como los condenados a muerte, que un milagro la salvaría. Pero cuando volvió del Príncipe ese mediodía, vio estacionado en la calle, frente a la pensión, el auto de papá. El corazón le dio un vuelco en el pecho y caminó más rápido, para saber lo que pasaba. Sentados en los sillones del portal estaban mamá y papá esperándola con caras de tragedia. Debían llevar ya un tiempo allí y, seguramente, pensó Anita, la maldita dueña los había informado de todo. Papá lucía ofendido y mamá tenía una cara de tranca que la asustó mucho. Pero ella intentó sonreír con alegría y se acercó a besarlos y abrazarlos de lo más nerviosa, fingiendo que desconocía el motivo de su intempestivo viaje.

—¡Hola, qué tal, qué alegría! ¿Qué ha pasado? ¿Qué hacen por aquí? ¿Por qué no me avisaron que venían?— les preguntó, nerviosa.

Papá casi apartó la mejilla como si fuera el beso de

Judas, y mamá no permitió que la besara. Estos gestos fueron suficientes para aterrarla. Conocía lo suficiente a mamá para saber que en ese momento deseaba pegarle una de aquellas centelleantes bofetadas que le había propinado hasta la pubertad cuando Anita se atrevía a desafiarla. Mamá arrugó el ceño furiosa mientras papá desviaba la mirada.

—¿Todavía tienes el valor de preguntarlo? ¡Anda y haz rápido tus maletas, que ahora mismo regresas con nosotros!

Anita se puso pálida y miró suplicante a papá, porque él solía defenderla o interceder a su favor. Pero papá lucía triste y ofendido, y tan disgustado que rehusaba mirarla: estaba como desconectado de la escena, delegando en mamá toda la responsabilidad y el mando. Una señal muy mala, porque en aquel enfrentamiento que se planteaba, ella había supuesto su acostumbrada complicidad.

Ella pidió una explicación: ya no era una niña, tenía veintiún años, estaba en la Universidad, el mes próximo debía presentar exámenes, no podían tratarla así. Podía explicar lo de su novio Luis, añadió, en un alarde de valentía y sinceridad. Pero mamá fue tajante y al oír lo del novio reaccionó en el colmo de la indignación.

—¡Cállate y no nos faltes el respeto! ¡Lo que haya que discutir, lo discutiremos en Matanzas, no aquí en este portal!

Toda la vida mamá y ella habían mantenido unas relaciones lacerantes, fluctuando entre el respeto temeroso y el odio. Incluso en ocasiones llegó aun a pensar que su madre no la quería. En aquel amor hiriente, mamá representaba la imagen modelo de la honra y la rectitud femenina y en cambio, por la pujante sexualidad de su adolescencia, Anita parecía destinada al pecado y a la deshonra de mamá. ¿Por qué? No lo sabía, porque jamás le dio un sólo motivo para que sospechara de su inocencia. ¿Qué podía hacer si a mamá no le

gustaba ni siquiera su forma de caminar?
—¡Niña, camina derecha! ¡No menees tanto el rabo!
Tantas veces la regañó que casi la acompleja. Hasta que harto de oír a mamá, papá salió un día en su defensa.
—¡Déjala en paz, mujer! ¿No ves que Anita nació así? ¡Déjala con su culito alegre, que no le hace daño a nadie!
Mamá no era fea ni tenía mal cuerpo, pero tampoco nunca fue ni bonita ni sexy. Tan consciente estaba de su falta de atractivos que cuando papá entró en su casa para pedirla en matrimonio, por poco se desmaya de la sorpresa, pues vivía persuadida que el buen mozo de papá nunca se fijaría en ella y que rondaba la casa más bien enamorado de su hermana mayor.

Desde luego, a pesar de las estrictas costumbres campesinas, y de que sólo contaba 16 años, mamá debía dar su consentimiento. Ella aceptó sin demora, asustada de su buena suerte. Papá no sólo era alto y buen mozo sino también un soltero codiciado en la zona.

A los doce años, a escondidas de mamá, Anita se pintaba la boquita y practicaba el arte de los tacones altos que usaba sus hermana mayor, Rosa, de 24 años, cuyo noviazgo duraba ya 7 años y estaba a punto de casarse con su único novio. Su hermana Rosa se moría de la risa con la precoz coquetería de Anita, empeñada desde siempre en usar sus creyones de labios y sus tacones altos, y se ponía sus sostenes haciendo el cálculo sobre el futuro tamaño de sus tetillas.

—Yo no las quiero tan grandes como mamá, sino como las tuyas.

Mamá vivía en su seguro y estrecho mundo: cuidar de su casa y de sus hijas. Papá cuidaba de ella y no permitía ni siquiera que saliera a hacer los mandados. Nunca le faltó nada. Según mamá, de la coquetería de Anita al pecado había sólo un paso. En los jueguitos con los muchachos una jovencita puede perder su virtud: cuando mamá hablaba de la virtud se refería a la sexual, porque las otras las daba por descontadas. La belleza de aquella hija tardía, que tuvo doce años después, cuando se descuidó convencida que no saldría más embarazada, la envanecía pero pensaba que aquel culito rumbón iba a ser su perdición.

—Camina derecho para que no despiertes al diablo— le advertía.

Cuando Anita entró en el bachillerato, sus temores se tornaron obsesivos. Su actitud provocó peleas y resentimientos en su hija. Le negaba el permiso de conversar con muchachos en el portal. Si sus intenciones son decentes, que pasen y se sienten, le decía. Ya adentro, ahuyentaba a los enamorados con sus miradas de cancerbero. Para Anita su vigilancia resultaba un ultraje, por ser una chica juiciosa que sólo aspiraba a divertirse y flirtear sanamente.

Por supuesto, mamá nunca aprobó que Anita ingresara en la Universidad y menos aún que anduviera sola en una pensión, en la pecaminosa capital. Pero nada pudo hacer por evitarlo. Tanto papá como Rosa apoyaron aquellos estudios que la independizaban. Ahora el tiempo le había dado la razón a mamá: sus sombrías predicciones se habían cumplido: un novio delincuente, registros y estaciones de policías, y convertida en cantinera de un presidiario, y sabrá Dios qué más. Durante el viaje de Matanzas a La Habana casi vuelve loco a papá.

—¡Yo te lo advertí! ¡Te lo advertí!— repitió cien veces.

—¡Cállate ya, por favor!— tuvo que gritarle papá, luego de aguantar en silencio sus reproches.

El pobre papá se sentía muy angustiado. Mamá lo respetaba mucho pero no se iba a callar fácilmente esta vez. No hasta que asumiera la culpa por desoír sus consejos. Sin disimular la soberbia que sentía por haber tenido siempre la razón, repitió sus viejos argumentos.

—Una mujer decente no debe andar sola por el mundo. Menos Anita que es terca y cabezona como una mula. Tú la apoyaste. Ahora sabrá Dios "las cosas" que le ha hecho ese desgraciado.

Por fin llegaron a la maldita pensión y ahora Anita hacía las maletas en un estado de tremenda confusión. ¿Debía obedecer a sus padres? ¿Cómo avisarle a Luis? ¿Por qué papá permite que mamá haga esto? Con la mente ida, metía y sacaba cosas de sus dos maletas. ¡Una llamada a Gloria! Corrió al teléfono y esperó impaciente. Gloria sí estaba en su trabajo. Le rogó que le explicara todo a Luis. Que se ocupara de él, mi hermana. No me vayas a fallar, que yo vuelvo pronto.

—Dile que lo quiero mucho— le pidió.

—No te preocupes. Se lo diré.

—También te quiero mucho a ti. Gracias, mi hermana.

Diez minutos después, montó en el asiento trasero del auto con cara de tragedia. Papá y mamá viajaban delante, sin dirigirle la palabra, en un silencio acusador. Por la ventanilla vio las calles y los verdes árboles del Vedado. Subieron por la avenida de los Presidentes y bajaron en dirección a Carlos III, a la izquierda la escuela de Odontología, a la derecha, en lo alto de la colina, la imponente fortaleza del Castillo del Príncipe con su novio preso en el interior. Se le aguaron los ojos.

—Esto es injusto y cruel. Luis es un hombre decente y yo lo quiero— dijo en voz alta, sintiéndose víctima de un absurdo.

Ellos no se dieron por aludidos. ¿Por qué la trataban como a una réproba? ¿Acaso era un crimen enamorarse? Contempló sus cabezas encanecidas con odio: no eran más que un par de viejos ridículos y anticuados que se interponían entre ella y su felicidad.

A papá le disgustaba correr y manejaba con calma su

viejo Ford del 52; el trayecto hasta Matanzas duraría poco más de dos horas. La Carretera Central serpenteaba en aquel tramo entre árboles cuyas verdes sombras protegían las retinas del sol enceguecedor. El tramo entre La Habana y Matanzas tenía unos 100 kilómetros y ella disfrutaba siempre de los pueblos llenos de luz y vida, y del paisaje de la campiña cubana. Conocía muy bien aquel tramo e, incluso, una vez había viajado hasta la ciudad de Santa Clara, admirando los verdes y hermosos campos de su isla.

Sabía que la Carretera Central recorría la isla de un extremo al otro, en una longitud de 1140 kilómetros, y fue mandada a construir a fines de la década del 20 por un General de la Independencia que luego de ser elegido Presidente de la República, movido por la arrogancia y ayudado por sus aduladores, se transformó en un sanguinario dictador.

Todo esto se lo había oído a papá que era aficionado a contarle historias cuando la traía o la llevaba a La Habana. Ella disfrutaba escuchándolo, encantada por el viajecito, envuelta en el eterno color esmeralda de Cuba, con el viento contra su cara agitando sus cabellos. Ella quería mucho a papá.

Pero hoy no. Hoy viajaba hundida en el asiento trasero, ajena a la luz azul y verde del paisaje, rumiando ideas y sentimientos sombríos, en esa confusa zona del alma, perdida entre las ganas de llorar o de pegar unos gritos liberadores, o de matar a mamá.

11

Llegaron en silencio a Matanzas a la vieja casa familiar. Papá la había construido antes que ella naciera (la parte delantera, porque luego le añadió dos cuartos y otro baño), con vista a la maravillosa bahía cuyos azules cambiantes impregnaron su infancia de niña consentida. Había también otra casa en una playa de arenas refulgentes y un bote de madera, y un puente en donde a veces pescaba. Los rayos de sol penetrando en el mar, el olor del salitre en el aire, el chapuzón alegre en las olas saladas acompañada por las primas y Gloria, la inocencia feliz de una infancia sin traumas serían con los años una noche de nostalgia en el futuro exilio de Miami, y la vaga sensación de un paraíso perdido.

Pero hoy la tormenta pasional explotó apenas cerraron la puerta de la casa. La voluntad pujante de Anita contra la intransigencia campesina de mamá. Porque papá tomó distancia. Entre él y su hija menor no sólo existía una relación especial, sino la complicidad de un secreto. Porque al buscar Anita su apoyo, los hermosos ojos de papá se apartaron de su cara reflejando lo ofendido y disgustado que se sentía.

—Entiéndete con tu mamá. Yo no quiero saber nada de este asunto— dijo y le dio la espalda a Anita.

—¡La razón está de mi parte!— le gritó a la espalda de papá. —¡Y tú has dicho que siempre estás de parte de la razón!

Estas palabras rebotaron contra la espalda de papá que dio un portazo. Los discursos de uno los hijos nos lo echan en cara algún día, murmuró. Y se fue para la farmacia y no volvió hasta la noche. La pelea en los dos días siguientes fue con mamá. Papá no hablaría casi o en última instancia le daba la razón a mamá. Anita nunca debió ocultarles que salía sola con un novio y el resto había sido una locura: aquello de imaginar a su hija mezclada con esbirros, visitando estaciones de policías y llevando una cantina a la cárcel, lo horrorizaba.

De modo que empezó una feroz discusión con mamá, uno de esos despiadados enfrentamientos entre madre e hija que dejan heridas. ¿Qué delito había cometido? ¿Tener un novio decente e idealista? ¿Cargar con una cantina y visitarlo en la cárcel? ¡Por favor, mamá, si hasta Martí fue preso político y a Jesucristo lo crucificaron los judíos! No podían tratarla como a una niñita, repetía. No podían impedir que terminara su carrera. Luis era un hombre decente y trabajador y hasta tenía un auto.

—¡Cállate, ya! ¡No te da vergüenza!— la amenazó mamá.

—Lo que pasa es que nunca quisiste que yo estudiara en la Universidad. Para ti, todo lo que hago es malo. No he tenido nunca novios por culpa tuya— la miró con odio, temblando de indignación. —No sé por qué me tratas siempre como si yo me fuera a convertir en una puta, cuando nunca en mi vida he hecho nada malo.

La palabra puta sonó a sacrilegio en aquella santa casa, tanto a los oídos de mamá y papá como a los de la propia Anita, quien nunca usaba semejante lenguaje. Mamá pasó por alto la grosera comparación.

—¡Un novio decente y te arrastró por las estaciones de policía! ¡Tú no eres más que una malcriada y una irresponsable! ¿Salías o no salías sola por las noches con ese tipo? ¡Contesta, Ana! ¿Qué hacías por ahí cuando salías con él?

Papá vio lágrimas en los ojos enrojecidos de su hija que lo miraban con dolor e impotencia. Papá desvió su mirada cansada y triste hacia mamá que, fuera de sí, seguía acusando a Anita.

—¡Tú no eres más que una majadera y caprichosa que siempre haces lo que te da la gana! ¡Ahora, en la primera oportunidad, en vez de hacerte novia de un muchacho decente como Tito, perdiste la cabeza por ese desgraciado, ese terrorista, ese comunista, ése...!

Las cejas de Anita se alzaron del estupor y del asombro.

—¡Qué injusta eres y qué lejos estás de conocerlo,

mamá!

—¡Injusta o no, eso se acabó! ¿Me oíste? ¡Se acabó!

Anita se irguió con arrogancia: —¡Ya lo veremos!

Rápida como una centella, mamá le mandó una bofetada por encima de la mesa, a punto de tumbar los vasos, pero falló.

—Falta de respeto...— dijo con los ojos desorbitados.

Cuando Anita se levantó y se encerró en silencio y furiosa en la habitación, dejándolos solos, papá intentó calmar a mamá sin quitarle la razón. Vieja ¿no sería mejor tener paciencia? Deberíamos escucharla. ¿Por qué no averiguamos mejor quién es ese hombre? Tal vez no sea tan grave y todo tenga un final feliz, sugirió. Pero mamá negó tercamente con la cabeza. Ya se le pasará la perreta. No te vayas a ablandar ahora, Fermín, que tú siempre terminas de alcahueta de tu hija.

Aquella noche Anita no había probado bocado. Al día siguiente, en una atmósfera tensa en la mesa, tampoco almorzó. Aquello amenazaba con convertirse en una huelga de hambre no declarada. Por la noche se tomó dos cucharadas de sopa con desgano y luego le clavó los ojos con dureza a mamá. Al levantarse anunció mirándola con determinación.

—Sea como sea, mamá, yo voy a volver a La Habana.

—Tú no te vas a mover de aquí, malcriada— gritó mamá con igual terquedad.

Aquel conflicto estaba haciendo pedazos a papá. Era un hombre recto, pero mesurado, incapaz de ofender a nadie, que apreciaba mucho la paz y la tranquilidad de su hogar. Ahora se sentía atrapado entre el enorme cariño y el respeto que le inspiraba mamá, con quien tenía ya 37 años de casado, y su amor por Anita. También se sentía vagamente culpable por haber sido el promotor de la carrera universitaria de su hija. Entendía y aprobaba, a pesar de ser un liberal, que mamá fuera una mujer aferrada a las tradiciones morales, al ideal que consagraba a la mujer al hogar, la familia y las virtudes cristianas.

Sin embargo siempre había aspirado a otra cosa para Anita: a verla convertida en una doctora, liberada de la dependencia económica de su marido, capaz de realizarse como ser humano más allá de sus obligaciones como madre y esposa. En fin, deseaba que su hija más pequeña fuera una mujer moderna, más en consonancia con sus ideas progresistas. Papá, que una vez había aspirado a concejal por Matanzas en las planchas del Partido Auténtico, además de ser un patriota, un martiano y un masón muy apreciado en la Logia, era eso que llaman un feminista sin saberlo.

A él le dolía el destino infeliz de su hija Rosa, quien se casó, luego de un noviazgo maratónico, con un apuesto constructor de Matanzas. Un tipo que le desagradaba, un machista jactancioso que sólo se preocupaba por el poder del dinero. Y no era que su yerno fuera mala persona, pero su brutal incultura y sus ínfulas de nuevo rico le resultaban chocantes. De ahí que hubiera promovido otro destino para Anita: una carrera universitaria que le abriera los amplios horizontes de la capital.

Pero ahora se sentía atormentado por las dudas. Tal vez se equivocó, tal vez el hogar y los hijos eran un destino más mediocre pero más seguro para Anita. Al tercer día dudó de esta opinión. ¿Si él mismo le había abierto la puerta de la libertad, por qué echarse ahora atrás? Además sospechó que aquella pelea infinita entre madre e hija terminaría por envenenar para siempre a la familia. ¿Qué mal era preferible? ¿Una hija frustrada y neurasténica, encerrada en el hogar, o una hija libre enfrentada a los peligros inciertos de la vida? Anita seguía encerrada en huelga de hambre, y al cuarto día papá ya se sintió inclinado a terminar el venenoso enfrentamiento entre madre e hija. Y empezó a interesarse por el novio, el tal Luis. ¿Como sería ese hombre desconocido, ahora un preso político, de quien su hija parecía perdidamente enamorada? Buscó los periódicos viejos y encontró la foto de Luis de pie en fila con otros detenidos con una pared al fondo. Lo observó con una lupa igual al filatélico que desentrañase los detalles ocultos en un sello de correos. No lucía acobardado, y le gustó el porte gallardo y la rectitud en la mirada. ¿Un comunista? ¿O uno de esos extremistas que odia a la sociedad? Anita les había jurado que no, y él creía difícil que su hija se enamorara de esa clase de sujeto.

Volvió con la lupa a la foto. Dicen que la cara es el espejo del alma. ¡Otra verdad a medias como todas las verdades! Si a veces refleja la salud o las emociones de su dueño, su raza, su color, etc., ¿cuántas veces no es una máscara indescifrable de la hipocresía? Sonrió pero sin dejar de estudiar a Luis con la lupa. ¡Hasta buen mozo era el hijo de puta, y sus facciones le lucieron endurecidas y a la defensiva! ¿Pero quién no en manos de esos esbirros de la dictadura? Levantó del periódico sus hermosos ojos dorados, más propios de un galán de cine que de un hombre que había sido camionero, tabacalero, dueño de un cine y de la farmacia finalmente mejor surtida de Matanzas. Y papá se puso a soñar: quién sabe si el novio de Anita llega a Presidente de la República y su hija a Primera Dama. ¡Qué carajo, el que no se arriesga no cruza la mar! Prefería a Anita libre y luchando frente a la riesgosa aventura de la vida, que neurasténica y encerrada en las cuatro paredes de una casa.

¿Y si metía la pata? Temió por la pureza y la virginidad de su hija. Ojalá que no, pero total, ninguna mujer se ha muerto por eso. Peor sería prolongar aquel infierno que envenenaba la familia, aquella guerra tan dañina entre sus dos mujeres, porque Rosa ya estaba casada. Suspiró profundamente y tomó una decisión.

Para abreviar, al sexto día, luego de una larga conferencia con su papá, Anita estaba triunfalmente de vuelta en La Habana, un poco más flaca y ojerosa, pero radiante de felicidad. Papá consideró más adecuado quedarse acompañando a mamá, y Anita volvió incluso sola y directo para la pensión mixta, de hombres y mujeres, adonde se había mudado Gloria unas semanas antes, al final de la calle San Rafael. Es decir, que Gloria allanó en cierta forma el camino. Por muchos motivos: la policía, la viuda rencorosa, etc., papá convino con ella en que esto era lo más conveniente y prudente, dadas las circunstancias.

Papá se puso medio sentimental y dramático en la despedida.

—Hija, confío en tu buen juicio.

Y la hija con los ojos radiantes de agradecimiento, le contestó:

—¡Te prometo que no te defraudaré, papá!

Mamá no salió a despedirla. Daba vueltas como una leona enjaulada en sus obligaciones domésticas, rumiando su rabia. En vista de que no había tomado en cuenta su opinión, había acusado a papá de *blandengue,* y pronosticó que Anita sería la deshonra de la familia. Finalmente se lavó las manos con la majestad de un Pilatos.

—¡Yo soy inocente de este disparate!

Papá aguantó con estoicismo las descargas de mamá. Raramente se alteraba y, además, si había asumido la responsabilidad de lo que le sucediera a Anita, ¿para qué emponzoñar los hechos cumplidos con una discusión inútil? Por supuesto, sentía sobre sí el peso de la responsabilidad: suya sería la culpa de lo que pasara. Bastaba con oír a mamá hablando de Anita, como si ya ésta no fuera su hija, para saber lo que tendría que soportar en el caso de que ocurriera algo malo o deshonroso.

—*Tu hija* te ha agarrado la baja— le dijo mamá con

rabia.

Papá no contestó. ¿Para qué? Le bastaba con que su esposa hubiera acatado su decisión. Sólo le daba la oportunidad de desahogarse, por eso no la mandaba a callarse de una vez. Pero mamá, cinco minutos más tarde, volvió a la carga como si, luego de considerarlo bien, aún no entendiera en lo más mínimo las razones por las cuales apoyaba siempre los desatinos de Anita.

—Yo quisiera saber el por qué *tu hija* termina siempre haciendo contigo lo que le da la gana. ¡No sé qué extraño poder tiene sobre ti!

Papá se estremeció. Sin proponérselo, mamá había puesto el dedo en una parte lacerante de su memoria, en una antigua y secreta historia que hubiera preferido olvidar y que se olvidara.

Parte cinco

Una moral de cheque sin fondo

Partie cinq

Une mort de chaque six jours

1

Estábamos aún en 1956, en una ciudad y un tiempo a punto de hundirse en el olvido y la calumnia, todavía por ocurrir la hecatombe que la convertiría en leyenda y nostalgia. Luis estaba preso en el Príncipe y Anita ha vuelto a la capital con el apoyo moral de papá, quien de paso la proveyó de suficiente dinero para sus gastos. Ha llegado a la nueva pensión en San Rafael donde Gloria le había reservado un cupo, por el momento con otras muchachas, pero con la esperanza de compartir las dos la misma habitación en las próximas semanas.

A los efectos de su regreso, el hecho de que Gloria se hubiera mudado a esta nueva pensión la había ayudado mucho. A los ojos de papá, no iba a estar sola sino con Gloria, una muchacha que además de decente era como de la familia. Eso fue un punto a su favor.

Sin cambiarse la ropa del viaje, sólo con un retoque de belleza ante el espejo, ella ha salido corriendo de lo más excitada hacia el Castillo del Príncipe. No se pudo aguantar de la impaciencia. Andaba loca por ver a su adorado tormento, mirarlo a los ojos, tocar sus manos, oír su voz, estar segura que no le pasó nada y que su amor no había sido un sueño.

En la fortaleza los guardias la han reconocido y uno hasta le sonrió. Todas las alcabalas y rejas se abrieron a su

paso y uno se negó a mirar dentro de su cartera. Ya dentro del vivac esperó con ansiedad en el mostrador de las visitas a que llamaran a Luis. Cuando lo vio venir por el pasillo le brincó el corazón: ahora tenía la pinta de un verdadero presidiario con los cañones negros de la barba en la cara. Lucía más viril pero más viejo y más endurecido. Le preguntó angustiada si había estado enfermo.
—De no verte— le contestó él con ternura.
—¿Pero y esa barba? ¿Te la piensas dejar?
—Si tú no podías venir, ¿qué razón tenía para afeitarme?
Esta galantería la hizo feliz. Pero le pidió que se afeitara, porque tenía cara de malo. Afeitado se veía más bonito. Luego se preocupó porque lo encontró flaco. Era aún temprano, sólo las once. Así que regresó agitada a la pensión para hablar con Sara, la dueña. Se le ocurrió inventar la existencia de un tío hospitalizado en el Calixto García, al que deseaba llevarle una cantina todos los días, empezando hoy mismo.
—Al pobre no le gusta la comida del hospital— le explicó.
Sara, la viuda de un republicano que había huido de Franco con muchos años en Cuba, accedió comprensiva, aunque las cantinas no fueran su negocio. Los días pasaron, una cantina venía y otra iba, y Sara que no tenía un pelo de tonta bromeó con Anita sin confesarle que lo sabía todo.
—Oye, ese tío tuyo debe ser muy joven y apuesto.
—¿Por qué lo dices?
—Por lo linda y lo nerviosa que te pones para ir a verlo.
Anita miró los ojazos cálidos y divertidos de Sara, y sospechó que lo sabía todo, pero prefirió no confesarse. Aunque suponía que podía contar con la complicidad de Sara (ellas habían simpatizado mutuamente), no deseaba dar explica-

ciones. Mientras menos se mencionara a Luis, mejor. Por ahora, la policía no la había molestado más, seguramente habían decidido que no valía la pena vigilarla, y se sentía cómoda allí, en aquella pensión.

La pensión de Sara estaba en la calle San Rafael, a media cuadra de donde finalizaba a un costado de la Universidad, en un caserón de dos plantas que en sus mejores tiempos debió ser una orgullosa mansión. Tenía al frente un jardín con rosas separados de la calle por una verja de hierro, un amplio portal con columnas griegas con pisos de mosaicos cubanos con arabescos musulmanes y los típicos balances de caoba y pajilla adonde a ella le gustaba sentarse a estudiar con alguna compañera o a esperar a Luis, más adelante, cuando éste salió libre.

La nueva pensión era mixta: los varones dormían arriba y las hembras en la planta baja, y los estudiantes provenían de un sustrato social más humilde que en la pensión de H. Sara era una de esas españolas recias con un vozarrón más afectuoso que temible; solía advertirle a las chicas que le importaba un comino lo que hicieran con sus novios de la puerta para afuera, con tal de que se comportaran adentro con decencia.

—Yo no soy guardiana de virgos— proclamaba con su vozarrón. —Pero tampoco alcahueta de nadie. En mi casa se respeta la moral. Yo, a la que agarre en un desliz, la pongo con sus matules en la calle.

La pensión no sería tan exclusiva, ni el barrio tan elegante como en el Vedado, pero a Anita no le importaba. Había elegido, y elegiría en lo adelante, alejarse un poco del círculo de sus amistades matanceras que habían criticado su noviazgo con Luis. Ahora disfrutaba de una atmósfera más liberal y del vozarrón afectuoso de Sara, además de tener a Gloria viviendo con ella, y la ventaja maravillosa de salir y entrar sin límites carcelarios de horario, y sin la pesada vigilancia de la viuda.

Entre los viajes diarios a la prisión del Príncipe y los exámenes finales no le quedaba tiempo para sentarse a conversar con Gloria. Gracias a su voluntad y a las malas noches quemándose las pestañas, y posiblemente a que su novio estaba preso, logró aprobar todas las materias del segundo año, incluso las que llevaba mal. Cuando salió del último examen, se sintió aliviada y feliz: había cumplido con la promesa que le hiciera a papá y consigo misma. Para mayor felicidad, los abogados sacaron a Luis libre a mediados de Julio. Al fin una noche sola en sus brazos celebrando su libertad y el reencuentro apasionado de su amor.

Sin embargo, con la liberación de Luis no se terminaron las angustias de Anita. Luego de salir de la cárcel, él continuó conspirando y, aunque se incorporó a su trabajo en la empresa norteamericana, se la pasaba mudándose de una pensión a otra, en una especie de semiclandestinidad.

—Luis debería cuidarse, y tú también— les advirtió Gloria.

—No te preocupes que a mí no me vuelven a agarrar durmiendo— se burló Luis. —Ahora duermo con un ojo abierto y los pantalones puestos.

Habían llegado las vacaciones de verano, pero Anita inventó pretextos para no volver a Matanzas. Una intensa relación amorosa floreció en esos meses entre los dos, tal vez porque los peligros que se cernían sobre ellos le daban un toque de excitación y complicidad. Ella se sentía unida a él en su lucha contra la injusticia. A fines de Agosto Luis dio un viaje misterioso a Oriente por tres días. A ella le dio miedo aquella breve separación, pero se sobrepuso porque en aquel entonces se identificaba plenamente con sus ideales. A sus ojos, su novio era un cruzado de la justicia, un santo laico, un intelectual que ansiaba eliminar la maldad del mundo. Si nunca se incorporó como militante se debió a prejuicios que ambos compartían: las mujeres podían ser cómplices y ayudar en algo, pero nunca combatientes. Luis trataba de mantenerla siempre al margen, le hablaba de sus inquietudes políticas y de sus planes, pero evitaba vincularla directamente en sus actividades subversivas.

Cuando salió del Príncipe, ella estaba ansiosa porque lo conocieran y supieran quién era su novio, y lo invitó a cenar en la pensión. Primero se lo presentó a los muchachos y muchachas en el portal, y luego a Sara en la sala, quien se adueñó de Luis, lo tomó autoritariamente del brazo y lo llevó entusiasmada y excitada hacia el comedor.

—Entra sin pena, hijo, que aunque humilde ésta es tu casa. Estaba de lo más ansiosa por conocerte. ¡Esta perla que tienes por novia me ha robado el corazón!— añadió, agarrando a Anita por la cintura.

Los hizo sentar juntos en una de las mesitas y ella personalmente les sirvió con su cálido vozarrón y, como para que no quedaran dudas que aprobaba la conducta de Luis, confesó retadora y entusiasta que si tuviera veinte años menos, estaría luchando contra Batista.

—¡Ese canalla me cae tan gordo como el mismísimo Franco!

Luis simpatizó con la española; para la época nadie percibía a los españoles como extranjeros, sino como otro cubano nacido en la Madre Patria. Al principio no le había gustado cuando supo que Anita se había mudado a una pensión mixta de varones y hembras, celoso por aquello de que en la confianza y la intimidad entre ambos sexos está el peligro; sabía por su experiencia propia que las mujeres son más vulnerables cuando conviven con uno bajo el mismo techo. Pero al comprobar el respeto con que lo recibieron los estudiantes compañeros de Anita, se tranquilizó. Al fin y al cabo, pocos se atreverían con la novia de un tipo que suponían peligroso.

Sara hizo buenas migas con él y las noches que se bajaba del auto lo invitaba incesantemente a pasar al comedor. Mal pensado siempre, supuso, siempre desconfiado, que tanta amabilidad se debía a que Anita pagaba las cenas extras que él consumía. Pero luego se enteró que no era así: que Sara se había negado a cobrar nada. De todos modos, a él no le convenía hacerse demasiado visible, frecuentando en exceso una pensión llena de universitarios cuya inclinación a la charlatanería y al chisme lo pudieran colocar en la mira de algún chivato del Gobierno.

Por supuesto, la pareja formada por Ana y él suscitaba la curiosidad y las elucubraciones eróticas de los muchachos. La propia Anita contribuía a ello con sus curvas estupendas que inflamaban los deseos y por su porte de diosa enamorada. La veían sentarse en el portal después de la cena, hora en que los pensionados de ambos sexos se reunían a conversar allí, y, de repente, un auto misterioso se detenía en la calle con Luis al volante. Entonces ella se levantaba y atravesaba el jardín con su arrogante taconeo de hembra excitada y se montaba en el auto, que se perdía en la inquietante oscuridad de la noche tropical.

Luis tampoco era mejor pensado que ellos. Veía a los cabroncitos con sus caras de angustiada lujuria, y a las chicas de lánguidas o inquietas extremidades, y suponía enmarañadas pasiones, amparadas bajo el techo cómplice de la pensión. Años después, ella contrarió su opinión.

—Tú, tan mal pensado como siempre. Nunca ningún muchacho nos faltó el respeto y, que yo sepa, sólo hubo un noviazgo consentido incluso por Sara, por ser una parejita pudorosa y decente.

El único escándalo de que ella tuvo noticia, no fue con un pensionado, sino con el propio hijo mayor de Sara, con una flaquita de ojos claros. El hijo de Sara dormía en un habitación al fondo de la pensión y una madrugada Anita escuchó el vozarrón inconfundible de la española llamando a alguien en la silenciosa oscuridad.

—¡Lolita! ¡Lolita, eres tú!
—¿Qué, señora?
—¿Qué haces ahí en el fondo a estas horas?
—Pues... iba por un vaso de agua.
—¡Agua por ahí! ¿Hija, por quién me has tomado? ¡Por una idiota!
—No la entiendo, señora. No hago nada malo.
—No sé qué hacer contigo, Lolita. Pero creo que lo mejor es que mañana mismo te vayas buscando otra pensión. ¿No te parece?

2

Anita vivió en la pensión de Sara hasta que cerraron la Universidad en Diciembre de ese año. Fueron meses de intensa felicidad que el sufrimiento posterior borraría como se borran los sueños. Él se había transformado en el centro palpitante de su vida; la Universidad y los demás acontecimientos en el telón de fondo de la escena. Contaba con impaciencia las horas que pasaban separados, y sólo se sentía vibrar de felicidad cuando estaba junto a él.

En Agosto se marchó la compañera de habitación de Gloria y ella pudo mudarse con su amiga. Juntas en la misma habitación se sentían acompañadas como en familia y en la hermandad de tantos años, aunque a veces Gloria se celaba o se burlaba de su obsesión por Luis.

—Luis para acá, Luis para allá, ¡me tienes harta! ¿Es que no puedes respirar ni estar tranquila si no estás con ese hombre?
—Lo que pasa es que tú nunca has estado enamorada.
—¡Bah, lo tuyo no es amor sino fanatismo! ¿Qué harías si te dejara por otra o si desapareciera de tu vida?
—Luis nunca me va a dejar.
—Okey, okey, ¿pero supón que lo mataran?
—Me metería a monja.
—¡No puedo creerlo! ¿Ves que estás loca?

Ella sonreía indulgente, como si lo que experimentara no estuviera al alcance de la comprensión de su amiga. No deseaba tampoco renovar sus celos contra Luis. ¿Cómo hacerla comprender que ella vivía un gran amor con el hombre de su vida? ¿Cuántas mujeres han podido pasar por esta experiencia única? Para ella, él era un joven excepcional, digno de un amor que resistiera el tiempo y la muerte. Luis era único y excitante, a la vez con ideas profundas y trascendentes.

Si -Luis decía, por ejemplo: "Los conformistas son hombres mediocres; la vida sin un propósito grandioso no tiene sentido", ella le daba vueltas a esta idea banal como si se tratase de una joya genuina.

Tal vez la peligrosa aventura de la revolución le daba ese toque de romanticismo excepcional a sus relaciones. Eso de salir sola de noche por La Habana con un hombre armado doblemente con su sexo y su revólver la excitaba profundamente. Como este viernes que ha salido de la pensión y se montó en su auto, y apenas perdieron de vista a los mirones en el portal, se han dado el primero beso furtivo de lengua.

Iba pegada a su lado, mientras él manejaba despacio buscando en donde estacionarse cerca de la parada de ómnibus de San Lázaro; él quería comprar cigarrillos y tomarse un cafecito en los quioscos. Dio una vuelta por San Miguel, por

Mazón, calles oscuras y casas sin portales, hasta encontrar un hueco entre dos autos en Neptuno, calle principal famosa por el chachachá de la Engañadora y otros pecados capitales, llena de vitrinas y luces de neón en el centro pero que se tornaba oscura como de arrabal en los predios cercanos a la Universidad.

Se apearon y caminaron, con él llevándola dulcemente por la cintura hasta que entraron en la iluminada San Lázaro que la agarró del brazo. En uno de los quioscos pidió dos cafecitos. Estaban al pie de la Colina famosa, en la calle por donde bajaban las manifestaciones de estudiantes coreando consignas y portando pancartas. Ella vio una vez como esa masa viva y llena de energía se enfrentaba a la policía, conmocionada por los gritos, los puñetazos, las pedradas y finalmente los disparos, eso sucedió hasta que en Cuba se acabaron para siempre las manifestaciones de protesta. Dos semanas antes habían detenido allí a un amigo suyo y por eso no iban a menudo. Luis decía que era un sitio peligroso, frecuentado por universitarios y vigilado por las patrullas de policías; pero a él lo tentaba el sabroso cafecito, conocía y bromeaba con los dependientes, en especial con una rubia cuya amistad con Luis le disgustó, y además esta noche se le habían acabado los cigarrillos. Estaban con las tacitas en las manos, entre el bullicio de la multitud, cuando se les acercó un gordito vestido de blanco y saludó a Luis efusivamente.

—¡Eh, Luis, qué hubo! ¡Qué bueno, quería verte!

Un gordito que intentaba ser jovial pero cuya mirada reflejaba cierta inseguridad o inquietud. Los dos se pusieron vagamente de acuerdo para "conversar". Cuando Luis se lo presentó, en tono divertido añadió el título de médico al nombre de su amigo. Luego, cuando se separaron y volvieron al auto, ella le preguntó:

—¿Éste no era el estudiante de medicina que estuvo

preso contigo?

—El mismo. Delegado además de su año. Un buen muchacho.

—Lo noté raro, como nervioso o angustiado.

—Ni lo uno ni lo otro. Lo que pasa es que está avergonzado porque el esfínter del ano lo traicionó en la estación de policía.

Como ella no comprendió, él le relató el cagalitroso incidente, y la explicación científica dada por el protagonista. Al final añadió, en el mismo tono jocoso, que al pobre Gilberto se le había escapado el sueño de ser senador de la República por culpa del maldito botón conectado con el ano en la espalda. A ella el incidente la asombró pero sintió pena por su amigo.

—El pobre— comentó. —No deberías reírte.

No añadió que la mortificaba que fuera tan duro y burlón con la gente. Sabía que él era así. Le gustaba así: creía que formaba parte de su hombría el ser burlón y duro. Con tiempo y amor ella dominaría su fiereza y su agresividad. Pero ahora se sentía protegida a su lado y se apretó contra su cuerpo mientras iban quedando atrás las calles más céntricas del Vedado y entraban en las zonas más apartadas. Sabía que él buscaba un rincón solitario y oscuro para estacionarse. Luis manejaba con una mano y con la otra le acarició los muslos y con sus dedos fuertes le levantó la falda. Ella temblaba apretada contra su costado y buscó el bulto de su sexo en el pantalón y, adiestrada ya en la maldad, empezó a darle un suave masaje en la erección, excitada y con el corazón galopando. Le daba miedo que Luis manejara en esas condiciones, ¿pero qué enamorada se comporta con prudencia cuando toda su sangre arde junto al hombre que ama?

Recientemente a ella le contaron un accidente escandaloso y revulsivo del erotismo habanero al volante, y no lo comentó con Luis por pudor. Una pareja de enamorados iba en un auto por las solitarias avenidas de un sitio llamado el Laguito, que sólo conocía de oídas, porque Luis nunca la había llevado, y no le explicaron cómo, pero la mujer se la estaba mamando a su compañero cuando éste, seguramente obnubilado por la tortura del placer, chocó de súbito contra otro auto estacionado en la vía. La mujer del impacto cerró con fuerza los dientes con la cabeza del pene aún en la boca y casi se la arranca. Al infortunado galán hubo que internarlo de urgencia en una de esas clínicas que prestaban por una módica mensualidad unos servicios médicos que no tenían equivalente, por sus ventajas, en ningún otro país latinoamericano. Y por una de esas asociaciones eróticas, ella recordó esta incidente cruel del amor sobre ruedas en el momento en que Luis detuvo el auto en una cuadra oscura y apartada del Vedado, a media cuadra del mar.

Luis apagó el motor, subió los vidrios hasta dejar sólo un palmo para el aire fresco, aseguró las puertas y se volteó hacia Anita que lo esperaba con la respiración agitada y los labios abiertos. Se habían estacionado bajo una frondosa yagruma que contempló con escepticismo de vegetal el frenesí inútil a que se entrega la carne.

Dos meses después, en Octubre, Sergio vino desde Oriente por segunda vez en aquel año. Ella lo había conocido cuando Luis estaba preso en el Príncipe y, aunque sólo hablaron dos veces, le simpatizó su calidez humana y su varonil gentileza. Aquellos orientales parecían todos muy confianzudos, y la llamó en seguida "mi cuñada" o "hermanita", pero con tal naturalidad que la dejó desarmada, porque Sergio parecía uno de esos pocos hombres sin segundas intenciones.

Esta vez Sergio trajo noticias que se preparaban acciones armadas en gran escala en Santiago, noticias de un levantamiento y un desembarco que a ella le parecieron inimaginables en su pequeño país. Lo supo todo vagamente por Luis y sus preocupaciones por la vida de su novio aumentaron más.

3

Luis supo de los preparativos para el levantamiento con asombro y envidia: mientras en La Habana la gente andaba comiendo mierda, Frank reunía hombres y armas suficientes para la insurrección. Los ojos de Sergio brillaban excitados y divertidos mientras hablaba de la aventura quijotesca y suicida del levantamiento armado en Santiago.
—Frank está loco, pero con una locura contagiosa y sublime.

A escondidas en las casas ya se confeccionaban los uniformes para el levantamiento, y los jóvenes iban y venían poseídos por un sigilo febril, dispuestos al sacrificio supremo por la libertad de la patria.
—Yo los vi probándose los uniformes verde olivo con un brazalete rojo y negro— le contó con su sonriente vozarrón. —¡Frank ha logrado aglutinar a todo el mundo! ¡Del carajo, hermanito! ¿Te das cuenta? ¡La revolución ya no la para nadie! ¡La guerra está a punto de estallar!

El entusiasmo de Sergio resultaba evidente. Por su parte, su reacción fue tibia y escéptica. Aquello sería otra locura como la del Moncada. Y para demostrar que tenía razón recurrió al axioma de Curzio Malaparte de que se podía hacer una revolución *con* el ejército o *sin* el ejército, pero nunca *contra* el ejército. Años después, leyendo a Wittgenstein él pensaría que, efectivamente, todas las proposiciones lógicas son tautológicas y ninguna es definitiva. Axioma que a Sergio no impresionó; siendo él fundamentalmente un hombre de acción, desacreditó los consejos de Malaparte sacando a colación el caso del colibrí. Según Sergio, como ya sabe el lector, para unos ingenieros era imposible que volara, pero volaba. Por último, Sergio ridiculizó al italiano con un argumento muy cubano por el hábito nacional de jugar con las palabras.

—Aparte, ¿cómo creer en un idiota que se llame Malaparte?

Y después, utilizó el sentimentalismo patriótico para persuadirlo, un resorte al que era muy susceptible a los veintiún años. ¿Cómo podían ellos permanecer con los brazos cruzados mientras los mejores y los más idealistas se lanzaban de puro cojones a un combate suicida contra la dictadura? Para mí se acabaron las vacilaciones, hermanito.

—¿Qué vas a hacer? ¿Pasarte al 26 de Julio?

—¡Qué voy a hacer no: qué vamos a hacer! Porque cuento contigo, ¿verdad?— le conminó con su optimismo contagioso.

—¿Cuándo coño yo me he echado para atrás?

—¡Nunca! ¡Ahora lo que tenemos que hacer es quedar bien con la Organización, especialmente con Justo, no importa la conducta de Ramón! Mejor que lo sepan, así quedamos como unos caballeros.

Estaban desilusionados con la Organización y la ruptura era puramente formal. Anita notaba la inquietud de su novio. Sin duda se tramaba algo grande y temía por su vida. Supuso con razón que Sergio era la persona que más impulsaba a su novio a la acción y al peligro, y aunque le había simpatizado en un principio, se celó de su presencia. Durante la semana de Octubre que Sergio estuvo en La Habana, incluso Luis le dedicó menos tiempo a ella.

Por las noches, él manejaba y llevaba a Sergio adonde éste le pedía, a hablar con los compañeros y los amigos. Después hablaban de la gente de Oriente y la familia. Al final, aunque hubo un pugilato sentimental porque él quería acompañar a Sergio, acordaron que Luis debía permanecer en La Habana, pasara lo que pasara, mientras Sergio volvía a Oriente para decidir con Frank sus incorporaciones al Movimiento.

—Tú te quedas y yo voy a ver qué pasa. Yo creo que esto no hace más que empezar— le ordenó con esa intuición mágica que poseía para los acontecimientos. —Por el momento aquí estás cómodo. Tienes un buen trabajo y una novia maravillosa. ¡Pórtate bien, que te conozco!

Luis no contestó. No le molestaron los consejos porque en su inconsciente Sergio había venido a ocupar la imagen paternal que siempre le faltó. Tampoco quiso aclararle que una patrulla sospechosa se paraba algunas mañanas en una calle lateral de la Empresa en donde trabajaba, todos suponían que a vigilarlo, provocando cierta alarma entre sus compañeros y su jefe. Pero no le daba importancia ninguna a perder un empleo que consideraba pasajero en su vida y en cuanto a la policía, ¿qué podía decirle eso a Sergio que iba y venía normalmente sin preocuparse mucho de la vigilancia y la persecución de que era objeto?

Finalmente, Sergio regresó a Oriente y Anita se sintió aliviada. Consideraba que su presencia era perniciosa para su novio y hasta llegó a temer, y con razón, que los dos se fueran juntos a pelear en la guerra horrible que se preparaba. Su instinto de mujer le decía que, a pesar de su vozarrón bondadoso, Sergio era un revolucionario más temible y audaz que su novio. Todavía más: desde que lo vio tuvo el presentimiento que Sergio iba a morir trágicamente. Pero eran sólo vagos presentimientos cuya sola mención habrían provocado los sarcasmos o el desprecio machista de Luis. Incluso, antes de que Sergio volviera a Oriente, estando los tres juntos, ella cometió la tontería de pedirles que se cuidaran y confesar su temor de que los atrapara la policía.

Pero reaccionaron como lo hacen los hombres, especialmente los hombres como ellos: se contonearon jactanciosos y sonrieron con indiferencia como si la muerte no pudiera tocarlos. Por supuesto, ellos eran unos intrépidos más inteligentes que los esbirros y hasta que la propia muerte: "No nos va a pasar nada. Tranquila, que nosotros sabemos cuidarnos", dijeron como si tuvieran enfrente a una pobre mujer asustada.

Una noche en el Malecón, frente al oleaje oscuro del mar, discutieron por culpa de Sergio. Ella le confesó su preocupación por el ascendiente tan grande que tenía sobre él, que esa dependencia podía resultarle perjudicial en el futuro. La reacción de Luis fue de un sentimentalismo que no le conocía.

—Sergio es como un hermano mayor para mí.

—Eso no significa que debes seguirlo en todo.

—Tú no entiendes— dijo él, casi ofendido. —Nos hemos jugado la vida juntos. Lo respeto más que a cualquier hombre que haya conocido. Él se dejaría matar por mí y yo por él.

Su reacción la hizo sentirse celosa e incómoda. Estaban sentados en el muro y desvió la mirada hacia el oleaje indescifrable del mar, y no le respondió nada. ¡Así que su novio quería tanto a Sergio que se dejaría matar por él! Entonces, luego de unos minutos de resentimiento de cara a las olas en que ambos se distanciaron, él intentó dar una explicación de sus sentimientos hacia Sergio que podríamos resumir así: No había tenido un padre que le enseñara el camino (su padrastro siempre ignoró su existencia, aunque no lo dijo). En la más temprana adolescencia creía que ser hombre equivalía a acostarse con putas, tomar ron y emborracharse, fajarse a los puñetazos al estilo brutal pero caballeroso de los héroes del Far-West. Vivía en un estado de rebeldía y exasperación existencial que ni entendía, ni aún hoy entiende.

No conoció un ejemplo moral digno de imitar o de admirar hasta que, después del golpe de estado, hacía ya más de cuatro años, sus inquietudes políticas lo unieron con Sergio, un tipo decente con las mujeres, incapaz de una mentira, que no fumaba ni se emborrachaba nunca, sin dejar por eso de ser un hombre del carajo y de una valentía increíble.

El timbre de su voz se había tornado sentimental y dramático, triste incluso. La penosa confesión tocó las fibras del amor de Anita que saltó en defensa de las virtudes humanas de su novio. Sergio no era mejor que él, ni tan inteligente. ¡Eso jamás! Tú puedes haber sufrido las desorientaciones normales de la adolescencia pero tienes una sensibilidad y una auténtica angustia por la justicia que te hacen superior.

—¡Mi amor, tú no tienes que confiar tus decisiones a otro hombre, por muy amigo tuyo que sea!— añadió. —¡Yo confío ciegamente en ti!

—Gracias, ¿pero tú confías en Gloria, verdad?

—Sí, pero no tanto hasta quedarme ciega.

—Pues escucha bien, Anita. Yo no soy ningún ingenuo. Pero pienso que hay momentos en la vida en que si no confías en nadie, en que si no tienes fe en *un hombre al menos*, ¿qué sentido tendría en creer en la humanidad? ¿Cómo luchar si no tenemos el ejemplo de otro hombre, si pensamos que detrás de la cara de nobleza del amigo se oculta un canalla o un hipócrita en potencia?

No se habían entendido. Esa noche, sentados en el muro del Malecón, de espaldas a la ciudad y frente al sordo palpitar del mar, ella deseó intensamente fundir su alma con la de Luis, ser los dos uno solo. ¿Por qué no la escuchaba? ¿Por qué ese empeño en dejarse matar por la Patria o por Sergio, y no mejor vivir para el amor de ambos? Admiraba las ideas de Luis y su inteligencia; pero a menudo le producían una vaga angustia. ¿Por qué no se preocupaba un poquito más por ella?

No encontraba las palabras para expresarse y lo único que se le ocurrió fue decir:

—Yo quiero tener un hijo tuyo, que se parezca a ti, con tus brazos y tu cuerpo, y también tu inteligencia.

Él, que no sentía ninguna atracción por la paternidad, de sólo oírla mencionar un hijo, tuvo una erección: primero sexo, luego hijos. Pero no la había entendido. Aunque a Anita no le incomodaban en absoluto sus erecciones, al contrario, la excitaban, le sorprendía, y hasta le divertía la facilidad con que aquéllo se levantaba lleno de pujante vida, su propósito en aquel momento no tenía nada de erótico.

Cuando Anita expresó con un suspiro el anhelo de tener un hijo suyo no se refería al placer del sexo, sino al anhelo más profundo y femenino de querer duplicar la imagen del hombre amado.

¿No sería esta, tal vez, la suprema prueba del amor?

4

De repente, la guerra vino como un huracán a cambiar sus vidas. El alzamiento del 30 de Noviembre en Santiago, y el desembarco dos días después de los expedicionarios del Granma, provocaron el cierre indefinido de la Universidad. Papá la llamaba todas las semanas urgiéndola a volver a Matanzas. Pero ella logró aguantarse en La Habana hasta la víspera de la Nochebuena en que papá se presentó en la pensión tempranito a buscarla. ¿Con qué pretexto, con qué cara negarse?

—Nunca ni mis hijas ni mis nietos han faltado a la mesa el día de Nochebuena en mi casa— le dijo papá en tono severo.

A ella se le aguaron los ojos y le dio un beso. Tuvo que volver a su casa en Matanzas sin despedirse de Luis. Fueron unas Navidades tristes a pesar de que estaba reunida toda la familia.

En Enero, por razones relacionadas con sus estudios (existía la remota expectativa de que se reanudaran las clases), a ella le dieron permiso para regresar a la pensión en La Habana. Nunca, desde que se conocieran un año antes, había estado dos semanas separada de Luis. El reencuentro fue muy apasionado y emotivo. El inviernito habanero engalanaba la ciudad con días y noches fulgurantes, y la vida continuaba como si nada hubiera pasado, con la gente en las calles y los nigth clubs llenos. Pero Luis le lució febril, angustiado y entristecido por la muerte de algunos de sus amigos en Oriente.

—La revolución está en marcha, ya nada la para— le dijo. —Fidel y Frank están vivos, uno en la Sierra y el otro en Santiago.

Ella deseaba quedarse en La Habana con Luis, aun en el caso de que no reabrieran la Universidad. Planeó buscar un trabajo, imitando a Gloria que ya tenía un trabajo permanente en la capital, y persuadir a papá de que la dejara. La pensión daba pena verla medio vacía: excepto por Gloria y tres más, todos los estudiantes estaban para el interior. Sara, preocupada, maldecía a la dictadura por el cierre de la Universidad. Para colmo, andaba ronca del mal humor.

Luis se vio forzado a dejar su trabajo en la Empresa y vivía en una clandestinidad a medias, ayudando a organizar la Resistencia y el Movimiento, a las órdenes de un sobreviviente del Granma, pero aun así se veían a cualquier hora todos los días. En febrero, papá vino nuevamente a buscarla. No conocía a Luis y no lo conoció tampoco esta vez. A la semana de estar en Matanzas, ella inquieta por la separación, empezó a poner mala cara y rezongar en voz alta: si Gloria estaba en La Habana trabajando, por qué ella no hacía los mismo.

—Si vas a la fuente, no vas por agua— murmuró mamá.

Papá ya había sido tajante al respecto.

—Hay cien kilómetros de aquí a La Habana, lo mismo para ti que para ese hombre. Si quiere verte que venga a visitarte los fines de semana. Si no puede, tú tendrás que esperar aquí hasta que se caiga Batista.

Pero esta vez fue más conciliador.

—¿Por qué no te vienes a trabajar en la farmacia conmigo? Así me ayudas, te prácticas, te entretienes un poco y de paso te ganas tu dinerito— le propuso y ella aceptó.

El 13 de Marzo ocurrió el asalto a Palacio. Los rumores que se corrieron por Matanzas fueron confusos y alarmantes. Se decía que habían tumbado a Batista. Se hablaba de centenares de muertos, de tanques en las calles y combates sangrientos. La versión oficial se escuchó pronto por la radio: la acción casi suicida del Directorio Estudiantil había sido un fracaso; el dictador saludable y con vida seguía al frente del Gobierno y se jactaba de su valor con una frase donde daba a entender que estaba dispuesto a morir peleando con su pistola de oro.

—¡Yo siempre cargo una bala en el directo!

Al oírlo, papá se burló: —Una bala en el directo pero para salir huyendo, como todo los cobardes.

Pero ella no estaba de humor. Sufría horas de horrible incertidumbre sin saber de Luis, temiendo que hubiera participado en el asalto o que lo asesinaran en la brutal represión que efectuaban los militares por venganza. Abrió temblando los periódicos después de los estragos de una noche de vigilia, mirando las fotos de los cadáveres ensangrentados sobre el pavimento, con el pánico de reconocer, en uno de esos cuerpos rotos, el de su novio.

Había llamado tres veces a Gloria por noticias, quien

andaba tan conmovida y preocupada como ella: la pobre conocía personalmente a dos de las víctimas; pero no sabía de Luis. Esperó a que él la llamara, pero nada. Al tercer día recibió un telefonazo de Gloria que sólo la tranquilizó a medias. Luis le mandaba un mensaje: que se encontraba bien, oculto en un sitio seguro. No había participado en el asalto pero los esbirros lo buscaban, como a tantos otros. Y Gloria añadió:

—Te manda besos y que no te muevas de tu casa.

Lloró como una boba. El miedo no se desvaneció hasta que supo por Gloria que a Luis le habían dado asilo en la embajada de México. Unos días después, él salió en avión de la isla y ella respiró aliviada. Ahora estaría en el extranjero, lejos de ella, pero a salvo. Pronto recibiría noticias suyas, primero de México y luego de New York.

Batista, según la opinión de todos, no duraría mucho. Sin embargo, se equivocaron todos. Los tiranos suelen contrariar los pronósticos y se aferran al poder sin importarles el daño que le hacen a los pueblos. En el resto del 57, y durante todo el 58, la lucha contra el ridículo dictador de *la bala en el directo* se transformó en una pesadilla sangrienta que le hizo un daño irreparable a la nación.

Por fortuna, Luis permanecía en el extranjero a salvo, aunque separado de ella por la inmensidad del mar. Las cartas iban y venían, cuatro o tres de ella semanales por dos de él, nutriendo el arbolito fantasioso del amor. Eso de que la distancia es el olvido, no funcionó para Anita. En la hierba innumerable de los días, ella leía y releía palabra por palabra las cartas de Luis. En los momentos de desesperación, ganas le daban de montarse en un avión, cruzar el anchuroso mar y reunirse con su amor adonde quiera que él estuviese. Entonces papá le pedía paciencia, porque según todos Batista estaba a punto de caer.

Luis parecía establecido permanentemente en New

York, en donde incluso participó en una huelga de hambre frente a la ONU., en protesta para que USA suspendiera la ayuda militar al dictador. Sólo a principios del 58 hizo un misterioso viaje a México, desde donde le envió una postal de Chapultepec con barcazas cargadas de flores y con mariachis que encendieron sus celos. En sus cartas hablaba de volver pronto, pero no especificaba ni cuándo ni cómo; ella supuso que clandestinamente y una noche lo soñó en la guerrilla. Otras decía que se casarían después de la inminente caída del Gobierno. Pero no ocurría ni lo uno ni lo otro, y ella empezó a perder la resignación de monja con que lo había esperado.

5

En abril del 58, ella creyó encontrar la fórmula mágica para terminar con la dolorosa separación y reunirse con Luis en el extranjero. Se casarían "por poder", como en las novelas románticas, y luego viajaría a New York donde en compañía de Luis convertido en su esposo gozarían de una luna de miel y lucharían juntos sin separarse jamás. Entonces emprendió la ardua tarea de persuadir a papá, a mamá ni soñarlo, con el ímpetu de quien defiende su felicidad y su futuro. Papá puso múltiples objeciones durante varios días, hasta que acorralado por la terca voluntad de su querida hijita, encontró una salida astuta.

—¡Está bien, te voy a complacer!— accedió. —Pero con una condición: que te vayas con todos los papeles en regla a New York. No voy a pasar la vergüenza que vivas como una indocumentada cualquiera, corriendo el riesgo de que te deporten.

En el fondo ella era una mujer juiciosa y aceptó sin vacilar. Papá sabía que obtener la residencia en USA le llevaría meses y mientras tanto podía caerse Batista. Con ese propósito, ella viajó a La Habana, para gestionar su pasaporte y averiguar los trámites de la residencia en el edificio de la moderna embajada Norteamericana frente al malecón.

Cuando el americano de ojos azules, impresionado por su porte y su belleza, la miró con cara de bobo, ella pensó que sería fácil. Pero aunque no hacía más que sonreír servicial y amable, el riguroso papeleo que le indicó le pareció implacable y se sintió abrumada. Los requisitos para obtener la residencia en el gran país del Norte, no sólo serían laboriosos sino demasiado lentos para las impaciencias de una enamorada.

Ese mismo mediodía, estando parada en Línea esperando el ómnibus, con el alma abrumada pero resuelta a seguir adelante, un auto desconocido se detuvo junto a la acera con dos hombres adentro. No se fijó en los tipos porque nunca se fijaba en desconocidos, pero escuchó una voz conocida que la llamaba por su nombre, y se dignó a mirar.

—¡Hola, hermanita, no me conoces?

Entonces reconoció al dueño del vozarrón inconfundible.

—¡Sergio! ¡Qué susto me has dado! ¡Qué alegría!
—Anda, monta, hermanita. ¡Qué gusto me da verte!

Todavía le lucía extraño y diferente, y comprendió que tenía el pelo y el bigote teñidos de negro. Pero era Sergio que le hizo un gesto para que se montara por la puerta trasera mientras le sonreía con ese afecto amoroso y protector tan personal. Ella vaciló sólo un segundo pero la emoción de hablar con el más íntimo amigo de Luis la empujó a abrir la puerta y montarse dentro del auto. Fue en ese preciso instante que vislumbró en el piso delantero, debajo del tablero de los instrumentos, la ominosa metralleta negra parcialmente oculta, pero a la mano. Por su mente asustada pasó la duda de apearse, pero se abochornó de ese impulso cobarde y haciendo acopio de valor se sentó. A Sergio se le atribuían los secuestros de un cantante y un campeón de automovilismo extranjeros, paralizando el concierto y las carreras, así como el atentado y la muerte de un coronel del ejército, y se le consideraba uno de los jefes más peligrosos del Movimiento. A ella el corazón le latía de la emoción y el miedo, metida en aquel auto, imaginando la posibilidad de un tiroteo. Sergio la miraba vuelto hacia atrás, con la cara bondadosa y despreocupada del hombre más inofensivo y pacífico del mundo.

—¿Adónde quieres que te llevemos, cuñada?— le preguntó.

Anita dijo que a la pensión de San Rafael. Sergio sabía adonde era y le dio instrucciones al joven que conducía. Después la interrogó sobre los motivos de su presencia en La Habana. Ella no quiso confesarle que gestionaba el pasaporte y la visa para reunirse con Luis, por una corazonada repentina. Y Sergio continuó preguntando.

—¿Has tenido noticias recientes de Luis?

—Sí, hace dos días que recibí una carta suya de New York.

—Ya sé que está allá. ¿Y qué dice?

Sergio seguía volteado hacia atrás, aparentemente despreocupado. Pero el joven que conducía el auto lo hacia lentamente, vigilando muy tenso los otros autos y las calles por donde pasaban. Desde el asiento trasero ella percibió la asechanza y el peligro constante en que vivían. Sergio le informó orgulloso de que iba a tener un hijo, y le habló de su esposa y de que seguramente Anita y ella simpatizarían.

En ningún momento mencionó la revolución. Sólo cuando estaba llegando a la pensión, lo hizo indirectamente, al volver a hablar de Luis, como un hombre que dirigiera una empresa normal y corriente.

—Ya es hora de que Luis regrese. Lo necesito aquí— dijo, y reflexionando como si le gustara la idea, afirmó: —Sí, lo voy a mandar a buscar. Así que pronto podrás verlo, mi hermanita.

Ella no se atrevió a pedirle que mejor dejara a su novio tranquilo en New York, pero antes de bajarse le dio las gracias y le pidió que se cuidara mucho. Luego lo vio alejarse por las calles de La Habana en el auto cargado de armas, admirada de que anduviera tan campante por La Habana, pasando frente a los policías con esa pasmosa serenidad. "Como un niño jugando a los bandidos", pensó.

—¡Qué la virgen de la Caridad lo proteja!— dijo en voz alta.

Pero la virgen no protegió a Sergio. Una semana después los esbirros lo sorprendieron en la casa donde se ocultaba con su esposa embarazada y se entregó sin resistencia por temor a que la mataran en la balacera. Los esbirros se lo llevaron brutalmente sin molestarse en tocar a su esposa, una rubia de ojos azules bella como un ángel. La pobre se movilizó con un barrigón impresionante de ocho meses que conmovía los corazones endurecidos y logró que algunas personalidades interpusieran sus buenos oficios para salvarle la vida a Sergio. Pero todo fue inútil. Todos los cuerpos de seguridad negaron tenerlo en su poder y Sergio no apareció nunca más, ni vivo ni muerto.

A Anita le horrorizó la versión siniestra que circuló de su muerte. Lo odiaban tanto que se ensañaron con él. Lo torturaron durante tres noches y tres días y, como no lograron doblegarlo ni extraerle ninguna información, le sacaron primero los ojos y después le cortaron la lengua. Luego, asustados de su obra maligna, sacaron sus despojos en una lancha y lo tiraron en la profunda corriente del Golfo.

6

Las cartas de amor de Anita fueron en su afán como el vulgar comercio: no las detuvo ni la guerra ni el luto. En los casi dos años que estuvieron separados, tantas cartas escribió Anita y contestó Luis, que bien pudieron añadir un tomo más a la ridícula biblioteca epistolar de los amantes.

Durante el primer año las cartas de Anita fueron juiciosas y tiernas: en ellas le contaba todo lo que hacía o pensaba, para poder sentirse mentalmente más cerca de él. Las escribía en papel perfumado y en una primorosa letra Palmer; siempre fue una buena estudiante, incluso dotada para el dibujo, y en la Cuba de Antaño había un culto por la buena caligrafía cuya enseñanza era además obligatoria en las escuelas.

Pero en el segundo año la impaciencia se apoderó de su alma, y sus cartas se tornaron más apasionadas y menos pudorosas por la desesperación, y aun su letra perdió la rectitud, subía y bajaba caprichosamente en el papel de dos hojas sin rayas que usaba. Aunque jamás escribió una sola grosería, reflejaba los ardores frustrados en que se empantanaba su nostalgia por Luis: "Esta separación me está matando lentamente. Necesito la lengua de tu boca, las caricias divinas de tus manos, morirme de placer atravesada por ti. Ardo en las noches sin ti. Tú eres mi amor, mi tormento, mi cielo".

Cuando en abril del 58, le explicó sus planes febriles de casarse "por poder" y viajar a New York, dio por descontado que él los aprobaría. Sin esperar su respuesta, viajó a La Habana, y cuando regresó le contó el resultado de sus gestiones y el encuentro con Sergio con tal plasticidad que Luis le pareció verla tensa y excitada dando vueltas por las calles conocidas del Vedado en un auto con armas, conversando con su amigo.

Cuando ella recibió una carta de Luis provocadora-

mente erótica donde decía que la esperaba en la hermosa y fría primavera de New York para calentarse los dos junticos bajo las sábanas, saltó como una loca y le cayó encima a papá para que sin mayor dilación la acompañara a la embajada en La Habana a resolver el papeleo.
—Qué arrebatada esta niña— pensó papá de mal humor. —Ha perdido el juicio de tal modo que se iría hasta el fin del mundo por ese hombre.
Entre pretextos, demoró el viaje una semana, hasta que al fin fue con ella hasta la embajada. Cuando salió de allí, le explicó a su hija que lamentablemente los trámites legales le tomarían unas semanas. Se dio cuenta que papá se estaba haciendo el sueco para darle de largas al asunto, y ella lo miró desesperada, a punto de chillar, y con unos bellos ojos de suicida le dijo resueltamente.
—Papá, soy ya mayor de edad. Si no resuelves lo de los papeles, me voy con Luis a New York como sea, sin casarme ni nada.
Estas palabras asustaron a papá y, aunque se mostró majestuoso y ofendido, le dio seguridad a Anita que antes de un mes ya tendría la *affidavit* y todos los documentos necesarios para presentarlos en la embajada. Pero que le escribiera a su novio, para empezar los trámites para casarla por poder de una vez, y no lo atormentara más con su impaciencia cerrera.
Exceptuando a su hermana mayor Rosa, el resto de la familia era hostil a aquellos planes descabellados y deshonrosos. En sus cartas a Luis no mencionaba para nada la oposición de mamá ni la pasiva resistencia melancólica de papá. Sólo en un arranque de rebeldía, expresó los duros conflictos familiares que enfrentaba.
—Nadie me detendrá en Cuba— escribió. —Si tu amor fuera delito, yo tendría cadena perpetua.
Luis leía conmovido sus cartas en el exilio. Con la

distancia su amor por Anita había echado sólidas raíces, y no pensaba sino en ella como su futura esposa. Pero inconstante y promiscuo como la mayoría de los hombres, buscaba consolar su voracidad sexual en otros brazos de mujer. Cuando recibió su carta, en un principio le pareció maravillosa la idea de gozar de la compañía y el amor de Anita en aquella inmensa ciudad en donde había vivido por primera vez los climas cambiantes de las estaciones: el otoño de hojas voladoras y lluvias frías, y el invierno real con un frío bárbaro y la magia de los copos de nieve sobre su cabeza.

¿Pero qué sentido tenía hacerla venir si él tenía planes de abandonar pronto New York? Un pequeño grupo, incluido otros tres orientales que vinieron de México, iban a embarcarse clandestinamente hacia Cuba con la próxima remesa de armas, y se suponía que él los acompañara. Por eso le escribió una tercera carta a Anita pidiéndole que lo pospusiera todo en vista de la inseguridad de su estancia en los Estados Unidos, que además de ilegal seguramente sería pasajera.

Fue una misiva de un romanticismo decimonónico. Mencionó su pesar, pero primero estaban los sacrificios inevitables y hasta necesarios cuando deberes más alto con la Patria nos los imponen. Acudió a la autoridad cimera del Padre de la Patria, en cuyo magisterio no faltó en ocasiones un toque de cursilería, y citó una de sus metáforas innumerables: "las palmas son novias que esperan".

Y ella leyó, entendiendo el oscuro mensaje: en el exilio, lejos de ella y de la Patria que sufre, él desesperaba por volver, y la misión de una novia, la de Anita en este caso, consistía en esperar, como la esbelta palma real que puebla los campos de Cuba, con dignidad y paciencia su retorno. Ella aceptó con tristeza, creyendo que él también se sacrificaba, y se dispuso a esperarlo pacientemente. En cuanto a serle fiel, eso formaba parte de su propia naturaleza: nunca iba a fiestas y no aceptaba, ni de broma, que la cortejaran los numerosos pretendientes que en Matanzas la admiraban de lejos o de cerca. Cuando rechazó ir a un bailecito de cumpleaños de una prima, tuvo que soportar la burla.

—Eres la Penélope matancera— le dijo la prima.

—La guanaja querrás decir— dijo la otra con sorna.

En el pequeño melodrama de la separación, mientras Luis le asignó esa parte del libreto a Anita, con él mismo fue mucho más liberal y generoso. Entre otras aventuras eróticas tuvo una tormentosa relación con una guatemalteca menudita pero de cabellos larguísimos sedosos como su piel. Una indita con un sexo "así de pequeño", según le mostró gráficamente a un amigo separando el índice y el pulgar unos cinco centímetros, pero sin mencionar el nombre de la dueña. Ella se tendió con su cuerpo menudito en la cama y cuando lo vio venir cerró los ojos. La penetró sin contemplaciones y ella apretó los párpados y lanzó un gemido de dolor. La vio muy tensa, mordiéndose el labio, y le dio lástima.

—¿Te duele mucho?— le preguntó, y ella con los ojos cerrados y los labios apretados gimió afirmativamente. —¿Quieres que te la saque?— le propuso, porque en verdad parecía muy adolorida.

Y ella, luego de pensarlo unos segundos sin abrir los párpados y con su carita de mártir empalada, con otro débil gemido negó con la cabeza. Le dolía mucho pero le gustaba.

Pero ni la menudita princesa guatemalteca, un título lo reivindicaba para sí la estudiante de Guatemala, ni otras dos aventuras que tuvo, las consideró como una traición, ni por su cabeza pasó la idea de que su conducta fuera desleal. Mientras exigía de Anita la más absoluta fidelidad, como hombre se creía en el derecho, y aun en el deber, de pasarse por la piedra a cuantas rubias o morenas se le atravesaran en los caminos del exilio.

Tan persuadido estaba que esto era lo justo y lo natural que, sin el menor escrúpulo de conciencia, y en esa dicotomía tan latinoamericana en que la realidad es suplantada sin rubor por la retórica, le escribió a Anita una carta muy romántica que ella guardó en una polvera perfumada como prenda inolvidable de su amor.

"Con razón decían los griegos que quien lleva el amor dentro enloquece. No hay una sola hora del día o de la noche en que pueda apartar tu querido nombre o tu bella imagen de mi pensamiento. Salgo, y no tengo ojos, ni existen para mí otras mujeres: tú eres mi única reina coronada".

Cuando ella después de casada se enteró de sus andanzas en New York, de la rabia y el desprecio rompió esa carta. Pero no pudo romper el desengaño doloroso por la inconstancia de los hombres que se dejan arrastrar por la lujuria a la promiscuidad del sexo sin amor. Por orgullo, nunca admitió las traiciones de su novio ante nadie. Sólo una vez perdió los estribos en una disputa matrimonial.

—¡Hipócrita! ¡Tú ni de novio me fuiste fiel!
—No digas eso. ¡Tú eras mi única novia coronada!
—¡Coronada de cuernos, desgraciado!

7

Durante los veintiún meses de su separación, hasta que cruzaron en una atmósfera de carnaval y emoción las primeras columnas de guerrilleros con sus insólitas barbas, en Matanzas la vida había continuado normalmente. Desde el Goicuría, cuando un matancero temerario dirigió y murió en el asalto al cuartel, o lo remataron vilmente después, la bella ciudad de los dos ríos permanecía en relativa calma, incluso prosperaba a pesar de todo como el resto del país. Las aguas del San Juan y el Yumurí corrían bajo los puentes como el tiempo que se escapa entre los dedos, y la muchachada de la que Anita formaba parte hasta hacía pocos años, paseaba sus inquietudes por la Plaza o las calles, alborotando el aire con sus ansiedades existenciales a flor de piel.

¿Y Anita? Bien, seriecita en su casa o en la farmacia en su estoico rol de novia separada de su amor. Como nunca soportó la inactividad infecunda, pues la juzgaba propia de parásitos o de mujeres dignas de lástima, se empeñó en terminar sus estudios inconclusos de piano en las horas libres que le dejaba su trabajo en la farmacia.

Un buen matancero amante de la música y del piano como papá apoyó la idea con entusiasmo. Papá consideraba la música, en especial la clásica, parte integral de la educación de una señorita. Aunque no pudo hacerlo con Rosa por motivos económicos, en cuanto Anita cumplió los nueve años le compró un WurliTzer de madera barnizada como un espejo cuya visión en la sala de su casa le produjo más orgullo y alegría que a su propia hija.

—¿Quién sabe? A lo mejor tenemos una concertista en la familia— le dijo en privado a mamá.

Papá no cabía en el pellejo mirando a su niña aún con un lazo infantil en la cabeza aporreando con buen oído el piano. Igualmente fue una desilusión verla desertar del piano cinco años después, cuando ya sólo le faltaba presentar el examen final en el Conservatorio para que le otorgaran un título de profesora de piano y solfeo.

—No insistas más, papá. Estoy harta de estas prácticas interminables y esclavizantes— dijo Anita resueltamente.

Papá sospechó que lo hacía por venganza, sólo para castigarlo. Pero no se perdió todo, la vida al final le daba la razón a papá, y Anita volvía ahora al piano sin imaginarse remotamente que después de la revolución se ganaría el pan en una escuela como maestra de música; por suerte, en Cuba desde siempre la enseñanza de ésta había sido obligatoria en el 7mo. y el 8vo. grado.

Hasta mamá se contentó, creyendo que era una buena señal ver a Anita de nuevo con la espalda arqueada y las nalgas ágiles en la banqueta haciendo largos ejercicios, interpretando a Mozart o Chopin, o el cubanísimo danzonete, un ritmo creado por uno de los tantos matanceros que fueron músicos ilustres, y tocado por primera vez en el Casino Español en 1928, estando papá y mamá presentes, ocho años antes de que naciera aquella hija tardía que sería su tormento. Tan contenta estaba mamá, que empezó a asediar a Anita, siempre con la oculta intención de que olvidara a su maldito novio, para que saliera a bailar y a divertirse.

—¿Qué bicho te ha picado, mamá?

—¿A mí? ¡Ninguno!— mamá no sabía fingir.

—Entonces, ¿por qué insistes ahora en que salga si nunca te gustó que yo fuera parrandera, ni que andara con enamorados?

—¡Eso no es verdad!— contestó mamá. —Lo que pasa es que me mortifica verte encerrada todas las noches en la casa. Tú no tienes que guardarle consideraciones a un tipo que anda por New York, haciendo sabrá Dios qué con otras mujeres.

Al fin se transparentaban las intenciones de mamá. Pero Anita lo tomó con resignación. Mamá no la entendería nunca y no deseaba nuevos enfrentamientos que hicieran más difícil de llevar a cabo su determinación de casarse con Luis. Cuando unos días más tarde mamá volvió a la carga, le respondió en un tono firme pero conciliador.

—Por favor, mamá, déjame en paz, sí. Te agradezco tu preocupación pero no voy a ir a ninguna fiesta, y mucho menos a bailar. Primero por respeto a Luis. Segundo, porque en tiempos de dolor y luto, creo inapropiado andar de parranda como si nada pasara. ¿No es verdad, papá?

Papá se hizo el sordo. No deseaba involucrarse en la disputa entre las dos. En su opinión Anita tenía la razón, pero no era aconsejable desautorizar a mamá delante de su hija. Él odiaba la dictadura infame de Batista, y la tragedia que vivía su país lo conmovía profundamente. Para colmo, el hijo de un amigo y hermano de Logia había sido asesinado por los esbirros un mes antes, en uno de esos actos que por su estupidez y crueldad, estremecen el alma. Pero sabía que, por más equivocada que estuviera, mamá sólo deseaba lo mejor para Anita y estaba segura que lo mejor que podía ocurrir era que se olvidara de ese aventurero.

En cambio, papá se sentía lleno de dudas. Hacia tiempo que consideraba si la paternidad no sería una pasión inútil, y una de las misteriosas experiencias a que nos somete el Supremo Arquitecto del Universo para que veamos nuestra imagen en otro ser. En estos días, después de la siesta sagrada del mediodía, se demoraba un poco antes de salir para la farmacia para oír las lánguidas notas del piano de Anita esparcir en el aire ese mágico lenguaje de la música, que endulzaba su alma, y por un instante pensaba que uno tiene hijas para multiplicar y acrecentar la belleza y la perfección del mundo. A papá le hubiera gustado ser un Mozart o un Bach.

—La música sería lo único que podría justificar la existencia del hombre y hasta la de los ángeles en el cielo— decía a veces.

Luego, en cuanto se incorporaba de la cama y se calzaba los zapatos para volver a la farmacia, el pasajero arranque de vanidad paternal se iba desvaneciendo, y lo asaltaba la melancólica convicción que no tenía sentido criar amorosamente hijas sólo para perderlas, irremisiblemente, en los brazos estúpidos de algún manganzón.

Sabía que no podía hacer nada. Nadie puede impedir el destino impuesto por Dios a la mujer sin provocar daños imprevisibles. Que a lo sumo, sólo podía ofrecerles a sus hijas una amplia libertad para conocer a los hombres y que ellas mismas eligieran a su verdugo. Y con Anita no cometería el mismo error que con Rosa, quien por culpa de mamá se casó con el primer hombre que la enamoró, aquel bárbaro y presuntuoso animal con el que tendría que cargar el resto de sus días.

—Somos todos bestias de la procreación de la especie, pero a la mujer le asignaron la parte más sufrida y vulnerable en la cadena. Ojalá hubiera tenido varones en vez de hijas— pensó el viejo.

Todo era confuso y dudoso. El año ante pasado, cuando asumió la responsabilidad del regreso de Anita a La Habana, enviándola prácticamente en brazos de aquel hombre desconocido, mamá casi lo vuelve loco. La comprendía, y soportó los reproches y su crítica. Mamá casi lo enloquece con sus prejuicios viscerales. Temía la deshonra de su hija. Mamá temía el derrumbe de esa moral atávica que gobernaba todos sus actos. Su obsesión por la virginidad de Anita terminó por fastidiarlo. Por su parte, él ya se había resignado a lo que deparara el destino. Pero harto de oírla y, en un momento de encabronamiento, se burló del miedo de mamá cruelmente.

—¡No te preocupes tanto, que ninguna mujer se ha muerto por *eso* !

Mamá tuvo dos miradas, una primera de estupor y después una asesina, como si acabara de oír una monstruosidad. Y entonces volvió a la carga, indignada. Se trataba de tu hija, no de una mujerzuela. Lo acusó de no importarle, de empujar a Anita al pecado y a la perdición. En verdad hay momentos en la vida que hasta un hombre decente y educado pierde la compostura.

—¡Coño, basta ya! ¡Me vas a volver loco con tanta mierda! ¡Qué Anita haga con su *tareco* lo que le dé la gana! ¡No quiero oír hablar más del maldito asunto!— le gritó contra su costumbre.

Mamá se asustó: en 38 años de casada en pocas ocasiones lo había oído gritar o decir malas palabras, y luego puso cara de ofendida. Respetaba a papá, a quien creía el hombre más recto y bondadoso del mundo, pero se sintió ultrajada y traicionada.

Mamá sólo tenía 16 años cuando aquel hombre apuesto y educado la sacó de la casa de sus padres y la convirtió con delicadeza en su esposa, tratándola no como a una adolescente sino como a toda una dama dueña del nuevo hogar. Nunca permitió que trabajara en la calle, ni siquiera cuando montó la farmacia. Le puso criada y él mismo le traía los mercados para que ella no tuviera que salir de la casa, y la acompañaba a todas partes, cultivando desde siempre una relación si no apasionada sí amorosa y protectora.

Ahora pasó unos días infernales. ¿Cómo era posible que papá hablara como un cínico? ¿Acaso la deshonra de Anita no le preocupaba? Ella siempre temió que Anita terminara mal, por culpa de su carácter rebelde y ese cuerpo pecaminoso. Si aquel tipo la perjudicaba en La Habana, ¿qué hombre decente aceptaría después casarse con ella en Matanzas?

Papá debía estar enfermo o loco, y ella no se atrevía a dirigirle la palabra. Hacía sus labores como de costumbre, pero sin mirarlo ni hablarle, ofendida por su conducta. Papá era un hombre pacífico, habituado a la armonía espiritual, y esta situación empezó a incomodarlo. Por más que le hablara con dulzura, mamá persistía en su silencio de burra. Bueno, si no fue para tanto.

Papá se alarmó cuando esa noche escuchó a mamá

sollozar de espaldas en la cama. Estaba cansado y medio dormido, y lo único que se le ocurrió fue que alguna comadre le había venido con el chisme a mamá de los pecados cometidos por él años atrás: como todo pecador temía ser descubierto algún día. Por eso se incorporó muy preocupado, y colocando con ternura su mano sobre mamá, le preguntó solícito.

—¿Qué te pasa, viejita? ¿Por qué lloras?

La espalda de mamá se sacudió en una negativa, rechazando el consuelo de papá. Pero si antes se ahogaba aguantando para que no la oyera, ahora sollozó con mayor desconsuelo. Asustado, papá insistió.

—¿Anda, mi viejita, por favor, qué te pasa?

Al fin mamá con voz entrecortada confesó su sufrimiento.

—Es que *ella*... se va entregar... a ese desgraciado...

Papá, que no se acordaba en ese momento de Anita, se demoró un par de segundos en comprender a mamá. Su reacción fue de alivio. ¡Qué tonto había sido! ¡Mamá no lloraba por culpa suya sino por la vergüenza de que Anita se convirtiera en una pecadora! Le dieron ganas de reírse: aunque a él también le doliera que su hijita adorada fuera perjudicada por un manganzón, había decidido no atormentarse más por el problema.

—No te mortifiques más por eso— le pidió a mamá. —Nuestra hija es una mujer decente y juiciosa, tú la has criado con una moral ejemplar y, en cierta forma, ella se parece a ti.

Esto último lo dijo para halagarla, sabiendo que mentía.

—Eso no es verdad— sollozó mamá. —Por más que siempre la regañé desde que era una chiquilla, nunca conseguí que caminara derecho. Movía tanto el fondillo que me daba vergüenza con los hombres que no le quitaban la vista de encima.

Nuevamente él tuvo ganas de echarse a reír. Mamá jamás se acostumbró a ver Anita moviendo su culito rebelde, ni cuando era una chiquilla ni al convertirse en una hermosa jovencita. Para una mujer de los prejuicios y la rectitud de mamá, que se avergonzaba que papá la viera desnuda, la forma de caminar de Anita era impropia de una señorita decente. En cambio, para él se trataba de una coquetería innata e ingenua en la niña y no una deliberada provocación sexual. De todos modos, necesitó una hora de pacientes explicaciones para aplacar la angustia de mamá.

Al fin, muerto de cansancio, se tendió en la cama dispuesto a dormir. Sólo que de repente había perdido el sueño. El pensamiento incesante que nos devuelve al pasado que queremos olvidar, pobló de remordimientos el silencio de la noche.

8

En 1980, muchos años después, en su farmacia de la calle 8 de Miami, Anita entrevistaba a una marielita que salió en bote de Cuba huyendo del comunismo. La marielita le cayó simpática y quería ayudarla. Cuando ésta le confesó que no tenía ninguna experiencia, ella le sonrió para tranquilizarla.

—No la necesitas. La experiencia no son más que las patadas que te da la vida. Te cambio las patadas que yo recibí por tu inexperiencia.

Cuando Anita hacía memoria, recordaba que la primera gran patada se la dio el hombre que más quería en el mundo: su papá que de niñita la llevaba de la mano o en hombros a todas partes, feliz y orgulloso de tener una hijita tan linda.

Sucedió cuando ella tenía quince años, y para vengarse de papá dejó el piano. Antes había sufrido empujones, agravios de otras niñas y de adultos, enfermedades; por ejemplo, la paratífica que le tumbó el pelo rubio y luego le salió castaño. En fin, penas insignificantes que quedaron en le desván de las anécdotas. Hasta los quince años, había sido esencialmente feliz, a pesar de la tiranía de mamá y algunos rasguños a la vanidad sufridos en la calle y en el Instituto donde hacía el bachillerato en Matanzas.

Desde los doce, cuando empezaron a dolerle las teticas y los vellos del pubis oscurecieron el triángulo de su sexo, ella ansiaba cumplir los quince para usar tacones altos y pintarse los labios de rojo. A esa edad sería oficialmente una señorita (hoy a esa edad las chicas andan en tenis y sin pintura como los varones, y algunas, sin haber aprendido a ser coquetas, ya han dejado de ser vírgenes). Mientras, a escondidas de mamá y con la complicidad de Rosa que le prestaba sus cosas, ella se maquillaba y probaba a empinar el culito sobre los tacones altos arqueando la cinturita de avispa. Lucía satísima, como una niña coqueta y deliciosa disfrazada de mujer, y su hermana mayor se reía de su facha.

—¡Ay, cuando te vean los varones se van morir!

—¡A mí me gustaría ser una bailarina famosa!— suspiró ella, ensayando una pose de mujer fatal a lo Rita Hayworth.

—¡Con mamá, ni soñarlo!— se rió la hermana.

—¡Entonces iré a la Universidad y seré una doctora! ¡Mamá no me va a encerrar en la casa como a ti!— dijo con arrogancia.

Los ansiados quince llegaron inevitablemente: con su fiestecita, los labios pintados, unos tacones no muy altos y un polémico vestido descotado cuya aprobación costó gritos y lágrimas. Anita asumió su condición de señorita oficialmente disponible.

En el Instituto, en los parques de Matanzas, en el

Casino Español y en la playa, las miradas de los varones se fijaron con más voracidad en su cuerpo. Para pecar no había más que atreverse, como la loquita de Zoila que se extravió en las oscuras cuevas de Bellamar en una excursión del Instituto, y apareció descompuesta y con la mirada huidiza de quien se ha atrevido a lo prohibido: Zoila en el futuro terminaría con más rayas que una cebra, hasta terminar huyendo de Matanzas por el infamante escándalo del cine. Pero ella era una jovencita juiciosa y no se iba a desprestigiar nunca como Zoila.

Esperaba con serenidad por su príncipe azul mientras mantenía a raya a los varones. Fue asediada, recibió cartas de amor de un poeta con fama de loco, sufrió calumnias y envidias triviales comunes a la adolescencia; pero fue esencialmente feliz, se divertía y bailaba con entusiasmo. En casa encontraba un mundo sereno y sólido, rodeada de cariño, a pesar de los celos de la guardiana de la virtud. Además la apoyaba el hombre más bondadoso, más sabio y más cariñoso del Universo: su papá. Ella creía en papá como creía en Dios, como luego creería en Luis, sin dudas ni reservas. Por eso la patada moral que le dio la hirió tan profundamente.

—¿Quién es la empleada nueva?— preguntó, al verla.

—Una muchacha de Bolondrón que vive en una casa frente al río San Juan— le aclaró papá, y a modo de justificación, añadió a la defensiva. —Me la recomendó uno de los hermanos de la Logia.

Instintivamente a Anita le disgustó la nueva empleada. Había algo duro y descarado en su mirada que contaminaba cada uno de los movimientos de su cuerpo de buena hembra. Una de esas tipas cuya presencia y actitud sexual son una provocación. La pobre había tenido un hijo de un novio que la abandonó, según supo ella. Pero ni por esto le agarró lástima. Aunque nunca tuvo motivos para sospechar de papá, siempre lo había celado de mujeres de ese tipo. Meses antes sufrió por culpa de una pesadilla en la que vio a papá abrazado obscenamente con otra mujer. A la mañana siguiente se sentía aún tan herida por la horrible pesadilla que cuando él le dio los buenos días, lo rechazó con violencia.

—¡No me hables que estoy brava contigo!
—¿Y eso por qué? ¿Qué he hecho yo?
—Anoche soñé que nos traicionabas con otra mujer, a mamá y a mí, y nos abandonabas— explicó con una mueca cómica.

Papá se quedó estupefacto, sonriendo asombrado por la infinita capacidad para lo irracional del sexo femenino. El colmo fuera que los hombres tuvieran que responder hasta de las pesadillas de sus hijas.

Al principio, Anita creyó que el mal presentimiento con la empleada nueva había sido injustificado. Pero dos meses después percibió una tensión rara en la farmacia, un relumbrón malicioso en uno de los empleados (la farmacia, que era grande, tenía hasta cuatro), y una como secreta dulzura en la voz cuando papá le daba órdenes a la mujer. Se negó a creer en su instinto hasta que oyó un comentario revelador. Llena de sospechas, volvió un sábado al mediodía a la farmacia cerrada. Papá se demoró en abrirle y cuando la vio se puso pálido y empezó a dar extrañas explicaciones, mientras por la puerta del fondo salía la mujer peinándose aún con una sonrisa de lo más desfachatada.

Ella le lanzó una mirada de asco a los dos y, sin decir una palabra dio la espalda y se marchó hacia la casa. Iba a toda prisa, conteniendo las lágrimas para que no la vieran llorando en la calle, y entró y se encerró en su habitación. Tenía ganas de morirse del asco. Su ídolo se había hecho pedazos. Pasó un par de días horribles en los que rehuyó a papá, quien la buscaba humilde y abochornado como el típico culpable tratando de averiguar lo que sabía Anita y que intenciones tenía.

Cuando se encontraban la escudriñaba con temor, casi implorando, mientras ella lo rehuía con la mirada. Al fin, Anita tomó una decisión heroica. No podía arruinar la vida de mamá, ni pedirle consejo a su hermana Rosa que ignoraba la tragedia. Ella sola se enfrentaría a papá y lo pondría en su lugar. Fue esa misma tarde a la farmacia a la hora del cierre y gracias a Dios la mujer no estaba.

—Quiero hablar a solas contigo— le dijo mortalmente seria a papá.

Éste se puso lívido, cerró las puertas de la farmacia, quedando Anita y él solos. Con una madurez y una entereza insólitas para sus quince años, Anita le habló sin rodeos. Tenía que botar a esa mujerzuela de la farmacia y no volverla a ver nunca más. Papá negó que tuviera ninguna relación con la mujer, que por lo demás ya la había despedido. Parecía envejecido, a la defensiva, con sus ojos dorados mirando a su hija con remordimientos. Negó ser culpable de nada, pero al final le rogó:

—Por favor, que mamá nunca se entere.

—¿Eso es lo único que te preocupa?

—Hija, soy sólo un hombre. Ni mejor ni peor que los demás, pero quiero a mi familia más que a nada en el mundo— le imploró.

—Qué lástima— dijo ella con desdén. —Yo te tenía en un altar. Te creía un paradigma de honradez y rectitud. ¡Nunca me pasó por la mente que la tuya fuera "una moral de cheque sin fondo"!

Furiosa con sus lágrimas, Anita se las secó con violencia. Papá hubiera querido que se lo tragara la tierra: se sentía un mierda ante la hija que lo enjuiciaba con la severidad de los ingenuos. Jamás olvidaría su gesto de decepción y de asco, tampoco la paradoja que hubiera utilizado la frase predilecta con que él condenaba a los réprobos. Eso de "una moral de cheque sin fondo", lo solía usar papá contra los que preconizan una moral sin el crédito de su conducta.

Lo había matado, como dicen en Cuba, con su propio cuchillo.

La empleada de Bolondrón de mirar descarado y curvas provocadoras fue la última aventura de papá. Los tiempos de los viajecitos a La Habana a los laboratorios farmacéuticos del socio en el Jarabe Reconstituyente de su invención, escapadas que solía aprovechar para echar alguna canita al aire, ya habían quedado atrás cuando cinco años antes se deshiciera de su parte en el negocio. Matanzas era una ciudad pequeña, un hombre de su edad, con hijas mayores y nietos, y bajo el sagrado vínculo del matrimonio, no debía caer en tentaciones. Para colmo de la estupidez, había infringido una máxima suya: "Donde se trabaja no se come".

Al lograr su propósito, Anita se sintió vencedora. Resolvió sola, sin acudir a nadie, un problema familiar. Además saboreó el placer triste y embriagador de haberse elevado moralmente por encima del autor de sus días. Dejó el piano en parte para castigar a papá, en parte porque tantos años de estudio la habían persuadido que no había nacido para ser una gran concertista, aunque tenía buen oído.

Esto no la hizo una adolescente más feliz pero sí más madura. No la amargó aquel secreto, pero fue más incrédula y suspicaz con los hombres. Aunque de vez en cuando sufría pesadillas en que veía a papá con otras mujeres, que tardaron años en desaparecer.

Papá quedó empequeñecido y penitente. Cuando en un chisme de sobremesa se mencionaba algún escándalo sexual, se eximía de abrir la boca. Sólo en una ocasión, en relación a las infidelidades de un vecino cuya esposa había quedado confinada a una silla de ruedas por una penosa enfermedad, se atrevió a ser comprensivo con el pecador.

—Dada la situación, es hasta perdonable y comprensible— dijo.

Pero Anita, que también estaba sentada a la mesa, lo interrumpió con una rabia que le heló la sangre.

—¡Bah, lo hace porque es un asqueroso como todos los hombres!

Papá palideció, y mamá atajó los excesos de la hija.

—¡Anita! ¿Cómo te atreves delante de tu padre?

Ella observó la mirada dorada suplicante de papá y por primera vez se percató de los horribles remordimientos que el pobre padecía, y se apenó un poco. Cambiando de tono, aclaró con suavidad:

—Yo me refería a los hombres en general, no a él.

Pero mamá no era boba. Percibía desde hacía tiempo el cambio en la relación de fuerzas entre le padre y la hija. Incluso a menudo papá intervenía en contra de sus opiniones y decisiones, socavando su autoridad delante de la hija. Ya se lo había reclamado más de una vez.

—Me quitas la autoridad. No haces más que consentirla en todos sus caprichos. Esa muchacha va a terminar mal por tu culpa.

Pero mamá nunca pudo adivinar la razón. A pesar de todo, papá seguía siendo una especie de instancia suprema, cuya última palabra era la ley en la casa. Anita, juiciosa de por sí, tenía la delicadeza de no abusar. Por supuesto, raramente papá le negaba nada. A lo sumo usaba su paciencia y su autoridad para atemperar algún capricho.

Mamá se comía el hígado. A veces tenía la desagradable impresión de que la voluntariosa Anita se montaba de un salto sobre el cuello de papá y lo arreaba, como un manso burrito, hacia donde le daba su realísima gana.

Parte seis

Los paraísos artificiales

1

Como el ladrón pasada la medianoche, el dictador abandonó la fiesta y huyó en un avión el 1º de Enero de 1959, y al amanecer el sol dorado de la libertad brilló en la país de Anita. De un extremo al otro de la isla la noticia produjo una pachanga de júbilo desbordante, un rumbón de felicidad que estremeció los pechos y las pechugas. Los cubanos se abrazaban y pegaban brincos como locos en las calles, y daban gracias al profético barbudo. Otros corrían en pos de la venganza detrás de algún esbirro, o detrás de un pedazo de la Res Pública y del Poder. El paredón de los fusilamientos se hizo más popular que la guillotina para horror de Anita. Durante aquel año y los años siguientes, a las playas de La Habana llegarían aún deslumbrados por la hazaña, aún ofuscados por la luz del trópico, aquel ejército de artistas e intelectuales extraviados en ciudades grises y frías. Venían a darse un baño de esperanza en las aguas azules de la revolución triunfante. Venían presurosos y sudando para no perder el tren en marcha de la Historia, dispuestos a pagar el pasaje con sus plumas ilustres y su talento crítico. Según Ionesco, se creían maestros del pensamiento cuando eran tan sólo intermediarios de las oficinas de propaganda del comunismo, pero ¿cómo creer en

Ionesco, que más allá de su genio no era más que un fugitivo de los países del Este? Nacía el mito de la revolución cubana con su parafernalia mágica de barbudos y cabellos largos, en una época sin glamour en que los jóvenes iban afeitados y pelados como reclutas, y ya sabemos que los mitos son más fascinantes y persistentes que la razón.

—El hombre es una animal estúpido— diría papá, cuyas ideas nunca fueron originales, poco antes de morir en el exilio.

En la década del 70, un poeta venezolano, católico y homosexual, viajó a La Habana en compañía de una periodista. Más que ver la revolución su más caro anhelo era ver la persona luminosa del Máximo Líder. Cuando sucedió el encuentro, es decir: el milagro de *la aparición,* y el Máximo Líder pasó cerca de ellos con su tropel de fanfarrias, la periodista venezolana se volteó excitada hacia el alado y talentoso poeta.

—¿Lo viste? ¿Lo viste?

Con una expresión de arrobo, el poeta contestó:

—¡No, lo que vi fue una luz!

Explicar lo que vio el poeta católico y homosexual, ambas militancias perseguidas entonces por la revolución, sería una falta de consideración con el paciente lector de esta historia de amor. Al fin y al cabo poetas deslumbrados por los atilas de la Historia ha habido demasiados: Ingmar Bergman, el poeta de la linterna mágica, se entusiasmaba con las victorias de Hitler y se entristecía con sus derrotas.

Pero volvamos a nuestros personajes. Al fugarse pasada la medianoche como un ladrón con la maleta llena de dinero robado, el dictador dejó el camino allanado para que Anita también pudiera cumplir su más caro anhelo: casarse y no separarse nunca más de Luis.

2

A los quince días del triunfo de la revolución, Luis y Anita tuvieron un emotivo y apasionado reencuentro en la ciudad de su amor (¡ah jardines de besos, ah dorada inocencia y juramentos eternos!), en el que acordaron casarse sin demora una semana más tarde. Sin conocer a papá y a mamá antes, porque ya no había tiempo para formalismos, Luis viajaría a Matanzas y los dos, ya casados, regresarían a vivir en La Habana.

Con la fuerza telúrica de un terremoto, Anita se encargó de prepararlo todo, papeles incluso. Desde que Luis llegó hasta que se marchó, estuvo en la casa de Matanzas poco más de una hora. Pero papá, mamá, y una parte de la numerosa familia, pudieron al fin echarle un ojo de cerca al renombrado y desconocido novio de Anita.

Causó cierto revuelo que se presentara en dos autos, acompañado por cuatro amigos, incluso dos de ellos en uniforme de guerrilleros, uno de los cuales sería nombrado Ministro ese mismo mes. Según la expresión vernácula, Luis le "cayó bien" a la mayoría, y sus otros tres amigos también, pero el cuarto se emborrachó, escandalizó y demostró ser bastante grosero y jactancioso.

La boda se celebró por lo civil, en la propia casa de papá. Luis había advertido que no se casaría, bajo ningún concepto, por la iglesia, deseo al que Anita no opuso mayores reparos, ni tampoco papá quien además de masón sentía aversión por las sotanas. Mamá hubiera preferido una ceremonia tradicional en la iglesia, con el romántico velo y la blancura virginal del vestido de novia. Pero a pesar de sus protestas en última instancia se resignó a que fuera por lo civil. Según mamá aquella boda era una locura, le aterraba la idea de que el novio dejara plantada a su hija, y a ellos en el ridículo.

—Ya me conformo con que ese hombre venga y se

case— dijo.

Pero todo salió razonablemente bien. Anita lucía despampanante en su traje de encaje rojo sobre fondo de satén negro, bien entallado a sus curvas esculturales. El rojo y el negro eran los colores de la bandera del Movimiento 26 de Julio: un simbolismo del que poco se percataron. Además llevaba puestos unos guantes del mismo encaje rojo y satén negro que le daban un toque de exótico erotismo.

—¡Qué bella está!— decían admirados.

—¡Da dolor mirar una cosa tan linda!— dijo un desgraciado.

Todos se sentían fascinados por la belleza de la novia, cuya radiante juventud se iluminaba con una sonrisa de felicidad en aquella, su hora de gloria. Anita se sentía vindicada frente a las amigas que la ridiculizaron por su paciencia de monja, frente a sus padres y a su familia, y frente a los agoreros que pronosticaron que el novio no se presentaría nunca. Delante de aquellas almas mediocres y provincianas, para quienes ni el romanticismo ni los ideales existían, ella se paseaba ahora orgullosa, colgada del brazo de Luis, proclamando con su mirada radiante:

"Véanlo, no era un sueño: él ha venido y me ama"

Fue un rápido acto formal. En una mesa adornada con un enorme ramo de azucenas y gladiolos blancos, firmaron los libros del notario. Luego brindaron con Champagne de la Viuda de Clicquot (papá siempre fue un espléndido anfitrión), entre besos y abrazos de felicitaciones. Terminada la ceremonia, los recién casados salieron disparados hacia un hotel del Vedado en La Habana a pasar su luna de miel.

No obstante que sólo cruzaron unas pocas palabras, a papá le hizo buena impresión Luis. Atormentado durante tantos meses por las dudas, éstas se fueron trocando en un entusiasmo esperanzador según escrutaba, con su extensa experiencia en el conocimiento de los hombres, las actitudes y modales de aquel joven desconocido que desde esa tarde entraba a formar parte importante de su familia. A simple vista lo juzgó de buenos sentimientos, fácil de sonrisa, y más importante aún, muy enamorado de Anita. ¿Qué más podía pedir un padre escéptico y preocupado por la felicidad de su hija?

Por eso, idos ya todos los invitados, cuando se quedó a solas con mamá, se le acercó con una sonrisa de triunfo. Mamá recogía aún los platos, los vasos y las copas auxiliada por la criada; pero él se la llevó aparte y, para demostrar su optimismo respecto a su nuevo yerno, usó uno de los giros populares cubanos para nombrar un éxito fortuito.

—¿Lo viste bien, viejita? ¡Creo que la pegamos!

—¿Tú crees, Fermín?

—Yo me fijé bien en él y me parece que Anita no eligió mal. Lo estuve observando y me pareció un muchacho decente y de buenos sentimientos.

Las puñeteras Heredia tenían fama de ser duras de ojo y mamá, que no había derramado una lágrima, al fin se enjugó una. Comprendía el optimismo de papá: después de todo el tipo no tenía aspecto de facineroso; pero ella, todavía contrariada por aquella boda apresurada, y más pesimista sobre la futura felicidad de Anita, sólo le concedió un punto a su nuevo yerno.

—¡Bueno, al menos el desgraciado vino y se casó!

3

Ella de luna de miel con su amado, en un hotelito del Vedado en donde pasaron cinco días con sus noches, la mayor parte del tiempo en la cama. Sólo salían a comer, lo más lejos a la Rampa o al Malecón, pero ella se sentía sin ganas de caminar. Por las noches bajaban a la discoteca en el sótano que formó parte de sus primeras noches de novios. Oían unos boleros, se tomaban un mojito, y bailaba dulcemente en sus brazos. A ella le hubiera gustado bailar románticamente un rato, pero a él la erección lo impacientaba por volver otra vez a la habitación.

En la cuenta del hotel los guarismos subían a un ritmo de vértigo, y Luis tenía sólo quinientos pesos para empezar la nueva vida. De modo que decidieron mudarse a una pensión. Ella fue quien insistió. Desde un principio se preocupó más por las cuentas que Luis, incluso tenía su propio dinero ahorrado de su sueldo en la farmacia.

—Tenemos que ahorrar y montar un apartamento, mi amor.

Aunque más desordenado respecto al dinero, él aprobó la idea. Tuvieron suerte, porque fueron a parar a una casa tranquila a media cuadra del Malecón, a la pensión de una señora llamada Dulce. El marido y el hijo de Dulce trabajaban y ella tenía sólo cuatro o cinco huéspedes más que nada para ayudarse en los gastos.

Todavía ella recuerda la habitación de la pensión de Dulce. Era amplia y toda la luz del ventanal iluminaba el lecho, pero ella corría la cortina porque no se habituaba aún a que la viera desnuda con tanta claridad. La habitación tenía dos puertas: la de entrada que daba al pasillo y la del baño intercalado entre su habitación y la siguiente. Esto le permitía, cada vez que terminaban de hacer el amor, ir al baño a lavarse sin salir al pasillo donde la vieran.

A Dulce también la recuerda bien: una gran cara de hija de gallegos con una sonrisa beatífica y unas ojeras sombrías y enigmáticas. Para hablar bajaba los pesados párpados y torcía los ojos hacia arriba hasta ponerlos en blanco. Este gesto y la fijeza de su profunda mirada inquietaba a Anita que en seguida sospechó que Dulce era espiritista o una bruja. Cuando fueron a ver la pensión y Dulce se enteró que estaban recién casados, les sonrió con empalagosa complicidad.

—¿Así que son una pareja de tortolitos de luna de miel? Entonces han tenido suerte. Yo tengo exactamente lo que necesitan— dijo.

Y los guió con lánguida complicidad a la amplia habitación, alabando el acceso interno al baño, una privacidad muy favorable para una pareja de recién casados. ¿Tú me entiendes, verdad, hija? Una mujer casada necesita usar más a menudo el baño que un hombre. Abrió la puerta desde adentro y los hizo pasar a una amplia sala de baño, equipado por completo de blanco, incluso con un bidé. Dulce hizo un gesto para recordarle a ella la utilidad del bidé en el amor; más adelante, la instruiría en privado que el lavarse bien con el chorro penetrante de agua era uno de los anticonceptivos más eficaces. Luego regresó a la habitación, le mostró el escaparate y abrió el amplio ventanal que estaba sobre la cama con una sonrisa de vieja concupiscente.

—Un nidito de amor perfecto— insinuó.

El desgraciado de Luis sonreía con malicia, pero ella se ruborizó hasta las orejas; todavía no se habituaba a su rol de mujer casada con derecho legal al sexo abiertamente aprobado por todos. La belleza y el candor de Anita debieron conquistar a aquella enigmática mujer que ejercía un dominio callado pero férreo sobre un esposo gallego que hacía los mandados y el hijo, un solterón cuya única afición era pescar por las noches encaramado en los negros arrecifes del Malecón.

Durante los ocho meses que vivieron en la pensión, Dulce la trató con cariño, le dio consejos de cómo evitar embarazos no deseados, y no se disgustó cuando Anita se negó a participar en las sesiones de espiritismo que una vez por mes efectuaba en la pensión. A Anita por supuesto le inspiraba algo de temor, pero sus relaciones siempre fueron cordiales, y

Dulce lució sinceramente disgustada cuando supo que se mudaba para un apartamento. Antes, en una mañana de Julio que Anita se sentó a desayunar con asco; tenía un atraso de tres semanas y no lo había comentado con nadie; Dulce la observó en uno de esos trances misteriosos, y sin más le vaticinó que estaba en estado.

—De una niña— añadió.

Asustada, ella se asombró.

—¡No puede ser! ¿Si yo he hecho de todo por evitarlo, cómo puedo estar embarazada?

—¡Embarazada no: tú estás embarazadísima!— sonrió Dulce con beatitud, dejando caer sus gruesos párpados sobre sus ojos volteados en blanco.

—Pero la madre de Luis, que también es médium, me dijo que yo tendría un hermoso varón— dijo Anita, desconcertada aún.

—¡Ay, mi hija! ¡A esa señora le falló el pronóstico! ¡Yo nunca me equivoco en eso, y te aseguro que va a ser una hembrita!

No quiso discutir con Dulce. El espiritismo era un misterio y lo sobrenatural la asustaba. Dulce misma era mujer extraña. Había visto más de una vez al pobre viejo tartamudear de terror cuando Dulce lo regañaba a gritos o le lanzaba una gélida mirada. ¿Cómo confiar en una mujer que pasaba sin transición de la amabilidad más almibarada, cuando se dirigía a Luis o a ella, al más cruel de los despotismos, cuando se dirigía al pobre viejo?

Además del embarazo confirmado por el médico de la Clínica a la que se habían asociado, la falta de privacidad en la pensión la indujeron a buscar apartamento. No podía hacerlo tranquila con Luis por miedo a que los oyeran desde el baño. Para colmo, cuando más apurada andaba, el baño se encontraba ocupado por otro huésped. Sus encerronas eróticas eran tan largas y evidentes que cuando salía de la habitación y se enfrentaba a las miradas de curiosidad concupiscente de la gente de la casa, de la vergüenza y el pudor desviaba los ojos.

Luis nunca comprendió sus pudores. El hombre por naturaleza es grosero y descuidado. Luis meaba con un chorro tan fuerte que se oía desde lejos y a ella le avergonzaba. Una mujer es distinto: si no puede preservar su intimidad se siente como violada. A ella no le gustaba que la viera desnuda a menos que estuvieran haciendo el amor, pero el desgraciado gozaba cuando la sorprendía desvestida o desnuda en el baño bajo la ducha.

—¿Por qué me das la espalda si te he visto montones de veces?

—¡No me gusta que me veas! ¡Vete y cierra la puerta!

—¡Eres bellísima, mira que culo tan lindo tienes!

Anita peleaba por la vulgaridad de su lenguaje. Ella se ponía brava y él no entendía sus pudores. Ella trataba de explicárselos.

—No es lo mismo en frío que en caliente. Además te vas a aburrir de verme desnuda y después no vas a sentir deseos.

Luis acudía a la historia para demostrar que el pudor no era natural sino un hábito cultural adquirido: la noción religiosa del pecado original. Ella evitaba discutir con él, porque la abrumaba con argumentos y citas. Tal vez la podría persuadir de cualquier cosa menos de que abandonara su pudor. En él residía el último reducto de su dignidad como mujer, y basta. Por más que se burlara, no lo iba a dejar entrar en el baño cuando ella estuviera sentada en la taza. Las personas se reunían en la mesa para comer, y en la sala para conversar, pero que ella supiera, ni los salvajes se sientan en coro a defecar todos juntos: se van lejos o se esconden detrás de una mata.

Una mujer no promiscua como ella, se casa, se entrega

sexualmente y se siente poseída por la agresividad del varón. Luego de casi dos años de separación, él no se parecía al novio tierno que había idealizado en su memoria. Lo notaba igualmente apasionado pero más agresivo y directo, incluso la primera noche hasta su sexo le pareció más grande. Ya no era el novio que se recreaba en deliciosas perversidades en las noches de amor y de caricias infinitas en el auto o en los oscuros rincones.

Esta noche salieron después de cenar a pasear por el Malecón, en donde se sentaron a disfrutar de la brisa y del oleaje del mar. No muy lejos se podía divisar un grupo de botes mecidos por las olas con sus fogatas para atraer a los peces. Una pausa de necesario romanticismo con él abrazándola por la cintura. A ella le recordaba la bahía de Matanzas, ver el ir y venir infatigable de las olas como parte de nuestra vida.

—Pareciera que hubiera miles de farolitos flotando en el agua— dijo y se volvió hacia él. —¿Tú me quieres, Luis?

—Te quiero más que el marinero al mar. Además, ¿no lo notas?

Ella prefirió ignorar la grosería de su sexo.

—Preferiría que fueras menos materialista, que fueras más cuidadoso y tierno conmigo. Que además de tu pasión física por mí, me quisieras con toda tu alma— le reprochó ella suavemente.

Luis la apretó contra su cuerpo y habló en tono festivo.

—Pascal, el filósofo francés, sospechó que el alma estaba situada en la glándula pineal. Si te refieres a eso, yo te quiero con todas mis glándulas: los riñones, el hígado, el corazón, la glándula pineal y, en especial, con esta otra glándula.

Mientras más leía, y más aprendía, se volvía más incrédulo y burlón. Una hora más tarde, penetrada boca arriba en la cama de forma expedita sin darle suficiente tiempo, ella se sintió vagamente triste y con ganas de llorar. Una mujer se siente a veces como violada por el hombre que ama, desconcertada ante su rudeza. Luis jadeaba encima y ella no pudo ignorar la boca que buscaba con ansia su boca, y en repentino arrebato del deseo ella succionó las asperezas de sus lengua mientras se acomodaba mejor a los movimientos de pistón de sus penetraciones en busca de esos espasmos convulsivos en sus zonas erógenas, tan diferentes a la definida y violenta eyaculación del hombre.

Cuando se liberó del peso de Luis, yació unos minutos exhausta. ¿Para qué apurarse en ir al bidé si ya estaba embarazada? Tenía la certeza desde dos días antes y aún no se lo había dicho, y no sabía cómo lo tomaría. En ningún momento habían hablado de tener hijos, y él parecía ignorar que existiera esa posibilidad.

—Estoy embarazada— dijo en voz alta.

—¡Quéeee!— él se incorporó de la sorpresa.

—El doctor me lo confirmó anteayer. Vamos a tener un hijo.

Luis la rodeó con ternura y la besó en la oscuridad. Parecía contento. Parecía incluso feliz. Su reacción le produjo alivio. Luis le dijo que debía cuidarse mucho, que se olvidara de la Universidad. No podía andar con la barriga por ahí. Ahora tenía que cuidar del bebé.

Unos minutos después ella se levantó y fue a lavarse. Cuando regresó él estaba roncando. ¡Qué felicidad! Al desgraciado no le preocupaba mucho eso de tener un hijo. Hacía el amor y se quedaba rendido. Claro, él no sufría las consecuencias del amor.

4

Ella se lo dio todo a Luis y jamás se lo echó en cara. Le dio lealtad y fidelidad durante aquellos largos años de sacrificios y desesperanza, siempre apoyándolo. El amor no debe medirse en una balanza. Tampoco es agradecimiento, ella no aspiraba a eso. El amor es algo que, como en la canción, ni se quita ni se da; debe brotar de las entrañas como el agua del manantial: puro, espontáneo y gratuito. En el amor, la ausencia es lo mismo que el aire: apaga el fuego chico y aviva el grande, como el suyo ese tiempo que él estuvo en el exilio. Si no es así, no vale la pena, a su entender.

¿Qué sabía ella entonces de la vida? ¡Nada! Pero mentiría si dijera ahora que no fueron felices. Sólo que se vivían tiempos de exaltación política, que lo envenenaba todo. Primero los entusiasmos dorados y luego la angustia infinita. Ella se casó enamorada y el país empezaba desde la esperanza. Luis iba y venía al Ministerio, a veces viajaba al interior como un justiciero enfebrecido con la recuperación de los bienes de los culpables, aunque después resultó que todos éramos culpables y todos los bienes del Estado, y aquello una farsa. Vivían con la política metida en lo más hondo de sus vidas.

Recuerda que Fidel Castro se adueñó de la televisión con peroratas interminables que el país entero escuchaba en vilo: él decidía según hablaba, y hablaba horas y horas en la televisión, el destino de sus pequeñas vidas. Una locura que Luis llamaba la Historia.

Hasta Dulce fue una de sus fanáticas. Aquella médium entre gallega y cubana se sentaba frente al televisor a escucharlo con mayor intensidad aún que a los espíritus de sus muertos. Lo amaba además por el orgullo antropológico de que era descendiente de gallegos como ella. En otra casa en donde ella tuvo otra pensión, Fidel Castro había sido uno de sus pensionados más extravagantes. Dulce contaba que se compraba los paquetes de medias y ropa interior nuevas, y las usaba hasta emporcarlas, y para no perder el tiempo en mandarlas a lavar, las botaba nuevas. Por supuesto, ella las recogía para su marido y su hijo. Dulce contaba esto con el orgullo de haber tenido al ahora famoso comandante en jefe de pensionado. A Anita, a quien los discursos y las comparecencias interminables en la televisión de Fidel Castro le destrozaban los nervios, no comprendía cómo un hombre que no se tomaba el trabajo de mandar a lavar su propia ropa pudiera gobernar con cordura un país.

Pero ella esperaba ahora un hijo y tenía que salir a buscar un apartamento por toda La Habana, preferiblemente en el Vedado, y olvidarse de la política. Algunas noches, Luis salía al periódico, o con sus amigos; él había empezado a escribir algunas cositas. A ella no le importaba en lo más mínimo, siempre que saliera con sus amigos y no con mujeres.

Cuando le anunció lo del embarazo tenía un poco de miedo. Luis tenía planes de viajar, de que lo enviaran como diplomático al extranjero, o con una beca a estudiar en Francia. ¿Sería capaz de pedirle que se hiciera un aborto? Pero él reaccionó aquella noche con ternura, en uno de los arranques de generosidad de sus primeros años (él se iría endureciendo sólo paulatinamente). A ella se le humedeció la felicidad, porque la felicidad y la tristeza en las mujeres son húmedas.

—¡Ah, pero eso sí, ahora tienes que cuidarte! No puedes ir a la Universidad con esa barriguita. Tendrás que dejar lo de tu carrera para más adelante—le repitió por tercera vez.

Lo habían discutido antes: a él no le interesaba que estudiara, la quería en el apartamento cocinando, siempre descansada y disponible para hacer el amor. Ella ansiaba terminar sus estudios y tenía planes de montar, con la ayuda de papá, una farmacia en La Habana. A Luis no le interesaba el comercio en lo más mínimo. Lo consideraba una actividad propia de usureros, indigna de un intelectual revolucionario. ¿Cómo perder el tren en marcha de la Historia en aquellos momentos cruciales? Al fin harían justicia, cambiarían la vida, y él podría sumergirse en el Conocimiento Profundo de los mecanismos que gobernaban el Universo, la Sociedad y al Hombre.

—Está bien— decía sin escucharla, y metía su cabeza en un libro o se salía del apartamento en busca de sus amigos.

Pero ahora, en un relampagueante acto de astucia, aprovechó que ella estaba embarazada, para anular todos sus planes. Debía dedicarse al niño y a él por el momento, en aquel hermoso apartamento donde ella, con esa habilidad para resolver problemas prácticos, le construía unos libreros con tablones y ladrillos para su biblioteca.

Ella aceptó sin vacilar: un hijo valía más que el proyecto de terminar su carrera y montar un negocio propio; un quid pro quo, como decía él en una jerga que se enriquecía por días. Ella estaba arrebatada con su maternidad: siempre había sido muy maternal y nada la conmovía tanto como la delicadeza maravillosa de un bebé. Le ilusionaba tener ese bebé que palpitaba y se movía en sus entrañas, aquel fruto de sus amores con Luis, el hombre de su vida. Lo prefería varón, que se pareciera a Luis, para de ser posible despertar en él el instinto paternal dormido en su corazón. Al menos, eso le aseguró Dulce cuando le reveló su angustia por la indiferencia de Luis por un hijo.

—No te preocupes, hija. Todos los hombres son iguales. No quieren tener hijos y luego se babean por ellos. Y en el caso tuyo, que vas a tener una hembrita, ya lo verás babeando.

5

—Nada de planes. El futuro es pura praxis, se construye cada mañana sobre la marcha— decía él con entusiasmo.

—*Carpe diem,* mi amor, gocemos la miel del día. Ven, vámonos para la cama.

Ella cree recordar, sí, que durante los dos primeros años fueron razonablemente felices. En ese tiempo viajaron juntos en tres ocasiones a la casa de sus padres en Matanzas. La primera vez en Semana Santa, dos meses después de la boda, y la visita fue un éxito total. Papá hizo buenas migas con Luis, y todos, familiares y conocidos, incluso el belicoso cuñado de Anita, se esforzaron en agradarle y ganarse su confianza.

Hubo un cambio de actitud impresionante, tal vez porque se vivía aún en el fervor de los primeros meses de la revolución. Además de ser ya el esposo de Anita, y de hecho un miembro de la familia, era posible que influyera el hecho de que Luis fuera un joven funcionario de la revolución ahora en el poder. Pero no por estas mezquindades, el orgullo y la satisfacción de Anita fueron menores.

—Papá, ¿qué te parece Luis?

—Te felicito. Me parece muy buen muchacho. Se puede conversar a cierto nivel con él— opinó papá de buen humor, y añadió en voz baja . —No como el ñame de mi otro yerno, que no hace más que presumir del dinero y las propiedades que tiene.

Por esta opinión, tan favorable para su adorado, ella premió a papá con un beso. Se sentía no sólo feliz sino reivindicada ante los suyos. Hasta la rebencúa de mamá había tenido que tragarse la lengua y andaba callada por ahí, atendiendo a Luis a cuerpo de rey. Con aquello le bastaba. No deseaba recordarles las barbaridades que dijeron de Luis y de ella. En lo más íntimo le bastaba con el placer de haber tenido siempre la razón.

En las noches, papá se sentaba con Luis en los relajantes balances de caoba y pajilla del portal, a tomarse el último café del día y a charlar sobre los acontecimientos que mantenían en vilo al país. En aquellos primeros meses, las críticas de papá fluctuaban entre cierta complacencia y la ironía campechana de un masón provinciano. Todavía Fermín simpatizaba con una revolución a cuyo triunfo había colaborado modestamente; pero sospechaba de su carismático y audaz comandante en jefe.

—Si a ese barbaján no lo afeitan a tiempo, después no habrá Dios que lo afeite— dijo riéndose. O más serio: —Si no se ha quitado el disfraz de comandante guerrillero es porque piensa quedarse en el poder para siempre. Y eso sería una catástrofe lamentable para la República.

También le informó en plan de queja, como si hablara con alguien con suficiente poder para enmendarlos, de los abusos y los atropellos que se cometían en Matanzas en nombre de la revolución: "por extremistas y resentidos sin calificación moral alguna". Luis intentaba tranquilizarlo, halagado de que papá lo creyera tan importante, pero no tuvo el valor para sacarlo de su error y confesarle su impotencia ante los hechos.

A Anita la hacía feliz ver a sus dos hombres compartiendo juntos en armonía. Papá era un hombre amable pero suspicaz y no se entregaba fácilmente a los extraños. De día salían en el auto para mostrarle a Luis las bellezas de Matanzas y una vez a pasear en lancha. Papá insistió en llevarlo al Valle de Yumurí, desde cuyo mirador, haciendo un círculo con el brazo extendido, proclamó con orgullo de matancero que no había paisaje semejante en el mundo: ni siquiera el Valle de Viñales se le podía comparar. Y como Luis se sonrió irónicamente, entonces lo amenazó con mostrarle un sitio único en el mundo: las misteriosas Cuevas de Bellamar: "Es como para cagarse", le dijo al oído, evitando que las mujeres lo oyeran. Incluso con un par de cervezas en el buche, el hecho de que Fermín usara esta grosería, era una prueba más del cariño que le inspiraba su nuevo yerno; en aquel momento no podía imaginar que sería uno de los hombres que más odiaría en su vida. Cuando lo llevó a las Cuevas, en esas infinitas catedrales cavadas por el agua en las rocas durante milenios en el silencio de Dios, papá se comportó con la humildad de un monje. El prodigio de las Cuevas de Bellamar no requería de sus alabanzas. Al rato Luis se aburrió: prefería el prodigio tumultuoso del mundo a la contemplación de cualquier paisaje vegetal o mineral por bello que fuera. Papá lo aburría, pero era su suegro y no lo quedaba otro remedio.

Pero al día siguiente papá volvió a la carga y quiso deslumbrarlo con el esplendor azul de la bahía de Matanzas, con sus historias de canarios y contrabandos de los tiempos de España, anécdotas que si interesaron a nuestro futuro historiador. Y aquella misma tarde lo plantó frente a la arquitectura del teatro Sauto, y se jactó que no tenía nada que enviarle a la Opera de París. Matanzas era cuna de poetas y músicos ilustres.

—Hace cien años aquí brillaba la cultura más que en La Habana— le dijo. —Hasta el Cirilo Villaverde y el Ramón de la Palma fueron profesores del colegio La Empresa, el mejor de toda la isla. El título de la Atenas de Cuba no nos lo regalaron, nos lo ganamos a pulso— se jactó el viejo, retándolo con la mirada.

Luis se limitaba a sonreír irónicamente, ya estaba hasta los cojones de las guanajadas del viejo, pero como no polemizaba, papá entendía que lo tenía deslumbrado y perplejo con las maravillas de Matanzas. En realidad, Luis sólo quería ser cortés con el padre de Anita, aquel viejo sorpresivamente culto y caballeroso. Como oriental, ganas no le faltaban de oponerle las bellezas de su propia tierra a las de Matanzas. Por eso, cuando el viejo señaló en la distancia el perfil montañoso del Pan de Matanzas, no pudo menos que protestar.

—¡Por favor, don Fermín! ¡Para ver montañas de verdad tiene que ir a Oriente! ¡Ese no es un pan, sino un pobre pancito!

—¡Sí, pero ninguna montaña de Oriente la inmortalizó en un poema José María Heredia— se alzó papá retador, y declamó sin más: —"Tierra claman; ansiosos miramos/ el confín del sereno horizonte/ a lo lejos descúbrese un monte/ lo conozco... ¡Ojos tristes llorad, es el pan... En su falda respiran/ el amigo más fiel y constante,/ mis amigas preciosas, mi amante.../ ¡Qué tesoros de amor tengo allí!"

Al finalizar soltó una carcajada triunfal y le dio unas palmadas de consuelo a Luis por haber perdido. Desde hacía años, Anita no lo veía de tan buen humor. Le satisfacía muchísimo que Luis fuera el causante del milagro. El Sábado de Gloria, como se decía entonces antes que la iglesia corrigiera el santo calendario, la visita a Matanzas culminó con una comelona a la cubana, con lechón y moros. El toque final fue el postre de majarete de mamá que Luis tuvo que repetir tres veces, por más que protestaba al borde de una indigestión.

—¡No puedo más! ¡Voy a reventar, Fermín!

Papá movía la cabeza con afectuosa autoridad.

—Nada. Tú lo que tienes es pena. Mujer, no le hagas caso, y sírvele más majarete, o el que se pone bravo soy yo.

Por no desairar a papá, ni menospreciar la especialidad de mamá, tuvo que empujarse otro plato más de aquel postre cuyo horrible sabor a maíz ahumado le repugnaba. El domingo se levantó de la cama con ventosidades amoniacales y dolor de vientre y, en el viaje de regreso a La Habana se vio en la necesidad de salirse de la carretera, dejar sola a Anita en el auto, y correr detrás de unos matorrales.

—El maldito viejo y su majarete de mierda— masculló agachado.

En su casa de Matanzas, papá respiraba satisfecho

tanto por las buenas relaciones como por las atenciones con que agasajara a su yerno. Sin duda el marido de Anita no podría quejarse de cómo lo habían tratado.

—¿Viste, él solo se comió medio cochino? ¿Y viste como le encantó tu majarete? ¡Se comió tres platos!— le comentó mamá.

De aquella visita, sólo le quedó un pequeño malestar que no se atrevía a confesarse ni a sí mismo. En un arranque de generosidad de última hora le había regalado a Luis las obras completas de Quevedo y de Tolstoi en las ediciones de Aguilar, cada una en dos tomos, todavía con el olor de la tinta de imprenta fresco. Y todo porque vio a Luis entusiasmado registrando su biblioteca, más bien un par de libreros en un rincón de la sala junto a su sillón favorito, hojeando una y otra vez con la ávida codicia del intelectual aquellos hermosos libros en papel biblia. No le dijo nada pero lo tomó en cuenta y esperó, para darle la sorpresa, a que estuviera ya montado en el auto con Anita.

—Aquí tienes. Es mi regalo especial para ti— le dijo.

Luis abrió perplejo la pesada bolsa y no podía creer lo que veían sus ojos. Eran las codiciadas obras completas de Quevedo y Tolstoi que el cabrón viejo con seguridad nunca leería. Trató de devolverlas, protestó hipócritamente; pero papá con magnánimo gesto insistió.

—Nada. Es un regalo. Si lo rechazas me pongo bravo.

Pero un mes después, desvanecido aquel instante de embriaguez por el estúpido placer de la generosidad, Fermín sentía una vaga comezón y un extraño malestar consigo mismo por haber regalado esos queridos libros agotados ya en la librería del amigo adonde las compraba. Había sido un tonto, se dijo, y después se recriminó por aquel egoísmo que le parecía indigno de su persona.

—¡Dios, de que mal barro nos engendraste! ¿Cómo es

posible que cuando nos desprendemos de algo que apreciamos, ese acto de generosidad termine, a la larga, por producir este sentimiento de malestar y desasosiego?

6

En diciembre, con cinco meses de embarazo, ella lucía más bella y sexy que nunca. Al menos, eso le susurraba Luis al oído, y debía de creerle a juzgar por el ardor con que la empujaba hacia la cama. Aun así, el temor a ponerse fea y a deformarse no desapareció.

Como el médico no se lo había prohibido, ella dejaba que le hiciera el amor. Pero con tantas preocupaciones y cuidados que, en vez del imperioso arrebato de los sentidos, aquello se transformaba en un piadoso exorcismo para aliviar a Luis de su demonio. Sin rencor, porque ella lo amaba y hubiera hecho cualquier maroma en la cama con tal de hacerlo feliz.

Entre su trabajo y los cambios sensacionales que estremecían al país, Luis vivía en permanente excitación. A menudo llegaba tarde, a veces después de medianoche. Si venía temprano, metía la cabeza dentro de un libro y sólo se acordaba de ella a la hora de dormir juntos. Esto produjo las primeras desavenencias entre los dos. Luis no le dedicaba tiempo ni le prestaba casi atención, y ella se sentía relegada y sola, incluso celosa. Esto último jamás lo confesaría.

Cuando ella le reclamó su actitud y las llegadas a medianoche, Luis reaccionó con violencia. ¿Cómo podía venir temprano con tanto trabajo y reuniones importantes? Mejor que se acostumbrara porque a él no lo iba a gobernar ninguna mujer. La trató con tal rudeza que ella, sin contestarle, se encerró en el dormitorio a llorar. Él vino a consolarla, a pedirle perdón, pero la mujer de un revolucionario debía ser más comprensiva.

—¿Es que no sabes las preocupaciones y los problemas que me caen encima? Yo lo que quisiera más tiempo para estudiar y leer. Y para estar contigo, por supuesto— añadió.

—¿Por qué no traes a tus amigos?— sugirió ella. —Puedes reunirte con ellos aquí en el apartamento, así yo también me entretengo.

Pero la pasión política se había apoderado del país y de sus vidas, y ya nunca tendrían paz. Desde ahora en adelante todo se haría en función de la política, hasta la música y la cama de los amantes estarían contaminadas por la nueva ideología.

Sin embargo, aquel primer año de casados fue el mejor. Eso a pesar de la creciente angustia de todos los días: los horrendos fusilamientos, los encarcelamientos, la censura, la destitución del Presidente Urrutia, un magistrado honesto pero ingenuo a quien Fidel Castro usaba de cuchara porque lo tenía de Presidente pero ni pinchaba ni cortaba, y por las condenas a oficiales revolucionarios, como el comandante Huber Matos a veinte años de prisión por inventar la calumniosa patraña de que la revolución estaba infiltrada por los comunistas.

Todavía en el segundo año ella se comportó como una ingenua, defendiendo a la revolución y a Luis contra la calumnia de que eran comunistas. Planeaba dar a luz en Matanzas, para que su madre y su hermana la atendieran, y en el viaje que hizo para el chequeo de su maternidad, se enfrascó en agrias discusiones con su cuñado y su hermana que repetían las mismas patrañas de la sandía, o el melón cubano: que la revolución era verde por fuera y roja por dentro. Hasta papá tuvo que salir en su defensa.

—¡Dejen a Anita en paz! ¿No ven la barriga que tiene?

Pero hasta papá, un hombre sereno, daba muestras de

una gran preocupación. Su empleado de confianza se había vuelto miliciano de la noche a la mañana y ahora asistía a su trabajo en la farmacia lleno de arrogancia y con el uniforme de miliciano puesto.

—Ya quiere mandar más que yo— dijo papá, hundiendo las manos nerviosas en su blanca cabellera. —Es tan cretino que piensa que la revolución le va a regalar la farmacia.

Mientras tanto, en abril nació Rosana, una niña linda y hermosa que la dejó exhausta y debilitada por el parto. Rosana nació tan grande que la rajó toda. El médico, un excelente ginecólogo y cirujano amigo de papá, tuvo que darle varios puntos para cerrarla.

—Te he dejado como una señorita— bromeó con ella.
—Creo que a tu marido le va a gustar mucho— añadió, y ella se ruborizó.

Luis la había llevado una semana antes de que diera a luz en Matanzas, regresándose en seguida a La Habana. Pero volvió la noche misma del parto con un ramo inmenso de claveles y gladiolos. Todos se sentían felices y por unas horas se olvidaron de la política. El médico le recomendó un par de semanas de reposo para que se recuperara. ¿Y qué mejor sitio que su casa de Matanzas, en donde mamá y Cesita, la vieja criada que era como de la familia, la mimaban y cuidaban como a una reina? Ella se quedó pues en casa de sus padres y Luis se marchó a cumplir con su deber.

Aquellas tres semanas de separación fueron, según ella sospechó luego, el principio de sus infidelidades. ¿Cómo fue posible que mientras ella le paría con dolor una hija, él fuera capaz de pegarle los cuernos con otra?, pensó años más tarde. Pero entonces estaba tan feliz con el milagro de su linda bebita que se olvidó de las tentaciones que acechan a un hombre como Luis en una ciudad pecaminosa como La Habana. En esas horas de dichosa inocencia y felicidad, ¿quién podía imaginar la concupiscencia y la traición de su marido? De todos los dones que la mujer recibe de Dios, ninguno se compara con la suprema emoción de la maternidad.

Dos semanas después del parto, mientras él manejaba por la estrecha Carretera Central, ella viajaba a su lado con Rosana en los brazos. Por sobre sus cabezas se agitaban veloces los árboles y se sentía ilusionada y en comunión con la naturaleza con su dulce bebita en los brazos. Luis le explicaba las razones que le habían impedido acompañarla la semana anterior, y ella creía inocente en él, distraída en los planes que venía madurando en su mente.

—Mi amor— lo interrumpió—, ahora que tenemos una hija, ¿no podíamos alejarnos un poco de la política y vivir más tranquilos?

—¿A qué te refieres?— él arrugó el ceño.

—A que podíamos montar una farmacia, trabajar los dos juntos. Así tú no estarías expuesto a los vaivenes de la política. Papá no cree que sea el momento más propicio, pero estaría dispuesto a ayudarnos.

Luis soltó una risita cruel, y su tono fue sarcástico.

—¿Yo, un *boticario*?

—¡Qué tiene de malo! Yo te ayudaría y hasta tendrías tiempo de estudiar en la Universidad Filosofía y Letras. ¿No es lo que siempre anhelaste? Podrías estudiar la Historia y vivir tranquilo, lejos del egoísmo y la vanidad de quienes luchan por el poder.

Ella pensó haberse expresado con claridad. Luis manejó medio kilómetro en silencio, con aquella sonrisa suya burlona de superioridad que nada bueno presagiaba. Luego adoptó un tono didáctico para sacarla a ella de sus errores.

—Todo es política, Anita. Hasta montar una farmacia o encerrarse en una torre de marfil es un acto político. Además de que estamos viviendo la Historia en acción: una revolución a 90 millas del imperialismo.

Luis habló de la praxis, una palabra que ella no acababa de comprender, y tuvo la impresión de un hombre obsesionado por los libros de moda como el mismo arrebato de una mujer por el último vestido. Hasta el famoso Sartre, un enano horrible con cara de sapo, había venido desde Francia en un viaje a Cuba, sólo para confirmar la nueva fe, y de paso, de un rápido vistazo había diagnosticado todos los problemas de Cuba en un ensayo titulado "Huracán sobre el azúcar", aunque luego parece que se equivocó bastante.

—Baja un poco la velocidad, mi amor, por favor. Que tengo miedo que la bebita se me maree con tantas curvas.

Luis redujo la velocidad pero siguió hablando con su elocuencia impetuosa, pero ella ya no lo escuchaba. Era su marido, el padre ahora de su hija, y lo amaba. Una mujer no tiene por qué entender a su hombre para seguirlo hasta el fin del mundo. Le basta sólo con saber que es honesto y que la quiere. Pero se sintió deprimida y con el presentimiento de un futuro incierto y angustioso. Allí mismo, a 60 kilómetros por hora y viendo los autos pasar en dirección contraria, tal vez se frustró la única oportunidad de haber cambiado el rumbo de sus vidas.

—La niña está orinada, tengo que cambiarle el pañal.

7

Rosana cumpliría un año en abril, y Anita vivía entre la felicidad y la incertidumbre. De repente las amistades desaparecían para siempre sin decir adiós. En la calle se encontró con una de sus ex-compañeras de la pensión de H, una amiga suya de Matanzas de la niñez. Habían compartido habitación y se mostró extraña y esquiva. Ella percibió su miedo, pero no lo comprendió. Una semana después supo por Gloria que se había marchado del país.

—Pero si me encontré con ella hace sólo una semana y no me dijo nada— se le quejó asombrada a Gloria. —¿Por qué?

Una ingenuidad preguntarlo. Un nuevo tipo de terror había hecho su aparición en Cuba. Todos desconfiaban y Anita estaba casada con un conocido revolucionario. Los que salían del país salían aterrados. En los discursos eran acusados de "apátridas", o simplemente de gusanos. Por suerte, y aunque también vivían vigilados, en especial su cuñado, el esposo de Rosa, quien probablemente colaboraba con la contrarrevolución, ni sus padres ni su hermana aún hablaban de salir al exilio. Al menos delante de ella.

No lo recuerda con certeza, pero aquel debió ser el Año de la Alfabetización. De ahora en adelante cada año se consagraría a una meta revolucionaria. Enviaron un ejército de cien mil estudiantes al campo a alfabetizar a los campesinos. Anita vio desfilar ese año en la Plaza de la Revolución, adonde tuvo que a ir porque la obligaron en la escuela en donde había empezado a dar clases, a un ejército de muchachas uniformadas, sudando mientras desfilaban a paso de carga, con las tetas y las nalgas brincando, mientras cantaban agresivas y feroces consignas. Deprimida, comprendió que se producía un cambio terrible en su país, pero Luis la tranquilizaba.

—Es el fin de cuando el hombre era el lobo del hombre.

—Yo lo que vi fue a unas fanáticas capaces de una salvajada.

—No te preocupes — se rió Luis—, que en cuanto les metan un tolete y les hagan una barriga se quedan tranquilitas.

Unos meses antes, y en contra de la voluntad de Luis, ella había encontrado una plaza de profesora de música en una escuela del Cerro. Como tal, ella debía cumplir labores como alfabetizadora, y lo hizo astutamente amparada en que tenía que cuidar a su hija de meses. Es decir, alfabetizó a la negrita que se había traído del Perico para cuidar a Rosana y la ayudara en la casa, y a otra criada en el mismo edificio donde vivía.

Fue una experiencia gratificante eso de enseñar a leer. Era bonito ver cómo se abre una mente a la luz de la escritura. Aunque los textos usados le disgustaron porque parecían un catecismo revolucionario. A ella le deprimía que un trabajo enaltecedor se transformara en un instrumento de adoctrinamiento elemental.

—¿Por qué politizar una labor tan noble?

—No seas ingenua, Anita. La educación ha sido un instrumento en manos de todas las ideologías dominantes y la revolución no va a ser la excepción— le contestó Luis en aquel tono didáctico que había empezado a usar con ella.

De todos modos fue gratificante alfabetizar a Blanquita, una jovencita de catorce años alegre y despierta. ¿A quién se le había ocurrido ponerle Blanquita a una negrita tan prieta? Fue una de esas iniciativas que al principio ensancharon el corazón y justificaban en parte los estragos de aquel cataclismo histórico que los mantenía en vilo.

La politización de sus vidas había llegado a un estado de locura y de abyección. Hubiera deseado aislarse, y vivir tranquila con Rosana y con Luis. ¿Pero cómo, si se vivía de consigna en consigna en un estado de guerra permanente? En las noches, cuando daba por terminado la jornada, desde su cama se oían las voces y las botas de los milicianos marchando en el pavimento. En esa atmósfera amenazante siempre hacían el amor. Uno-dos-tres-cuatro, uno-dos-tres-cuatro (*comiendo mierda y gastando zapato* se burlaban los cubanos que siempre lo tiraban todo a relajo). El aire se estremecía con las voces de mando y los himnos revolucionarios. Veía como su pequeño país se militarizaba y a ella se le atenazaba el estómago.

¿Para qué combate se preparan con tanto fervor? ¿Quiénes van a morir ahora en la cárcel o el paredón? Oficinistas pálidos, maestros, obreros, guagüeros, barberos y desempleados fanatizados con la revolución. Un hermano de Gloria de diez y nueve años, becado en Ingeniería, lo habían reclutado de miliciano artillero y según él los cañones en las colinas que rodeaban La Habana apuntaban a la ciudad y tenían la orden de bombardearla en caso de que fuera tomada por el enemigo. Gloria fue quien se lo contó horrorizada a pesar de que era una revolucionaria convencida.

Luis también tenía su uniforme de miliciano y lucía de lo más guapo con su boina y su pistola a la cintura. El desgraciado se las ingeniaba para no asistir a las largas marchas como los otros. Ella le lavaba el pantalón y las camisas del uniforme, rogando a la virgen de la Caridad que nunca tuviera que verlas con sangre.

Rosana crecía mientras tanto sonriente y hermosa, con una piel dulce como el melocotón que ella cuidaba con esmero. Los talcos y las cremas escaseaban o no se conseguían en ninguna parte, pero papá le mandaba paquetes con todo desde Matanzas. En aquel tiempo todavía se conseguía la buena leche homogeneizada y pasteurizada, y Rosana se pegaba al biberón hasta el último buchito. En abril cumpliría un año: tan rápido pasaba el tiempo que aquellos meses se le pasaron volando, y desde que cumplió los diez meses ella se empeñó en ponerla a caminar.

—Déjala. No la apures. Mientras más tarde camine, mejor— decía Luis y de inmediato se ponía a teorizar sobre el tema.

Luis no era mal padre, ni tampoco mal esposo. Pero su

conducta a menudo la desconcertaba. Pasaba fácilmente de una jubilosa exaltación a una especie de introspección depresiva y entonces la miraba en silencio como si la odiara. Ella rechazaba la idea de que Luis pudiera considerarlas un estorbo en su vida. Siempre creyó que la inteligencia debía producir en los hombres una gran serenidad, pero al menos en Luis su lucidez lo hundía en una angustia contenida con una sola válvula de escape: una ironía terrible por cuanto no perdonaba a nada ni a nadie.

El pobre carecía de sentimientos paternales. Ella intentaba mejorar esta falencia con el contacto físico de la bebita, segura de que aquella bella flor de su propia carne terminaría por ablandarlo. Iba y se la ponía, a pesar de sus protestas, sobre las piernas y él la cargaba en el sillón sin saber que hacer con Rosana en sus brazos. Para quedar bien la besaba y se la devolvía como si temiera que se rompiera en sus manos. A veces, cuando yacía en la cuna gorgojeando, él se asomaba y la inspeccionaba sorprendido de la existencia de su hija. Cuando Anita intentaba interesarlo en los detalles de la crianza de una bebita, él manifestaba cierta impaciencia hostil. Pero lo que más le irritaba era el llanto de la niña porque no lo dejaba concentrarse en su lectura o en su trabajo.

—¡Haz algo para que ese monstruo se calle!— gritaba.

A ella le dolía su falta de ternura con Rosana, aunque estaba segura que la quería a su manera. A veces, por qué no confesarlo, su marido le inspiraba miedo. En especial cuando fijaba en ella la mirada que ya ha mencionado, unas pupilas penetrantes e inexpresivas, como si contemplara un bicho extraño y no la mujer con que hacía el amor.

Descubrió que se había casado con un hombre difícil, capaz de arranques de ternura y luego de distanciamientos aterradores. Otros amigos suyos también intelectuales inquietos como él, parecían más pacientes y comprensivos. ¿Qué malestar

lo turbaba?, se preguntaba cuando veía que una angustia invisible se apoderaba de su alma. De repente, casi siempre de noche, parecía un animal enjaulado dentro del apartamento y se largaba a la calle generalmente con la excusa de ver a sus amigos del periódico o de alguna supuesta reunión.
—¿Me vas a dejar sola con la niña otra vez?
—Solos nacemos todos— contestó y dio un portazo.
Ella se quedaba alelada. No lo reconocía. ¿Qué pasaba entre ellos? ¿Por qué se comportaba tan brutalmente? ¿Serían la tensión y los nervios del cataclismo en que vivían? Los matrimonios están hechos de peleas y reconciliaciones. Después él volvía y la abrazaba y la besaba y se reía de su pesadumbre. Hacían el amor, y entre los dos se instalaba la armonía y el cariño de cuando eran novios.
Ella no se detenía para lamentarse. No tenía tiempo. No le alcanzaban las 24 horas del día para los largos viajes a la escuela a cumplir con su trabajo, hacer las colas, cuidar de su hija y su marido. Se levantaba con el alba para dejarlo todo listo para que la criada pudiera dedicarle todo el tiempo a Rosana. Luego salía a tomar el ómnibus que la llevaba a la escuela del Cerro y no volvía hasta después del mediodía. Casi las únicas visitas eran los amigos de Luis que alegraban el apartamento, Rolando, un novelista muy inteligente con quien Luis se enfrascaba en discusiones interminables, y Jorge, un poeta homosexual muy culto y simpático.
—Ay, Anita— le decía Jorge, señalando a Luis con una mueca: —Yo no sé cómo soportas a este bruto pedante. Tú y yo parecemos destinadas a padecerlo.
A ella nunca le habían simpatizado los homosexuales, pero Jorge era tan sensible y cariñoso que se hicieron amigos. Porque su amiga más querida, Gloria, estaba demasiado ocupada con su trabajo y sus propios problemas, además de que Luis no simpatizaba con su marido. En ocasiones venía papá

desde Matanzas cargado como un burro, empeñado que a su hija y a su nieta no le faltara nada en medio del doloroso racionamiento; una vez trajo una pesada maleta y cuando la abrieron venía llena de carne roja de res. A ella le daba miedo que fueran a meterlo preso y a acusarlo de contrarrevolucionario: por menos que eso le metían diez años a cualquiera.
—¡Papá, te van a meter preso! ¡No lo hagas más!
—No me importa— sonreía papá orgulloso de su hazaña. —Esta revolución de mierda no va a matar de hambre a mi nieta.
Guardó la carne rápidamente con un temor vago a ser denunciada. Tanta carne la hacía feliz, aunque le daba un poco de asco y no le cupo en el pequeño congelador de la nevera. ¡Qué bella está Rosana!, decía Fermín cargando a su nieta con una sonrisa de felicidad. Siempre le fascinaron los niños. Luego preguntó por Luis. ¿Qué dice tu marido? ¿Todavía afirma que esto no es comunismo? No sabes cuanto lamento que no hayas podido terminar tus estudios. Si alguna vez tienes que salir de este país, ya no podrás terminarlos nunca.
—¿Y tú, y mi cuñado, piensan acaso irse?
Los hermosos ojos dorados se tornaron sombríos.
—Todo el mundo se está yendo— contestó papá vagamente.
Gloria también la conminó por teléfono a terminar la carrera. Estaban dando grandes facilidades. ¿Pero en qué tiempo? Además, ¿qué objeto tenía terminar el doctorado si había perdido la ilusión de ser dueña de una farmacia e inventar un preparado capaz de curar la gripe de los niños? Papá aseguraba que al paso que iban, no es que hubieran desaparecido los Alka-Seltzers, pronto no quedarían medicinas patentadas. En cuanto a los laboratorios rusos andaban aún tan atrasados que hasta el momento habían enviado tres antibióticos, incluida una penicilina tan dolorosa que la gente prefería

morirse antes que inyectársela. Cuando ella se lo dijo a Luis, el salió en defensa de los rusos.

—Sí, pero es eficaz y cura. Tantas patentes de antibióticos no son más que para explotar a los pueblos. La ciencia rusa no puede estar tan atrasada cuando tienen locos a los americanos con sus sputniks.

Mejor callarse que discutir con Luis. Mejor no pensar en el futuro, y no deprimirse. Mejor adaptarse al comunismo para no morir loca. En casa, con Rosana se sentía feliz y podía respirar. Ahora le dedicaba todo el tiempo libre a su hija. Le enseñaba a solfear usando canciones infantiles. Qué niña tan inteligente. Qué dulce y cariñosa cuando la arrullaba y la acunaba en sus brazos. Por momentos podía olvidar el oscuro fanatismo y la opresión en que se vivía. Eso sí, se cuidaba de prender el radio y le prohibía a Blanquita que prendiera el televisor.

Canta en voz alta una canción para alegrarte, y no te asomes al balcón, ni cruces la puerta del edificio: porque en la calle y, peor aún, en las reuniones en la escuela, ella no podía evitar que la depresión del alma se le retratara en la cara. Y eso que no abría la boca para pasar desapercibida. Aun así, en la última reunión la subdirectora la humilló delante de todos sus colegas, a pesar de que sabían que era esposa de un revoluionario de los tiempos de Batista, cuando pocos lo eran.

—¡Usted parece no estar clara, compañera!

Al sentirse aludida directamente, ella se asustó mucho.

—¿Por qué lo dice, compañera?

Todos entonces se trataban de "compañeros", aunque a Anita la palabra le revolviera el estómago. La subdirectora, una miliciana bigotuda a la que se le clavaba el tiro del pantalón en el trasero, movió la cabeza.

—Porque su actitud es completamente negativa.

—Eso no es verdad. ¡Nunca falto al trabajo!

—Pero no es miliciana— la acusó la subdirectora triunfalmente. —Nunca asiste a los cursos de mejoramiento político, no hace trabajos voluntarios y, para colmo, con la excusa de que tiene una niña pequeña, tampoco asiste a los actos de masa en la Plaza de la Revolución.

Ella se puso lívida y se excusó como pudo, aterrada por el corro de miradas silenciosas fijas en su persona. Con alguna incoherencia, explicó que ella no era política, pero que estaba casada con un revolucionario y había colaborado en los tiempos difíciles de la dictadura.

—Lo lamento— dijo recuperando la dignidad. —Pero ahora prefiero ocuparme de mi hogar, de mi hijita y de mi esposo. Cumplo con mi trabajo, pero el tiempo no me alcanza para más. Si esto no es suficiente para ustedes, pongo mi cargo a las órdenes de la revolución.

Vio muecas y caras serias y un gesto de aprobación casi imperceptible de una de sus compañeras. Temblaba del miedo. Afortunadamente, el director, un comunista comprensivo y amable que siempre la había tratado con afecto, intervino inteligentemente en defensa de su actitud. Empezaban los tiempos sombríos en que los cubanos se vigilaban y se denunciaban los unos a los otros, una vileza a la que se negó y se negaría en participar.

8

Para el primer cumpleaños de Rosana, el 18 de abril, ella no planeó ninguna fiesta, dadas las tensas circunstancias en que vivían. Tampoco habló de celebrarlo en Matanzas como querían papá y Rosa. Ella se conformaba con el vestido de encajes rosado, regalo de Rosa, y los zapatos nuevos, regalo de papá, con los que Rosana parecía una muñeca. Una torta con la velita, unos refrescos para brindar y dos botellas de ron por si venían los amigos de Luis. De invitados: el hijito de Gloria y tres niñas pequeñas hijas de unas amigas.

—¿No es mucho pedir, verdad?— le preguntó a Luis.

Tal vez papá y Rosa se aparecieran en La Habana de repente. Sólo que todos ignoraban que más allá de la poesía, abril sería el mes más cruel y decisivo aquel año. El 13 empezó con la quema del Encanto, la tienda por departamentos más lujosa y grande de La Habana y de todo el Caribe. Respecto a El Encanto a ella le habían contado un chiste de chispa cubana: Una opulenta dama, cliente habitual de la tienda, entró y preguntó a una empleada vestida de miliciana por una serie de productos de tocador, incluido el desodorante. Uno tras otro la empleada fue anunciando con burlona reticencia que estaban agotados y, al final, con altanería vengativa y triunfal, añadió:

"Dentro de poco *todos* vamos a comer malanga parejo, *señora*".

Pero la opulenta dama la miró con lástima de arriba a abajo: "Hija, cuando yo coma malanga, tú estarás comiendo mierda".

Luego de la quema de El Encanto, sabotaje que conmovió a toda la ciudad por ser un punto de referencia de la ciudad, unos augurios de espanto quedaron flotando sobre los ánimos. La contrarrevolución hacía estallar bombas por las noches y la tensión aumentaba. Dos días después, un estruendo del fin del mundo la obligó a saltar de la cama cuando amanecía.

—¡Dios Santo, qué está pasando!— chilló, y salió corriendo como una loca en busca de Rosana, la sacó de la cuna y obedeció la orden de Luis de refugiarse en el baño sin ventanas. Allí junto a ella vino a acurrucarse Blanquita con los ojos desorbitados. Mientras, Luis se vistió con su uniforme de miliciano, se puso el cinturón con la pistola, y se asomó a las ventanas buscando el origen y la dirección de aquel estruendo de guerra. De súbito pasó como una centella un avión volando peligrosamente bajo. A lo lejos se oían los bombazos, las antiaéreas y disparos por todas partes.

Diez minutos más tarde, luego de varias llamadas, Luis confirmó que aviones enemigos habían atacado el aeropuerto militar de Columbia. Pero media hora después, en medio del gran terror y la agitación, el estruendo se calmó y sólo se oían disparos aislados. Fueron horas de incertidumbre y terror. Luis le ordenó que no se moviera del apartamento.

—¿Pero me vas a dejar sola con Rosana?— gritó ella.

—¡Es la guerra! ¿Qué quieres que haga? ¡Te llamaré!

Se largó nervioso y agitado, y no regresó hasta el día siguiente. Ella sola con los nervios de punta, oyendo las proclamas por la televisión y la radio con la consigna final de Patria o Muerte, con el acuartelamiento de todos los milicianos y el Ejército, y la omnipresencia y la rabia catalizadora de Fidel Castro. Ella lo escuchó proclamar a gritos por la radio o la televisión, ya no recuerda, el carácter socialista irreversible de la revolución cubana. ¿Por qué deprimirse por una tragedia ya sabida? Le dolía el estómago y sentía asco.

No se lo mencionó a Luis anonadada por el miedo. Sentimientos encontrados se agitaban en su alma, sin atreverse a confesar la alegría de que acabaran de una vez con aquel demonio, embargada por la preocupación por su hija, por Luis, y por su familia en Matanzas.

La noticia de la invasión al sur de Matanzas, en la península de Zapata, la paralizó de terror. La esperanza de celebrar de algún modo el cumpleaños de Rosana se esfumaron. Con su familia en peligro, más temores e incertidumbre. Intentó, pero no pudo comunicarse por teléfono con Matanzas. Pasó horas de angustias sin noticias de Luis, hasta que él la llamó por teléfono en la tarde y le advirtió que no iría a cenar. Tenía que hacer guardia toda la noche en su centro de trabajo.

En aquellos días de suspenso, de rumores alarmantes sobre combates y alzamientos, se produjo la detención de centenares de miles de cubanos sospechosos de no simpatizar con la revolución. Incluso al esposo de Gloria, un dentista que odiaba la política, se lo llevaron preso. Posiblemente por algún comentario inocente estaba en la lista de gusanos. También, por una llamada de mamá desde Matanzas, increíble que se comunicara dadas las circunstancias, supo que a papá y a su cuñado se los habían llevado presos. Luis trató de calmarla por teléfono.

—Tranquilízate. No les va a pasar nada. Se trata sólo de medidas preventivas para evitar manifestaciones y desórdenes.

—¡Pero dicen que los van a fusilar a todos si la invasión avanza y papá es un viejo de 62 años que no se mete con nadie! ¡Esto es un ultraje y un abuso sin nombre!— se quejó ella.

—¡Coño, yo no puedo hacer nada!— gritó él por el auricular. —¡Y no hables tanta mierda! ¿No ves que es una revolución?— pero luego se calmó y bajó la voz: —A tu papá no le va a pasar nada, Anita. Es un viejo fuerte y sereno capaz de afrontar un momento difícil.

En La Habana seguían internando a los sospechosos por miles. A falta de cárceles usaban los cines y hasta escuelas. Según Gloria, en el teatro Blanquita había tres mil presos, hombres y mujeres amenazados de muerte si los yanquis se atrevían a invadir el país. Finalmente, todo se resolvió con una victoria fácil de la revolución.

Dos días después supo aliviada que a papá lo soltaron en Matanzas y a su cuñado dos días más tarde. ¿Había algo más importante que la libertad y la seguridad de su familia en aquel momento? Pero el país quedó hundido en una atmósfera de fanatismo, paranoia y odio. De ahora en adelante no dejarían espacio para la tibieza o las dudas. O se estaba o no se estaba con la revolución. Para los primeros, todos los privilegios; para los segundos, todos los vejámenes y las humillaciones.

Aun libres, Anita seguía preocupada por su papá y por el esposo de Rosa, un hombre irritable y violento. ¿Qué estarían sufriendo o tramando ahora? ¿Qué pensarían de Luis y de ella? ¿Hasta qué punto la política dividiría a su familia? Empezó a hacer planes de viajar a Matanzas, de ser posible con Luis, cuya presencia tal vez podría calmar las aprensiones de papá sobre el futuro.

—Ni pensarlo. Estoy muy ocupado— le contestó Luis.

Comprendió que a Luis le resultaba incómodo dar la cara, luego de las seguridades que le diera al viejo. Después de la tercera y última visita a Matanzas, la afinidad entre los dos se transformó en un receloso distanciamiento. Luis había asegurado que la revolución no debería afectar a papá ni material ni moralmente. Que un hombre como él: un comerciante pequeño con mentalidad progresista, culto, y con sensibilidad social no sería nunca tocado por la revolución.

Una semana después de Playa Girón, una mañana en que distraída se le ocurrió prender el televisor sin sospechar que el comandante en jefe (en los últimos tiempos evitaba ver la odiosa barba y oír sus interminables peroratas didácticas) ocupaba las pantallas, no pudo menos que sentarse a escuchar como hipnotizada a aquel demonio que como un titiritero jugaba a su antojo con sus pequeñas vidas.

El gran cabrón lucía de excelente humor, bromeando y jactándose de su victoria sobre el imperialismo: en vez de haber vencido a una brigada de exilados abandonados a su suerte parecía que había derrotado a todos los ejércitos americanos juntos. De pronto hizo un comentario que la dejó petrificada. Gesticulando y arqueando las cejas como un consumado actor, aseguró haber sido marxista/leninista toda su vida. Lamentablemente, añadió, nunca había podido leer "El Capital" de Marx, omisión comprensible dada su vida de agitador y revolucionario. Pero le recomendaba a los jóvenes que leyeran y estudiaran a Marx con ahínco.

De la rabia apagó el televisor y esperó impaciente a que llegara Luis esa noche, para contarle indignada la asombrosa confesión. ¿Cómo podía ser posible que ese hombre, sin haber leído a Marx, hubiera lanzado al país a una ideología que sólo conocía de oídas? A ella nunca la habían convencido sus alardes de guagüero de la Historia, y no entendía cómo los cubanos corrían detrás de su flauta mágica sin que nadie supiera con seguridad adónde los llevaba.

—¡Un guagüero de la Historia!— repitió Luis sonriendo divertido: eso no parecía cosa de Anita sino suya: era interesante cómo las mujeres terminan por apropiarse del lenguaje de sus maridos.

En realidad, Luis solía bromear con sus amigos sobre el comandante en jefe, una bromas que seguramente le impedían prosperar, cuyo mesianismo y ego avasallador anulaba las posibilidades de una dirección más democrática y colectiva, según se atrevió a decir. Pero nunca quiso echar leña a la visión negativa que Anita empezaba a tener en contra de la revolución. Por eso salió en defensa de Fidel:

En cuanto a la paradoja que se declarara marxista sin haber leído "El Capital", para ella escandalosa, a él le parecía intranscendente. Al fin y al cabo, la fe en Jesucristo fue anterior a los Evangelios, y a Pablo se le reveló cuando lo tumbó del caballo, y aun los filósofos comenzaban por profesar sus teocracias racionalistas antes de formularlas como sistema.

—¿Comprendes de qué hablo, preciosa?— añadió seductor.

Lo de "preciosa", dicho con un pellizco erótico, la dejaba desarmada. Durante años ejercería un dominio mental y carnal que la paralizaba. Su posesión sobre la voluntad de Anita fue total. Apabullada por el brillo de sus razonamientos ella se hundía en las dudas. Entonces era muy joven y no sabía que para navegar por el mundo real el sentido común era mucho más útil que los manuales ideológicos.

9

Luis no fue a Matanzas hasta unos meses después. Llegaron al anochecer. Poco antes de entrar a la ciudad Luis vio a los pájaros volando en el crepúsculo. Volaban cruzando el cielo en bandadas, como enloquecidos, y su visión le produjo desasosiego. Viajaba en compañía de Anita y Rosana, pero se sintió desgarrado por dentro. Como si su vida estuviera en otra parte, no junto a esa mujer y esa niña que viajaban a su lado. Aquel inexplicable desasosiego de su juventud no desaparecía con los años. Trató de explicarle esa sensación a Rolando, un escritor amigo suyo.

"Me siento como un extraño dentro de mi propio pellejo."

"Son los síntomas psicóticos del suicida. Deberías ver a un siquiatra."

"Un siquiatra no puede decirme nada que yo no sepa."

—Menos mal que ya vamos a llegar— escuchó a Anita suspirar. —Rosana se va a despertar con hambre y es mejor darle de comer en casa de papá.

Luis hubiera preferido no ir a ver a Fermín. Desde que salieron de La Habana se sentía arrepentido de haberse dejado persuadir por Anita. Ella tenía sus mañas y con su dulzura lo había embarcado en aquel viaje. La vida es un camino de errores: el penúltimo es casarse; el último ceder a la domesticación, pensó. Pero todo hombre termina por sucumbir idiotizado a la poderosa razón que ellas esgrimen entre sus muslos. Luego ellas utilizan la costumbre de amar y nuestros remordimientos para manipularnos. Pero entonces entró en Matanzas, llegó frente a la casa de papá, se bajó del auto con Rosana y Anita, y perdió el hilo de sus reflexiones.

Para ser tan temprano, la casa de los padres de Anita lucía raramente cerrada y silenciosa. Ella fue quien se adelantó a tocar el aldabón con la niña en los brazos. Como se demoraban en abrir, volvió a golpear con más fuerza, impaciente por ver a sus padres. El aldabón le recordó a él los portones de las casas coloniales de Santiago de Cuba. ¿Nadie habría escrito la historia de las campanas y los aldabones? ¿Por qué o quién doblaría la primera campana?

Al fin detrás de la puerta se escuchó un leve ruido y papá entreabrió con cautela, asomando una cara temerosa. Esta pobre gente vive cagada del miedo, pensó Luis. Pero al ver papá quienes eran de la alegría se le borraron las arrugas y llamó a gritos a mamá, abrazó a Anita emocionado y le quitó la niña de los brazos. Luego lo saludó a él sin dar señales de rencor, y levantó con regocijo a su nieta en el aire para contemplarla con emoción.

—¡Qué cosa más preciosa, y qué grande está!

Rosana reconoció al abuelo a pesar de que no lo veía hacía algún tiempo, y le sonrió con coquetería y hasta lo besó cuando se lo pidieron. Al abuelo se le caía la baba. Rosana actúa como todas las hembritas, pensó Luis, precoces siempre en seducir. Luego ya dentro de la casa, adivinó de un vistazo la escena de tensión que había interrumpido. Un escena de terror repetida en muchos hogares.

Fermín seguro había estado escuchando con la oreja pegada al viejo Telefunken de banda corta las noticias de la Voz de las Américas. Eso estaba prohibido. Con razón debió asustarse. Si lo sorprendían los del CDR oyendo esa emisora lo podían encarcelar por divulgar propaganda enemiga. A Luis le dio lástima que el pobre viejo envenenara sus mente escuchando aquella emisora del imperialismo. Muchos cretinos soñaban con una invasión yanqui que los salvara de la revolución, persuadidos que un país tan poderoso no podía tolerar una base comunista a 90 millas de sus costas. Contempló la figura patriarcal con pena, porque daba pena ver a un viejo digno como aquél arrasado y destrozado moralmente por el cataclismo de la revolución. ¡Todavía le quedaban ánimos para mimar y jugar con Rosana!

El padre de Anita siempre le había inspirado simpatía y se prometió a sí mismo ser amable y paciente. Además de que Anita se lo rogó: "Por favor, vamos a verlos. Papá y mamá no han vuelto a ver a Rosana desde que cumplió los once meses. Nuestra visita les hará bien. Están muy angustiados y quizás hablar contigo le haga bien a papá".

Últimamente le intrigaba el mecanismo subjetivo de los sentimientos, las formas en que las simpatías y las antipatías parcializaban las relaciones humanas hasta el extremo de que en ocasiones se sentía más solidario de quienes pensaban diferentes que él, porque de verdad que no deseaba ver a Fermín convertido en un enemigo de la revolución. La simpatía por el papá de Anita lo impulsaría, en las próximas 36 horas, a intentar tender un puente entre los dos, olvidando los antagonismos del viaje anterior. Al cabo, el viejo era sólo una víctima, una más en la masa anónima con que se escribía la Historia.

Ya los viejos habían cenado, pero esa noche disfrutó de una cena improvisada por mamá para Anita y para él. Una cena que para su asombro y el de Anita incluyó unas lascas generosas de jamón y al final una lata de melocotones. ¿De dónde habían sacado tales maravillas? ¿Cómo era posible comer tan bien, Fermín?, exageró él su entusiasmo.

Papá no soltó prenda aunque vagamente se jactó que todavía le quedaban muchos amigos agradecidos: —Toda una vida de favores y de decencia no se esfuman en la nada, ni siquiera en el purgatorio de estos tiempos difíciles en que vivimos— dijo con orgullo.

Luis no deseaba empezar polemizando, así que pasó por alto la alusión. Luego las mujeres se ausentaron a vigilar a la niña que ya dormía, no sin que antes Anita le dirigiera una mirada de recordatorio y súplica con sus ojos de esposa: a ella le angustiaba la expropiación final de "las casitas de papá", como las llamaba, y anhelaba a toda costa evitar una ruptura en la familia por el maldito veneno de la política.

—Si no puedes darle la razón, cállate. Ten en cuenta la edad de papá. Recuerda que esas cinco casitas, a las que tú no le das importancia, eran los ahorros de toda su vida. Explícale bien lo de las pensiones. Yo no podría. A mí me daría vergüenza justificar la expropiación. Todavía me parece un abuso y un atropello sin nombre.

Anita se refería a la reciente ley que despojaba a los propietarios de sus apartamentos, casas y edificios, con la única excepción de su vivienda personal. A cambio de la confiscación la revolución les otorgaba a los pequeños propietarios como papá, cuyas rentas no excedieran los 200 pesos, una pensión equivalente al monto de los alquileres; los otros casatenientes, para la felicidad de las masas, quedaban *siquitrillados,* según el nuevo lenguaje que hacía las delicias del pueblo.

A Luis le resultó relativamente fácil, si no convencer a Anita de la justicia de aquel despojo, al menos tranquilizarla respecto al futuro económico de sus padres. ¡Qué significaban cinco casitas de mierda comparadas con los cambios históricos de los que todos eran protagonistas y testigos! Pero ahora, sentado frente a Fermín, no encontraba como abordarlo y prefirió esperar que el viejo respirara por la herida del propietario.

Hablaron, pues, del viaje, y lo linda y grande que lucía Rosana, del supuesto parecido con Anita y con el abuelo. Sin duda, Rosana también se parecía algo a Luis, concedió con cortesía papá. En fin, que mantuvieron una conversación alejada de los problemas lacerantes que realmente los afectaban. Detrás de su fría cortesía, papá lo observaba con ojos resentidos y, cuando lo escuchaba, en sus labios se congelaba una sonrisa de desdén y amargura. Por fin, Luis intentó provocar el tema.

—¿Y cómo está la farmacia, don Fermín?

A pesar de que el trato de *señor y don* habían sido abolidos por la revolución y el propio papá insistía en que lo tratara de tú, él seguía utilizando el don como una muestra de respeto.

—Por el momento en su lugar, hasta que el barbaján decida.

Luis ignoró el sarcasmo y continuó en tono amistoso.

—Entonces, ¿todo marcha bien?

—Depende como lo mires. Ya no hay laboratorios sino un Consolidado que nos manda lo que les da la gana, y hay una escasez penosa de medicamentos— dijo, y añadió con una mueca: —Y todavía no me han expropiado la farmacia, como anhela el que yo consideraba mi empleado de confianza. ¿Qué te parece? ¡Los hombres son como los perros anhelando siempre el hueso ajeno!

—Yo no creo realmente que lo hagan.

Papá se encogió de hombros como si ya le fuera indiferente que le quitaran la farmacia. Luego mirando directo a los ojos de Luis, le recordó con ironía acusadora que él le había dicho que la revolución nunca perjudicaría a los pequeños propietarios.

Luis le mantuvo la mirada pero no le respondió. Papá continuó entonces: —¡Y ya ves lo que pasó, el maldito barbaján— papá se negaba a pronunciar el odiado nombre—, me ha robado las casas que compré con los ahorros de toda mi vida! ¿Qué te parece? Y la jauría humana aplaude el robo y para colmo se ríen en mi cara.

Luis permaneció inmóvil. Aspiró el aire en busca de argumentos convincentes para hacerle comprender al cabrón anciano que no había salido tan perjudicado. La revolución lo compensaría con una pensión equivalente al monto de los alquileres por el resto de su vida. Por favor, Fermín, no renuncie a esa pensión. Ese dinero le pertenece. Es importante que usted vaya al Instituto y haga su reclamo.

Papá, cruzado de brazos y con la mirada ausente, no daba la impresión de estarlo escuchando. De repente empezó a reírse como si recordara algo cómico, pero con una risa amarga.

—¡*Por ahora*! Esa fue la esperanza que nos dio el maldito barbaján. Je, je. Dijo que *por ahora* las pequeñas empresas privadas administradas por sus dueños no serían nacionalizadas... —se reía moviendo la cabeza por la estupidez del por ahora, y repitió en voz alta: —¡Por ahora... qué cojones tiene! ¡Por ahora esperen tranquilos hasta que yo los recontrajoda! ¿Será un cretino ese tipo?— le preguntó, con rabiosa curiosidad.

Luis se encogió de hombros. Era absolutamente cierto que el comandante en jefe había dicho aquel estúpido "por ahora" con la intención de calmar el miedo de los pequeños comerciantes e industriales a quienes aún no le había estatificado sus empresas. Recordó haberlo oído por radio mientras manejaba, sorprendido de que un tipo tan astuto cayera en un recurso tan cándido que en vez de calmar posponía el terror de aquellos empresarios.

Pero él no deseaba justificar la cretinada del comandante en jefe sino aplacar la angustia de Fermín. En su opinión, no tenía sentido estatificar las farmacias, pero no podía asegurar que no llegaran a hacerlo. Se vivía en medio de la exaltación de la utopía y cualquier medida extrema era posible. Pero en última instancia, si llegaba a suceder, a un hombre de la experiencia, la inteligencia y el prestigio de papá con seguridad lo pondrían de director de la zona para todas las farmacias.

El halago a su vanidad no lo conmovió porque papá hizo una vaga mueca negativa de asco. Aprovechando el momento, Luis volvió al tema de las cinco casitas estatificadas y lo puso sobre la mesa, porque si Fermín se empecinaba iba a perder la pensión.

—Por favor, don Fermín, sea usted razonable. ¿Cuánto cobraba por los alquileres? ¿Ciento cuarenta pesos? La ley le otorga a usted una pensión vitalicia equivalente a esa cantidad. No lo compensa de la pérdida de sus propiedades, pero al menos le asegura la vejez. Además, en el caso de que le ocurriera algo, a mamá le quedaría la pensión. Hágalo al menos por ella— le rogó.

10

Papá negaba con la cabeza: aquella compensación sería una limosna indigna de su persona. Luis lo miró: ¿Valía la pena haber viajado a Matanzas para enfrentar al viejo terco? ¿Por qué no dejaba de sufrir por sus cinco casitas de mierda y se comportaba con generosidad? Si fueran suyas a Luis no le hubiera importado perderlas. El egoísmo es la enfermedad mortal del capitalismo.

Papá tenía el rostro sombrío y fijó los ojos extraviados en él con un brillo de odio. Aquella encerrona en esa casa empezaba a deprimirlo. Qué paciencia y qué perdida de tiempo. Si no se tratase del padre de Anita y del abuelo de su hija, lo mandaría al carajo. Pero bueno, si ya estaba allí, que más daba echarle otra rogada.

—¡Hágalo por mamá y por Anita, por favor, don Fermín!

Pero papá se alzó en el balance, con resentida altanería.

—Yo creo que usted no entiende a los hombres como yo, jovencito. Los libros que ha leído le han llenado la cabeza de mojones y es incapaz de entender lo que pasa. Guarde su lástima hasta el juicio final, porque la va a necesitar para usted mismo. Ustedes pretenden que están haciendo socialismo, y no son más que instrumentos de una ideología totalitaria inventada por un judío cornudo, forunculoso, con tan mal gusto que tuvo una hija con la criada de la casa— dijo fuera de sí papá, y, agarrando aire, se jactó: —¡No vaya a pensar que yo no he leído! No soy ningún ignorante, ¿sabe, jovencito?

Luis se puso pálido, porque no esperaba una agresión. De no haber sido el padre de Anita, hubiera llenado de sarcasmos a aquel viejo de mierda. Pero se inclinó fríamente hacia atrás en el balance, entornó los párpados, y se dispuso a aguantar la descarga.

—Usted, jovencito, me cree un viejo mezquino que se aferra a sus propiedades. Pero está equivocado, en el fondo que me quiten las casas no es lo que más me duele, aunque no sea más que un robo, porque las compré con mi sudor de cuarenta años de trabajo. Yo lo que no soporto, lo que me enferma el alma, lo que no puedo tolerar como hombre, es que me falten el respeto y me llamen gusano y explotador.

—¡Y quién se ha atrevido?— lo interrumpió Luis.

—¡Ustedes! ¡Todos ustedes y ese barbaján que incita a las masas contra las personas decentes! Yo soy un hombre tan honrado que una vez perdí la elección para concejal porque no quise aceptar dinero de nadie para la campaña. ¿Un ingenuo, verdad?— gesticuló muy agitado. —Pero ahora la gentuza se burla de mí, los envidiosos gozan que me despojen de tantos años de ahorro y sacrificio. Ahora resulta que los borrachos, los jugadores, los crápulas y los irresponsables de siempre son los honrados y decentes. Esto es lo que más me encabrona, lo que le duele a uno en el alma, lo que no soporta el corazón, coño— gritó fuera de sí, exaltado, y Luis temió que le diera un infarto.

Desde el interior vinieron mamá y Anita, seguramente asustadas por los gritos de papá. Pero el viejo al verlas las ahuyentó con una mano. Anita le dirigió una mirada de súplica a Luis y mamá le preguntó a papá si deseaba tomarse una infusión de manzanilla.

—Bueno, sí, está bien. Pero no nos interrumpan que no ha pasado nada ni va a pasar nada— dijo y se volvió hacia Luis.— ¿Usted también quiere una manzanilla? ¿Sí?

A él no le gustaba la manzanilla, pero aceptó. Mamá y Anita los dejaron solos otra vez no muy convencidas. Anita lucía preocupada y le dirigió otra mirada de súplica a Luis antes de irse. Ya a solas, Luis decidió aclarar su posición, y ser justo y amable con papá.

—Dígame, Fermín, ¡quién se atrevió a faltarle el respeto y yo mismo voy y lo pongo en su lugar! ¡Porque por ahí hay algunos idiotas que se aprovechan sin ser nadie para atropellar a las personas decentes!

Papá movió la cabeza sonriendo con supremo escepticismo.

—¿Pero en qué país tú vives? ¡Si hasta por la radio y la

televisión nos llaman escoria! Aquí el que no simpatiza con la revolución lo tratan de gusano y, como yo mismo, sale a la calle asustado. Todas las personas decentes salen huyendo del país y a mí me dan ganas de hacer las maletas también. ¿Tú sabes la vergüenza que lo roben y humillen a uno, y encima te pidan que aplaudas?

Papá miró a Luis a ver si entendía esa insoportable humillación.

—Ahí tienes al borrachito de Juan— dijo con una mueca de desprecio—, casado por desgracia con una sobrina mía. Yo, por lástima, estuve dos años sin cobrarle los alquileres y regalándole las medicinas porque estaba sin trabajo y tenía una hija enferma. ¿Pero acaso me lo agradeció? ¿Sabes lo que hizo el cretino? ¡Fue el primero en celebrarlo con una botella de ron y en gritarme en la cara que ahora no tenía que pagarme el alquiler porque la casa era suya! ¡El cretino no ha leído que ahora se la tendrá que pagar al Gobierno!

Papá soltó una risita, pero se pasó los dedos temblorosos por los cabellos canosos, y Luis temió que le diera un infarto.

—Pero usted no puede, don Fermín, echarle la culpa a la revolución de la ingratitud humana. ¡Eso ha pasado toda la vida!

—¿A quién entonces? ¿Acaso no me han convertido en el réprobo y el explotador del pueblo? ¿Sabes lo que significa ser un *gusano*, en *este país*? Salgo a la calle y la gente me mira como un apestado. Y me tuvieron tres días preso cuando Girón y eso lo saben todos.

Aquella conversación le resultaba incómoda por muchas razones, pero él trató todavía de ser persuasivo y amable.

—Entiendo que esté afectado, don Fermín, y razones no le faltan. Pero debe ser más comprensivo. La revolución está más allá de esas pequeñeces: es un proyecto histórico que arranca desde el siglo XIX, e incluso antes, con los enciclopedistas, y que se ha nutrido de generaciones de hombres asqueados por las desigualdades sociales.

En eso Anita les trajo las manzanillas, se las puso en las manos y se sentó a escuchar con cara de preocupación. Luis acentuó el tono amable y conciliador de sus palabras.

—Usted ha sido y es un hombre culto e inteligente. El socialismo puede ser un proyecto imperfecto, pero todos los proyectos humanos lo son. Puede ser incluso injusto como en el caso suyo. Pero hay que ser generosos. Para eso está la praxis, para enmendar los rumbos. El socialismo es un sueño de justicia universal al que no podemos darle la espalda.

—Esto no es socialismo— lo corrigió papá—, sino una pesadilla que terminará por destruir a Cuba y que, lamentablemente, padeceremos quién sabe por cuántos decenios.

—No se ponga trágico, don Fermín— ironizó él.

—¿Ustedes no tienen sueño? ¡Son las doce ya!— dijo Anita.

—¿Yo, trágico?— ironizó papá con la mano en el pecho. —¡Yo creía que el apocalíptico y el actor trágico era ese barbaján al que el populacho y ustedes siguen ciegamente!

Anita se movió nerviosa y miró severamente a Luis.

—Mamá se acostó y Rosana está durmiendo. Por favor, ¿por qué no dejan esta conversación y la terminan mañana?

—Sea más objetivo y generoso, Fermín— le recomendó él a papá, con una amistosa sonrisa para que Anita comprobara que no era él sino papá el intransigente. —Reconozca los logros de la revolución.

Papá lo miró con una mueca de despectivo escepticismo.

—Mire, jovencito. Ustedes, las mentes pensantes de

este cataclismo sin nombre, han pensado que toda la maldad, la envidia y la soberbia son un producto de las relaciones económicas, y están equivocados. El hombre es y será siempre un animal sin salvación.
—¿Y en qué cree usted, Fermín?— le sonrió burlón.
—Al menos no creo en las utopías artificiales.
—Pero en algo debe creer. Por algo es usted masón.
—Sí, a veces he creído percibir una armonía suprema que lo gobierna todo y que hasta en la agonía de nuestros pecados vamos pagando ya la penitencia. Para mí el hombre es un animal impresentable, gobernado por las más bajas pasiones, y que sólo nos salva uno que otro arranque de altruismo y compasión. Lo mejor que hemos logrado a través de los siglos fue perfeccionar unas pocas leyes fundamentales de convivencia civilizada para reprimir al animal de las cavernas que llevamos por dentro.
—Esas leyes consagraban los privilegios y las injusticias— le interrumpió Luis, pero papá negó con la cabeza.
—No, qué va. Los privilegios y la injusticia existían *a pesar* de esas leyes, de la Constitución y los Derechos Humanos. Lo que pasa es que expresan principios morales a veces mejores que nosotros mismos. Si renunciamos a la ley para entregarnos a una utopía totalitaria y a las ambiciones de un megalómano disfrazado de salvador del pueblo, nos exponemos a convertirnos en marionetas de sus caprichos y de sus crímenes. ¿Es verdad o no es verdad?

Él, Luis, no se iba a dejar joder. La retórica seudotrascendental de papá le parecía de una mediocridad sin dialéctica ni rigor. ¿Qué sentido tenía discutir con un siquitrillado que respiraba por la herida de las propiedades perdidas? Estaba bien ser amable pero no tanto.

—Yo lo aprecio a usted y lo respeto. Puede tener razón en parte, pero el cambio hay que intentarlo. Hay que cambiar la vida y el mundo. ¡Olvídese, don Fermín, que a esta revolución no la para nada ni nadie! Trate de ser comprensivo y adaptarse a los cambios. ¡Deje que otros sean las viudas del capitalismo, no usted, por favor!

Con estas palabras, para él lapidarias, creyó no sólo haber vencido sino haber quedado bien con el viejo y con Anita. De modo que se puso de pie, ella lo imitó un tanto aliviada de que terminaran sin insultos y a la vez preocupada por la palidez de papá. Dieron las buenas noches y se fueron a dormir, dejándolo solo.

11

Ocupado con los orgasmos de la praxis, Luis olvidaría la conversación con papá, aquel viejo obsoleto y sentimental cuyos resabios de burgués irían a parar al basurero de la Historia.

Papá nunca la olvidó. Con los años en su corazón fue creciendo el odio contra su yerno. No olvidó su arrogancia juvenil, ni la falta de respeto al llamarlo *una viuda del capitalismo*. Desde su exilio en Miami, su rencor era tan grande que en sus cartas hizo lo humanamente posible por separar a Anita de aquel comunista arrogante y engreído.

Para empezar aquella noche no pudo dormir, rehaciendo una y otra vez en su mente los argumentos que usara, puliéndolos hasta apabullar a Luis. Se revolcaba en las sábanas, tratando de no despertar a mamá. Finalmente se levantó a mear; por culpa de la próstata tenía que levantarse en las madrugadas. En el silencio de la noche escuchó los bárbaros ronquidos de Luis, y la felicidad del sueño profundo del joven fue como un insulto a los primeros achaques de insomnio y a las calamidades de la vejez que ya sufría.

"Cree tener la razón sólo porque es joven, pero ya verá", lo amenazó vagamente a él y a todos los comunistas del mundo.

Después de dormir menos de tres horas, se levantó temprano, se tomó la tacita de café negro bien fuerte colada a su gusto por mamá, y prendió el primer tabaco del día. El café, el tabaco y el fresco marino de la mañana lo revivieron. Pensó irse a la farmacia para no verle la cara a su yerno. Pero cambió de opinión: le haría frente, se pasearía con él por Matanzas, para que apreciara la represión y la decadencia creciente de la hermosa ciudad, y ver cómo se comportaba.

—Vamos a ver qué cara pone— pensó.

El hecho de hacerse acompañar por su yerno, un revolucionario conocido, desconcertaría a esos empleados de la farmacia que lo miraban de reojo como a un hombre liquidado, y a esos cobardes en la calle que ahora no se atrevían a saludarlo por miedo. ¿Aceptaría Luis a pasearse con él por Matanzas o inventaría alguna excusa para no comprometerse?

Esperó impaciente a que todos se levantaran. Anita apareció primero con Rosana en brazos y un rato después Luis con esa mirada neutra de lagarto todavía con sueño. Mientras desayunaban invitó a Luis a dar una vuelta hoy sábado por la ciudad, a pasar por la farmacia, y a visitar a Alberto: el esposo de Rosa, el otro yerno de papá. Sin embargo, Anita se opuso: opinó que Luis no debería ver a Alberto y otro tanto hizo mamá. A Alberto le habían estatificado un edificio y más de una docena de casas en alquiler, había estado preso injustamente cinco días cuando lo de Playa Girón, y vivía vigilado y amenazado por el CDR y la policía.

—No me parece conveniente que Luis lo vaya a ver— dijo juiciosamente Anita. —Ustedes mismos dicen que él anda como un loco y no hace más que hablar disparates. Lo conozco y debe estar muy alterado. Yo lo quiero, pero conozco a revolución y que le estaba haciendo el honor de considerarlo a él un revolucionario importante. ¿Acaso aquella tipa sospechaba que él había acompañado a papá a la farmacia para apoyarlo en aquel mundillo de pasiones e intrigas políticas? Luis miró con dureza aquellos ojos negros hipócritas y vigilantes. Y como para que no quedaran dudas sobre su posición: que él estaba dispuesto a interceder por Fermín, pero que esto no debía prestarse a malos entendidos, le contestó con el puño en alto.

—¡En La Habana vamos p'alante y p'alante, compañera! ¡Pero no se olvide! ¡Siempre con mesura y respeto, porque ésta es una revolución generosa, donde todas las personas decentes tienen cabida!

La empleada de papá pareció impresionada y asintió. Él aprovechó para salir a la acera y mirar el parque. Adentro, primero junto a la caja registradora y luego en el escritorio, Fermín se enfrascaba en asuntos del negocio mientras el miliciano le respondía con cierta arrogancia condescendiente. Según papá, aquel tipo había sido durante 15 años su empleado de confianza, pero ahora fungía como una especie de Responsable por cuenta del Consolidado, la Empresa Estatal que controlaba el sector farmacéutico.

Por el parque Luis vio cruzar a tres chicas conversando con esa intensidad despreocupada de la adolescencia; una poseía una cinturita de avispa con una curva aguda en la espalda coronada por unas nalgas rotundas, a su gusto. La chica llevaba los sobacos de la blusa sudados. Imaginó el juvenil sexo sudado con la pendejera también sudada, y la siguió con ojos penetrantes de sádico hasta que se perdió en la esquina más lejana. Luego se enjugó el propio sudor de su frente y volvió a entrar porque el sol de Cuba picaba y adentro, a la sombra acogedora de la farmacia, hacía más fresco.

—¡Entonces que hagan lo que les dé la gana!— levantó la voz Fermín y le dio la espalda al miliciano, y visiblemente alterado se acercó a donde Luis. —¡Esa gente del Consolidado me tienen harto! ¡Estoy esperando nada más el puñetero día que pase el comandante en jefe para entregarle en persona las llaves de la farmacia y largarme a mi casa a esperar el fin del mundo!

Todos se pusieron tensos. La empleada de civil disimuló una sonrisa, pero el miliciano y la miliciana pusieron cara de ultraje. Luis se sintió desconcertado y fuera de base. ¿Qué hacer con el padre de Anita? Al acompañarlo en cierta forma se señalaba como solidario de su conducta. Tenía que ser prudente.

—Cálmese, don Fermín— le dijo.— Usted no debería hablar así.

—Es que me enferma tanto papeleo e ineficacia. Aunque la farmacia continúa siendo nominalmente mía, ya se comportan como si yo no fuera el dueño y hacen lo que les da la gana.

El miliciano se adelantó con una mueca hacia Luis.

—¡Eso no es cierto! ¡Lo que pasa es que su suegro no quiere comprender las dificultades en los suministros y su actitud es totalmente negativa, en especial con los medicamentos rusos!

Luis miró a papá y al miliciano con desaliento, y maldijo la hora en que se dejó persuadir por Anita para ir a Matanzas.

12

Cuando salieron de la farmacia, papá intentó explicarle en detalle el caos del desabastecimiento y la ambición del miliciano de quedarse al frente de la farmacia o de convertirse en un jerarca de la revolución en la provincia. Un miserable que no hizo nada cuando Batista, dijo papá mientras luchaba por mantener prendido el cabo de su tabaco chupando con fuerza y haciendo un nicho con sus encendedor para darle fuego. Si pasaban junto a alguien que pudiera oírlos, se callaba prudentemente. El tabaco que no prendía fue a parar a la cuneta con un gesto violento.

—¡Ya ni los tabacos sirven en este país!— gritó.

Luis caminaba a su lado sin prestarle mucha atención a las explicaciones de Fermín. Para él no sólo era triste, sino también incómodo que su suegro asumiera aquellas actitudes negativas y comprometedoras. "Este viejo de mierda me va a salar", pensó.

Pasaban frente a la bodega de Antonio y como en ese momento no había colas, esa mañana no había llegado nada por la Libreta y por eso estaba medio vacía, papá se empeñó en entrar. El dueño, un cincuentón cuyo semblante se iluminó al ver a papá, los saludó cordialmente. Papá le hizo notar a Luis los estantes vacíos, sólo con unas latas de carne rusa que en aquel tiempo todavía les causaba repugnancia a los cubanos.

—Cuando abren una y la cocinan toda la casa apesta a oso— bromeó papá. —Te presento a Antonio, el administrador del hambre.

—¡Fermín, coño, no me busques problemas! ¿Qué te pasa? Tú siempre fuiste un hombre inteligente y juicioso. ¿Viniste sólo a joderme?

—No. Pero ando en busca de una lancha. ¿Vendes alguna?

Los otros dos clientes, un anciano y una mujer, y el empleado escucharon con súbito interés a Fermín. Antonio arrugó el ceño intrigado.

—¿Una lancha? ¿Qué diablos te traes entre manos,

Fermín?
—Una lancha para largarme a Miami... si pudiera.
Todos escucharon con los ojos espantados a papá. Sólo el anciano sonrió divertido. Aquel viejo de mierda iba a terminar por salarlo, se repitió Luis. El bodeguero miró asustado hacia afuera, hacia la acera, por si había alguien más escuchando.
—¡Fermín, coño, por favor, no parecen cosas tuyas! ¡Mire joven, mejor se lo lleva para su casa antes de que lo metan preso!— le dijo a Luis.
El bodeguero tenía razón. A él también las bromas de papá le sabían a mierda. Semejantes provocaciones en un sitio público en tiempos de paranoia patriótica, podía costarle la cárcel a papá, o, por lo menos, una humillante reprimenda en el CDR y un sombrío interrogatorio en el G2 o la policía. Si papá deseaba eso, no tenía derecho a comprometerlo. Hasta su visita anterior, el viejo se había comportado con mesura y prudencia, y lo trataba a él, Luis, con respeto. Pero anoche lo llamó *jovencito* en un tono mayestático ofensivo y hoy parecía empecinado en meterse y meterlo a él en un lío. ¿Acaso la expropiación definitiva de sus casitas lo habría vuelto loco? Luis había oído de propietarios que al conocer la noticia se habían suicidado, pegándose un tiro o tirándose por el balcón. Pero suponía que un hombre sereno y equilibrado como el padre de Anita podía superar el trauma de aquellas medidas radicales, inevitables con el advenimiento del socialismo.
Cuando salieron de la bodega, le pidió con la mayor amabilidad que se calmara, que esas actitudes en nada lo favorecían. Fermín se detuvo sudando bajo el picante sol, lo agarró por el brazo y con los ojos entornados por la deslumbrante claridad del trópico, dijo con labios temblorosos:
—Hijo, si mi compañía te perturba, puedes volver a casa.

—Por favor, Fermín, no diga eso que me da sentimiento.

Realmente en aquel momento se sentía turbado y conmovido por encontrados sentimientos. Fermín era su suegro, el abuelo de su hija, lo había acogido como un hijo, regalado libros y brindado su casa. Ahora que la tragedia tocaba a su puerta, ¿podía él darle la espalda y abandonarlo en plena calle? Los dos se miraron en el instante mudo en que la pasajera ternura fluye entre dos hombres como una sustancia.

—Entonces, ¿me acompañas a casa de Alberto?

Un hombre valiente camina con honor hacia una trampa.

—¡Adónde usted quiera ir, yo lo acompaño con gusto!

Papá arrancó con una energía insólita en un hombre de su edad y él lo siguió decidido. La casa de Alberto estaba a tres cuadras del parque y ellos andaban a pie esa calurosa mañana. Caminaba al mismo paso de papá, persuadido que esa visita era una imprudencia funesta y comprometedora para su persona, y acompañaba a papá de mala gana.

Afortunadamente ni Alberto ni Rosa se encontraban en la casa. Pero se tomaron un vaso de agua fría que les brindó la vieja criada. De vuelta a la calle, papá se detuvo aún en una ferretería y en una tienda de ropa de unos amigos suyos, con la evidente intención de demostrarle a Luis un punto: la crisis en el comercio y la escasez espantosa. Inútilmente, porque a Luis la abundancia o escasez de los bienes de consumo no le decían nada: odiaba por igual el comercio y la propiedad. En unos minutos las calles se habían llenado de camiones y jeeps cargados de milicianos y obreros que gritaban consignas y reían, con ese febril entusiasmo del pueblo, y por la esquina aparecieron unos niños portando banderas y cantando un estribillo. Viendo el entusiasmo de aquellos manifestantes, nadie podía imaginar una crisis, dijo en voz baja.

—¡Bah, es la política ruidosa del mitin inventada por

los fascistas!— dijo papá y, cuando salieron de nuevo al parque, señaló una multitud que se congregaba mientras otros instalaban banderas y altavoces.—¿Nunca viste las fotos de las juventudes fascistas? La única diferencia con ésta, es el sudor y el desorden del trópico.

A él la comparación lo hirió. Decenas de personas se iban congregando rápidamente, la mayoría vestidos de milicianos, y empezaban a corear consignas por los altoparlantes. Un grupo cantó una consigna y otro se le sumó, con ese magnetismo arrollador que producen las masas, y a Luis se le erizó el cogote. Las agresivas y duras consignas anti-imperialistas liberaron como un torrente de energía cósmica bajo el sol en el espacio abierto de la plaza. Luis sonrió, pero papá envejeció como un gusano encogido. En cuanto un hombre joven vestido de miliciano tomó el micrófono y comenzó a hablar, papá lo haló por el brazo y vio su cara llena de arrugas deprimida por el asco. Menos mal que estaban lejos en una esquina.

—Vámonos, por favor— le pidió papá.

Lo siguió entre los curiosos que se acercaban. Ya ve usted, el pueblo parece entusiasmado, le dijo. Papá hizo una mueca. Al pueblo era fácil incitarlo al odio, a la violencia y a la parranda. Matanzas funcionaba a medias por el caos y la improvisación, la famosa industria del calzado y la planta de rayón, una de las más grande de Latinoamérica, estaban medio paralizadas. Media cuadra antes de llegar a la casa, se encontraron con un amigo de papá cuyo semblante amedrentado reflejaba el horror que le producían los gritos que estremecían el aire. Después de saludarlo, papá le preguntó si por fin había presentado los documentos al Gobierno solicitando permiso para salir del país.

—Lo presenté todo la semana pasada— contestó con evidente temor y mirando con suspicacia a Luis. —Ahora tendremos que esperar sabrá Dios cuánto tiempo a que esos

cabrones me avisen. Pero estoy dispuesto a esperar lo que sea.
¿Y el señor, quién es?
—Te presento a Luis. Mi otro yerno, el comunista— bromeó papá.

El tipo se puso lívido, sin estar seguro de que papá hablara en serio. Por si acaso se metió la lengua en el trasero prudentemente. A papá le divirtió el estupor que produjo la presentación.

Después de aquella mañana de nervios, peligros y diversión, insólita en un señor de su temperamento y de su edad, papá entró con él a la casa, trancó la puerta y las ventanas que daban a la calle como un hombre que se protege contra la barbarie, y se desplomó en un balance con el semblante de quien está agotado por la aventura.

Anita se acercó con la linda Rosana que corría sola por la casa. Cuando mamá se les unió, papá le pidió unas limonadas bien frías para los dos. Pero antes de que fuera por ellas la detuvo. ¿No sería mejor un par de cervezas bien frías, Luis? Naturalmente, don Fermín. Vaya, sigues con eso. Ya te he dicho mil veces que me quites el don. Además, con el comunismo no me conviene que me llamen así, no vayan a llevarme preso, añadió irónico papá.

Anita quería saber a dónde habían ido y qué habían hecho. Papá le contó la aventura a su modo, divertido con el tipo que se asustó cuando le presenté a Luis como su yerno comunista. Luis lo escuchaba mientras saboreaba el frío y espumoso amargor de la cerveza. ¿Qué había pretendido Fermín con "su vuelta al infierno" aquella mañana? ¿Demostrar que a su edad aún tenía cojones para burlarse de la revolución? Por grandes que los tuviera, para nada le iban a servir los cojones cuando lo metieran preso. En aquel ambiente cordial y relajado, quiso ser sincero con papá.

—Fermín, disculpe que se lo diga, pero si se sigue

comportando así en la calle, todo lo que va a conseguir es que lo metan preso, como le dijo su amigo el bodeguero— le dijo afectuosamente.

Anita y mamá los miraron alarmadas. Papá se encogió de hombros con desdén, como si se sintiera demasiado cansado para replicarle. Al tomar su cerveza se le quedó un bigotico de espuma en su labio superior que se limpió con el dorso de la mano. Entonces, Luis cometió la tontería de ser aun más franco y decirle a papá lo que pensaba.

—La revolución es un hecho histórico irreversible. Si usted no acepta los cambios, si usted no se adapta, va a tener que hacer lo mismo que ese amigo suyo que se va con su familia para Miami. A mí me daría pena y lo lamentaría por Anita y por mí. Usted es un hombre inteligente y debería hacer un esfuerzo por entender el proceso, por serle incluso útil. Si no la va a pasar muy mal, Fermín, y ni yo ni nadie podrá ayudarlo.

Por la tensión que produjeron sus palabras en Anita, mamá y papá, él comprendió que, creyendo dar un consejo sincero y amistoso, había tocado una preocupación lacerante y fundamental que los torturaba. Aún pálido por las emociones de esa mañana, papá le lució aplastado por la tristeza y el dolor. Y lo vio incorporarse trabajosamente en el balance, mirarlo a los ojos y lanzar un suspiro de desaliento.

—¿Acaso crees que no lo hemos pensado? ¿Qué a mí no me tortura la idea de huir como todos? Ya Alberto está decidido a abandonar el país, y se llevará a mi hija Rosa y mis dos nietos. Pero cuando se vayan, si es que lo logran, todavía quedarían Anita y Rosana. Y yo, hijo, tengo el corazón dividido, y no sé qué voy a hacer— a papá se le aguaron la voz y los ojos, y su cara envejeció veinte años.

Había un silencio roto sólo por el lejano estruendo de los altavoces del mitin y la risa de Rosana jugando con su muñeca en el piso de mosaicos, ajena al silencio trágico de los adultos. De repente papá sacudió la cabeza negándose a aceptar la crueldad de sus opciones.

—Lo doloroso no es saberlo, sino que me lo diga usted, mi propio yerno. ¿No se da cuenta del trance en que me colocan? ¿Qué abandone mi tierra, mi trabajo y mi casa de toda la vida para desterrarme en otro país cuyo idioma y costumbres desconozco? ¿Yo, que nunca he salido de esta isla, y no he amado otros paisajes que los que rodean esta ciudad y estos campos que me vieron nacer y en donde pensaba morir?

Papá hizo una pausa y él se sintió obligado a decir algo.

—Es trágico, me lo imagino, pero es la dura realidad.

—Es una tragedia, sí, creada por ustedes. Lo triste es que en ningún caso son mejores que nosotros. Nos han convertido en las víctimas y, si no nos vamos, nos fusilan o encarcelan. ¿No te das cuenta del absurdo? Condenan a centenares de millares a la humillación y al exilio. ¿Por qué no dejan un espacio para quienes pensamos diferente? ¿Ni siquiera un huequito en donde podamos trabajar y vivir en paz?— preguntó papá con suprema amargura. —En verdad le digo, jovencito, que hubiese preferido morirme antes de vivir estos momentos tan tristes.

Parte siete

El bolero de la despedida

1

Han pasado los años desde que Rosa y Alberto huyeron con sus hijos en una lancha justo antes de la crisis de los cohetes atómicos rusos que el máximo líder introdujo en secreto en Cuba. Papá y mamá salieron en avión dos años después, sin saber que ella ya estaba encinta de Raysa: consideró necesario ocultarles su embarazo para que no fueran a suspender la dura partida hacia el exilio, ya demasiado traumatizante en sí misma para los pobres viejos.

¿Qué ha hecho Anita durante estos últimos años? Simplemente cuidar a sus hijas y sobrevivir al cataclismo junto a Luis. Por suerte no ha tenido mucho tiempo para pensar. Su futuro ha sido las colas del día de hoy y de mañana: la cola del pan, la cola de la leche, la del pollo, la del jabón, todo el tiempo ocupada en la inmediatez más embrutecedora, viviendo sólo en busca de lo necesario para alimentar, asear y vestir a Rosana y a Raysa, y cuidar de Luis. Mamá se murió en el 67 de un infarto fulminante en Miami y ella no tuvo tiempo para recordarla, y ni tal vez para llorarla.

—Te lo ocultamos para que no sufrieras— escribió papá. —De todas formas no te hubieran dejado venir a su entierro.

Pero esta noche ha terminado sus labores, Rosana y Raysa duermen sus sueños de niñas y ella ha aprovechado para sentarse a descansar un poco. Antes ha puesto bajito un viejo bolero en el tocadiscos y, en la quietud de la noche, la romántica canción de su tiempo de inocencia la ha embargado de melancolía, con ideas y dudas vagamente sombrías, y eso que se ha rehusado siempre a las lamentaciones y a las lágrimas.

¿Podría ella cambiar su alma y ser otra? Una mujer puede curarse de una enfermedad mortal, extirparse un cáncer de la mama y seguir viviendo, pero el día que bote su alma como un zapato, ¿qué queda de ella que valga la pena? Su matrimonio fue para siempre, pero a una mujer le entran dudas francamente nocturnas y sexuales cuando no se siente amada lo suficiente por su marido. A él le gustan otras mujeres, las mira con deseos lascivos sin respetar o preocuparse que ella esté presente. Esa conducta era un ultraje al que no acababa de habituarse. Una mujer se desilusiona de la mente concupiscente del hombre. A veces le daban ganas de abandonarlo y huir con sus hijas. ¿Pero tendría el valor para hacerlo? ¿Se lo permitiría Luis? ¡Quién sabe, a lo mejor se alegraba de recuperar su libertad! Porque estaba segura que Luis la había traicionado más de una vez con otras mujeres. En cambio, ella se sentía incapaz de traicionarlo, y lo peor era que la suya había sido una fidelidad inútil, por cuanto él no parecía apreciarla. Un tiempo atrás, unas opiniones sexuales de Luis la habían herido profundamente.

Ella opinó que con la revolución el país se había envilecido tanto que en comparación los viejos tiempos brillaban con una luz de inocencia. Y no se refería solamente al fanatismo político, ni esa sociedad policial en que todos se vigilaban unos a otros, incluso las familias y los vecinos, sino hasta en lo más íntimo y sagrado en la vida de las personas, como el amor y el sexo.

—No inventes, Anita. Desde la conquista, Cuba fue un desmadre erótico, y las indias fueron parte del botín. Luego con el crecimiento de la burguesía en el siglo XVIII y XIX, el matrimonio se...

—Yo te hablo del país que conocí— lo interrumpió Anita antes que le diera una conferencia.

—Con la revolución el sexo se ha liberado...

—No, ahora se ha envilecido más— lo volvió a interrumpir con vehemencia. —Antes había más pudor y romanticismo, las muchachas éramos vírgenes hasta los veinte años y la mayoría esperaba hasta la noche de bodas. Hoy el amor se ha convertido en una gimnasia, ha perdido el encanto y la inocencia de la virginidad.

—¡Bah, eran hipocresías de la burguesía y la religión!

—No. El mundo se ha vuelto grosero.

—Al contrario, las muchachas se han liberado.

Sobre este tema femenino sí se atrevía a discutirle. Tantas menores de edad embarazadas, tanto aborto en plena adolescencia, más que una inmoralidad, era un crimen. La cantidad de brigadistas de trece y catorce años violadas o embarazadas daba dolor y vergüenza.

—Las niñas se liberan, les gusta la vaina— se rió él.

Ella se le alzó indignada contra su cinismo.

—Yo quisiera verte si tuvieras que hacerle un aborto a Rosana dentro de cinco o seis años. Como la pobre Teresa, la mujer del segundo piso con su hija de trece años. Ni ayer, ni hoy, ni mañana, ni nunca las adolescentes estarán preparadas para el sexo indiscriminado. ¡A muchas las violan o se lo dejan *hacer* por falta de principios! ¡Y eso nos envilece a todas, para que lo sepas, porque la madre es la base moral de la familia!

Luis se encogió de hombros.

—Prejuicios tuyos. Desde siempre las quinceañeras han estado desesperadas por hacer el amor. Yo no me voy a inmiscuir en la vida sexual de mis hijas, y no les voy a colocar un cinturón de castidad.

Menos mal que ni Rosana ni Raysa estaban en el apartamento. Pero ni así le iba a permitir que hablara de aquel modo. Debía tener más cuidado con lo que opinaba delante de las niñas, le advirtió con una mirada indignada de reprobación. Luego, más calmada, le recordó:

—Cuando me conociste, yo tenía veinte años y era virgen. No sabía nada del sexo, ni me había dejado tocar por un hombre antes que tú.

Luis se acarició el mentón con esa cara maligna de sátiro que ponía cuando una idea perversa o ingeniosa le venía a la mente.

—Quizá, si hubieras tenido experiencia sexual previa, nuestro encuentro habría sido más enjundioso y gratificante— sonrió.

Anita abrió los ojos estupefacta ante la perversa insinuación. ¿Sería posible que el único hombre en su vida, hubiera preferido que ella fuese una putica concupiscente e inmoral? ¡No, imposible! ¡Lo decía sólo para escandalizarla con sus irreverencias como otras veces! Aunque fuese así, ella se replegó con una mueca de asco.

—Me enferma oírte. Te has vuelto un cínico. ¡Has cambiado tanto! Has perdido la moral y la decencia de cuando te conocí.

—La moral burguesa ya no me interesa, monada.

—El comunismo te ha cambiado.

—Otra vez lo mismo. Ya me aburres con tu estulticia.

De modo que esta noche, cuando Anita ha recordado esta conversación, se preguntó si a Luis le resultaría indiferente que ella se acostase con otro hombre. ¿Qué tal si ella aceptaba las insinuaciones del apuesto carnicero que le vendía la carne por la Libreta? El tipo no hacía más que mirarla y meterse con ella.

¿Qué haría Luis si luego se enteraba? Una sonrisa triste

se dibujó en su rostro de mujer. Así él se vería enfrentado a su propio discurso. Porque hablar es fácil. ¿Y quién sabe? A lo mejor una aventura con el carnicero resultaba interesante, a lo mejor ella gozaba de nuevas emociones, el tipo le regalaba carne a escondidas, ella no tendría que hacer más colas y mejoraba la ahora escasa ración de proteínas que le daban por la Libreta, y Rosana, Raysa, ella, y hasta el propio Luis, se alimentaban mucho mejor.

Sólo tendría que atreverse. ¿Pero cómo entregarse a un hombre que no amaba? ¿Qué sería de su alma, y de Rosana y Raysa? Ella movió la cabeza asqueada de la idea.

—Por más desesperada que me sienta, nunca caeré tan bajo.

2

Luis conducía su viejo Ford destartalado por las calles de La Habana. Diez años de revolución y a pesar de su deterioro la ciudad no era menos bella ante sus ojos. Se fijaba en cuanta hembra veía en la calle, y pensó que un poco de desnutrición produce hembras flacas pero con una languidez erótica de locura. ¡Pero Zoila no: su cuerpo era de curvas rotundas y duras! ¡Ay, Zoila, amor, cómo te voy a dar leña! La idea de encontrarse a solas con ella le produjo una erección. La oportunidad se la había brindado el idiota de Carlos en bandeja de plata. Antes de salir a una corta misión en el extranjero, le encargó encarecidamente que visitara a Zoila, le llevara el libro y el artículo, y la acompañara un rato.

—La pobrecita— le dijo Carlos compadecido—, se va a sentir sola. Así conversas un rato con ella y la entretienes. ¿Vas a ir, sí?

Luis no podía creer que Carlos se lo pidiera. ¿Acaso lo

creía inmune a las tentaciones? No comprendía. ¿Aquello era confianza en el amor de Zoila o en la amistad suya o simple estupidez? Bien jodido tenía que estar el infeliz si pensaba que Zoila y él serían incapaces de traicionarlo. El cundeamor de Zoila debía ser una almeja morada como sus arrogantes pezones y su boca lasciva. ¡Para comérsela! Nunca había cometido *adulterio* contra un amigo (¿debía usar ese imbécil concepto burgués?), pero ya tenía una erección antes de ver a Zoila. Se bajó del auto con el libro y el mediocre artículo escrito por Carlos apretados bajo el brazo, se miró el pantalón abultado como la carpa de un circo, se metió la mano en el bolsillo para disimular y aspiró profundamente la brisa para calmarse.

Entró en el edificio, subió en el ascensor y ya más sereno tocó en la puerta del apartamento. Zoila abrió con una sonrisa pecaminosa y turbada, y se miraron un segundo a los ojos, magnetizados. Un instante de mutua turbación con los dos excitados, adivinando lo que con toda seguridad iba a ocurrir, y en la excitación erótica y el peligro de estar cara a cara solos encerrados en el apartamento.

—Hola, qué tal— dijo él, tratando de controlar su voz y su corazón. —Carlos me pidió que trajera hoy este artículo suyo y este libro.

—Sí, cómo no. Pasa adelante— ella cerró la puerta detrás de él. —Él me advirtió que vendrías. Pero no me dijo a que hora, pero da la casualidad que ahora mismo estaba pensando en ti.

—¿Pensando en mí? Yo pienso mucho en ti también.

—¿Piensas mucho en mí?— ella levantó las cejas con coquetería. —¡Pero siéntate! ¿Te gusta el vino húngaro, porque el embajador de Hungría me regaló cuatro botellas?

—Siempre he soñado con un amor en Budapest, Zoila. Un amor empapado de vino, delirio y fantasía— se rió. —Pero ya sabes que el servicio exterior se me muestra esquivo, y no sé por qué demonio. Pareciera que los viajes están destinados a los favorecidos por los dioses, como Carlos y tú.

—A menudo pienso que serías un buen poeta.

—En eso estás totalmente equivocada.

—¿Por qué? Tienes sensibilidad e imaginación. Deberías intentar unos poemas, en vez de esos ensayos sobre la historia.

—Querida, yo detesto confesarme o hablar de mí cuando escribo. A no ser que me inspirara en tus ojos— se atrevió de repente.

Desde el principio ella lo miraba directamente a los ojos con una sonrisa emocionada y turbada, como si la presencia de Luis en el apartamento abriera el camino del peligro y la aventura.

—¿Y qué dirías de mis ojos?

—¡Que son un sueño tropical mortal y apasionado! "Vendrá la muerte y tendrá tus ojos..."

—¡Pavese!— gritó ella complacida y excitada, y suspiró:—Sí, yo soy una mujer apasionada.

Zoila se levantó sonriendo en busca del vino y caminó con el trasero erguido y él lo disfrutó; solía deleitarse observando las señales sutiles de las mujeres al coquetear; si entre los animales son los machos los que asumen las actitudes de cortejar más escandalosas, entre los humanos son ellas las que engrifan sus plumas, y posan eróticas y lanzan miradas veladas de conquista.

Zoila volvió con dos copas y una botella de vino tinto. Pero en vez de sentársele enfrente, como lo hizo antes, ahora se sentó a su lado, en el sofá. Si aún él tenía alguna dudas de lo que iba a pasar, ahora las perdió casi por completo.

Zoila llenó dos copas y le dio una. Para poder mirarla de frente, él se volteó hacia ella y le pasó el brazo por detrás, pero sin tocarla todavía: aunque ella lo estaba provocando con sus ojos y los movimientos de su cuerpo, se trataba de la esposa de Carlos y no deseaba estrellarse o poner la torta. Brindaron y bebieron vino: un vino que ellos amaban como nostalgia culta, como amaban la poesía y la nieve lejana, porque el vino era demasiado caliente para el hígado en aquel clima implacable. Zoila le hablaba con la copa en el aire mientras lo observaba a través de sus párpados entornados, y él se decidió a rozarle el hombro desnudo con la yema de su dedo pulgar, un contacto erótico casi casual y delicado.

—Siempre me he preguntado— dijo Zoila de repente, consciente del dedo de él en su piel—, como un hombre como tú se casó con una burguesa como Anita. Una mujer buena quizá para otro, pero no para un intelectual malvado como tú.

—Yo preferiría hablar sólo de nosotros— le insinuó él.

Zoila sonrió ladina y movió la cabeza aún sin comprender.

—¿Acaso la perjudicaste y te viste en el compromiso de salvarla del escándalo? ¡Salvarle la honra, como decían entonces!

Luis se dio un trago, empinando la copa del vino cuyo calorcito lo embriagó de deseos, y presionó más descaradamente con el dedo sin apartar la mirada voraz de los labios de Zoila.

—Yo también siempre me he preguntado cómo tú te casaste con un tipo anodino y gris como Carlos, bueno para cualquier mujer, menos para una pantera devoradora de hombres como tú.

Zoila sonrió excitada y fingió asombro apuntándose con un dedo.

—¿Yo, una pantera devoradora de hombres? ¿En qué te basas tú para hacer semejante afirmación? Yo nunca, hasta el día de hoy, he engañado a Carlos.

El *hasta el día de hoy* podría ser mentira, pero dicho con voz acariciadora y mirándolo a él a los labios era una provocación. Y Luis se decidió a lanzarse. Se echó hacia adelante a sólo unos centímetros hasta sentir el aliento de Zoila, y le clavó con voracidad los ojos en aquellos labios carnosos y húmedos por los que de pronto ella se pasó una lasciva lengua enrojecida tal vez por el vino tinto húngaro o zíngaro o lo que fuere.

—No me obligues, Zoila, por favor— le suplicó seductor, con una erección de la que ella debía estar ya consciente.

—¿Por qué no? Yo soy una mujer liberada.

Unos minutos después, los dos se estaban haciendo el amor salvajemente en la cama matrimonial, a cuyo costado, sobre la mesita de noche, había una foto de Carlos con ella el día de su boda: un hombre feliz con un bigote y los ojos tristes iluminados por la más honda de las satisfacciones. Luego, más adelante, ella agarró la costumbre de colocar la foto de Carlos boca abajo en la mesita.

Luis lograría esa misma tarde cumplir la fantasía erótica que le inspiraba la sensual boca de Zoila, apodada por los despechados y crueles adolescentes matanceros, la fulana del biberón.

3

Esa noche él llegó cansado y ojeroso al apartamento, y cuando abrió la puerta vio a Anita sentada con cara de melancolía escuchando aquel ridículo bolero, bonito, pero que a él le irritaba. Entonces sin saber por qué, se enfadó con su esposa.

—¿*Todavía* crees en el amor más allá de la muerte?

—Soy una tonta, ¿verdad?

—Una masoquista, que es diferente.
—¿Lo dices porque me casé contigo?
Luis se alarmó al oírle aquel tono de irónica amargura. ¿Sabría algo? Pero reaccionó más enfadado todavía.
—Lo digo porque si yo hubiera muerto cuando éramos novios, ya tú me habrías olvidado, y por supuesto, te habrías casado con otro y estarías hoy seguramente en Miami. ¿Tú no crees?
—Si tú lo dices...
¿Qué puede una mujer contestarle a un hombre empeñado en pisotear las flores de su alma y el vestido blanco de sus sueños? Un tipo empeñado en que ella abriera los ojos ante la maldad del mundo, la mentira de Dios y las injusticias del pasado, como si hoy en día se viviera en un paraíso y no en este horror sin esperanza.
¿Qué malo tiene haber soñado alguna vez con ser la inmortal Julieta de un apuesto Romeo, o mejor y más actual y aún factible: en ser la romántica y cubanísima novia de Pedrito Junco? ¿Qué malo tenía en soñar que en otra época existieron jóvenes pareja de novios que se enamoraban para siempre y hasta la muerte como en este bolero?
La historia de Romeo y Julieta es famosa en el mundo entero. Pero la de Pedrito Junco y su novia pinareña sólo la recuerdan algunos cubanos, seguramente pasados de moda, y a Anita le agradaría que los lectores la conocieran. Se trata de una triste historia de amor verdadero, y no inventado, aunque según el sarcástico de Luis la penicilina pudo haberla arruinado.
Pedrito Junco fue un joven compositor cubano que murió tuberculoso a los veintiún años, con un talento y una precocidad musical increíbles. Según Anita, el joven era un apuesto galán que pudo haber tenido cuantas mujeres quiso porque éstas lo perseguían y se le regalaban. Pero no. Pedrito Junco desde el bachillerato estaba enamorado de una sola y no la traicionó

nunca. Ella era la muchacha bondadosa y digna cuya belleza provocaba la admiración de todos y la envidia de algunas.

Pedrito y ella eran felices, pensaban casarse, y hacían planes ignorando que la tragedia los rondaba como el ladrón detrás de la ventana. En unos tiempos en que la tisis no tenía cura, poco antes de que los antibióticos llegaran a las farmacias, Pedrito recibió la atroz noticia: estaba mortalmente infectado del bacilo de Koch. Iba a morir a lo sumo en meses. La enfermedad estaba tan avanzada que los médicos no le dieron esperanzas. Pese a su enfermedad el joven músico continuó componiendo boleros febrilmente, género en el cual sería considerado un innovador.

Poco antes de su muerte, inspirado en su único y gran amor, le compuso a su novia el bolero de la despedida, con el cual, para evitarle mayores sufrimientos y sin confesarle el motivo, rompía el compromiso del noviazgo y le decía adiós. Con este bolero, titulado simplemente "Nosotros", el renunciaba con nobleza a su amada para no hacerle daño: ¿existe una prueba más sublime de amor? La canción tuvo un gran éxito y lo hizo famoso:

... nosotros, que nos queremos tanto
debemos separarnos
no me preguntes másss...
No es falta de cariño
te quiero con el alma
te juro que te adoro
y en nombre de este amor
y por tu bien
te digo adiósss...

No tan famoso como Chopin, pero si más joven y venerado por los bolerómanos, la tisis llevó a Pedrito Junco al mausoleo inmortal de los músicos (un poco más y lo salva la penicilina, insiste Luis). El bolero del adiós le dio fama póstuma. Sólo que en vez de lograr su propósito: alejar a su novia del dolor y la muerte, sucedió todo lo contrario. La novia decidió serle siempre fiel a Pedrito Junco y no permitir jamás que ningún otro hombre profanara la memoria del difunto.

También ella formaría parte de la leyenda. Vivió el resto de sus años, según creía al menos Anita, para venerar la memoria de su amado, encerrada como una viuda virginal en el mausoleo del bolero que la inmortalizaba. Anita la vio una vez estando de visita en Pinar del Río siendo aún una niña: una mujer bellísima cruzando aún joven una esquina de la ciudad, iluminada como una diosa eternamente virgen por la aureola de la leyenda. Fue una visión mágica que galvanizó su romántica imaginación.

Hace algunos años, en una discusión, Anita sacó a relucir la historia de Pedrito Junco y su novia para demostrarle al incrédulo y materialista de Luis que en el mundo sí han existido los grandes amores. Pero el sarcástico comentario de Luis no se hizo esperar.

—Esa mujer no fue más que una idiota que no obedeció el juicioso consejo del tuberculoso. ¡Aunque quien sabe si el consejo no fue la trampa que la dejó amarrada a su tumba para siempre!

—¡Eso es una profanación! ¡Tú no los entiendes!

—Vamos, no seas ridícula— sonrió Luis. Luego, picado por la curiosidad, le preguntó: —¿Y ella, era de verdad tan bonita?

Anita volteó los ojos para demostrar su admiración.

—¡Una belleza de mujer!— suspiró. —Yo la vi una vez caminando por la calle como cualquier otra, de lo más sencilla y natural.

—¡Qué desperdicio!— se lamentó Luis.

Para la época de esta conversación ella ya tenía cuatro años de casados, y no obstante los comentarios de Luis le parecieron el colmo de la vulgaridad y la falta de respeto por los sentimientos ajenos. Luis se empezaba a comportar así, empeñado en ridiculizar cualquier sentimiento elevado o romántico de Anita. Una actitud que ella disculpaba al principio como una pose machista, esa necesidad del hombre de demostrar su dureza.

Cuando ella se entregó en cuerpo y alma a Luis, y continuó a su lado fielmente a pesar de la humillación y el sufrimiento, en medio de aquel cataclismo que destrozó sus vidas y la de su familia, lo hizo siempre con la ilusión de que, a pesar de los pesares, el de ellos sería un *amor constante más allá de la muerte*.

Todavía hoy ella sueña a veces con un milagro.

4

Mientras Luis se refocilaba como un cerdo en las delicias del sexo, Anita vivía en el infierno secreto de sus pavores. Si no perdió la cordura o se suicidó en aquellos últimos meses del 68, cuando él descubrió en la morada de Zoila su éxtasis escarlata, fue por la esperanza de huir de Cuba con Rosana y con Raysa, dos tesoros de su sangre por quienes velar y sobrevivir. En su apartamento, o en el Malecón, se sacudía de la depresión más terrible cantando y bailando con sus hijas rondas, como *A la rueda, rueda y Papeles son papeles*. Era una manera de volver a los tiempos felices de su niñez, al menos por unos minutos, y compartirlo con sus hijas.

Lo demás eran tinieblas y dolor. El mundo de sus creencias religiosas y éticas había sido destruido o prohibido, y llevaba años sin pisar una iglesia por miedo a la burla o a ser señalada. Un Nuevo Orden había suplantado al anterior y se vivía en un estado Permanente de Guerra contra el Imperialismo que sobrepasaba su capacidad de entendimiento.

—¿Cuándo tendremos paz y abundancia?

—Cuando el comunismo llegue a Miami— le contestó él, burlón.

La sangre del paredón se la tragaba la tierra. Las lágrimas de los presos políticos y los exilados no se escuchaba. A partir de la crisis de los misiles atómicos de Octubre del 62, cuando millones pensaron morir abrasados en un holocausto nuclear, ella había decidido ya no hacer más esfuerzos por entender el complicado lenguaje de la Historia.

Ahora, tantos años después, vivía para sus dos hijas, como antes en el 64 se refugió en la maternidad de Raysa para soportar el golpe de ver a papá y mamá abandonarlo *todo*, tomar el camino del exilio convertidos en unos apátridas por la revolución, en un vuelo hacia México, desde donde planeaban gestionar sus visas con las *affidavits* de Alberto para llegar meses después a su destino final en Miami.

Todavía recuerda vivamente aquellas horas en que casi enloquece de la angustia de ver a los viejos abandonar el país. Iba y venía demacrada por el embarazo incipiente, desolada de tener que embarcarlos con dos mudas de ropas, sin dinero ni joyas, ¡decomisaban hasta los anillos matrimoniales!, porque todo el oro debía quedarse en la país para defender la revolución. Papá le dio un joyero.

—Quiero que lo guardes, por si algún día...

Papá se lo depositó en las manos. Ella estaba deprimida, pero papá andaba con la cabeza en alto y una gran determinación en la mirada. Mamá lo obedecía como atontada, sin llorar; se le olvidaba todo, y había que cuidarla. Papá lucía entero, incluso la consoló a ella y le prometió que la mandaría a buscar pronto. Conmovida por su optimismo, ella se esforzaba por mantener los ojos secos.

Luis se opuso en un principio a que ella los acompañara al aeropuerto, dado su embarazo y su estado emocional, y él mismo se ofreció para llevarlos del hotel a Rancho Boyeros. Pero seguramente papá no lo habría aceptado, y ella no iba a permitirlo, previendo quizás una situación violenta.

—Te lo agradezco. Pero son mis padres y jamás podría verme la cara en el espejo si no los acompaño en este trance— dijo resuelta.

Por suerte Gloria se ofreció para llevarla en su auto. Además, Gloria era como de la familia y una funcionaria aún del Gobierno. Dentro del auto, en el camino por la vieja Calzada de Rancho Boyeros, Anita aún le insistía a papá en los últimos detalles de cuidado.

—¿Seguro que no llevas escondido nada?

—¡Cómo que no! ¡Me llevo conmigo mi viejo corazón invencible!

—No bromees. ¿No llevas ningún dinero, ninguna joya escondida?

Papá soltó una carcajada, haciendo esfuerzos por lucir alegre y restarle dramatismo a la catástrofe de la partida: podían registrarlo todo lo que quisieran y meterle el dedo en el trasero (se contaba el caso de una dama a quien le descubrieron un anillo de diamantes en la vagina); pero por nada del mundo él pondría en peligro aquella oportunidad de salir huyendo de aquel infierno.

—Dile a tu marido que no sienta pena por mí. Que prefiero morirme en el exilio como sea, sin patria pero sin amo— le dijo arrogante a Anita con unos ojos velados por el dolor de haberlo perdido todo.

Tres días antes de partir, tuvo que entregarle su querida casona al Gobierno con todos los recuerdos de su vida, incluido el viejo piano WurliTzer en donde Anita aprendió a tocar.

Cuando presentó los papeles, tres meses antes, la policía había hecho un inventario de todo asistidos por Vinicio, el presidente de CDR de la cuadra, un vecino de papá de toda la vida.

—¿Y a usted no le da vergüenza, Vinicio?— sostiene papá que le preguntó a solas, y el canalla no tuvo el valor de contestarle. Según papá, si lo dejaban salir tan rápido, en sólo tres meses, era porque un Capitán de la FAR quería su casa.

—Son como aves de rapiña, pero no me importa. Con tal de que me dejen salir, me iría desnudo como vine al mundo— dijo papá.

Papá intentó dejar el auto a su hermano, traspasándole la propiedad tres meses antes, y el reloj de pared alemán a un sobrino encaprichado por su bello sonido, un reloj con unas varillas de bronce cuyo sonido Anita recordaba vibrando en el silencio, esparciendo magia y misterio en el aire de la casona. Pero papá no pudo. El auto tuvo que ir a recogerlo a casa de su hermano, que puso una cara del carajo, y por la marca de la pared los de la policía se dieron cuenta que aquel trasto roto no era el reloj inventariado, y si no aparecía el reloj alemán, no iban a darle la salida. Así que papá corrió a casa de su sobrino a buscarlo.

A ella papá le daba la impresión que soportaría el desgarramiento de la partida, y quien más le preocupaba era mamá que no hablaba casi y actuaba como una mujer apabullada ante el trancazo de la desgracia.

—Mamá me preocupa— le dijo a papá. —La noto ida y como rara.

—Ya se recuperará. Ella es una mujer fuerte que no ha derramado una lágrima.

—Sí, pero camina como espantada.

Seguramente mamá llevaba ya en su corazón el sufrimiento que la mataría de un infarto tres años más tarde en Miami, o el infarto se lo produjo tal vez la nostalgia de su casa y el dolor de su tierra. Su última voluntad, ya irrealizable para siempre, fue que devolvieran sus restos mortales algún día a la tierra en donde nació.

Mamá nunca había puesto sus pies en un aeropuerto, y la pobre se encontraba tan espantada y aturdida que se marchaba sin darle a Anita el beso y el abrazo de despedida. Luego caminó del brazo de papá, todavía con la mirada alelada, hacia la puerta en donde los esperaban los arrogantes y desdeñosos funcionarios del Gobierno con sus uniformes de milicianos.

Anita no olvidó en años el desgarramiento de la separación, el cielo azul de Cuba salpicado de nubes bajas y redondas, a papá y mamá vistos desde arriba, desde la terraza abierta del aeropuerto de Rancho Boyeros: unos pobres viejos caminando sobre la pista hacia el avión que los llevaría al destierro. ¿Qué supuestos cambios podían compensar el dolor de dividir a las familias tan brutalmente?

Luego la angustia, la falta de noticias, las cartas demoradas durante semanas y meses, como si vinieran desde otro planeta. Finalmente, papá llegó a Miami, y con la ayuda de Alberto, su conocimiento del negocio y su fama en el medio de hombre honrado, logró encaminarse y montar una farmacia en la calle 8 del South West.

Han pasado más de cuatro años. Rosana tiene ocho y ya Raysa cumplió los tres. Aparte de sus hijas y Luis, no le queda ningún familiar cercano en Cuba. No pudo estar tampoco con papá y su hermana Rosa en la hora triste de la muerte de mamá, porque no había manera de ir a Miami ni se podía salir Cuba sin permiso de la revolución. Durante todo este tiempo ella ha luchado por cuidar a sus hijas.

A pesar de lo pequeña que era entonces, Rosana recuerda la casa de Matanzas y los cuentos del abuelo. Para que no lo olvidara, ella le ha leído sus cartas, les ha mostrado las fotos para que supieran que tenían un abuelo, una tía y unos primos en ese otro sitio más allá del mar cuyo nombre les enseñaban a odiar en el colegio. Además les ha enseñado a rezar y a creer en Dios a escondidas de Luis. Sin embargo, por un descuido inocente de Raysa, él terminó por enterarse, y movió la cabeza con desaprobación

—¿Para qué? ¿No te das cuenta que sólo logras crearle confusiones en sus mentes y que eso a la larga puede crearles problemas en la escuela y en la universidad? ¿Hasta cuándo vas a seguir aferrada a la ignorancia y a las supersticiones del pasado?

Sabía que Luis no lo decía por malo y bajó la cabeza en señal de sumisión. No le opuso *sus* argumentos, porque eran un secreto esperanzador el que sus hijas podrían vivir algún día en un país libre. Rosana escuchaba a su padre en silencio, pero se percibía que lo desaprobaba. A pesar de que sólo tenía ocho años era ya una niña articulada, inteligente y capaz de juzgar la situación. Pero Anita le había trasmitido un temor confuso hacia su padre.

Rosana estaba en el secreto de parte de mamá: se trataba de una conspiración entre mujeres para abandonar aquel país y reunirse en Miami con el abuelo. Raysa no, era demasiado pequeña, y brincaba y peleaba y reía o se enfurecía fácilmente.

Y Luis meneó la cabeza ante la resistencia bovina de su mujer. Esa terquedad de mula, esa ignorancia ante la Historia, lo desconcertaban. ¿Cómo me pude haber casado alguna vez con una mujer así?, se dijo, irritado consigo mismo.

5

El deseo por una hembra convertido en delirio. Por ese cuerpo hecho de curvas, nalgas, senos y pezones, ese vientre con su almeja tibia y estremecedora bajo el pubis ensortijado, su ardor interno. Aquel arrebato erótico que latía en su sangre desatado esta vez por Zoila. El deseo insatisfecho como animal inflamado que salta ávido y hambriento de lujuria y de placeres. Un impulso vital cuya cabal comprensión se le escurría entre los dedos.

—¡Mierda, es la locura, coño!— suspiró ensimismado.

El amigo creyó que se trataba de la situación política.

—¿De qué hablas, Luis?— le preguntó asustado.

—Estoy jodido. Una eva me está enloqueciendo.

—¡Anjá! ¿Quién? ¡Cuéntame!

—No puedo. Es un asunto demasiado peligroso.

—¿Pero y ella... está muy buena?

—Buena no es palabra que alcance a definirla.

El amigo se quedó con las ganas, intrigado por quién podía ser esa hembra fabulosa capaz de enloquecerlo. Sin embargo, aunque delante de sus amigos presumiera de serlo, Luis no era un mujeriego. Lo prueba que en más de nueve años de casado ésta era su tercera aventura erótica y las otras dos no habían dejado ninguna huella, excepto la vanidad masculina de la conquista. Sí, le divertía usar su ingenio verbal, flirtear juguetón con ellas, pero le costaba demasiado tiempo y trabajo llevarlas a la cama, porque tal vez no poseía el don del verdadero seductor.

Pero ahora Zoila, una presa formidable, se le había entregado, y él se sentía como un sátiro fastuoso con esa ninfa en sus brazos. La gozaba con un apetito suicida, semejante sólo al que sintiera durante los dos primeros años de casado con Anita, con el ingrediente sabroso que sus ardientes encuentros eran furtivos y peligrosos, y, por lo mismo, más estimulantes y ardientes.

Había descubierto que traicionar a Carlos no le producía el menor remordimiento. Pensaba que el propio Carlos lo había empujado en los brazos de Zoila, en una actitud oscura, idiota e incomprensible. Carlos sin duda era un pájaro raro. Porque por nada del mundo, él hubiera propiciado una situación similar con Anita. ¿Qué quería el infeliz? ¿Que entre Zoila y él surgiera una amistad platónica, parecida a la que ambos habían mantenido desde hacía años? ¡Ah, una mujer, especialmente una mujer como Zoila, desataba siempre el demonio de la lujuria! El idiota de Carlos debió incluso abrigar alguna sospecha más adelante. Una tarde, mientras iban los dos solos en el auto, le preguntó de repente: "Habiendo *tantas* mujeres por ahí, tú nunca te acostarías con la mujer de un amigo, ¿verdad?"

No le respondió y el silencio se tornó tenso dentro del auto, pero no volvió nunca más sobre el tema. Sin embargo, su afecto por Carlos no había disminuido en lo más mínimo con la traición. Al contrario, ahora lo quería más y sentía una especie de compasión por su amigo. Incluso llegó a escuchar a Zoila con resentimiento, cuando ésta, para justificar su conducta, hablaba mal de Carlos.

—Si supieras— le confesó a Zoila—, que a veces me da lástima.

—Pues a mí no. El imbécil se lo merece— dijo ella con crueldad.

Esa dureza de Zoila lo ponía en guardia. Sin embargo la pasión por su cuerpo fogoso y sus ardores de hembra enloquecida lo hundían en un frenesí de placeres incontrolables. Hasta en el auto y el trabajo padecía de erecciones enervantes, y salía corriendo en busca de ella para calmar el fuego de su lujuria. Algunas de aquellas noches Anita fue la víctima inocente de esas erecciones inspiradas por su odiada rival. Nada nuevo bajo el sol. Ni siquiera para un cínico como él sonriendo en la oscuridad.

Estaba cansado de Anita. No como hembra: aunque el

fuego había disminuido, ella desnuda no tenía nada que envidiarle a Zoila, sino por lo absurdo de su matrimonio. Ella era una buena mujer pero sus ideas y creencias andaban ahora a mil años luz de las suyas. Una tragedia del carajo. Porque además Anita era la madre de aquellas dos hijas que llegaron a su vida sin él desearlo, pero que ocupaban un sitio en sus sentimientos y remordimientos. Si se divorciaban, Anita seguramente querría llevárselas a Miami, y él no tenía aún decidido qué hacer si se presentaba ese conflicto.

Llega la hora en que un hombre tiene que hacer daño a seres inocentes y entonces se siente vacío y desamparado ante el destino. ¿Qué coño hacer? Deseaba separarse de ella y recuperar su libertad, pero no tenía el valor de ser franco con una mujer que lo había abandonado todo para seguirlo, y cuya fidelidad, amor y lealtad estaban más allá de toda duda.

—Qué mierda— se dijo, resumiendo su situación.

Excepto Zoila con su almeja de alegría carmesí que tanto disfrutaba, todo le salía mal últimamente. Desde la invasión rusa a Checoslovaquia se sentía como señalado. Fue de los imprudentes en manifestar demasiado temprano y demasiado alto su repudio a aquel acto criminal. Hasta llegó a escribir un artículo que, aunque no se publicó, lo leyeron algunos amigos y por lo tanto estaba en conocimiento del Partido. Se apuró demasiado. Un hombre más prudente habría esperado por la opinión final en la voz omnímoda, la única autorizada para expresar oficialmente la reacción de todo el pueblo de Cuba.

—Tú no eres quién para adelantarte a juzgar— le advirtió afectuoso Alejo con sus erres garrasposas. —Apréndete la lección. En tiempos difíciles uno debe donar también su lengua, como dijo tu amigo.

En verdad Luis no era nadie. Un simple escribidor, con algunos artículos publicados y un largo ensayo inédito, que trabajaba en la Imprenta Nacional. No lo habían invitado siquiera a inscribirse en el Partido, probablemente por sus opiniones y porque en los primeros tiempos se alió con los del Movimiento en contra de los viejos comunistas, y también por su amistad con el grupito de Lunes, unos literatos brillantes, sí, pero políticamente inseguros.

—Lunes fue un cenáculo de surrealistas que no llegó a martes— se burló Carlos, resentido y con razón, porque en Lunes nunca le publicaron nada.

—Eran tan iconoclastas y divertidos— sonrió él al recordarlos.

—Un montón de maricones. Hicieron bien en cerrarlo.

"Las ventanas abiertas a la cultura nunca deben cerrarse", pensó, pero prefirió no decirlo.

Sabía que no debía defenderlos. Sabía que era peligroso cualquier tipo de crítica a la cultura oficial. Hasta Carlos, que fue uno de sus primeros amigos en La Habana, podía ser un confidente del Partido. Además era ese personaje que creía que su deber con la revolución estaba por encima de la lealtad con sus amigos, y que serle fiel al comandante en jefe era la prueba suprema del patriotismo. Por eso quizás a veces le hacía el favor de aconsejarlo a él, a Luis, con unas consejos que le sabían a mierda.

—Ten cuidado como hablas. Tus sarcasmos te van a hundir. ¿No ves que te consideran casi un disidente? ¿Es que no confías en mí, que he sido como un hermano?— le rogó con sus ojos serviles de perro.

—Yo no soy un desertor ni lo seré nunca. Por nada del mundo le daría municiones al imperialismo en contra de la revolución— le contestó él, irritado por el consejo.

Pero seguía en lo mismo. No se comportaba ni hablaba con claridad. Era verdad que no deseaba convertirse en un exiliado interno, como el poeta amigo suyo del que todos huían como un leproso. ¡Triste oficio la poesía! Pobre poeta, lo vio en una esquina de Miramar con la mirada perdida y la mano en el bolsillo acariciando un amuleto gastado, oteando el rojo flamboyán y las negras auras tiñosas que volaban en círculos en el cielo, dudando si cruzar la ciudad de su ruina o devolverse a su guarida. ¿Qué siente un gran poeta que vislumbra en la brisa los presagios y las señales invisibles, cuando ya en los límites de su perfección negocia en la frontera sus versos con la muerte?

—¡Qué viva la poesía!— le gritó de lejos.

Y lo saludó a toda velocidad. Pero no se detuvo ni se ofreció para llevarlo como hubiera hecho en otros tiempos, y luego se sintió culpable de no haberlo hecho. Pero el poeta lo que necesitaba era un bote para huir tan lejos como pudiera de la generosidad del comandante en jefe. Era una no-persona, un fantasma encerrado en una isla perversa, a quien no eliminaban por temor al escándalo internacional.

"Recuerda Luis que los dioses no se hacen visibles para todos", le dijo una vez a el poeta sin citar a Homero, y él lo recordaría siempre.

Qué mierda. En cierta forma él, Luis, era aún menos que una no-persona. A él sí podían eliminarlo. No tenía la poesía para defenderlo, ni una obra importante escrita, al menos hasta que terminara su libro *La Voz y la Imagen: Dos escrituras para la Historia*. Después ya verían originalidad y rigor los cabrones oportunistas que sólo sabían cantar aleluyas al socialismo y la hermandad de los pueblos unidos del mundo. Los nuevos Savonarolas de la Historia y de la teología de la liberación se cagarían entonces en sus sotanas.

Ah, si él fuera libre sería más fácil decir su verdad. Porque en caso de fracaso a todo hombre le queda la libertad de su muerte, y entre sus hijas y Anita lo mantenían amarrado al barco. El hombre ha nacido para desaparecer, así lo dice con claridad el salmo: "Pasa por él un soplo, y ya no existe, ni el sitio donde estuvo lo vuelve a ver".

Pero si llegara el caso, ¿qué sería de Rosana, de Raysa y de Anita, las únicas personas por las que se sentía directamente responsable en el mundo? Las niñas eran inocentes de su paternidad y Anita no podría sobrevivir sin él en Cuba. Lo más oportuno sería ponerlas a salvo con su madre, alejarlas de su hundimiento personal. Por su parte, él nunca se exilaría. Miami sería una solución inadmisible. Preferiría el suicidio antes de encontrarse en semejantes compañías.

Recordó el divino cuerpo desnudo de Zoila y tuvo otra erección.

—Vendrá la muerte y tendrá tu cuerpo— dijo en voz alta, mientras que con la otra mano se palpaba el machete.

6

Por suerte el elevador funcionaba esta noche, porque se la pasaba desde hacía tres años la mitad del tiempo roto, y hasta las niñas debían subir las escaleras hasta el séptimo piso, como para cagarse en el comandante en jefe en persona. Cuando abrió la puerta de su apartamento aún pensaba en Zoila, en esos furores que se apoderaba de su ser cuando, montado o debajo, sentía la llegada del orgasmo y su pelvis se agitaba como un tiburón dando coletazos. Extraña criatura Zoila: diletante, inquietante y apasionada; pero difícil y demasiado absorbente. Debía admitir como buena la última observación.

"Yo arriesgo mucho más que tú con esta relación".

"Recuerda a Nietzsche: hay que vivir peligrosamente"- le contestó él, dándole un pellizco.

Raysa se levantó del piso al verlo ahora entrar al apar-

tamento.
—¡Hola papi! ¡Qué bueno que llegaste!
La cabroncita vino a colgársele en el cuello y lo besó. ¿A quién habrá salido tan zalamera? Tenía tres años y unos meses y en ella vibraba la pasión de vivir. Ya movía el culito como Anita en sus buenos tiempos. Tan espontánea, toda ella nacida para la alegría en medio de aquel hundimiento.
—¿Qué dice mi princesa?— la besó él.
No le gustaban los críos, pero cuando Raysa o Rosana le decían "papi" el corazón se le arrugaba un poco. Dos hijas, dos mujeres diferentes. ¿Cómo o qué combinación de genes marcaría sus caracteres? ¿Se podría demostrar algún día un determinismo biológico? ¿Tendría razón Montesquiu cuando dijo que la dicha o la desgracia dependía de la disposición de nuestros órganos?
A Rosana se le notaba: iba a ser cerebral, desdichada y fría, acaso como su padre. Era demasiado inteligente, afirmaba Anita. Rosana se comportaba con él de una forma extraña, oscura e incomprensible. Se sentía incómodo con esos ojitos femeninos que juzgaban su conducta, esa pequeña juez que había tomado partido por la madre. Y él no podía culpar a Anita porque ella hizo hasta lo imposible por reforzar los vínculos afectivos entre Rosana y él. Hasta llegó a irritarle que en su empeño de despertar su paternidad dormida o inexistente, le metiera a la niña con tanta insistencia por los ojos. Venía y se la ponía en los brazos interrumpiendo sus lecturas. Pero, luego de cinco minutos, él se sentía incómodo con aquella bebita frágil e inquieta en sus brazos, y la devolvía a la madre con un poco de vergüenza y alivio. Cuando aprendía a hablar, Anita le enseñó a decir papá antes que mamá.
—¡Fíjate, qué cosa más grande, aprendió a decir papá primero! ¡Se pasa el día llamándote, la pobrecita!
Las mujeres son así: intentan manipularnos con sus

pequeñas astucias, como si fuéramos idiotas. Casi le da resultado. Casi le creó un complejo de culpa por su indiferencia con Rosana. Anita, que se comportó siempre como una madraza y le dedicaba horas de cuidados y cariños a la bebita con una devoción ejemplar, no comprendía su falta de cariño, y llegó a considerarlo un hombre carente de sentimientos. Un juicio que consideraba injusto, porque él siempre quiso a sus hijas a su manera. Sucede que existe un abismo entre el mundo pueril de la infancia y las angustias de un hombre. Pero Anita no se daba por vencida, insistía en sus esfuerzos de demostrarle que aquéllas eran sus hijas, y una extensión de su ser.

—Rosana sacó tu inteligencia— le decía, y luego con la segunda: —Raysa sacó tu picardía. ¡Mírale los ojitos, iguales a los tuyos!

Pero Luis sólo veía unas hembritas con rasgos familiares: la nariz suya en Raysa, y la boca y el cuerpo en Rosana, unas prolongaciones suyas en femenino que lo perturbaban. Ahora ya han pasado los años, y Anita parece resignada a su falta de entusiasmo y de amor por las niñas. Además, ahora conspira, y seguramente se ha confabulado con Rosana en contra suya, y entre las dos esconden un secreto.

Esta noche Anita lo había recibido con cierta hostilidad y cuando salió del baño creyó sorprenderla oliendo y examinando sus ropas. Algo descubrió a juzgar por la hosquedad en su cara de hembra. Durante la cena, ella comenzó el inventario de las frustrantes colas que hacía para darles de comer malamente a él y a sus hijas. Un pollito esmirriado para toda la semana; si mañana no llegaba la leche Raysa y Rosana no tendrían con qué desayunar; jabón no había y la pasta de diente llegó pero no le tocó, aunque ya se le había terminado y estaban usando el bicarbonato que también usaban como desodorante. Luis pensó: con Zoila vino, sexo y locura; con su mujer la retahíla de lamentaciones, y la atajó irritado de golpe.

—¡Coño, basta ya! ¡Sé que es duro para todos!
—No lo sabes bien. Tú no haces las colas.
—¡Ya! ¡Cámbiame ese disco rayado! ¿No ves que estoy cansado?

Desde que renunció a su trabajo de maestra y la vieja Cesita, la nana que la crió y que se había venido de Matanzas a ayudar a Anita cuando papá y mamá salieron de Cuba, se regresó a la provincia a cuidar a dos sobrinas suyas que se habían quedado huérfanas, Anita se empeñaba en demostrarle *todas las puñeteras noches* que no se podía seguir viviendo en aquel país.

—Yo también estoy cansada— le respondió ella.
—Entonces, coño, cállate la boca, o lárgate para Miami.

Fue brutal porque lo tenía en la mente, y ella se calló y continuó con sus quehaceres en silencio. Eso era lo que quería y aquella era toda una estrategia para que la dejara salir con sus hijas. Miró a Rosana sentada ahora en el sillón, estudiando o leyendo un libro. Otra mosquita muerta con el ceño arrugado por el miedo, que se angustiaba cuando lo oía a él gritar, y sintió remordimientos frente a esa hija que lo observaba de reojo con sus ojitos inocentes asustados, y le sonrió para tranquilizarla.

—¿A ver, mi reina, cuántos son 27 por 12?— le preguntó.

Era un jueguito y un reto que Rosana conocía. Los ojitos y los labios se movieron sacando la cuenta mentalmente.

—324— contestó triunfalmente Rosana.

Le sonrió afirmativamente a su hija. Le propuso tres multiplicaciones más de dos dígitos, aumentando la dificultad. Sólo se equivocó una vez y ella misma se corrigió. Una manera de entretenerla, de aumentarle la auto estimación, y de aislarla de su angustia infantil. Al final, aprobándola con una sonrisa, le hizo seña para que se acercara.

—Ven y dame un besito. Eres una niña muy inteligente.

Fue el besito infantil del triunfo. Qué fácil era contentar a una niña; son aún más vulnerables a los halagos que los adultos. De haberle dedicado tiempo a sus hijas las tendría en el bolsillo. No lo hacía por falta de tiempo, y por su propia angustia e impaciencia. No tenía ni el amor ni la paciencia que le sobraban a Anita. Tampoco su dulzura de madre. Debía admitir que nunca podría sustituirla, porque además no sabía nada de cuidar a las hembritas.

Se levantó de la mesa, se miró en el espejo: una cara espantosa pero vanidosa de hombre satisfecho de su virilidad con su amante. Mientras se cepillaba los dientes con el bicarbonato se acordó de Quevedo: "nada me espanta más que el espejo en que me veo". En el cuarto se puso una camisa limpia. Cuando Anita lo vio peinado y vestido para salir se alarmó.

—¿Vas a salir también esta noche?

—Sí, y probablemente venga tarde.

—¿Por qué no te quedas a leer o a escribir?

—Me cité con unos amigos en la UNEAC— en realidad esa noche iba con Zoila y Carlos a ver una obra de teatro.

Anita entendía que tenía compromisos, ¿pero no podrías quedarte más noches en la casa como antes? Luego ella le pidió generosamente que invitara a sus amigos al apartamento. Tenía una botella de ron que le regaló Gloria y los paquetes de café que les envió papá desde Miami. Podrían reunirse y conversar, y así las acompañaba un poco a ella y a las niñas.

—¿Para qué, Anita? ¿No te acuerdas la vergüenza que me hiciste pasar con Carlos y Zoila? Ya me creo suficientes problemas yo mismo, para que encima tú vengas a agravarlos. ¿No te parece?

Ella movió la cabeza deprimida, negando que fuera cierto.

—Lo que pasó fue por culpa de Zoila. No me iba a dejar humillar. Tú sabes que me odia y que me ha envidiado siempre. Y no sólo me provocó sino que se pasó toda la noche puteándote delante de su marido.

De pie, más alto, observó a la mujer con irritación violenta. ¿Hasta cuándo debía cargar con ella y soportarla? ¿Qué iba a ser de su vida al lado de una mujer que se resistía a adaptarse a los cambios revolucionarios y la nueva realidad del país? Sus relaciones estaban erosionadas al máximo, no se entendían en absoluto y no le veía ninguna solución.

—Te aseguro que si invitas a cualquier otra persona que no sea Zoila —se justificó ella, suplicante—, no abriré la boca. Además, tú deberías dedicarnos un poco más de tiempo, preocuparte un poco más por nosotras. Por Raysa, por Rosana, y por mí.

—Tu problema, Anita, es mucho más profundo y más grave. ¿Cómo invitar a nadie con esa cara de depresión que pones cuando se habla de cualquier tema relacionado con la revolución? Tú has terminado encerrada en una guarida de pavor y tus actitudes son totalmente negativas.

Suspiró profundamente y, después de la pausa, añadió:

—Estás muy jodida, Anita, y me tienes muy jodido a mí también. Y, por lo visto, ni tú ni yo sabemos tomar una decisión radical para resolver este maldito infierno.

—¡Cállate, que las niñas te van a oír!

7

Zoila hablaba de Carlos y de todo. Ningún varón se hubiera interesado por las opiniones de una hembra tan espectacular; él, particularmente, le gustaba más aquella boca suculenta para morderla y violarla. Pero ella opinaba sobre política la retahíla de aforismos de izquierda en los que él creía, sólo que en sus labios le irritaban. Opinaba sobre la literatura, el arte y el teatro, naturalmente, en línea con el compromiso del intelectual puesto de moda por Sartre, y desde luego era fanática de Brecht. Luis la pullaba, la incitaba, y se divertía elevando su ego para luego provocarla.

—Tú eres bella y genial, pero estás ligeramente equivocada con Madre Coraje. Lo del distanciamiento de Brecht es inexacto. Él buscaba otra cosa. Un efecto que llamó *extrañamiento,* ese grito mudo de la Madre, para evitar la catarsis que se produce en el público y obligarlo a pensar.

Ella lo oía anhelante, rebatía el punto, se batía en retirada ante las explicaciones de Luis, y al final se contentaba con las migajas de sus elogios, con su aprobación y los pellizcos lascivos con que la mantenía excitada. Junto a aquel hombre se sentía estimulada y viva.

—¡Te odio, presumido, jactancioso, cabrón!

—Cabrón no, cabroncito, que es diferente.

¡Cuánto disfrutaba jodiéndola, tanto en la acepción española como la cubana de esta palabra! Ella lo excitaba muchísimo porque en los dos funcionaban las mismas anomalías de sus iniciaciones eróticas: los jueguitos perversos en la oscuridad de los cines. Incluso delante de Carlos, sentados los tres en el teatro o el cine con ella en el medio, Zoila le hundía el codo o la rodilla, lo pellizcaba o se quitaba el zapato para acariciarle la pierna con los dedos del pie, con esa loca lascivia que manaba de todo su ser.

"Qué putica eres", le susurraba al oído y ella sonreía de dicha.

En medio de aquel desmadre sexual surgió el ingrediente de las confesiones íntimas de Zoila, que si al principio le resultaron estimulantes, al final le parecieron repulsivas. La primera vez la escuchó medio dormido, cuando yacían desnudos en la cama en el sopor *post coitus*, el tono confesional de su voz.

—Qué diferente contigo— Zoila suspiró, y luego de una pausa, añadió: —Carlos me deja como frustrada; con él no llego al orgasmo casi nunca.

Esta confesión erótica lo sacó de su modorra, así que paró la oreja, interesado en los secretos de alcoba de su amigo. Y oyó de nuevo su voz en aquel tono entre triste y quejoso.

—No está bien dotado. No tiene imaginación. Y lo peor de todo son sus besos. Como de viejo baboso, ¿entiendes lo que digo? Me da los besos llenos de saliva y a mí me da asco. ¡Aghkk!

Había hablado con la lentitud de quienes se tienden y abren la parte oculta de su inconsciente en el diván del psiquiatra; al menos Luis se lo imaginó de esa forma. Se quedó quieto esperando más y hubo una larga pausa en que ella, desnuda a su lado, tal vez pensó que debía justificar esa confesión terrible.

—¿Te das cuenta, una mujer temperamental como yo, casada con un tipo que es un infeliz en la cama?— preguntó, y luego la sintió arrepentida. —No debería de contarte estas cosas. Tú tienes la virtud de desequilibrarme... y de enloquecerme. Nunca ningún hombre me había hecho gozar tanto.

Viniendo de una mujer con experiencia, recibió aquella medalla y se la colocó vanidosamente en el pecho. Para el guerrero desnudo que yacía reposando en la cama después de la batalla, recuperando fuerzas para continuar, aquel halago colmó su vanidad. Pero continuó dignamente inmóvil y en silencio, esperando más.

—Entiéndeme. No puedo quejarme de Carlos, ha sido muy buen marido y muy complaciente conmigo, y me brindó seguridad en el momento en que más la necesitaba... Claro, yo lo he ayudado en su carrera más de lo que tú te imaginas.

Además, lo quiero mucho. Luis la acarició el vientre y los ensortijados vellos del pubis con las yemas de los dedos, mientras contemplaba las luces del sol de la tarde en el cielo raso, para que ella supiera que la comprendía.

—Yo también lo quiero mucho— le dijo.

Los dos callaron compartiendo la dulzura generosa de su amor por el hombre al que estaban traicionando. En realidad, Luis no mentía: en esas semanas sentía un inmenso cariño por el bueno de Carlos, tan simpático y atento con él; un cariño semejante al que sentimos por el perro que nos mueve el rabo estúpidamente y nos ladra con alegría cuando nos ve. Hasta esa bendita tarde, su pasión por Zoila no incluía en absoluto los celos. Ni éstos, ni ninguna otra exigencia, habían envenenado sus relaciones. No se le ocurrió nunca que ella las viera de otra manera. Para él eran una ardiente y secreta aventura sexual y nada más. ¿Cómo carajo se podía celar del bueno de Carlos? Jamás había pasado por su mente el pensamiento de que Zoila abandonara a su marido para venirse a vivir con él.

Desde luego, en un país en donde todos estaban vigilados, cabía la posibilidad de que ya el Partido y la policía estuvieran informados. Pero estos celosos y competentes guardianes de la revolución en general sólo usaban su conocimiento de la vida erótica de los ciudadanos para chantajearlos políticamente. Y éste no era su caso, aunque sí conocía uno patético: un amigo suyo casado y con hijos, política y sexualmente inseguro (tenía inclinaciones secretas por los de su propio sexo), a quien sin ningún escrúpulo la Seguridad sometía a la humillación del chantaje sexual.

Después del regreso de Carlos del extranjero, sus amores con Zoila no se habían interrumpido, sino que aumentaron en intensidad, audacia y locuras. Todas las mañanas hablaban por teléfono y se ponían de acuerdo con un lenguaje cifrado para sus bellaquerías. Sus vidas se trastornaron: él abandonó su pretencioso ensayo por unos meses y ella se comportaba como una amante posesiva a quien le mortificaban las obligaciones personales de él, ya fueran con su familia o con su trabajo en su oficina de la Imprenta Nacional.

Zoila lucía radiante y sexy, y un poco loca también. Las huellas de los excesos se reflejaban en su cara y en su modo de caminar, al menos a los ojos de Luis. Sus jueguitos perversos no respetaban ni la presencia de su marido, y no sólo en el cine y el teatro, hasta cenando buscaba alguna forma de contacto erótico.

Un atardecer, mientras Carlos tomaba una ducha, ellos hicieron el amor con la premura alucinante de los perros, con las ropas puestas y embarrándose encima del sofá. Pero Carlos no escuchaba los gemidos y las risas pícaras en su propia casa porque no hay peor sordo que el que no desea oír. Si no, ¿cómo era posible que no se diera cuenta de aquel desastre y del resplandor lascivo en sus caras cuando salió del baño?

Secándose vigorosamente el cabello, se les acercó satisfecho.

—Este duchazo me ha revivido— dijo.

—¡A mí también!— gritó como una loca Zoila.

—Pero si tú no te duchaste, china.

—No importa, mi amorcito— le dijo Zoila, dándole un besito mientras por encima del hombro le guiñaba el ojo a Luis: —Hoy me siento más vital y sensual y peligrosa que Cleopatra en los brazos de Antonio.

Ante aquella amenaza descarada, Luis se llevó la mano a la cabeza en un gesto de quien adivina lo que va a pasar.

—Ay, ay, prepárate para esta noche, Carlos.

8

—Si me amaras, deberías sentir celos de Carlos.
Miró a Zoila alarmado. La suya no era la expresión de la ironía sino de la melancolía. Lo sabía sin ser un experto: una relación erótica entra en crisis cuando una de las dos partes pierde la noción lúdica de la aventura y empieza con las exigencias.
En primer lugar, nunca le había dicho que la amaba. En segundo lugar, ¿por qué razón debía sentir celos de quien era su legítimo marido? Los ojos de Zoila se negaban a mirarlo de frente, perdidos vagamente en una idea que la mortificaba.

—¿Por qué habría de sentir celos, si él es sólo tu marido y yo soy tu *amante*? ¿Puedes acaso comparar la valoración sentimental de un status con el otro? ¿Entre ser *el deber o el placer*, qué elegirías?

El dilema pareció favorecerlo a él, por el momento. Todo volvió a la normalidad durante dos días, es decir, a la estimulante relación de dos amantes sin mayores complicaciones sentimentales. Eso era todo lo que él deseaba: el delirio de la entrega sexual y nada más.

Fue sólo la primera señal de alarma de que en la mente de Zoila germinaban combinaciones químicas, que el tiempo de la alegría irresponsable se agotaba y empezaba el de la posesión y la agonía. Dos días más tarde, en el apartamento que ahora a él le prestaba un amigo, después del primer revolcón desnudos en la cama, ella volvió a la carga en el tono melancólico de una mujer obcecada por la duda.

—¿Quiero que me contestes algo con sinceridad?
—¿Qué?
—¿Tú me amas o soy sólo una aventura para ti?
—Yo diría que la más fascinante y bella de las aventuras.

—¿Estás enamorado de mí de verdad?
Ella se ponía fastidiosa, pero qué remedio le quedaba:
—¡Claro! ¿No te lo demuestro todos los días?
—Pero un hombre enamorado de verdad— razonó ella—, no podría soportar la idea de que la mujer que quiere se acostase con otro hombre.
Las mujeres se ponen necias. Con ese tipo de elucubraciones sus relaciones se hundirían en la morbosidad y los celos enfermizos. Le dieron ganas de mandarla al carajo. ¡Qué estupidez! ¿Cómo podría él celarse de un hombre que ni siquiera la satisfacía sexualmente? En todo caso, debía más bien sentir lástima del pobre Carlos, a quien además le estaba pegando los tarros. Pero permaneció en silencio algo melancólico y decepcionado con Zoila.

Necesitaba a Zoila. ¿Cómo renunciar a esa hembra que lo hacía feliz, a ese cuerpo cuyo gozo le permitía olvidar todas sus angustias? En esta encrucijada de su vida, no podía renunciar a una amante como Zoila. La contempló desnuda, medio de perfil sobre la cama, y la visión de aquel cuerpo espléndido de hembra recién poseída, lo excitó nuevamente. Como una hora después, ya vestida para irse y en un tono entre extenuado y quejumbroso, ella le explicó:

—Mi problema contigo, Luis, es que no sé a qué atenerme.

—¿No te basta con la felicidad que acabamos de tener?

—¿Y dentro de un mes? ¿Y mañana, dentro de dos años?

—Yo soy un hombre sin mañanas— murmuró él.

—Tú sí, pero yo soy una mujer y necesito seguridad— protestó. —Carlos puede descubrirnos en cualquier momento. Entonces el problema sería saber hasta dónde estarías tú dispuesto a ir. Yo sí estoy dispuesta a ir hasta el final. Pero y tú, ¿a qué estás dispuesto?

No le contestó. Bajaron por las escaleras, montaron en silencio en el auto, y la dejó a dos cuadras de su apartamento. Quizá lo mejor sería terminar, no verla nunca más, hacerlo antes que la felicidad se envenenara. Una aventura deja de ser tal cuando la amante se transforma en una esposa quejona. Bastante carga era tener una esposa y dos hijas, para encima enredarse con una hembra tan posesiva y absorbente.

—Rompe, Luis, rompe con esta mierda— se aconsejó.

Pero al mediodía siguiente, cuando agarró el teléfono en su oficina y oyó la voz de Zoila, el corazón se le aceleró y tuvo una erección. ¡Ah, qué necesidad urgente de tenerla nuevamente en sus brazos, de sentirla gimoteando bajo su cuerpo! Inventó un pretexto y salió corriendo a buscarla. Ella lo esperaba en la esquina sonriendo con aquel vestido ligero que destacaba todas sus curvas.

—Creía que no me querías. He pasado una noche negra— dijo ella.

—Yo también— admitió él, sonriendo.

En cuanto cerraron la puerta del apartamento prestado, se arrancaron las ropas como un par de desesperados. Esa tarde hicieron el amor con el furor de la primera vez, incluido el biberón para la niña obediente, porque zafio y cruel disfrutaba viéndola sometida a sus fantasías eróticas.

Luego, cuando todo terminó, él se sintió vacío y extraño en una cama que no era la suya, junta a aquella mujer que era también una extraña y cuya suerte le resultaba indiferente. La vio levantarse y caminar al baño y regresar y vestirse lentamente, con aquel aire melancólico de obcecación y tortura en todo su ser. Ella tensaba el cuello curvando la barbilla hacia el pecho, con el aire de una reina destronada, su cabellera suelta dividida en dos sobre la nuca.

—Tenemos que hablar, Luis. Tenemos que aclararnos.

—Dime, soy todo oídos.

Ellos se amaban. Desde luego, respondió él. Pero no podían seguir así, añadió ella. Sus relaciones estaban amenazadas por el hecho de que ambos se debieran a otras personas. Esas otras personas, aunque inocentes, eran un estorbo para su felicidad. Zoila lo miró con solemne intensidad.

—Luis, yo tengo mucho más que perder que tú.

A él le importaba un comino. Se había vestido y la escuchaba en silencio, pero con interés. No podía menos que oír lo que su amante tuviera que proponerle. Además de su discurso preparado ella sacó de la cartera una bolsita con azúcar y café. ¿Alguna brujería? Luis sabía que el barniz del materialismo científico era tan endeble en las militantes del Partido, que ni aun las adoctrinadas renunciaron jamás al espiritismo y a la santería. En la cocina del estudio ella coló café y puso dos tacitas sobre la mesa de mica.

—Mi problema es Carlos, y yo lo resuelvo. El problema tuyo es Anita y tienes que tener el valor de deshacerte de ella, de mandarla para Miami que es donde debería estar. A lo mejor hasta le haces un favor... Y tú te salías de un problema, porque no te vas a convertir en un cuadro del Partido, ni te van a nombrar en un puesto importante, mientras ella esté a tu lado. ¡Olvídalo!

—¿Por qué?— preguntó, sabiendo la respuesta.

—¿Acaso crees que se van a arriesgar contigo mientras tengas de esposa a una gusana, perdón, a una enemiga del socialismo? Por culpa de Anita, un día podrías verte empujado a traicionar la revolución. Ella te convierte en un hombre políticamente inseguro.

Zoila le dio tiempo para que comprendiera sus palabras, y añadió en un tono confesional: —¿Por qué piensas que no te mandaron para Roma cuando sonaste para el cargo de agregado cultural? En el Minrex jamás confiarán en ti mientras sigas con Anita.

Ahora él dibujaba círculos sobre la mesa con el agua, cavilando deprimido sobre lo que oía, asqueado de oír el nombre de su mujer en boca de Zoila. Pero ella tenía razón. En aquel sistema tortuosamente vigilado se sobraban los informes de los confidentes. Cualquiera pudo usar el argumento de *políticamente inseguro* por estar casado con Anita. De repente, recordando la misteriosa forma en que se abortó en el 65 su nombramiento para viajar a Roma, un rayo de luz iluminó las coincidencias.

—¿Fue Carlos, verdad? ¿Fue él, *verdad*?

La pregunta tomó de sorpresa a Zoila. Recogió las tazas, dio una vuelta y las fregó en el fregadero, y luego las colocó de donde las había tomado. Su silencio de espalda no podía ser más elocuente. Cuando se volteó todavía una leve sonrisa secreta se dibujaba en su gruesos labios inflamados por las mordidas y los besos.

—¿Qué importancia tiene eso ya?— dijo ella.

No tenía necesidad de insistir. *Había sido Carlos* y a lo mejor hasta ella misma lo incitó. Borró con un gesto violento los dibujos de agua que había hecho delante de él en la mesa. Zoila suspiró como si aún tuviera asuntos delicados por discutir con él, y continuó con persuasiva suavidad.

—Yo sé que tienes dos hijas, Luis. Dos criaturas inocentes de las que tal vez no estés dispuesto a separarte.

—¿Qué coño tienen que ver Rosana y Raysa en esto?— saltó él.

—No te violentes— ella le acarició la mano. —Nada y mucho. Sólo quiero recordarte que estás en tu perfecto derecho de criarlas en la revolución, en retenerlas aquí en tu país. Que si estás dispuesto a ir hasta el final conmigo, yo encantada me haría cargo de ellas. Por favor, no pongas esa cara. Yo estoy dispuesta a ser una esposa para ti y una madre para tus dos hijas.

Luis bajó la cabeza encabronado, aún confundido, pensando en la inesperada proposición de Zoila. Sólo en aquel instante de locura, pudo considerar la posibilidad de semejante disparate. ¡Así que había sido el cabrón de Carlos quien frustrara su nombramiento! ¡Hijo de puta! ¡Y se comportaba como el más sincero y fiel de sus amigos!

9

—Tu marido se entiende con Zoila— dijo la voz y colgó.

Ella también colgó atontada. Aunque anhelante por la emoción, aquella voz de mujer sonó con claridad. Debió haber colgado rápidamente por el miedo: todos los cubanos suponían que las conversaciones telefónicas eran grabadas por la policía política.

No dudó ni un momento que la llamada anónima decía la verdad. Aturdida por el golpe, caminó como una autómata a la cocina para seguir preparando el almuerzo. Estaba tan obnubilada por la cólera y los celos que le echó azúcar al potaje en lugar de sal, y sonrió alarmada por su estupidez. No era tan grave: los orientales solían echarle azúcar parda o plátanos maduros a los frijoles negros para darle un toque dulzón. No confiaba en los anónimos por despreciables, pero ya había sospechado la traición de Luis.

Sí, sospechaba que Luis andaba enredado con Zoila. Un mes antes, cuando él estaba en el punto más álgido de su pasión, lo vio abrir la puerta con cara de presuntuosa felicidad. Ese aspecto prepotente y relajado de satisfacción machista de los hombres que han gozado una jornada erótica exitosa. No supo por qué adivinó que venía de los brazos de Zoila, y no pudo reprimir una pulla por su aspecto.

—¡Caramba, luces tan presumido que *das asco*!
—¿*Asco yo*? Te equivocas. A mí la paloma de la felicidad me aletea.

La metáfora no podía ser más grosera. Anita se puso roja y se fijó si las niñas, que jugaban sobre la mesa del comedor, lo habían escuchado. Después lo fulminó con una mirada de indignación. Pero no protestó por miedo. No quería provocar una pelea. Vivía con el terror de que Luis le quitara sus hijas. Si no actuaba con inteligencia, jamás conseguiría el consentimiento suyo para salir del país con Rosana y Raysa.

Hoy, la certeza de que la llamada anónima sólo corroboraba sus sospechas, le destrozaba el corazón. Tratándose de Zoila, le dolía todavía más. Odiaba a esa mujer por desfachatada, oportunista y sucia, y por encarnar todo lo que ella despreciaba. Aunque, pensándolo fríamente, no debía importarle. Tal vez le convenía. Secretamente ella había tomado la decisión irrevocable de salir de Cuba desde la noche en que Carlos y Zoila los visitaran. Lo tenía todo planeado. Por carta se había puesto de acuerdo con papá, usando un lenguaje inventado con la ingenua intención de confundir a la censura: en el cual utilizaban otros nombres como si se tratase de otras personas, cuando en realidad eran Rosana, Raysa y ella misma.

Sin embargo, hoy se sentía destrozada y asqueada. Luis, el amor de su vida, enredado con esa tipeja desprestigiada y asquerosa que sólo podía prosperar en estos tiempos de cataclismo moral. Para colmo, Luis estaba traicionando a un íntimo amigo suyo. Una bajeza de la que no lo creía capaz. ¡Qué monstruosa era la vida! ¿No les daría vergüenza a ninguno de los dos?

—Debo ser prudente y no darme por enterada— se dijo.

Ahora estaba más decidida que nunca: debía sacar a Rosana y a Raysa de aquel maldito país. No permitiría que sus hijas crecieran en el comunismo. Ya había esperado demasiado

a que Luis recapacitara. ¡Qué tonta había sido! Ella siempre se había comportado como una romántica trasnochada que creía en la decencia y el amor.
—No te ablandes. No llores. Y ten fe— se aconsejó.
El resto de la tarde la dedicó a sus hijas, y se entretuvo escogiendo las tres mudas de ropas que les permitirían sacar del país. Debían ser prácticas. Si podía persuadir a Luis, y, como planeaban, salían en los próximos meses, todavía sería invierno o primavera en Madrid, y decían que allá hacía mucho frío. No dejaría pasar un día más. El propio Luis la había retado a tomar una decisión radical.
Debía agarrarlo en un momento en que no estuviera de mal humor. De lo contrario, se pondría sarcástico y negativo. Lo conocía lo suficiente para adivinar sus estados de ánimos por el tono de su voz, su forma de caminar y hasta de respirar. Lo esperó nerviosa e impaciente toda la tarde.
Al fin llegó él. Lucía cansado y melancólico, pero no estaba de mal humor. Esta noche o nunca. Esperó a que se bañara: afortunadamente había agua esa noche, y le sirvió la cena: abundante porque ella casi no probó bocado para darle más a él. En seguida acostó a Rosana y a Raysa, y regresó a acompañarlo al balcón, adonde él se había sentado a fumarse un cigarrillo y a mirar desde lo alto la ciudad, la línea del Malecón y el mar. Debía aprovechar aquel momento de calma antes de que él se encerrara en su biblioteca.
—Quiero hablar contigo algo muy importante— le dijo.
La voz le temblaba y él la miró. La gravedad dramática de la cara de Anita lo puso en guardia. Incluso se alarmó un poco, temiendo que se hubiera enterado de sus relaciones con Zoila.
—¡Cómo no, cuando quieras!— respondió.
Ella se agarró las manos que le temblaban, y lucía tan pálida y sombría que él se preocupó aún más. A pesar de su

dureza aparente, le horrorizaban las tragedias domésticas y las escenas de celos. Mierda, pensó, *ésta* se ha enterado de todo.

—¿Quieres un cafecito?— le preguntó ella.

—Bueno, no es mala idea.

Ella se fue, hizo café y lo trajo, se sentó y suspiró profundamente en busca del suficiente valor mientras él se lo tomaba a sorbitos. Desde hacía dos años tomaba pastillas a diario, y esa noche se había tomado un meprobamato, pero aun así, estaba tan aterrada que le temblaban las rodillas.

—Luis quiero hablar contigo algo muy grave para los dos— dijo al fin, y luego de una pausa, continuó:—Tú mismo me dijiste que vivimos en un infierno y que debíamos tomar una decisión radical.

—Sí, te oigo.

—Creo que ha llegado esa hora, ¿comprendes?

Ella, sentada esa noche frente a él en esa atmósfera de tensión de los momentos decisivos en que cambiamos trágicamente el rumbo de nuestras vidas, y armándose de todo su valor, le soltó al fin el rollo de su salida de Cuba con las niñas. Balbuceando de terror al principio, y poco a poco más articulada y abundando en las razones por las cuales era impostergable y necesario hacerlo.

—Por favor, Luis, ayúdanos— le rogó con ojos suplicantes.

Ella ya no soportaba más la opresión y el miedo. Él podría reunirse con ellas en el exilio algún día, si cambiaba de opinión. Quizá, cuando estuviese sólo, él podría saber con más claridad lo que deseaba verdaderamente hacer con su vida.

—Luis, por favor, déjanos ir, déjanos ir.

No fue que lo agarrara de sorpresa, pero se sentía extraño. Un hombre puede sentirse atrapado y atado durante años a una esposa que alguna vez amó, maldecirla y desear a menudo su libertad. Pero cuando el rompimiento se materializa le produce como un vacío en el alma, y no sabía si alegrarse o entristecerse. Una espesa melancolía lo invadía hasta los tuétanos del alma. Pero ella, que no comprendía el difícil y largo mutismo de Luis, empezó a desesperarse y a suplicarle con lágrimas en los ojos.

—Déjanos ir, por favor. Es lo mejor para todos. Con la ayuda de papá, Rosana y Raysa no van a carecer de nada, y yo nunca me voy a separar de ellas ni un solo momento.

A él lo asaltaban confusas emociones. Luego del desconcierto y el dolor, el ramalazo feliz de recuperar su libertad. De repente la sospecha de que ella estuviese enterada de lo de Zoila y el malestar de perder a sus hijas entre sus enemigos y, finalmente, los sentimientos de culpa. A juzgar por lo que decía, ella y papá lo tenía todo preparado. El viejo Fermín se saldría al fin con la suya y sacaría a su hija y a sus nietas del país. El viejo cabrón las había engatusado con las ropas americanas, y la comida y los juguetes que les enviaba desde Miami.

¿Pero acaso sus hijas no estarían bien con su abuelo? ¿Acaso debía él darse por ofendido porque Anita le rogaba que le permitiera hacer lo que en secreto él había deseado durante los últimos dos o tres años? ¿Y no era lo más justo y conveniente que si ella no era capaz de adaptarse al comunismo se marchara del país?

¡Siniestro y mezquino era el corazón del hombre, nada lo satisface por entero ni lo hace feliz! Muchas imágenes y pensamientos pasaban a ráfagas por su mente. Hasta los detalles prácticos o más bien imprácticos de salir de Cuba, y la repentina idea de arrebatarle a Rosana y Raysa. La tenía en sus manos. Sabía que Anita preferiría morir que separarse de sus hijas. ¡Pero qué tontería! En el fondo no sentía el menor interés en cuidar y educar a dos hembritas, esas mujeres con sus reglas e histerias futuras. Los sacrificios de la paternidad no lo atraían.

Por otra parte, tenía que reconocer que Anita era una madre abnegada, una mujer digna y moral (¡vaya, ahora voy a reivindicar hasta la moral burguesa!, sonrió), que seguramente les daría una formación ejemplar, un cariño y una ternura que él no estaba en capacidad de ofrecerles, tal vez con mil prejuicios ancestrales pero que él respetaba en las mujeres. Ella temblaba de la ansiedad frente a su mirada.

Pensó en las consecuencias políticas. ¿Sospecharían aún más de él si dejaba salir a su esposa y a sus hijas? No, en especial si se unía pronto a otra mujer: Zoila, por ejemplo, porque se contaban por centenares de miles las familias que la revolución había dividido o separado de la forma más trágica e irremediable.

Claro que, dadas las circunstancias históricas de que Anita era una gusana sin derecho a nada en Cuba, él tenía la potestad de quedarse con Raysa y Rosana, joder a Anita y de paso mantenerla amarrada en el país, porque estaba persuadido que ella jamás se separaría de sus hijas.

La miró, cansado y triste. Ella esperaba tensa, pálida bajo la luz mísera del balcón, y con el rostro conmocionado por la ansiedad, la sentencia que él tuviera a bien dictar. Pensó que para estos casos era un peligro estar tan alto, a siete pisos sobre el nivel de la calle.

10

La tarde siguiente se citó con Zoila en el apartamento de su amigo de un solo ambiente tipo estudio, pero muy práctico para una pareja de amantes. Llegó una hora antes y la esperó pensando en la alegría que le daría a su amante saber que Anita se disponía a presentar los papeles para salir de Cuba con su ayuda.

No se sentía triste ni particularmente feliz por el posible viaje de su esposa y sus hijas al exilio. Desde que hablara anoche con Anita se sentía más bien como un marinero que ha levantado el ancla y navega sin rumbo hacia un brumoso futuro.

Cuando Zoila entró se besaron, de la excitación se arrancaron las ropas y se metieron desnudos en la cama, en donde él intentó un *replay* erótico de un polvo que recordaba glorioso, pero que, aunque satisfactorio en su intensidad, al prolongarlo ahora demasiado perdió el ingrediente creativo y espontáneo de la primera vez. Incluso el segundo orgasmo de ella le pareció más teatral que auténtico.

Luego se quedaron tendidos, respirando para recobrar el ritmo normal de la sangre, ella agotada a su lado inmóvil como una muerta. Cuando la sintió levantarse y la vio de pie admiró de nuevo la belleza de su cuerpo desnudo con aquellas tetas maravillosas de pezones morados y el pubis negro ensortijado como un hechizo perturbador coronando la hendidura enorme de su sexo. Pero notó una sombra de preocupación en su cara, y su espalda cóncava le lució tensa, y se preguntó qué le pasaría ahora.

Todavía no había hablado con Zoila sobre Anita, disfrutando la carta escondida de triunfo en su bolsillo. Y ella no había hecho ninguna referencia al problema hasta que regresó del baño y le clavó una mirada desconfiada como una venus desnuda y resentida.

—No me has dicho nada. ¿Hablaste ya con Anita?

—No— mintió él tranquilamente, gozando el secreto.

—¿Cuándo vas a decidirte a hablar con ella?

—Dale tiempo al tiempo— contestó él con vaguedad, dudando todavía si contarle todo o no, si le convenía o no; aún le resultaba repulsivo discutir sobre sus hijas y su esposa con Zoila.

—¿Ves?— ella lo acusó. —Lo malo contigo es que no sé a qué atenerme.
—Vamos, calma, muñeca. Tú sabes que te quiero.
—Sí, ¿pero qué vas a hacer conmigo? Si ya conseguiste de mí lo que querías y soy sólo una aventura para ti, quiero saberlo.

Le fastidiaba que luego de entregarle su amor y hacerlo gozar en la cama lo pusiera contra la pared. Darle ahora la noticia sería como ceder a sus exigencias. Al chantaje sentimental. Le gustaba más antes, cuando todo era juego, locura y placer. De repente se retrajo: "No seas imprudente, Luis, no te apures, ni te metas en problemas de los que luego tengas que arrepentirte", se aconsejó a sí mismo, desconfiando de Zoila. Ahora que iba a recobrar su libertad a un precio doloroso, temía caer en la vulva más posesiva y dominante de Zoila. Por supuesto, lo tentaba la idea voluptuosa de un tiempo de desenfreno carnal con aquella hembra de lujo. Sabía que el amor de esa hembra bien valía una misa. En cuanto a Carlos, a él no le importaba en absoluto destruir a ese mosquita muerta. Ese cabrón seguramente había sido el confidente que había arruinado su nombramiento en el servicio exterior.

"Con su cara de fraile y su sonrisa de santurrón".

Suponía que si le quitaba a Zoila, además de dejarlo en el ridículo, Carlos se moriría del despecho y se convertiría en el hazmerreír de toda La Habana. ¡Cómo se divertirían "sus entrañables compañeros del Minrex" a costa de sus cuernos y su desgracia, porque nada estimulaba tanto la mente morbosa y jodedora de un cubano como la mujer de un amigo que se acuesta o se fuga con *el otro*! Total, ya a él, Luis, difícilmente lo nombrarían o lo propondrían para otro cargo en el selecto servicio exterior. ¿Por qué no destruir al hipócrita de Carlos, poniéndose a vivir con su adorada mujercita?

Desde luego, quien lo aguantaba no era el infeliz e

hipócrita de Carlos, sino sus dudas de si le convenía "enredarse" en una vida común con una hembra como Zoila. Claro que, renunciar al placer extraordinario que le proporcionaba ese cuerpo hecho a su medida, no era fácil: con ella se sentía más viril y gozaba hasta el delirio; pero sospechaba que las mujeres de su tipo eran capaces de anular la voluntad intelectual y moral de cualquier hombre. ¿Cómo convivir permanentemente con esa putica ardiente (que conste, lo de putica era de cariño), medio fanática y con extrañas y alucinantes ideas sobre la vida? Porque, ¿de qué otro modo podía calificar el discurso de Zoila una semana atrás?

Recordaba la escena aún vivamente. Estaban en la misma cama y Zoila se levantó para ir al baño mientras él se puso a pensar si ella no sería capaz de traicionarlo con otros en el futuro cuando fuera su mujer. En ese momento ella regresó desnuda del baño y se le paró delante, irguiendo con repentina dignidad sus tetas de pezones morados y, como si hubiese adivinado sus pensamientos, le dijo:

—No vayas a pensar que, porque me acuesto contigo, soy una cosa fácil. Yo soy una mujer honrada que nunca he engañado a ningún hombre. Ni siquiera a Carlos, ¿sabes? Yo tengo *mi* moral.

Escuchó estupefacto esta afirmación inesperada y alucinante. ¿Estaría bien de la cabeza o se la había trastornado el sexo? Conteniendo una sonrisa de irónica incredulidad, esperó a ver qué rollo tenía en la cabeza.

—Yo he vivido la vida y no lo niego: ya sabes que soy una apasionada. Pero jamás he mantenido relaciones sexuales con dos hombres a la vez. No puedo. Mi moral me lo impide— añadió con aire trágico.

¿A qué se refería Zoila? ¿A que no se acostaba con dos hombres a la vez? ¿El mismo día? ¿La misma semana? ¿O nunca?

—Te lo creo— dijo él, en la duda.
—No te rías. Hablo en serio, Luis.
—No me río por eso. Es que luces preciosa con ese aire trágico parada ahí como una emperatriz desnuda.
—No creas que soy una loca... Yo, desde que tengo relaciones contigo, no he vuelto a hacer el amor con Carlos. ¿Entiendes? Llevamos más de dos meses sin tener relaciones. Por más que él ha peleado.

¿A qué venía toda aquella locura? No le había pedido semejante cosa y tal vez ni le importaba. ¿Acaso no era Carlos su marido? Ella continuó con su discurso con su desnudez escultural impresionante a los pies de la cama con una naturalidad que revelaba la costumbre de andar desnuda y exhibir la ensortijada pendejera de su pubis.

—Yo soy una mujer honrada a mi manera— dijo con altivez. —Soy incapaz de tener amores con dos hombres a la vez, sin que nadie me lo pida. Es una convicción moral *mía*. ¿Entiendes? No me importa lo que piense o diga la gente, sino la opinión que yo tengo de mí misma.

Hizo una pausa, le dio desnuda la vuelta a la cama y se sentó junto a él mirándolo con aquella seriedad trágica. Entonces ella hizo otra revelación que lo dejó aun más asombrado y preocupado.

—Fíjate como soy yo, que ya le advertí a Carlos que me gustabas como hombre, que me estaba enamorando de ti.

Luis tragó en seco: —¿Y qué dijo él?

—No me creyó. Me dijo que era una crisis que nos pasa a todos. Que no tenía importancia y que ya se me pasaría. Que además tú eras incapaz de engañarlo, y que nunca dejarías a Anita y a tus hijas.

Uno ha visto instalarse la utopía en el poder, girar el mundo al revés sobre su eje, ha vivido la tensión de los cohetes atómicos sobre su cabeza en una crisis alucinante, cree haberlo visto y saberlo todo y viene una mujer loca a la que creía tener dominada y de repente se percataba que no sabía nada de lo que estaba pasando. Todo aquello debía ser una maldita trampa. Al aceptar el hecho de que ella rechazara acostarse con su marido para serle fiel, como una muestra de su amor, a su vez lo obligaba a él a retribuirla de alguna manera. ¡Qué enredo tan estúpido!

¡Cuánto se habían complicado sus relaciones desde que empezaron como un jueguito perverso de adultos en el cual ninguna de las partes prometía ni pedía nada a cambio! Incluso al principio, antes de que empezara a hablar horrores de Carlos, ella mostró interés en ocultar sus relaciones para no herirlo. Se lo decía desnuda cuando aún éste estaba de viaje fuera de Cuba, y ella estaba sola y se revolcaban en la cama con la foto de Carlos sobre la mesita de noche.

—Debemos evitar que sospeche. Yo no quiero hacerle daño a Carlos. Él ha sido demasiado bueno conmigo. Si se llegase a enterar, el pobrecito se moriría— decía de su marido, en un tono de compasión aparentemente sincero.

—Yo tampoco quiero hacerle daño. Carlos es mi amigo y yo le tengo cariño, aunque no me creas— dijo él con sincera piedad.

Pero ahora, a fines de aquel noviembre del 68 tan agitado y candente por el fervor nacional producido por una consigna a muerte del comandante en jefe, quien desde unos meses antes había comenzado a bombo y platillo la famosa Zafra de los 10 Millones de toneladas con la que había prometido derrotar al imperialismo y traer la prosperidad al país, y en vísperas de comenzar el Año del Esfuerzo Decisivo, la aventura juguetona y ardiente de las primeras semanas parecía ahora lastrada por el frenesí de las traiciones y el absurdo.

Aun así, ¿cómo renunciar a Zoila, si era todo lo que le iba quedando? Le fascinaba esa hermosa hembra traumatizada y apasionada. Una mujer no se enfrente a las convenciones morales sin quedar marcada. La imaginaba aún inocente: una niña linda y precoz, nacida en un hogar católico clase media con moral, en crisis económica permanente, que hizo su primera comunión con devoción cristiana vestida con velos blancos de novicia; luego la adolescente impetuosa, abierta de muslos y lasciva de lengua, que padeció penas por su pasión desenfrenada por los penes, que al final tuvo que salir huyendo avergonzada del pueblo y de su casa, perseguida por la deshonra y las burlas, para años más tarde volver de miliciana leninista altanera, profesando la nueva fe con entusiasmo, atea pero devota en secreto de Changó, a vengarse de quienes la injuriaron y la humillaron. A él no le extrañaba que el producto de tantas contradicciones fuese esta hembra espléndida, esta afrodita sin escrúpulos cuyo sexo pulposo y jugoso lo había enloquecido.

—¿Estás seguro que no hay micrófonos aquí?

Ya nada le extrañaría de Zoila, ni que hiciera esta pregunta mientras salían del apartamento observando con desconfianza las lámparas, los muebles y las paredes.

—Ya te dije que no— mintió para no preocuparla.

—Además, ni tú ni yo somos contrarrevolucionarios, que es lo único que les importa.

—A *ellos* les importa *todo*. Lo quieren saber *todo*. Lo *sé*.

Esta afirmación corroboró su sospecha que posiblemente Zoila trabajaba o había trabajado para la Seguridad del Estado. No le contestó y bajaron las escaleras en silencio. Cuando ella se sentó en el auto, lo hizo dándole la espalda a la calle, miró en derredor con sus hermosos ojos ahora preocupados, y su voz sonó paranoica.

—Tengo la corazonada que nos vigilan. ¿Tú no?

—¡Qué bobita eres! ¡A *ellos* no les interesan los amantes! ¡Sólo les importan nuestras opiniones sobre Fidel y la revolución! En todo caso, si nos han grabado, se masturbarían con tus aullidos de pantera en celo, así que no te preocupes— dijo malicioso, riendo.

—No te rías, coño. Yo arriesgo mucho más que tú, que no estás en el servicio exterior. Para Carlos y para mí están en juego nuestro futuro como diplomáticos. Según rumores— le reveló en un tono vanidoso—, piensan en nosotros para la Embajada de España.

A él le sorprendió que no se lo hubiera dicho antes: "La cabroncita también se guarda sus triunfos bajo la falda", pensó resentido, pero en voz alta se mostró sarcástico.

—Te felicito, entonces. Tú y tu maridito representando *heroicamente* a la revolución en uno de esos atroces países capitalistas en donde abunda el vino tinto y la buena mesa.

Zoila lo miró dolida, como si él no acabara de entender.

—Sabes muy bien que sólo me importa lo nuestro, que estoy dispuesta a renunciar a todo por ti. Pero los conozco mejor que tú porque he tratado más con ellos. A los que trabajamos en el extranjero nos vigilan constantemente. Por eso no me asombraría que nos hubieran grabado.

Por un minuto permanecieron en silencio, conscientes de las amenazas reales a que se exponían los dos. Todos vivían bajo la tensión de que los chantajearan por sus actos o sus opiniones íntimas. La sensación paranoica de impotencia la canceló él con una carcajada suicida.

—Yo me cago en eso. ¿Qué pueden hacernos esos cabrones? A mí nada. A ti, en última instancia, chantajearte para que trabajes para ellos— la pellizcó eróticamente sin mirarla mientras conducía con la otra mano.—Y tú harías una Mata Hari irresistible en España, con esos pezones y ese culón tan bellos.

Ella hizo una mueca de dolor por el pellizco, pero aceptó el cumplido con una sonrisa dichosa. La idea de ser una

Mata Hari exótica y fatal en España probablemente le parecería divertida y estimulante.

11

Las calles y edificios adyacentes al Capitolio exhibían ese aspecto ruinoso de las ciudades abandonadas, y esa visión aumentó su depresión melancólica. Conducía sin apuro en busca de los amigos que lo esperaban en un bar de La Habana Vieja. Años atrás había amado esta ciudad y pensó que bajo la luz violeta del ocaso no lucía menos bella en su triste decadencia. En las esquinas se agolpaban los habaneros que al final de la jornada esperaban cansados y resignados en las colas la llegada del próximo ómnibus, a toda hora escasos y atestados hasta el estribo.

—A la mierda la melancolía y los remordimientos— murmuró.

Rehuyó pensar en los destinos inciertos de Rosana y de Raysa, y en si Anita encontraría en el exilio un hombre que la hiciera feliz. Rehuyó pensar en Zoila como la próxima opción para su vida. No quería pensar en sus actos de los últimos meses, en si eran justificables o no. "El artefacto humano encuentra siempre una justificación para acallar sus remordimientos", pensó. Desde su entrevista con el Ministro se sentía hundido en un vago desasosiego, y en este fugaz anochecer sólo anhelaba encontrarse con sus amigos y olvidar, embriagarse de cervezas y de la inútil alegría de las palabras.

Lo aguardaban dos amigos atrapados como él en el lecho de Procrustes de la Historia: una compañía inapropiada según el Ministro. Pero esta noche deseaba la compañía de esos amigos inadaptados y políticamente inseguros, es decir, críticos como él. Desde la adolescencia, antes de que Sergio viniera a influirlo con su moral calvinista, se había sentido atraído por las almas perdidas que no vivían en paz con el mundo. Como Rolando, el torturado novelista cuya impotencia por escribir una obra maestra lo había arrastrado a la amargura y al alcoholismo, incluso se rumoraba que para sobrevivir y salir de una tenebrosa celda de Villa Marista había cedido al chantaje de convertirse en un confidente de la Seguridad. Pero nadie es perfecto, y todos éramos más o menos confidentes. Podía ser también una calumnia para desacreditarlo, porque los confidentes prosperaban dentro de la revolución y éste no era el caso de Rolando.

O como Jorge, el talentoso homosexual y revolucionario que había sido encerrado en los campos de concentración de la UMAP, de donde lo sacaron dos amigos influyentes que lo admiraban, relegado ahora a la oscura función de traductor de los clásicos griegos.

—¿A ver, dónde carajo tú aprendiste griego?— él se rió de Jorge.

—Yo traduzco griego del inglés— contestó Jorge burlón.

Rolando y Jorge eran dos compañías "impropias" que hubiera sido mejor evitar. En nada se asemejaban a los atildados y prudentes intelectuales como Carlos, que representaban a la revolución en los congresos culturales y cuyos talentos servían de diapasón afinador a las a veces indefendibles consignas oficiales. Tal vez por eso mismo se había citado con ellos en el bar, como un acto de rebeldía antes de viajar a la misión a la que sutilmente lo habían sancionado. Esta reunión era un acto de rebeldía para borrar el sabor a ceniza que le dejara su propia conducta obediente y servil durante la entrevista que había decidido su futuro inmediato, el de Anita y el de Rosana y Raysa. ¡Qué todo sea por la Patria y la

familia!
—¡Vaya —dijo Rolando—, llegó el terror de los académicos!
—¡Luisito querido, cuánto tiempo escondido!
—¡Coño, cuánto me alegro de verlos, par de cabrones!
Media hora después, medio embriagados los tres, vociferaban en un duelo de sarcasmos y alusiones en clave. Bebían unas cervezas espumosas que ni siquiera estaban frías en unas jarras de metal, en aquel bar atestado y lleno de humo, adonde los chorros de cerveza competían con el vaho de las meadas provenientes del sanitario. Jorge fue el primero en llevarse la mano a la vejiga.
—No aguanto más. Me voy a mear— se disculpó.
Luis se llevó la mano a la bragueta y le pidió con inocencia.
—¿Por favor, Jorge, me puedes llevar la mía?
Jorge lo desechó con un gesto de coquetería.
—¡Qué va, mi hijo! Ninguno de ustedes dos tiene nada que me interese. Yo, en *eso*, tengo gustos más exigentes.
Rolando y él soltaron una carcajada. Un par de minutos después vieron a Jorge regresar del sanitario (un mulato enorme había salido antes que él del mismo sitio) con las ranuras maliciosas de sus ojitos chispeando de la excitación. Cuando llegó junto a ellos, los agarró a los dos por los brazos y en voz baja, como un conspirador, soltó el chisme.
—Amigos míos, hay una verdad universal que pasó por alto el querido Marx: una pinga judía no es comparable jamás, en la dialéctica de eros, con la *morronga* de un mulato cubano— dijo venenoso, arrastrando las erres, y añadió con zalamería: —Por eso nunca Marx le perdonó a su hijita querida que se hubiese casado con aquel mulato afrancesado... ¿*Laforronga* era como se llamaba, no?
Estaban de pie junto a la barra, y aunque el ambiente

era de relajo, Jorge temblaba de su osadía y de la excitación, atento con los rabos de sus ojos por si alguien más lo escuchaba. El rostro amargado y sombrío de Rolando sonrió satanizado igualmente, y dijo que entre marxianos y cubanos quedaba el secreto de la hija de Marx. Tal vez era por el amor compartido por los libros y estas irreverencias, más alguna química secreta, que Luis se sentía tan a gusto con aquel par de marginados. Unos minutos después, Rolando le puso la mano en el hombro.

—¿Y cómo va tu libro, Luis? ¿Cómo se llamaba?
—*La Voz y la Imagen: dos escrituras para la Historia*. Todavía lo tengo en la nevera. Le falta mucho— contestó misterioso.

—¿Coño, Luis, tú no crees que es un título demasiado pretencioso para unas ideas tan minúsculas de la Historia?— bromeó Rolando.

—Ah, no— volteó los ojitos Jorge. —Yo no quiero problemas. Si van a enjuiciar la Historia, yo me retiro.

Pero él no le prestó atención a Jorge, sino a Rolando.

—Rolando, tú no distingues la gimnasia de la magnesia. *No es* sobre la Historia sino una epistemología de los dos lenguajes fundamentales usados por los historiadores— le dijo en plan de polemizar.

Pero Jorge los atajó antes de que empezaran porque los conocía.

—Por favor por favor por favor, que me pongo nervioso— se encogió como con escalofrío. —Además, esa palabreja, epistemología me suena a paredón de la poesía. No no no, no la soporto.

La polémica quedó juiciosamente pospuesta. Los tres, aunque achispados por las cervezas y excitados por el ruido de la cervecería y la alegría de estar juntos, tenían secretos que ocultar y padecían en diferentes formas del mal nacional:

la paranoia, por la convicción de que sus palabras siempre podían ser citadas en su contra. Entonces, Jorge para distraerlos, intentó un giro de ciento ochenta grados en la conversación.

—¿Oye, y Anita? —preguntó. —Hace tiempo que no la veo. ¿Sigue tan bella y tan aferrada al pasado como siempre?

—Está perfectamente bien— él pensó si debía o no decirles.

—Anita es una mujer maravillosa. Un desgraciado como tú no se la merece. No sé cómo te aguanta, ¿y tus hijas?

—Están bien— se decidió, porque al fin y al cabo ya el Ministro lo sabía. —Lamentablemente, Anita ha solicitado su pasaporte y los de las niñas. Se van... —dijo tan bajo que sonó como un secreto vergonzoso.

Si no escucharon bien, su cara y el tono penoso de su voz debieron ser suficientes para que comprendieran. La noticia produjo una consternación fulminante. Rolando hizo un gesto sombrío, y Jorge se santiguó y luego miró a Luis con las cejas levantadas teatralmente. Cada vez que la gente se enteraba de algún amigo o conocido que se iba del país, la primera reacción era de perplejidad. *¡Ellos* también! ¡Qué barbaridad!, pensaban.

Luego cada quien tomaba la noticia de acuerdo a su posición política. Unos irritados por la traición y otros con el júbilo secreto de quienes de esa forma confirmaban su pesimismo sobre el futuro. En diez años eran ya centenares de miles, más del doce por ciento de la población. Muchos otros anhelaban huir pero le faltaban los medios o el valor: convertirse oficialmente en un apátrida y soportar el largo proceso con sus humillaciones era una odisea terrible.

—¡Virgen Santa, no puede ser! ¿Anita *también*?— chilló Jorge aún consternado, y se volvió a santiguar. —¡No puedo creerlo! ¡Por favor, Luis, no juegues con *eso*, que es peligroso!

—No estoy bromeando— dijo, arrepentido ya de haberlo confesado. —Por lo demás es lógico, si tomas en cuenta que ella nunca pudo integrarse al proceso y además tiene a toda su familia en Miami.

Rolando lo observó con una expresión de sospecha.

—¿Y tú, Luis?

Los miró con reserva. Las sospechas de ellos eran normales porque todos presumían la existencia de un desacuerdo profundo con la revolución que, como nadie podía expresar, necesitaban confirmar en las bocas de los otros.

—Por supuesto que no— sonrió con ironía. —Yo me quedo. ¿Acaso ustedes piensan que soy un traidor? ¡Patria o muerte, hermanos! Yo moriré aquí en La Habana, o en cualquier rincón de Cuba. En el exilio, jamás.

Rolando lo observaba con irónica incredulidad y ese pesimismo sombrío de quien intuye la hipocresía. Jorge le sonreía igualmente con la malicia de quien no se impresiona por los golpes de pecho.

—Entonces, ¿es el divorcio, no?

—Ana y yo hemos llegado a un acuerdo amistoso. Ella sólo se iba de Cuba si la dejaba salir con las niñas, y yo accedí— explicó mortificado por tener que dar explicaciones, y se explotó: —¿Qué coño podía hacer? ¡Vaya, es el cabrón destino! Ella no soporta tener que vivir aquí y yo no soportaría vivir allá. ¿De qué carajo se asombran? Ustedes deberían saberlo mejor que nadie. Un proceso histórico de esta magnitud enfrenta a hermanos, a padres e hijos.

Aparte del Ministro, eran las primeras personas a quienes daba explicaciones, y sentía el mismo desasosiego. ¡Debía haberse callado! Quizás había sido por las puñeteras cervezas. A la propia Zoila, a pesar de que lo presionaba, aquella misma tarde se lo había ocultado. En primer lugar para que no fuera a creer que, si se separaba de Anita, lo hacía por complacerla. En segundo lugar porque además de que le repugnaba el tema, aún no estaba seguro de quererse empatar permanentemente con Zoila.

En la cervecería seguían sirviendo las cervezas entre gritos, palabrotas y carcajadas. Pero de repente ellos tres se habían callado, sumido cada uno en sus propias cavilaciones. ¿Sería de verdad Rolando un confidente que se sentiría obligado a "reportarlo"? Si era verdad, el idiota perdería su tiempo porque ya todo se sabía al más alto nivel. Jorge fue quien, luego de menear la cabeza filosóficamente, empezó a recitar unos versos en voz baja pero bien articulada.

—Pero aquél, el que niega,
no se arrepiente; repetirá
su No en voz más alta si se insiste.
Está en su derecho; pero por ese
No —legítimo— toda su vida se arruina para
siempre.

Luis no conocía al autor, aunque entendía la vaga relación del poema con su situación; quien lo identificó fue Rolando.

—¡Cavafis, estoy seguro!

—Touché. ¿Quién más podía ser?— Jorge aceptó con arrogancia.

—La traducción es la que no conozco.

—Un arreglo mío sobre una versión libre en inglés de Durrell, cotejada con el original en griego —explicó Jorge con falsa modestia.

Luego habló un rato de "Constantino" como si se tratase de un amigo muy íntimo. Luis se aisló en sus propios pensamientos sin importarle su ignorancia de aquel poeta. Unos minutos después Rolando lo sacó de su ensimismamiento cuando lo emplazó con una pregunta provocadora por sus peligrosas implicaciones.

—Lo que no entiendo, Luis, es por qué permites que tu mujer se lleve a tus hijas para Miami— dijo, para preguntar con malignidad: —¿No será que estás tramando ponerlas a salvo para poder escaparte tú más adelante, eh?

12

También el Ministro sospechó lo mismo. Le clavó sus ojos insolentes con frialdad; alguien había inventado la leyenda que con sólo mirar a un hombre a los ojos sabía si era un traidor y el Ministro no sólo se la creyó, sino que la cultivaba con vanidad.

—¿Y tú vas a ser tan comemierda como para permitir que tu mujer se lleve a tus hijas para Miami? ¿No será que lo que quieres es sacar a tu familia para irte tú también?— insinuó con una ironía amenazadora que a él lo asustó.

Estaba casi arrepentido de haber ido. Fue en el despacho, tres días antes. Conocía al Ministro de Oriente, un tipo cinco o seis años mayor con quien él había compartido actividades revolucionarias, incluso tragos en unos carnavales de ron y mujeres de Santiago. Ahora aquel Dzerzhinski tropical adornaba su cara con un bigotico y una perilla leninista, y, además de la mirada de asesino, cultivaba el mito de perro guardián de la revolución y de su comandante en jefe. Luis podía haber acudido a otro compañero menos arrogante, pero ninguno tenía el poder ni la autoridad. Por peligroso y humillante que fuera, se decidió a matar la culebra por la cabeza.

Una semana antes, frente al Habana Libre, se había encontrado con un compañero mucho más noble y afín que

éste. Bañados por el radiante sol de Cuba hablaron en la acera, y él le consultó la posibilidad de hacer esta gestión con *fulanito:* ambos conocían al Ministro por un diminutivo antes cariñoso y que ahora inspiraba temor. Y su amigo sonrió con un incrédulo y amargo escepticismo.
—Con probar no pierdes nada, Luis— le dijo. —Pero prepárate para lo peor. Aquí ya se acabaron los compañeros. Cuando vas a verlos, si es que te reciben, te encuentras con *el* Comandante o *el* Ministro.

No le hizo mucho caso a aquel compañero que hablaba desde la amargura de su experiencia; habiendo sido un combatiente célebre, se consideraba arrinconado en un cargo por debajo de su historial revolucionario, por no ser un incondicional del comandante en jefe. De modo que se arriesgó a llamar por teléfono al ministerio, en donde lo pasaron con el secretario del Ministro. Éste le preguntó de mal humor quién era y los motivos que tenía para querer hablar con el comandante. Así que lo primero que percibió fue la distancia que lo separaba de aquel amigo ahora en la cumbre del poder.

—Por favor, dígale que es Luis Rentería para un asunto personal.

El secretario lo hizo esperar unos cinco minutos con el teléfono en la mano y, cuando ya empezaba a descorazonarse, escuchó de nuevo su voz, ahora más amable y hasta divertida, dándole aquel mensaje que se podía interpretar de muchas maneras.

—Dice el comandante que se venga mañana a las once, pero con su jolongo, por si lo deja preso de una vez— dijo el secretario a quien le debió hacer gracia semejante mensaje.

A pesar de la inquietante advertencia, se alegró. Había reconocido el humor negro y los chistes pesados de aquel hombre, y lo tomó como una broma y aun como un buen augurio. ¿Quién sabe si el grandísimo hijo de puta lo recordaba con afecto? Pasó una noche inquieta y a la mañana siguiente avisó a su oficina con orgullo de la cita con el Ministro. Después medio que se arrepintió. ¿Qué pensarían de él? ¿Qué se habría convertido en un confidente? Antes de la hora señalada se dirigió nervioso al ministerio; hacía tiempo que no hablaba con nadie a tan alto nivel.

Cuando llegó lo registraron en la puerta, y lo volvieron a registrar al salir del ascensor en el piso adonde estaban las oficinas del hombre. Tuvo que hacerle una antesala de una hora con otros militares y civiles. Esperó con humillación y paciencia en aquellas oficinas más frías que una nevera, oscuras a pesar del deslumbrante sol en las ventanas. En la actitud de los escoltas, los secretarios y los otros visitantes se sentía esa atmósfera de adulación y servilismo que rodean siempre el poder. "El poder debe ser como una droga a la que ya no podemos renunciar después de haberla probado", pensó, y recordó el dicho napolitano leído en alguna parte: "tener poder es mejor que tener mujer".

Finalmente lo mandaron a pasar al despacho como a quien dispensan un favor. El Ministro estaba sentado detrás de un enorme escritorio lleno de carpetas y papeles, y conversaba con otro militar, cuyas insignias en el hombro indicaban que se trataba de un capitán, sentado a su derecha en un sillón. Luis no conocía a aquel capitán.

Tuvo que esperar de pie a unos pasos hasta que el Ministro terminó de hablar con aquel capitán que debía ser uno de sus ayudantes. Pero en seguida se percató de su presencia, se puso de pie y lo saludó por su nombre de pila, incluso le tendió la mano a través del ancho escritorio. Hubo hasta unos minutos de genuina alegría que le dio a él ánimos para hacerle la delicada petición. Sólo que al formularla se sintió aún más débil y vulnerable frente a los ojos insolentes y calculadores de aquel hombre. Además, la presencia del silencioso capitán que lo observaba desde su sillón todo el tiempo le daba la impresión de estar frente a un tribunal confesando los problemas de su vida.

—Tú siempre me has conocido como un revolucionario y no como un traidor— le contestó al Ministro. —¿Qué puedo hacer yo si mi mujer no simpatiza con la revolución? ¿Meterla presa? ¿Denunciarla? Por otra parte ella no consentiría jamás en salir de Cuba sin sus hijas. ¿Qué puedo hacer entonces sino consentir en que se vaya?

—¡Que se joda!— dijo el Ministro con crueldad. —¿Por qué se va a llevar a tus hijas cuando puedes educarlas aquí con la revolución e incluso estudiar con una beca en la universidad?

Luis hizo una mueca negativa sin atreverse a ser totalmente sincero frente a los dos hombres que lo enjuiciaban: el capitán con expresión de indiferencia y el Ministro con la del gato que tiene a un ratón entre sus garras. Todavía confiaba en persuadirlo con sus argumentos, en encontrar la brecha en la mente machista y arrogante de aquel hombre.

—Si mis hijas fueran varones sería totalmente diferente. ¿Pero qué hago yo con dos hembritas pequeñas y con la madre que ni muerta se separaría de ellas? Yo no sé nada de mujeres, ni de menstruaciones, ni de histerias ni de lágrimas. Y la única manera de resolver esta maldita situación es que se vaya con sus hijas y y me deje en paz. ¿Qué otra alternativa tengo?

El Ministro, el capitán no contaba aparentemente, calló y por lo tanto no parecía tener nada que oponer a estas razones, y se sintió estimulado a continuar, tratando de ser más convincente.

—Yo he venido aquí, a hablar al más alto nivel con honestidad de mis problemas. Es una solución dolorosa e incómoda para mí, pero no creo que haya otra. Yo puedo haber cometido errores y estoy dispuesto a sufrir las sanciones que sea, pero nadie puede discutir que he sido y que soy un revolucionario— se dio dos golpes de pecho.

El Ministro no había movido un músculo de su cara mientras lo escuchaba, pero ahora torció los labios con una leve mueca de ironía y movió la cabeza fingiendo decepción.

—Tú lo que eres un cabroncito, Luis— dijo.

—¿Por qué lo dices?— él se asustó.

—En este país no se cae la hoja de una mata sin que yo me entere— se jactó señalando con la perilla las dos pilas de carpetas encima del escritorio. —Tú lo que quieres es sacar a tu mujer de Cuba, para ponerte a vivir con esa compañera a la que te estás singando. Tu eres un cabroncito y a mí no me puedes engañar.

—Yo no sé de qué hablas.

—No te hagas el inocente porque me voy a encabronar.

Él, que sentía ya un gran desasosiego por toda la mierda que había hablado, se asustó aún más. Debió suponer que lo sabían. Pero todavía lo alentaba el tono de reproche divertido y cómplice del Ministro. Total, si ya se había hundido en la mierda de las confesiones, ¿qué importaba hacerse una autocrítica servil?

—He cometido errores, lo confieso. Pero uno no es de hierro y ella es una mujer del carajo. Si la has visto, sabes a que me refiero— dijo, y el Ministro asintió con ironía. —Coño, tú eres un hombre igual que yo, ¿qué haces si una hembra como ésa se enamora de ti?

—Una *compañera*— lo enmendó el Ministro, afectuosamente. —Una compañera esposa de un *compañero* amigo tuyo. ¡Esas sinvergüencerías no se hacen, Luis! Si no te portas mejor, te voy a tener que mandar a tronar, Luis.

En la fría amenaza del Ministro brillaba un resplandor

malicioso, y Luis calculó que la situación no era tan grave, que en el fondo aquel tipo estaba pasando un buen rato, frente a su ayudante, a costa suya.

—El amor siempre es una locura. Yo sé que me entiendes porque siempre fuiste un verdugo. ¡Digo, al menos antes no perdonabas a ninguna! Pero el asunto de mi mujer es lo que más me preocupa. Me va a volver loco. Ella está muy jodida y me tiene muy jodido. Nunca se ha asimilado al proceso y está enferma de los nervios. Lo mejor es que se vaya. ¿Para qué retener a quienes no están de acuerdo con esto? Sucede y ha sucedido hasta en los más altos niveles— le recordó humildemente.

Claro que hoy, tres días después, en la cervecería se comportó desafiante cuando Rolando lo emplazó con las mismas sospechas. Por eso le gritó, para que lo oyeran todos los confidentes del mundo, que quien se iba de Cuba era su esposa, no él.

—¡Porque yo estoy dispuesto a dar la vida por ésto!— abarcó con un gesto la revolución con todas sus contradicciones. —¡Y para que no haya dudas, la semana que viene me he ofrecido de voluntario para hacer la Zafra de los 10 millones en el campo, de lo que sea, aunque sea como el más humilde de los macheteros!

Jorgito torció los ojos y le tocó el brazo burlón.

—Con calma, querido, no exageres tanto que *ése* no es tu carácter. Me gustas mucho más cuando posas de hereje.

Estos maricones son víboras encantadoras pero peligrosas, capaces de cualquier osadía mental y física, y si uno se descuida hasta te agarran el machete. Tres días antes, cuando él dijo que el Ministro había sido un verdugo con las mujeres que no perdonaba a ninguna, éste miró a su ayudante confirmando con un leve gesto de vanidad la afirmación de Luis. Luego el Ministro, aparentemente satisfecho por la confesión,

le habló en tono paternal y él lo escuchó con sumisión.
—Yo te lo voy a resolver todo, Luis. Te voy a ayudar porque creo que en ti hay el potencial de un cuadro valioso. Tu problema fue que te dio por juntarte con ese montón de literatos maricones que son un problema para la revolución. Pero tú eres un tipo valioso que nos puedes ser muy útil. Todo depende de tu actitud.
—Mi actitud es totalmente positiva.
—Veremos si es eso es verdad. Tu mujer y tus hijas saldrán en cuanto tengan el pasaje en las manos. Pero yo quiero que te incorpores por entero a la Zafra de los 10 millones y te olvides de todo lo demás— el Ministro le dio instrucciones adonde tenía que ir y a quien presentarse. —Voy a llamar por teléfono para que te manden a Camagüey o mejor a Oriente en algún cargo de responsabilidad. No es una sanción sino una oportunidad para que demuestres que eres un revolucionario de verdad. Como sabes, Fidel se está jugando los cojones: los 10 millones van a Patria o Muerte. Ya ha decretado que el próximo será el Año del Esfuerzo Decisivo.

Todo quedó aclarado. Anita saldría del país y él se quedaría con el apartamento. Hubo la insinuación de un año estudiando becado en Rusia como premio. Pero cuando el Ministro lo despidió con unas palmaditas de bendición en el hombro, él salió al sol cegador del mediodía con un sabor a cenizas en todo el tracto digestivo que no acababan de borrar todas las cervezas que tragaba tres noches después en aquella cervecería de La Habana vieja.

Lo que le dieron fue unas ganas de mear del carajo. Fue al apestoso sanitario y se sacó el machete y soltó un potente chorro más amarillo y espumoso que aquella horrible cerveza que había estado bebiendo toda la noche. Con el alcohol el sabor a ceniza se había desvanecido algo, pero no la decepción consigo mismo al haberse comportado como un cobarde y un oportunista. Un mierda, como un mierda, pensó con amargura.

"¿Dónde está tu Penacho de Gloria?", se preguntó con la decepción de un hombre que ha alcanzado al fin una dolorosa verdad.

Una hora después manejaba todavía con el mismo corazón vacío y polvoriento en la noche alucinante de La Habana. Sí, esas metáforas mediocres de Neruda tan pegajosas como las consignas histéricas que gritaban las culonas con sus pantalones de milicianas: ¡Fidel, seguro, a los yanquis dale duro!, la nemorrima más elemental como catalizadora de la Historia, el entusiasmo lírico usurpando el lugar de la lucidez y la libertad, pensó con amargura.

Llegó al edificio en el Vedado, estacionó su viejo y fiel cacharrito de mejores tiempos que aquel mecánico borracho amigo suyo hacía milagros para mantenerlo en marcha, subió en el ascensor y abrió la puerta de su apartamento sin hacer ruido. Entró a oscuras sin prender la luz, y se detuvo en la habitación de Rosana y Raysa. Contempló a sus hijas en la oscuridad durmiendo indefensas. ¿Qué culpa tenían esas criaturas de la Historia y la neurosis de él? Pero no, sería el colmo, embriagarse ahora con una hipócrita autocompasión.

—Me voy a dormir, coño— murmuró.

Pero cuando se fue a acostar descubrió que Anita no estaba en la cama, y se extrañó. Cansado, embuchado aún por las cervezas, dio una vuelta por la cocina, por el baño, la sala. ¿Adónde carajo se habrá metido esa mujer? ¿Se habría ido, dejando a las niñas solas? Se asustó. Finalmente, se le ocurrió mirar en el balcón y la encontró allí, parada en la oscuridad junto al muro como un fantasma.

—¿Qué haces aquí, coño? ¡Me asustaste!

Anita no se volteó a mirarlo, ni tampoco le contestó.

—¿Qué te pasa? ¿Te duele la cabeza? —insistió de

mal humor.

—No... miraba la noche y a los pescadores.

13

Luis avanzó hacia el pretil del balcón y se colocó junto a Ana. Más allá de la costa con su Malecón esta noche se divisaban a lo lejos las luces de los botes de los pescadores sobre la negrura del mar. Abajo en la calle, en un portal cerca del edificio hacían guardia dos milicianos iluminados por una pobre bombilla. Eran los dos vecinos del CDR que había saludado antes de subir al apartamento.

—Memorable visión la de esta noche. Un contraste entre lo perdurable y lo contingente— dijo con amargura, señalando a los pescadores a lo lejos y abajo a los milicianos. —Lo contingente es la historia contada por un idiota que sueña que nos sueña.

Ella hizo una mueca de desprecio que él no vio.

—Palabras, estás enfermo de palabras— murmuró.

—Tienes razón, estoy enfermo de sueño y de palabras— admitió cansado, sin ganas de discutir. —Pero yo creo que sería más razonable que los dos nos fuéramos a dormir.

Anita no se movió ni le contestó. Siguió en aquella actitud extraña con su mirada perdida en la distancia. A él también le atraía a menudo la espléndida vista nocturna desde su balcón, las luces de la ciudad en la noche y la negrura inmensa del mar misterioso. Esta noche el norte empujaba una fresca brisa saturada de esas fragancias marinas que amaba desde su niñez. Pero se sentía demasiado cansado y con un sueño de camionero. Así que se volteó exasperado hacia Anita, a su lado de perfil con la mirada ausente.

—Vamos, viejita— le dijo conciliador. —Sé buena,

estoy muy cansado y quiero irme a la cama. Ya te he complacido en todo. Hasta me rebajé a pedirle un favor por culpa tuya a un hombre que desprecio. En unas semanas podrás salir del país con Rosana y con Raysa, mientras los demás tienen que joderse y esperar meses o años. ¿No podías tú complacerme y acostarte a dormir? ¿Eh, *viejita*?— usaba el *viejita*, que en los matrimonios solía ser de ternura, con un matiz de burlona exasperación.

—Vete tú, si tienes sueño, y déjame tranquila— dijo ella.

Él vaciló: temía irse y dejarla sola en aquel balcón tan alto. Nunca la había visto tan rara. Sabía que estaba angustiada y profundamente deprimida por aquel viaje que anhelara tanto, y esa noche le lucía rara, peligrosamente rara. Temía dejarla sola en un balcón cuya altura a veces le producía vértigo, aunque no lo confesara por machismo. Sabía que las tragedias suceden de la forma más absurda, y ya tenía suficientes remordimientos en su conciencia.

—Vamos a dormir Ana, y no jodas más, mira que hoy ando medio encabronado— le dijo.

Ella no lo miró de la rabia. Abusador y desconsiderado. Luego de llegar con tragos de madrugada, seguramente de pegarle los tarros, aún venía dando órdenes y amenazando. Desgraciado. Pero esta noche no le tenía miedo. ¿Por qué no se iba a dormir? ¿Por qué no la dejaba sola en paz con su insomnio y su dolor? Decidió ignorar a aquel desgraciado, y dejar que su alma se perdiera en la distancia y en la serenidad de la noche.

¿Qué le pasaba a esa estúpida de mierda?, pensó él, más cansado que irritado. ¿Qué coño hacía en el maldito balcón? ¡Cuántas ganas tenía de que se largara a Miami o al carajo! Esperó dos minutos, impaciente y alarmado a la vez por la extraña conducta de su mujer. Hasta que se cansó.

—Vamos, *viejita*, que te estoy hablando. ¡Contesta!

Ella se tomó su tiempo. Lucía ausente y habló como si soñara.

—Yo, de haber sido hombre, me hubiera gustado ser un pescador.

—¿No me digas? ¿De verdad?

—Un pescador es libre, su frontera es el mar infinito.

Nunca había hablado así. ¿Se habrá vuelto loca?, pensó él.

—Un pescador— continuó ella— puede navegar a su antojo por los mares, puede ir lejos, a otras tierras, a otros países con gentes más amables que viven una vida normal.

Ante su estúpida ingenuidad, él sonrió con ironía.

—No seas tonta. Los pescadores que salen allá afuera están vigilados. Segundo, si los han autorizado a salir en esos botes lo más probable es que sean milicianos pescando para una Empresa del Gobierno. Por último, nunca les permitirían salir con sus familias. ¿Entiendes? Ellos están igualmente jodidos. No es fácil traicionar esta revolución, y el que lo hace tiene que atenerse a las consecuencias.

Esperó triunfal, creyendo haber anulado sus sueños con un análisis objetivo de la realidad. Pero luego de un minuto, ella regresó a sus sueños con la terquedad pueril de una niña.

—No me importa lo que digas. De haber nacido hombre me hubiera gustado estar rodeada en una noche como esta únicamente del mar y de los peces en la oscuridad, y ser un pescador solitario.

Alzó su nariz como retándolo, pero él sonrió con crueldad.

—Siempre estarías jodida, Ana. De haber sido un pescador, seguro que hubieras enganchado un tiburón como yo. Las chicas románticas y tontas como tú, están destinadas a ser comidas por los tiburones. ¡Así que déjate de chivar mi paciencia, más vale que te vayas a dormir, mira que aún puedo cambiar de opinión respecto a dejarte viajar con las niñas!— encima de la burla, la amenazaba.

Ella se quedó inmóvil como una estatua en la penumbra, como si sus sarcasmos y sus amenazas no pudieran tocarla esta noche. Él no supo qué hacer. Le dieron ganas de abofetearla y llevarla a la fuerza para adentro. Pero no tenía sentido. Nunca le había pegado a Anita, ni a ninguna mujer. La única crueldad que se permitía con ellas eran las sádico/eróticas y las verbales, para excitarse y excitarlas. Cansado y desconcertado, se sentó. De repente esa mujer se había transformado en una extraña sobre la que no tenía ningún poder. La conocía como una mujer juiciosa y manejable, y ahora tenía enfrente a una desconocida de conducta impredecible, capaz tal vez de una locura. Por eso continuaba en el balcón a pesar de su cansancio, temeroso de que esa madrugada sus vidas terminaran en una horrible tragedia.

En alguna ocasión había pensado en lo fácil que se podía suicidar una persona con sólo saltar por el balcón, incluso tomó precauciones cuando sus hijas eran más pequeñas para evitar un accidente. Hasta imaginó que quien se lanzaba al vacío tendría unos segundos, como aseguran los novelistas, para evocar fugazmente los momentos culminantes de su vida.

Desde la adolescencia le obsesionaba la idea de que su existencia había partido de un punto negro y luego de un azaroso viaje terminaría en otro punto, igualmente negro. Ante esta certeza mortificante y avasalladora nada ni nadie tenía respuesta. Eso lo había llevado a considerar el suicidio como una opción para interrumpir el viaje si, en un caso extremo, se tornaba demasiado humillante o intolerable.

—¿Por qué no te vas a dormir y me dejas sola?

—Porque no me da la gana— contestó él de mal

humor.
　　No se entendían. A ella jamás le había pasado la idea del suicidio por la mente. Y de haber sabido las elucubraciones de él, se habría aterrado tanto que hubiera salido del balcón huyendo. Las angustias de ella tenían otra dimensión más apegada a la realidad inmediata y a los seres que amaba. Su vigilia la provocaba la incertidumbre de aquel largo viaje hacia el exilio con sus dos hijas pequeñas, sola y sin su marido, el dolor de su matrimonio destruido, el miedo al país y al clima desconocido de Madrid, en donde no la esperaban ni parientes ni amigos.
　　Si le hubiera preguntado, ella se habría asombrado. ¿Morir? ¿Suicidarse? ¡Con dos hijas que cuidar y proteger! ¿A qué mente enferma se le podía ocurrir semejante desvarío? Pero él no se atrevió a preguntarle. La espiaba con rencor, encogido por el fresco de la madrugada.
　　—¿En qué piensas, *viejita*?— protestó al fin.
　　Aquella noche, antes que él llegara, ella había sentido en el balcón el desgarramiento de la despedida. Con los ojos húmedos le dijo adiós a aquel hermoso apartamento en donde había criado a sus hijas, adiós a su tierra y a su juventud ida, a los diez años de matrimonio con aquel hombre difícil y terrible que había querido tanto, a sus bellas ilusiones y sus sueños románticos. En unas semanas, en unos días tal vez, se alejaría de aquella ciudad y del país que la vio nacer.
　　—¿Es que te vas a quedar ahí toda la puñetera noche?
　　Pero ahora simplemente estaba perdida entre aquellos botes distantes. Su hermana le había contado en una carta que había pasado la noche más aterradora de su vida en aquel mar; que estuvieron perdidos, a punto de zozobrar entre las olas; que vio a los feroces tiburones pasar con sus aletas junto al bote; que rezó con todas sus fuerzas, no por ella, sino por sus dos hijos pequeños.

—Pensaba en mi hermana Rosa— suspiró en voz alta.
—Que cuando huyo en bote, dejándolo todo, estuvieron a punto de morir.
—¡Ah, era *eso*!— murmuró él, encabronado.

Ya lo habían discutido antes: la fuga en bote, hacía ya seis años o más, del cuñado de Anita con su hermana y los dos sobrinos. Un acto de imprudencia condenable el haber arriesgado toda la familia de esa forma. Cada semana decenas de desesperados lo intentaban. Primero escapar a los soldados que podían capturarlos o matarlos, y después navegar en la peligrosa Corriente del Golfo, desafiando la muerte en embarcaciones pequeñas, o en balsas improvisadas, o sencillamente amarrados a las gomas infladas de un auto, sólo por huir de Cuba.

Sin mirar a Luis y sin apartar la vista del tenebroso horizonte en la noche sin luna, la voz de Anita se oyó compasiva y triste.

—Debe ser horrendo estar perdidos en la inmensidad del mar, rodeados de tiburones y batidos por las olas. ¿Cuántos no se habrán ahogado, y cuántos millares no habrán muertos?— suspiró profundamente de nuevo. —Y pensar que esta misma noche alguien puede estar en ese mar, que puede ahogarse y desaparecer sin dejar rastro, dejando en la incertidumbre a su familia para siempre.

—Tal vez se lo merezcan por idiotas— dijo él.

—No hables así, Luis. Son sólo desesperados que huyen.

—Mira, viejita, el que está desesperado *soy yo* pero por irme a dormir. No tengo el menor deseo de discutir y no aguanto más— él se puso de pie, resignado a cualquier cosa.

—Yo tampoco— dijo ella.

Entonces, la vio entrar aliviado en el apartamento a oscuras.

14

¿Qué recordaría de Zoila con los años? Más que los instantes de la locura del placer, brumosos en la débil memoria de la carne, recordaría la belleza de su cuerpo desnudo, algunas transgresiones sádicas, y los elogios de ella de que nunca había gozado tanto con ningún hombre como con él. Recordaría vagamente que sus relaciones eróticas los mantuvieron a ambos durante unos meses en un ardiente paroxismo. Fue como si dos maníacos sexuales encontraran su némesis en la cama. Fue esa parte secreta de sus relaciones la más difícil de explicar y comprender. Ella también trataba de definir lo que sentía y no encontraba las palabras. A falta de algo mejor, una vez a ella se le ocurrió juntar las manos y, apretando los dedos unidos en un mazo, le explicó a él con vehemencia:

—Tú y yo hacemos *click*, así, ¿ves?— y rió sensualmente apretando con fuerzas las manos en aquel candado imaginario.

Antes él se había acostado con otras mujeres, y su relación con Anita no pudo ser, al principio, más intensa y feliz. Pero Zoila aportó el toque de perversidad que él ansiaba. Ella se comportaba como una ninfomaníaca en la búsqueda desesperada del éxtasis, hasta que al final se hundió en una especie de vacío histérico. Había que ver la pasión frenética con que se entregaba a los excesos a que él la sometía, desde sodomizarla hasta golpearla con el pene en la nariz y los labios y la cara, montado ahorcajadas sobre su cuello y poniéndole los testículos de corbata.

Ella tenía sus propias fantasías, y se transformaba en una perrita que le ladraba y mordisqueaba, andando en cuatro patas por la cama y el suelo, pidiendo que le diera más duro y más rápido, hasta sentir la muerte pequeña con sus tempestuosos orgasmos. Luego ella le restregaba la hendidura de su sexo hasta en la nariz y el rostro, como en un acto rabioso de venganza, o le apretaba la cabeza con sus fuertes muslos.

Una vez tuvo que pararla. Hacían el amor cuando de repente ella le metió la yema del dedo en el ano y él pegó un brinco de lo más sorprendido, y hasta encabronado por la falta de respeto.

—¿Qué mierda es esa?

Sus ojos de mujer relumbraron con una falsa inocencia.

—Nada, mi amor. ¿No te gusta?

—¡Qué coño me va a gustar y no te atrevas!

—A Carlos a veces le gustaba.

—Pero yo no soy el maricón de Carlos— dijo furioso.

En otra ocasión, reposando desnudo en la cama, ella se empeñó en pellizcarle las tetillas a él, hurgando en sus carnes con una insistente caricia que lo alarmó, porque tal acto le pareció indigno de su condición viril.

—¿Qué coño haces?— le preguntó.

—Quiero saber si esto te da placer como me lo da a mí— explicó ella, sin dejar de hurgar con sus dedos dentro de sus tetillas atrofiadas de hombre. —¿No sientes nada en absoluto?

—Nada en especial.

—¿Seguro que no?— ella insistió con sus dedos, observándolo a la cara en busca de alguna emoción.

—No— mintió él con frialdad.

Ella, desilusionada, desistió de la caricia. Nunca más volvió a intentarla. Sin embargo, los malvados deditos al hurgar en sus tetillas le habían producido una violenta erección que él disimuló. Claro que, como hombre, no podía admitir ser sensible a estímulos propios del sexo femenino, y prefirió olvidarlo. Consideraba que hay fronteras que un hombre no debe cruzar, so peligro de caer en vicios impropios de su virilidad.

Zoila se comportaba también con una desfachatez que

en un principio le pareció divertida, pero que al final le resultó chocante. Se metía en el baño estando él, y se sentaba a mear y se secaba el sexo con naturalidad en sus narices. Igualmente una tarde se le escapó un peo haciendo el amor y, en vez de disimular, se echó a reír con desparpajo. ¡Vaya, él sabía que hasta las emperatrices hacían aguas, daban de cuerpo y se tiraban su pedito, pero al menos con cierta discreción!

Zoila hablaba de su sexo y de todo su cuerpo como quien habla del estado del tiempo, y le gustaba contar sobre sus relaciones con todos los hombres con que se había acostado; de este modo descubrió que ya le había pegado los cuernos a Carlos con un sueco en Estocolmo. Oír sus confesiones íntimas era interesante y hasta instructivo: nunca antes había oído hablar a otra mujer sin tapujos sobre su vida sexual; pero si resultó entretenido y excitante, eso en nada ayudó a que la quisiese o la respetase más. De repente se encontraba frente a una amante totalmente desinhibida, y él, que le criticaba a Anita su excesos de pudor, ahora no estaba muy seguro que el otro extremo le gustara más. Por supuesto, él no se sonrió irónicamente de su propia inconsecuencia, sino de la extrema forma de comportarse de las dos, y murmuró filosóficamente: "Las mujeres son unas locas, unas por muchas y otras por pocas".

Zoila lo instaba también a que le contara sus experiencias sexuales y hasta intentó saber sobre Anita. Pero él evadió el tema declarando con un gesto misterioso que de las mujeres podía morir de su mordida, pero que nunca mancharía su vida contando secretos de mujer.

—Las mujeres que he amado son sagradas para mí— añadió. Y Zoila no se puso ni brava, ni celosa. Al contrario, celebró su actitud.

—Eso me parece muy bien— dijo. —Porque hay hombres que se jactan de sus conquistas, y lo que hacen es ir por ahí desprestigiando a las mujeres que han confiado en ellos. Me alegro mucho que tú seas así: todo un caballero.

La paradoja que Zoila celebrase su discreción, mientras por su parte exponía con su locuacidad a Carlos al ridículo, lo obligó a sonreír. Cuando más la conocía, más descreía de su proclamada honestidad y fidelidad femenina. ¿Cómo confiar en una loquita como ella? Seguramente que, con la misma falta de escrúpulos con que engañaba a Carlos, en favor suyo, igualmente lo engañaría a él para favorecer a otros en el futuro.

Sin embargo, estaba enamorado de esa extraña, divina y loca criatura, y vacilaba entre si alejarse de su compañía o hundirse en el pantano de un desmadre erótico y destructor, aun a conciencia que al final sería un desastre. Por otra parte, la quería a su manera y no deseaba hacerle daño: en todo caso, no más del que le había hecho hasta ahora. Entonces, ¿qué sentido tenía que Zoila abandonara a su maridito y su posición, todo por su culpa, si seguramente la relación terminaría en el fracaso y él la dejaría plantada en el futuro?

Cosas de la vida, Zoila sin proponérselo benefició a Anita. Porque ella fue una de las razones que lo persuadieron a permitirle a su esposa a que se llevara a sus hijas al exilio. Mientras más insistía Zoila en que le quitara las niñas a Anita, para criarlas y educarlas ella como auténticas revolucionarias, seguramente para empujarlo a una decisión, al meditar en las posibles consecuencias, él se horrorizaba.

¿Mis hijas con una ninfomaníaca como Zoila, expuestas a su influencia dispersante y destructora? ¡Ni jugando!, se dijo mientras escuchaba sin pestañear las proposiciones de su amante desnuda. ¡Qué va, tendría que ser un irresponsable! Preferiría mil veces que las criara Anita, quien por encima de todo era la madre y una mujer juiciosa y responsable, y no esta otra mujer con sus traumas y sus ideas raras.

Porque más allá de sus prejuicios burgueses, Anita era

una madre abnegada y espejo de honradez para las niñas. Tal vez ya no la quería, tal vez el proceso los había separados, pero ella poseía virtudes personales incuestionables. La sabía capaz de dejar de comer y dejarse matar por sus hijas. Incluso creía muy difícil que Anita se fijara en otro hombre mientras Rosana y Raysa permanecieran bajo su custodia.

"Qué rara y contradictoria es la vida", sonrió con melancolía.

¿Cómo criticar la hipocresía y las inconsecuencias de los otros cuando estaba eligiendo el exilio para sus hijas en un país y en una sociedad a los que despreciaba? Hacía igual que esos intelectuales de izquierda que visitaban La Habana, hablaban maravillas de la revolución, pero que luego elegían invariablemente a los despreciables países capitalistas para fijar sus residencias.

Su propia actitud con Zoila no podía ser más ambigua. Aunque ya lo tenía todo decidido, la mantenía en la angustia y en el suspenso, sin dignarse a contarle la verdad. Hasta soportaba que lo juzgara como un pusilánime incapaz de romper con Anita. ¿Por qué? Primero por pudor y luego porque no deseaba que Zoila creyera que se separaba para siempre de su mujer y sus hijas para ponerse a vivir con ella. Sin embargo, cuando su amante se enteró, esto fue precisamente lo que creyó, y lo llamó por teléfono con una voz que le temblaba de la emoción.

—Ay, Luis, mi amor— la oyó suspirar.

—Hola, muñeca, ¿qué te pasa?

Por respuesta oyó un gorgojeo de felicidad.

—Ay, Luis, Luis, debí imaginarlo. ¡Qué hombre tan raro eres!

—¿Qué te pasa, loquita?— suponía que se había enterado.

—Nada, mi amor. Pasa que te quiero mucho, ¡muchísimo! Pasa que tenemos que vernos. ¡Pasa que te adoro y tengo ganas de hacerte el amor!

Sintió el tirón del sexo contra el pantalón al tomar volumen, excitado de sólo prefigurar el festín carnal de esa tarde. Se movilizó rápido en su cacharrito hacia el estudio de aquel amigo de viaje en una misión por los países socialistas. Un apartamento posiblemente vigilado por el CDR, el conserje y la Seguridad. Pero en fin, no se trataba de política sino de sexo y, aunque en su país todo acto implicaba el delito político, suponía que después de su entrevista con el Ministro no le iban a sancionar por aquella falta.

Zoila también se creía vigilada, pero era una mujer de cojones, había que admitirlo, y no se detenía a medir las consecuencias cuando perdía la cabeza por un hombre. Mientras la esperaba en el estudio, observó en torno suyo los objetos que lo rodeaban. ¿En dónde coño estaría escondido el micrófono con que los grababan? ¡Qué va, debía ser una locura más de Zoila! La paranoia de ser oídos. El peligro real era que alguien del CDR les tocara a la puerta para investigar que hacían ellos allí. Por supuesto que ya su amigo y él habían dado una explicación con anterioridad.

Tocaron y se alarmó, pero era ella. Vestía ropas ligeras y lucía fresca, sin duda venía recién bañada y con el pelo húmedo. Entró con una luminosa sonrisa de felicidad aunque fatigada, como una convaleciente a quien el médico le acaba de informar que, después de todo, se va a salvar. Meneó la cabeza sonriente y repitió lo mismo que antes.

—Ay, Luis, Luis, ¡qué hombre tan raro eres!

La abrazó y la besó con ardor. Se desvistió con más ligereza que ella y se acostó desnudo en la cama con la erección apuntando como una lanza al cielo raso. Ella lo miraba desnudo con su erección con una sonrisa de felicidad y agotamiento mientras se desvestía con una torpeza extraña. Luego vino desnuda y se subió en la cama con los ojos puestos en su erección y se acomodó a ahorcajadas sobre su cuerpo y luego la vio descender buscando puntería para acoplarse. Pero en el último instante, a punto ya de sentarse sobre su pene, de la hendidura de su sexo se chorreó un líquido lechoso que baño su miembro erecto como esas cremas que derriten encima de los helados.

—Perdón, qué vergüenza— dijo ella, y se levantó.

—No importa. Ven acá— la llamó él.

Pero ella ya buscaba una toalla y vino y lo secó con delicadeza (ella siempre manejó su miembro con la devoción maternal de quien cuida un bebito), y luego se secó a sí misma. Fue una tarde eróticamente mediocre. Zoila estaba como debilitada y sin el furor uterino de otras veces. Tampoco él intentó excitarla y repetir porque le dio la impresión que ella estaba bajo los efectos de algún calmante. Aún desnudos en la cama, ella le habló con una mirada de arrobo. Lo sabía todo y daba por descontado que él se separaba de su esposa y de sus hijas para que nada ni nadie se interpusiera entre el gran amor de los dos.

No la sacó de su error. Pero le aclaró que en 48 horas tenía que salir para Camagüey a incorporarse a la Zafra de los 10 millones. Primero el deber y después el placer. Ella puso una cara de desencanto tan grande que se sintió obligado a consolarla.

—Lo siento. Me nombraron y no tengo otra opción— se disculpó. —No es el fin. Vendré cada tres semanas por dos o tres días y podremos vernos. Ya veremos que pasa después.

15

El avión de Iberia llevaba dos horas volando sobre el océano. Esa era la primera vez que Anita abordaba un avión y que salía de Cuba. Dentro de la alucinante nave del espacio, ella huía con Rosana y Raysa rumbo a un país lejano llamado España. Detrás de su rostro pálido aún ocultaba su pánico. Viajaban en la parte del avión destinada a *los gusanos*, separados prudentemente de los europeos invitados por la revolución a La Habana y de los cubanos que viajaban en misiones oficiales; la escoria humana no se debía mezclar con la élite de la raza.

De ahora en adelante, según las leyes de su país, ella sería una apátrida y jamás tendría derecho a volver a su tierra. Pero el terror político había sido sustituido por otro más inmediato, no por infundado menos terrible: desde que se elevaron de la pista y experimentó la sensación de volar, un miedo superior a la razón se había apoderado de ella y a cada nueva sacudida de aquella alucinante nave creía que estaban a punto de precipitarse con sus hijas a una muerte horrenda. Su lividez era tan visible que la aeromoza al pasar se inclinó hacia ella.

—Señora, ¿se siente mareada?

—No, no, gracias— negó ella.

Entonces la atenta aeromoza española dejó a la cubana con miedo y se dirigió a sus dos lindas niñas.

—¡A ver, lindas! ¿Qué queréis tomar?

Y la pequeña Raysa, a quien el avión no había impresionado en absoluto y se comportaba como si fuese una fiesta, quiso repetir el refresco y las galletas de chocolate. Anita temía que se enfermara, ¿pero cómo negarle ese pequeño gusto, gratis además? Por suerte, aunque igualmente excitada por la aventura, Rosana era una chiquilla mucho más juiciosa que cuidaba de Raysa y le imponía el orden imitando la dulce autoridad y hasta los gestos de la madre. Durante las semanas anteriores al viaje, para Anita era un consuelo ver a Rosana, quien todavía no había cumplido los 9 años, actuando con la discreción y la serenidad de una señorita, como si estuviera consciente de la tragedia.

—Mamá, no te preocupes, que todo va a salir bien— le decía con esa carita seria ahora parecida a la del abuelo.

Los últimos días transcurrieron para Anita bajo una angustia de pesadilla, temiendo que a última hora alguien con sus poderes impidiera la tan anhelada salida de Cuba; ella desconfiaba que la dejaran salir tan fácilmente cuando otros esperaban meses y años sufriendo todo tipo de vejaciones. Temía hasta que Luis se arrepintiera en el último momento. Por suerte, cuando recibió el telegrama, él acababa de llegar de Camagüey, y esto facilitó las cosas.

La víspera del viaje pasó una noche negra en que durmió apenas tres horas a base de pastillas. Amaneció una de esas mañanas de esplendor con sol y fresco de primavera. En comparación con esta ciudad llena de luz en pleno febrero, cuando llegó a Madrid se encontró con una ciudad fría, vieja y oscura que le sobrecogió el corazón, ya casi insensible y endurecido por el dolor. Ella se levantó a revisar por décima vez las dos maletas en que llevaban sus pertenencias: viajaban sin dinero ni prendas de valor y con las tres mudas de ropas permitidas por las disposiciones oficiales. Por suerte un amigo de papá la esperaría en Madrid. Un rato más tarde, antes de la partida, se acercó a Luis y puso un cofre en sus manos.

—¿Qué es esto?— preguntó él extrañado, aunque suponía el contenido.

Ella le explicó que era el cofre con las prendas: algunas que le había dejado papá, unos aretes de oro de la abuela, las cadenitas de oro de las niñas, la suya propia, dos medallitas de la Caridad, un crucifijo de oro, y su anillo de matrimonio.

—Por favor, guárdalas tú hasta que Dios quiera. No voy a arriesgarme a que me las quiten en el aeropuerto, y mucho menos a que por su culpa no nos dejen salir— dijo con lenta torpeza por los calmantes.

Luis se sintió desconcertado con aquel cofre en las manos.

—¿Por qué no te llevas tu anillo y las cadenitas de las niñas? Hay quienes se las llevan escondidas— le propuso él, pensando en tantos sitios y huecos donde las mujeres pueden esconder las cosas.

—No, Gloria me dijo que registran minuciosamente y que las decomisan. Yo no quiero pasar vergüenzas, ni tener problemas.

Luis miró exasperado el puñetero cofre con aquellas reliquias de familia cargadas de sentimentalismo, que Anita custodiaba celosamente. ¿Por qué tenía que hacerse cargo de aquella mierda?

—¿Por qué a mí? ¿Por qué no a Gloria mejor?

—Tú sabes que Gloria tiene a su marido en la cárcel y está pensando en irse también. Tú eres el padre de mis hijas, ahí están sus cadenitas, y no conozco a nadie de más confianza que tú— dijo ella con lentitud pero con firmeza.

Luchó contra su costumbre de soltar un sarcasmo, y se fue con el cofre y su contenido cargado de los recuerdos sentimentales de Anita, prendas de su amor y su nostalgia, y lo metió en una gaveta. Sabía que valían dinero, y que Anita había vendido algunas prendas de oro de la familia, por orden de papá, para comprar comida en el mercado negro. Pero jamás quiso saber nada de su oro, y de pronto, ahora se convertía en el custodio de un tesoro familiar y, a decir verdad, por su mente pasó veloz el gusanillo de la codicia.

Anita montó con las niñas en el cacharrito de su marido, atravesaron el Vedado subiendo por la que fuera en su feliz juventud la hermosa Avenida de los Presidentes, cuando respondía a ese nombre por las estatuas de los presidentes que la revolución derribó. Sólo una docena de años y ahora le parecía un siglo, pensó con tristeza. Luis iba al volante, ella a su lado muda y desgarrada, y las niñas detrás. Sólo se oía el ruido del viento y del auto, y la voz vivaz de Raysa haciendo preguntas embarazosas que ellos no tenían el valor de contestar, pero que Rosana intentaba responder con fantasías que su hermanita aceptaba como buenas.

En el trayecto sabía que le daba un último vistazo a La Habana. Pero mentira que la melancolía se apoderara de su alma o le empañara los ojos. El paisaje por la ventanilla era el de una ciudad fea a pesar del sol glorioso que la iluminaba. Una ciudad en ruinas y atea en donde ya no se podía creer en Dios ni vivir en paz. Ahora, a lo largo de la decena de kilómetros de la Calzada de Rancho Boyeros, se multiplicaban los enormes cartelones con consignas de odio y violencia cuya sola visión la deprimía aún más.

En el aeropuerto todo fue nervios y confusión. Entre la despedida de Luis y el tiempo de abordar aquel avión de Iberia, pudieron pasar dos, o tres o cinco horas. No lo supo nunca. Los registros, los trámites y el miedo todo el tiempo. Recordaba vagamente que Luis se inclinó, cargó y besó a sus hijas, y que luego le dio un tímido abrazo a ella y que habló con una sonrisa extraña en la cara.

—Cuida mucho a mis hijas— dijo él, y que luego añadió entornando los párpados con su habitual ironía: —Cuídate tú también. Te deseo la mayor suerte del mundo.

—Recuerda que las niñas y yo te estaremos esperando— dijo con torpeza, recordaba, ella estaba segura de habérselo dicho.

Entonces ella entró con sus hijas en el recinto de las penúltimas humillaciones y registros, hasta que luego de una larga espera, salieron a pie hacia aquel enorme y reluciente avión, en fila india, caminando entre los otros pasajeros, llevando fuertemente sujetas a Raysa de una mano y Rosana de la otra, hasta que subieron la escalerilla. Rosana no hacía

más que voltearse para mirar hacia atrás.
—¡Vamos, Rosana, no te detengas!
—¡Es que no veo a papá!
—¡Olvídate de papá ahora, y camina!— la regañó.
¿Para qué mirar hacia atrás, si aquel era un viaje sin retorno? Las terrazas del aeropuerto estarían llenas de los familiares y amigos agitando sus brazos para el último adiós, pero aunque Luis estuviera en la primera fila no iba a voltearse. Empujaba a sus hijas escaleras arriba, hacia adelante, obsesionada por entrar en aquel avión salvador antes de que alguna disposición absurda de última hora se lo impidiera.

Ahora llevaban ya dos horas volando sobre océano, y por culpa del terror que le inspiraba aquella nave voladora, las tripas se la habían desmadrado. Ya se había levantado tres veces para ir al lavatorio, aquel cubículo inestable y ruidoso en donde tenía la impresión de cagar en el aire, y a ella, una mujer generalmente valiente, le daba rabia que su cuerpo la traicionara ahora cuando más lo necesitaba.

Le daba miedo dejar a las niñas solas, y le recomendaba a Rosana que cuidara a Raysa, no fuera a levantarse de su butaca. Si Luis viajara con ellas, podría cuidar a las niñas. Dos siempre son más que uno, aunque seguramente él estaría burlándose de sus tripas cobardes. Pero él no estaba y de ahora en adelante tendría que arreglárselas sola. Tenía que ponerse dura para enfrentarse al mundo y cuidar de sus hijas.

De golpe una urgente punzada en sus vísceras interrumpió sus pensamientos, se levantó y le ordenó a Rosana con un grito: "Ya vengo. No permitas que tu hermanita se levante de ahí", y se apuró por el movedizo pasillo hacia el maldito lavatorio aprovechando que estaba vacío. Entró y cerró la endeble puerta casi sin tiempo, pues por poco no soltó el chiflido en el blumer. Una turbulencia sacudió el lavatorio y se sujetó a la agarradera en la pared, aterrada. Esperó a vaciarse de gases y líquidos malolientes, antes de limpiarse como mejor pudo dentro del trepidante y endeble lavatorio. Caminó con el ano ardiéndole por el pasillo que se sacudía, sujetándose de las butacas. Llegó y se sentó vigilada por Rosana. Tenía sed, pero en estos trances usaba una técnica: no comer nada, no tragar nada, ni agua, en tanto no se le estabilizaran los intestinos. Rosana le tocó el brazo preocupada.

—¿Te sientes mal, mamá?

—No, es sólo un dolorcito de barriga— la tranquilizó.

Qué niña tan atenta y considerada. De meses decían que se parecía a ella, luego que tenía la boca y los gestos de Luis, tal como ella hubiera deseado, y finalmente ahora le recordaba la cara del abuelo. Luis le aseguraba que de pequeño había sido introvertido y tímido como Rosana, ¿pero quién iba a creerle ese embuste a un hombre tan hablador?

¿Qué irá a hacer ahora? Seguramente el desgraciado metería una mujer en su apartamento. Había dicho que no éramos nosotros sino la Historia la que nos separaba. Pero a fuerza de convivir con un descreído, ella terminó por ser una incrédula, y sospechaba que él usaba la revolución como una coartada para obtener su libertad. En ese momento, desde el fondo caprichoso de la memoria, surgió el recuerdo de una carta que le escribiera hace años, cuando aún eran novios y él estaba en el exilio. En un acto de inspiración, ella le añadió una ecuación de posdata:

Yo − tú = a nada,
tú + yo = a nosotros.

Sonrió con levedad por el agotamiento al recordar con nostalgia la tonta ecuación sentimental que inventó con orgullo cuando todavía era una enamorada inexperta y romántica que creía en la belleza del amor.

Epílogo

En el Café de La Paix

Casi un cuarto de siglo después, en junio en París, cuando las tardes son deliciosamente frescas, en especial para ellas que venían del calor insoportable de Miami, y los crepúsculos se prolongan interminables con su belleza agonizante, dos cincuentonas cubanas conversaban en una mesita al aire libre del Café de la Paix. Esperaban sentadas con la calma de quienes son dueñas de su tiempo por los *croisant* y los *café au lait* que habían pedido al camarero.

Conversaban por supuesto de las maravillas de París, de lo mal educados que suelen ser sus camareros y taxista, supuestamente franceses para ellas, cuando la más gordita y menos agraciada (la otra, aunque con el cuello devastado por los años, lucía tremendamente sexy y elegante) rompió un pacto entre las dos: el de no mencionar para nada uno de esos temas obsesivos que nos persiguen hasta la muerte con la fuerza de las tragedias sin resolver. Antes de emprender aquel tercer viaje a Europa, tal vez el último juntas pues una de ellas tenía cáncer, se habían comprometido a olvidarlo para no arruinar sus vacaciones.

—Acuérdate, no quiero oír mencionar a Cuba, ¿okey?

—Por mí, cuando me acuerdo me dan ganas de vomitar.

—¿Prometido, entonces?

—¡Prometido, mi hermana!— aceptó la gordita.

¿Pero cómo guardar una promesa si el alma se revuelca de la indignación ante las mentiras que se propalan por el mundo? Las dos llevaban décadas de exilio y compartían la angustia y el dolor por el destino de su pequeño país. Bastó un titular de prensa para que Gloria rompiera la promesa. Peor aún, porque siempre que caían en el tema de Cuba, terminaban enfrascadas en otro penoso tema sobre el que nunca se ponían de acuerdo: en si Luis Rentería se había suicidado en La Habana diez años antes o si fue asesinado por los agentes de la Seguridad.

—No empecemos otra vez, Gloria. En mi opinión, Luis no se suicidó. A él lo asesinaron vilmente, y punto.

Gloria le dio una palmadita de consuelo a la mano de Anita con el gesto de superioridad de quien conoce mejor la verdad.

—Mira, mi hermana, me da pena contigo. Sé que lo quisiste mucho. Pero lo tuyo con Luis es un *wishful thinking*. Te empeñas en creer que lo mataron porque eso te hace sentir mejor.

Anita suspiró y miró aquellos grandes ojos irremediablemente tristes de su amiga que reflejaban inteligencia y bondad, enmarcados en un ancho rostro cuyo color enfermizo estaba muy bien disimulado por el maquillaje.

—¿Ves? Yo me prometí que no discutiría contigo en este viaje y ya empezamos otra vez.

—¿Y qué? La tuya y la mía es una discusión infinita, que seguiremos algún día alegremente en el más allá, mi hermana. A lo mejor nos encontramos con Luis y nos resuelve el misterio.

—¡Cállate, sabes que no me gustan las ideas macabras!— protestó Anita, e hizo un gesto de impaciencia.

—¿Pero cómo vas a saber tú más de Luis que yo, si él era mi marido? Te lo he explicado varias veces: si Luis se hubiera

dado un tiro con su pistola, yo creería en la hipótesis del suicidio. ¿Pero tirarse de un balcón, Luis? ¡Qué va! ¡Eso jamás!
—Tú dices que yo me altero y quien se altera eres tú. Entiendo que no quieras admitirlo. Pero Manuel, que fue su amigo y le prestaba su estudio cuando se iba de viaje para llevar allí mujeres, bueno, mejor no hablar de eso, me aseguró que a pesar de los rumores que circularon en La Habana, Luis se mató. Unas semanas antes se lo encontró en La Rampa medio borracho, y cuando Manuel le habló de salir de Cuba, sonriendo como un demonio Luis le contestó que la única forma que saldría de la isla sería volando igual que Ícaro, pero con alas de aura tiñosa pegadas con saliva, y que en vez de caer en el mar él caería en el infierno. No me vas a negar que ése era Luis y que la referencia a la forma en que se mató no pudo ser más clara. ¿Es verdad o no es verdad?

A Anita esta versión la hería como nos hieren las mentiras sobre las personas que amamos. Luis era el pasado, ya no vivía en su corazón, pero, ¿por qué ese empeño en suicidarlo si no era verdad?

—¿Qué saben tú, o Manuel, de Luis? Él era *mi* marido. Nadie lo conocía como yo. No sé cuántas veces me amenazó con bofetadas y nunca me puso un dedo encima. Luis se regodeaba con los suicidios y las patadas imaginarias, pero sólo las propinaba verbalmente. Yo estoy segura que fueron *ellos* quienes lo tiraron del balcón y después hicieron desaparecer todos sus manuscritos. Lo odiaban y lo tenían vigilado. Ellos temían que sacara de Cuba su manuscrito "Sobre los Paraísos Artificiales", porque no les convenía su publicación.

Gloria se echó hacia atrás con cara de cansancio, y movió la cabeza negando la versión de Anita.

—Todos los suicidas amenazan con hacerlo hasta que

un día lo hacen. Es la premonición de su muerte que los persigue obsesivamente hasta que los alcanza un día; te lo digo porque tú sabes que en mi familia ha habido dos suicidas, y el de mi hermano me dolió tanto, aunque ya yo tenía el presentimiento.

—A mí los locos y los suicidas me producen pavor.
—Luis estaba en un callejón sin salida. Le tenía tantísimo odio al exilio y a los americanos, y a Miami, que prefirió suicidarse. A ti te pasó que esperaste durante tantos años por ese desgraciado, que en paz descanse, que después te negaste a admitir que se había suicidado— dijo Gloria con un gesto de cansada sabiduría.

—¿Esperar a Luis, yo? ¡Estás loca!
—No lo niegues. Acuérdate que yo fui testigo de todo. Desde la primera noche perdiste el criterio por él. Luego, durante años le aguantaste sus sinvergüencerías y por su culpa te quedaste en Cuba. Después, aunque nunca quisiste reconocerlo, no dejabas que ningún hombre te cortejara en Miami esperando siempre a tu adorado tormento.

Anita fue a hacer un gesto, pero Gloria no la dejó.

—¡No lo niegues, mi hermana! Fuiste una tonta que le guardaste consideración a ése... bueno, que en paz descanse.

—Eso no es verdad. Yo sabía que lo nuestro se había terminado y que él no vendría nunca a Miami. Pero primero mis hijas. Nunca quise saber de ningún hombre hasta que Rosana y Raysa se independizaran.

—Mi hermana, tú no tienes memoria. Recuerdo que cuando salí de Cuba y nos vimos en Miami, me dijiste que, aunque él hubiera sido el comunista más grande del mundo, que según tú no lo era, aún seguía siendo tu marido y el padre de tus hijas, y que estabas dispuesta a perdonarlo.

—¿Yo? No recuerdo haber dicho eso— pestañeó Anita.

—Ay, mi hermanita, no te estoy reclamando nada. Pero desde siempre tú estuviste loquita por él. ¿Qué tiene de malo? Por eso te has negado a creer que se suicidó. Anda, confiesa que tenías esperanzas.

—No, porque cuando salí de Cuba sola con mis hijas lo hice consciente de que era el final. Pero nunca me tragaré la versión de su suicidio. ¡Eso lo fabricaron, Gloria! Cuando Rosana lo visitó en el 81 en Cuba, tú sabes la obsesión que la pobrecita tenía con su padre, él le habló con entusiasmo de su manuscrito, que le faltaba poco y quizá la misma Rosana podría ayudarlo a sacarlo de Cuba. ¿Entonces, qué se hicieron sus manuscritos? Además, al principio la policía mencionó una carta que él había dejado y ésta nunca apareció. No, qué va. Hay que ser muy ingenua para tragarse ese cuento. Tú no sabes la impresión que sufrió Rosana cuando se enteró de su muerte, en el 82. Ella andaba preparando su segundo viaje con entusiasmo, loca por ver a su papá.

Al fin, Gloria convino en algo con Anita.

—Rosana es una mujer digna de admirar, bella y altruista.

—Gracias. Sí, es una tremenda mujer y una tremenda pediatra. Yo no sé de dónde saca tiempo para todo. Cuida de su marido y de su hijo: claro, tiene a esta abuela que la ayuda; atiende a sus pacientes, y todavía tiene tiempo para el Master que está haciendo.

—¡Una bárbara!— suspiró Gloria completamente de acuerdo. —Yo soñaba con que ella y Mario se casaran. Pero basta que anheles algo para que entonces los hijos de una rechacen la idea. Figúrate, tú y yo de consuegras y con el mismo nieto. Je, je, nos lo íbamos a pelear todo el tiempo.

—Rosana es un amor— Anita transpiró orgullo. —Pero ya ves, Raysa me ha dado guerra y dolores de cabeza por las dos. No sé a quién salió tan enamoradiza. Ahora lleva ya cuatro meses viviendo en San Diego con ese piloto del Navy. Dice que ahora va en serio, que esta vez piensa casarse. ¿Quién va a creérselo? ¡Ojalá! ¡Porque ya va por el quinto *boy friend*! ¡Yo no sé a quien salió tan loquita esa muchacha!— dijo fingiendo una indignación que no sentía, cuando en realidad se enorgullecía de las locuras de Raysa.

—¿A quién si no a Luis? ¡El maldito siempre fue un águila! Nunca te lo he confesado, querida, pero cuando no estabas presente se ponía a meterse conmigo. Fíjate que una vez me pellizcó la nalga. ¡Imagínate el susto! Lo insulté, y el cabroncito como si nada, riéndose.

Si algún día, hacía ya treinta y cinco años, Anita desconfió de su amiga Gloria y la creyó capaz de sonsacar a su novio Luis porque éste le gustara o por envidia, eso estaba hundido en el armario del olvido. Gloria era la amiga de su niñez y de toda la vida, desde cuando montaban en bicicletas en Matanzas, luego estudiando en La Habana de *room mates* en la misma pensión, hasta el duro exilio en Miami. Si durante algunos años, primero por culpa de sus maridos, y luego por el tiempo de diferencia en el exilio, el destino las había separado un tanto, en la actualidad sólo la muerte parecía capaz de separarlas.

Vio pasar por la cara de Gloria una sonrisa de nostalgia.

—No vayas a creer, Anita. Yo también llegué a querer a ese cabroncito de Luis. A pesar de su mala lengua, había algo en él que te robaba el corazón. Lo que nunca le perdoné fue que te engañara, especialmente con una tipeja como... —de súbito Gloria pegó un respingo. —¡Pero si se me ha olvidado contarte, mi hermana! ¡Qué cabeza la mía! ¿A qué no te imaginas con quien me encontré en La Carreta de Miami, un día antes de que saliéramos de viaje?

—¿Con quién?— Anita la miró con curiosidad.

—¡Imagínate que cuando la vi pensé en ti y me dije, cuando se lo diga a Anita no me lo va a creer!... ¡Pues nada menos que con Zoila!

—¡Zoila! ¿*Esa* comunista en Miami? ¡No puede ser!

—¡Muchacha, como da vueltas el mundo! ¡Si me contaron que se casó con un millonario catalán, un viejo podrido en plata, y que vive como una reina en España! ¿Qué te parece?

Anita estaba tan perpleja por la noticia que no respondió. Su alma se revolcaba de indignación, cuando ahora, luego de más de un tercio de siglo de abyección y fanatismo arrastrándose a los pies de Castro, y después de haber perseguido a tantos compatriotas y hecho tanto daño, veía salir ahora a esos miserables con sus caras frescas y, lo que es peor, dándose golpes de pecho.

Se miraron asombradas durante un minuto. Gloria reaccionó primero y movió la cabeza con incrédula admiración.

—¡Cómo han pasado cosas y ha dado vuelta el mundo!— suspiró. —Nada es imposible. ¿Te imaginas? Si Luis no se hubiera suicidado, probablemente estaría de profesor en Estados Unidos o en España, como tantos otros excomunistas peores que él, que ahora salen huyendo de Cuba.

Entonces, al fin, Anita pudo respirar y apartar de su mente el ultraje de saber a su rival comunista ahora rica y en el exilio, y regresó al tema lacerante y triste de su difunto esposo.

—Por favor, Gloria, él no se suicidó. En primer lugar, cuando Luis se daba tragos ni siquiera se asomaba al balcón porque la altura le daba vértigos. En segundo lugar, Luis decía que los hombres de verdad se pegaban un tiro. Que eso de envenenarse, tirarse de un balcón, o pegarse candela eran actos propios de mujeres y homosexuales.

Gloria no la escuchó, distraída desde hacía un minuto

por sus propios fantasmas.

—A mí también Orlando me engañó y me hizo sufrir mucho. Era aún más mujeriego que Luis. El desgraciado se escapó de Cuba en lancha y me dejó sola embarcada allá con su hijo. Y nunca cumplió su promesa de sacarnos. No se preocupó de nosotros y en un año sólo envió un paquete con comida. Si no hubiera sido por ti, que gestionaste las visas y nos mandaste los pasajes, porque él se limitó únicamente a firmar los papeles, yo estaría todavía en Cuba pudriéndome con mi hijo, Mario.

—¡Escúchame!— Anita le dio una palmadita para despertarla. —Yo te voy a explicar porque estoy segura que a Luis lo mataron, que no se suicidó: ¿te acuerdas de Adrián? Bueno, los dos se ponían a discutir sobre la mejor manera de pegarse un tiro y no fallar. Luis decía que aquí, bajo la barbilla, se corría el riesgo de que la bala atravesara la lengua y el paladar y saliera por la frente, y quedar vivo. Como le ocurrió al General Calixto García.

—Mi hermano se suicidó de un tiro. Dicen que el suicidio es un mal de familia. Pero yo nunca tendría el valor. Eso sí, yo quisiera que me enterraran en Matanzas. Nunca he podido resignarme a que mis restos se queden para siempre lejos de la tierra donde nací.

—¡Pero escúchame!... Luego decían que quien se pegaba un tiro aquí, en la sien, corría el riesgo de quedar ciego y en ridículo, porque la bala podía destrozar el nervio óptico y salir por el otro lado sin provocar daños mortales.

—Yo leí un artículo que, de cada mil enfermos de cáncer, tres se suicidaban en la misma semana en que le daban la noticia.

—Luis aseguraba que la mejor forma de no fallar el disparo era bajo la tetilla izquierda, teniendo cuidado de colocar el cañón entre las dos costillas, no fuera a desviarse la bala.

Por su parte, el loco de Adrián le discutía que lo más seguro era un balazo directo encima de la oreja. Adrián y Luis hablaban del suicidio con una risa y una morbosidad que a mí me ponía los pelos de punta.

Por un momento las dos mujeres guardaron un penoso silencio como si los fantasmas que las torturaban flotaran aún en el aire. La visión de la avenida con el Teatro de la Ópera al fondo, la armoniosa arquitectura de los edificios todos de la misma altura pero cada uno diferente, ese entorno de una cultura del buen gusto iluminado por la luz filtrada del crepúsculo de París, donde la guillotina y la intolerancia se exhibía sólo en los museos, era un entorno que debería haber inspirado una conversación más alegre y menos sombría. Sin embargo, a su entender, ellas eran mujeres optimistas y exitosas en sus profesiones.

Gloria se fijó entonces en Anita con repentina ternura.

—Ahora que han pasado los años todavía no entiendo por qué una mujer tan juiciosa como tú se casó con Luis— le dijo con suavidad.

—Por lo mismo que tú te casaste con tu exmarido.

—Yo a Luis le tenía un poco de miedo. Era divertido y estimulante; pero me ponía tensa. No entiendo cómo pudiste soportarlo durante tantos años. ¡Y lo confieso, cuando te casaste con él, yo me moría de la envidia!

Anita sonrió y luego suspiró ante los absurdos de la vida.

—Y ya ves, a pesar de todo le estoy agradecida. Al final no sólo fue él quien me abrió las puertas de aquel infierno, y me permitió salir con sus hijas, sino que hasta el último momento nos protegió, y hasta nos acompañó al aeropuerto. Otros fueron más canallas.

Gloria recogió el guante que Anita le tiró sin intención.

—Tienes razón.

—Perdona, fue sin intención.

Las dos mujeres habían consumido hacía un rato los *croisant* y los *café au lait,* cuando un hombre de la misma edad de ellas atravesó la Avenida de la Ópera y se acercó a las mesitas en donde estaban sentadas.

—Ahí viene Gustavo— anunció Gloria.

Anita sonrió al ver al hombre y le preguntó:

—¿Adónde te habías metido? Te estábamos esperando.

—Vamos, yo estoy seguro que ustedes no se aburrieron. Cuando están juntas no se cansan de darle a la sin hueso— dijo el hombre de buen humor, se sentó al lado de Anita, la tomó con cariño de la mano, y le anunció con una sonrisa de entusiasmo.

—Mi amor, la función comienza en media hora. Voy a pedir algo rápido porque tenemos que apurarnos.

—¿Rápido, en París? ¡No me hagas reír, viejito!

OTROS LIBROS PUBLICADOS POR EDICIONES UNIVERSAL:

COLECCIÓN CANIQUÍ (NARRATIVA: novelas y cuentos)

005-4	AYER SIN MAÑANA, Pablo López Capestany
016-X	YA NO HABRÁ MAS DOMINGOS Humberto J. Peña
017-8	LA SOLEDAD ES UNA AMIGA QUE VENDRÁ Celedonio González
018-6	LOS PRIMOS, Celedonio González
019-4	LA SACUDIDA VIOLENTA Cipriano F. Eduardo González
020-8	LOS UNOS, LOS OTROS Y EL SEIBO Beltrán de Quirós
021-6	DE GUACAMAYA A LA SIERRA Rafael Rasco
022-4	LAS PIRAÑAS Y OTROS CUENTOS CUBANOS Asela Gutiérrez Kann
023-2	UN OBRERO DE VANGUARDIA Francisco Chao Hermida
024-0	PORQUE ALLÍ NO HABRÁ NOCHES Alberto Baeza Flores
025-9	LOS DESPOSEÍDOS, Ramiro Gómez Kemp
027-5	LOS CRUZADOS DE LA AURORA José Sánchez-Boudy
030-5	LOS AÑOS VERDES, Ramiro Gómez Kemp
032-1	SENDEROS, María Elena Saavedra
033-X	CUENTOS SIN RUMBOS Roberto G. Fernández
034-8	CHIRRINERO, Raoul García Iglesias
035-6	¿HA MUERTO LA HUMANIDAD? Manuel Linares
036-4	ANECDOTARIO DEL COMANDANTE Arturo A. Fox
037-2	SELIMA Y OTROS CUENTOS Manuel Rodríguez Mancebo
038-0	ENTRE EL TODO Y LA NADA René G. Landa
039-9	QUIQUIRIBÚ MANDINGA Raúl Acosta Rubio
040-2	CUENTOS DE AQUÍ Y ALLÁ Manuel Cachán

041-0	UNA LUZ EN EL CAMINO, Ana Velilla
042-9	EL PICÚO, EL FISTO, EL BARRIO Y OTRAS ESTAMPAS CUBANAS, José Sánchez-Boudy
043-7	LOS SARRACENOS DEL OCASO José Sánchez-Boudy
0434-7	LOS CUATRO EMBAJADORES Celedonio González
0639-X	PANCHO CANOA Y OTROS RELATOS Enrique J. Ventura
0644-7	CUENTOS DE NUEVA YORK Angel Castro
129-8	CUENTOS A LUNA LLENA José Sánchez-Boudy
1349-4	LA DECISIÓN FATAL Isabel Carrasco Tomasetti
135-2	LILAYANDO, José Sánchez-Boudy
1365-6	LOS POBRECITOS POBRES Alvaro de Villa
137-9	CUENTOS YANQUIS, Angel Castro
158-1	SENTADO SOBRE UNA MALETA Olga Rosado
163-8	TRES VECES AMOR, Olga Rosado
167-0	REMINISCENCIAS CUBANAS René A. Jiménez
168-9	LILAYANDO PAL TU (MOJITO Y PICARDÍA CUBANA), José Sánchez Boudy
170-0	EL ESPESOR DEL PELLEJO DE UN GATO YA CADÁVER, Celedonio González
171-9	NI VERDAD NI MENTIRA Y OTROS CUENTOS Uva A. Clavijo
177-8	CHARADA (cuentos sencillos), Manuel Dorta-Duque
184-0	LOS INTRUSOS, Miriam Adelstein
1948-4	EL VIAJE MÁS LARGO, Humberto J. Peña
196-4	LA TRISTE HISTORIA DE MI VIDA OSCURA Armando Couto
217-0	DONDE TERMINA LA NOCHE, Olga Rosado
218-9	ÑIQUÍN EL CESANTE, José Sánchez-Boudy
219-7	MÁS CUENTOS PICANTES Rosendo Rosell
227-8	SEGAR A LOS MUERTOS Matías Montes Huidobro
230-8	FRUTOS DE MI TRASPLANTE Alberto Andino
244-8	EL ALIENTO DE LA VIDA John C. Wilcox

249-9	LAS CONVERSACIONES Y LOS DÍAS
	Concha Alzola
251-0	CAÑA ROJA, Eutimio Alonso
252-9	SIN REPROCHE Y OTROS CUENTOS
	Joaquín de León
2533-6	ORBUS TERRARUM, José Sánchez-Boudy
255-3	LA VIEJA FURIA DE LOS FUSILES
	Andrés Candelario
259-6	EL DOMINÓ AZUL, Manuel Rodríguez Mancebo
263-4	GUAIMÍ, Genaro Marín
270-7	A NOVENTA MILLAS, Auristela Soler
282-0	TODOS HERIDOS POR EL NORTE Y POR EL SUR
	Alberto Muller
286-3	POTAJE Y OTRO MAZOTE DE ESTAMPAS CUBANAS
	José Sánchez-Boudy
287-1	CHOMBO, Cubena (Carlos Guillermo Wilson)
292-8	APENAS UN BOLERO, Omar Torres
297-9	FIESTA DE ABRIL, Berta Savariego
300-2	POR LA ACERA DE LA SOMBRA
	Pancho Vives
301-0	CUANDO EL VERDE OLIVO SE TORNA ROJO
	Ricardo R. Sardiña
303-7	LA VIDA ES UN SPECIAL
	Roberto G. Fernández
321-5	CUENTOS BLANCOS Y NEGROS
	José Sánchez-Boudy
327-4	TIERRA DE EXTRANOS
	José Antonio Albertini
331-2	CUENTOS DE LA NIÑEZ, José Sánchez-Boudy
332-0	LOS VIAJES DE ORLANDO CACHUMBAMBÉ
	Elías Miguel Muñoz
335-5	ESPINAS AL VIENTO, Humberto J. Peña
342-8	LA OTRA CARA DE LA MONEDA
	Beltrán de Quirós
343-6	CICERONA, Diosdado Consuegra Ortal
345-2	ROMBO Y OTROS MOMENTOS
	Sarah Baquedano
3460-2	LA MÁS FERMOSA, Concepción Teresa Alzola
349-5	EL CÍRCULO DE LA MUERTE
	Waldo de Castroverde
350-9	UN GOLONDRINO NO COMPONE PRIMAVERA
	Eloy González-Arguelles
352-5	UPS AND DOWNS OF AN UNACCOMPANIED MINOR REFUGEE,
	Marie Francoise Portuondo
363-0	MEMORIAS DE UN PUEBLECITO CUBANO
	Esteban J. Palacios Hoyos

370-3	PERO EL DIABLO METIÓ EL RABO Alberto Andino
378-9	ADIÓS A LA PAZ, Daniel Habana
381-9	EL RUMBO, Joaquín Delgado-Sánchez
386-X	ESTAMPILLAS DE COLORES Jorge A. Pedraza
4116-7	EL PRÍNCIPE ERMITAÑO Mario Galeote Jr.
420-3	YO VENGO DE LOS ARABOS Esteban J. Palacios Hoyos
423-8	AL SON DEL TIPLE Y EL GÜIRO... Manuel Cachán
435-1	QUE VEINTE AÑOS NO ES NADA Celedonio González
439-4	ENIGMAS (3 CUENTOS Y 1 RELATO) Raul Tápanes Estrella
440-8	VEINTE CUENTOS BREVES DE LA REVOLUCIÓN CUBANA Y UN JUICIO FINAL, Ricardo J. Aguilar
442-4	BALADA GREGORIANA, Carlos A. Díaz
448-3	FULASTRES Y FULASTRONES Y OTRAS ESTAMPAS CUBANAS, José Sánchez-Boudy
460-2	SITIO DE MÁSCARAS, Milton M. Martínez
464-5	EL DIARIO DE UN CUBANITO Ralph Rewes
465-3	FLORISARDO, EL SÉPTIMO ELEGIDO Armando Couto
472-6	PINCELADAS CRIOLLAS Jorge R. Plasencia
473-4	MUCHAS GRACIAS MARIELITOS Angel Pérez-Vidal
476-9	LOS BAÑOS DE CANELA, Juan Arcocha
486-6	DONDE NACE LA CORRIENTE Alexander Aznares
487-4	LO QUE LE PASO AL ESPANTAPÁJAROS Diosdado Consuegra
493-9	LA MANDOLINA Y OTROS CUENTOS Bertha Savariego
494-7	PAPÁ, CUÉNTAME UN CUENTO Ramón Ferreira
495-5	NO PUEDO MAS, Uva A. Clavijo
499-8	MI PECADO FUE QUERERTE José A. Ponjoán
501-3	TRECE CUENTOS NERVIOSOS —NARRACIONES BURLESCAS Y DIABÓLICAS—, Luis Ángel Casas
503-X	PICA CALLO, Emilio Santana
509-9	LOS FIELES AMANTES, Susy Soriano

519-6	LA LOMA DEL ANGEL, Reinaldo Arenas
5144-2	EL CORREDOR KRESTO, José Sánchez-Boudy
521-8	A REY MUERTO REY PUESTO Y UNOS RELATOS MAS, José López Heredia
533-1	DESCARGAS DE UN MATANCERO DE PUEBLO CHIQUITO, Esteban J. Palacios Hoyos
539-0	CUENTOS Y CRÓNICAS CUBANAS José A. Alvarez
542-0	EL EMPERADOR FRENTE AL ESPEJO Diosdado Consuegra
543-9	TRAICIÓN A LA SANGRE Raul Tápanes-Estrella
544-7	VIAJE A LA HABANA Reinaldo Arenas
545-5	MAS ALLÁ LA ISLA Ramón Ferreira
546-3	DILE A CATALINA QUE TE COMPRE UN GUAYO José Sánchez-Boudy
554-4	HONDO CORRE EL CAUTO Manuel Márquez Sterling
555-2	DE MUJERES Y PERROS Félix Rizo Morgan
556-0	EL CÍRCULO DEL ALACRÁN Luis Zalamea
560-9	EL PORTERO, Reinaldo Arenas
565-X	LA HABANA 1995, Ileana González
568-4	EL ÚLTIMO DE LA BRIGADA Eugenio Cuevas
570-6	CUANDO ME MUERA QUE ME ARROJEN AL RIMAC EN UN CAJÓN BLANCO, Carlos A. Johnson
574-9	VIDA Y OBRA DE UNA MAESTRA Olga Lorenzo
575-7	PARTIENDO EL «JON», José Sánchez-Boudy
576-5	UNA CITA CON EL DIABLO Francisco Quintana
587-0	NI TIEMPO PARA PEDIR AUXILIO Fausto Canel
594-3	PAJARITO CASTAÑO Nicolás Pérez Díez Argüelles
595-1	EL COLOR DEL VERANO Reinaldo Arenas
96-X	EL ASALTO, Reinaldo Arenas
611-7	LAS CHILENAS (novela o una pesadilla cubana) Manuel Matías
616-8	ENTRELAZOS, Julia Miranda y María López
619-2	EL LAGO, Nicolás Abreu Felippe

629-X	LAS PEQUEÑAS MUERTES
	Anita Arroyo
630-3	CUENTOS DEL CARIBE, Anita Arroyo
632-X	CUENTOS PARA LA MEDIANOCHE
	Luis Angel Casas
633-8	LAS SOMBRAS EN LA PLAYA
	Carlos Victoria
638-9	UN DÍA... TAL VEZ UN VIERNES
	Carlos Deupi
643-5	EL SOL TIENE MANCHAS, René Reyna
653-2	CUENTOS CUBANOS, Frank Rivera
657-5	CRÓNICAS DEL MARIEL
	Fernando Villaverde
667-2	AÑOS DE OFÚN, Mercedes Muriedas
660-5	LA ESCAPADA, Raul Tápanes Estrella
670-2	LA BREVEDAD DE LA INOCENCIA
	Pancho Vives
672-9	GRACIELA, Ignacio Hugo Pérez-Cruz
693-1	TRANSICIONES, MIGRACIONES
	Julio Matas
694-X	OPERACIÓN JUDAS, Carlos Bringuier
697-4	EL TAMARINDO / THE TAMARIND TREE
	María Vega de Febles
698-2	EN TIERRA EXTRAÑA
	Martha Yenes — Ondina Pino
699-0	EL AÑO DEL RAS DE MAR
	Manuel C. Díaz
700-8	¡GUANTE SIN GRASA, NO COGE BOLA!
	(REFRANES CUBANOS), José Sánchez-Boudy
705-9	ESTE VIENTO DE CUARESMA,
	Roberto Valero Real
707-5	EL JUEGO DE LA VIOLA, Guillermo Rosales
711-3	RETAHÍLA, Alberto Martínez-Herrera
720-2	PENSAR ES UN PECADO, Exora Renteros
728-8	CUENTOS BREVES Y BREVÍSIMOS,
	René Ariza
729-6	LA TRAVESÍA SECRETA, Carlos Victoria
741-5	SIEMPRE LA LLUVIA, José Abreu Felippe
748-2	ELENA VARELA, Martha M. Bueno
755-5	ANÉCDOTAS CASI VERÍDICAS DE CÁRDENAS,
	Frank Villafaña
759-8	LA PELÍCULA, Polo Moro
769-5	CUENTOS DE TIERRA, AGUA, AIRE Y MAR,
	Humberto Delgado-Jenkins
772-5	CELESTINO ANTES DEL ALBA,
	Reinaldo Arenas

779-2	UN PARAÍSO BAJO LAS ESTRELLAS, Manuel C. Díaz
780-6	LA ESTRELLA QUE CAYÓ UNA NOCHE EN EL MAR, Luis Ricardo Alonso
781-4	LINA, Martha Bueno
782-2	MONÓLOGO CON YOLANDA, Alberto Muller
784-9	LA CÚPULA, Manuel Márquez Sterling
785-7	CUENTA EL CARACOL (relatos y patakíes) Elena Iglesias
791-1	ADIÓS A MAMÁ (De La Habana a Nueva York), Reinaldo Arenas
793-8	UN VERANO INCESANTE, Luis de la Paz
799-7	CANTAR OTRAS HAZAÑAS, Ofelia Martín Hudson
800-4	MÁS ALLÁ DEL RECUERDO, Olga Rosado
807-1	LA CASA DEL MORALISTA, Humberto J. Peña
812-8	A DIEZ PASOS DE EL PARAÍSO (cuentos), Alberto Hernández Chiroldes
816-0	NIVEL INFERIOR, Raúl Tápanes Estrella
817-9	LA 'SEGURIDAD' SIEMPRE TOCA DOS VECES Y LOS *ORISHAS* TAMBIÉN (novela), Ricardo Menéndez
819-5	ANÉCDOTAS CUBANAS (LEYENDA Y FOLCLORE), Ana María Alvarado
824-1	EL MUNDO SIN CLARA (novela) Félix Rizo
37-3	UN ROSTRO INOLVIDABLE, Olga Rosado
839-X	LA VIÑA DEL SEÑOR, Pablo López Capestany
852-7	LA RUTA DEL MAGO, Carlos Victoria
853-9	EL RESBALOSO Y OTROS CUENTOS, Carlos Victoria
854-3	LOS PARAÍSOS ARTIFICIALES (novela), Benigno S. Nieto

665-6 NARRATIVA Y LIBERTAD: CUENTOS CUBANOS DE LA DIÁSPORA, Edición de Julio E. Hernández Miyares (Antología en 2 volúmenes que incluye cuento y nota biobliográfica de más de 200 escritores cubanos)